Quand surviennent les ténèbres

Du même auteur
aux Éditions J'ai lu

À la lueur de la lune rousse, *J'ai lu* 7683

SHANNON DRAKE

Quand surviennent les ténèbres

Traduit de l'américain par Dany Osborne

J'AI LU

Titre original :

WHEN DARKNESS FALLS
A Zebra Books,
published by Kensington Publishing Corp.

Prologue

La tombe

— Vous voulez avoir peur, hein ? Être vraiment effrayés ? Vous allez trouver ce que vous cherchez dans les ténèbres, les entrailles de la terre ! s'écria le guide sur un ton mélodramatique, tout en rejetant un pan de sa cape noire sur son épaule.

L'homme avait un agréable et élégant accent de la région d'Édimbourg. Il roulait les « r » mais sa prononciation était néanmoins très nette.

— Oui, mesdames et messieurs, nous allons descendre dans un autre monde ! Pour ceux qui ne craignent pas d'affronter les fantômes d'assassins, les cris et les supplications de leurs victimes, nous irons plus avant.

— Je bous d'impatience ! s'exclama Jeff Dean, un charmant adolescent aux cheveux sombres.

— Oui, moi aussi, ajouta sa petite amie, Sally Adams. Continuons, je frissonne déjà !

La jolie blonde gâchait sa jeunesse et sa beauté avec un tee-shirt qui semblait peint sur sa peau, une jupe trop courte et un rouge à lèvres trop rouge. Elle affichait une expression blasée et s'accrochait fermement au bras de Jeff.

— Oui, s'il vous plaît, montrez-nous quelque chose de vraiment horrible ! railla l'un des camarades du couple, un rouquin du nom de Sam Spinder.

Lui aussi feignait un ennui sans bornes.

Jade MacGregor s'était jointe au groupe de neuf étudiants rencontrés lors de la visite du château. C'étaient eux qui avaient suggéré cette expédition nocturne dans le cimetière. Étrange association, songea-t-elle, des gamins qui parcouraient l'Europe aux frais de leurs riches parents et une jeune femme éditrice et écrivain en quête de documentation pour un guide touristique sur les ruines moyenâgeuses. Cette incursion en pleine nuit dans une nécropole abandonnée ne faisait pas partie de ses projets, mais elle avait jugé l'idée intéressante et en rapport avec ses recherches. Elle avait donc décidé d'accompagner les jeunes.

Venir seule en Écosse était son idée, mais elle se rendait maintenant compte que voyager seule était ennuyeux. Les étudiants avaient une vingtaine d'années, à peine cinq ans de moins qu'elle, et pourtant auprès d'eux elle se sentait quinquagénaire ! Les discussions sur le football, les substances illicites et le rock lui paraissaient appartenir à une époque révolue. Ils avaient bien de la chance de visiter des pays étrangers si jeunes. Ils avaient insisté pour qu'elle s'intègre au groupe lors de cette escapade en pleine nuit, et elle ne regrettait pas d'avoir accepté : elle s'amusait beaucoup. Un ciel pur, la pleine lune qui se levait... Une parfaite ambiance pour célébrer Halloween. Cette fête, à Édimbourg, allait au-delà de l'aspect commercial : elle faisait partie des traditions les plus anciennes. Les rues de la ville arboraient les décorations adéquates : fantômes, vampires, sorcières étaient partout.

Une ambiance idéale pour une visite macabre qui excitait ses jeunes compagnons. Ils jouaient les durs, se lançant de méchants sarcasmes à la figure, voire des insultes. Ils n'épargnaient pas le guide, qui ne bronchait pas.

— Je claque des dents. Brrr... lança Jeff tout en simulant un tremblement. Eh, monsieur, d'où sortez-vous ces intonations tragiques ? Et cette dégaine ? Des cours d'art dramatique au bahut ? Ooooh, que j'ai peur !

Jade n'apprécia pas que le jeune homme interpelle aussi méchamment le guide, qui faisait bien son boulot. L'homme grand et mince rêvait probablement de jouer Hamlet sur une scène et gagnait sa vie en racontant de vieilles légendes écossaises, sur un ton sans doute exagérément emphatique mais plein de conviction. Il se délectait manifestement de décrire les souffrances humaines : la peste, les exécutions, les meurtres... Il les avait conduits dans les souterrains au-dessus desquels la ville moderne avait été édifiée, dans les vestiges de rues bordées d'échoppes, de tavernes, de maisons. Cette cité morte était fermée la nuit aux touristes individuels. N'y circulaient que des groupes lors de visites guidées. L'homme qui les pilotait à travers la ville médiévale d'Édimbourg racontait avec force détails les horreurs dont elle avait été le théâtre, des siècles auparavant. Toutes les informations qu'il prodiguait à l'envi étaient exactes, Jade le savait pour les avoir lues dans des livres d'histoire.

Le guide les avait amenés à Saint Giles, où l'on pendait les enfants coupables de menus larcins – vol de pain, par exemple – et de là dans des venelles sombres jusqu'aux souterrains. Dans la journée, deux couples, dont un avec des enfants de neuf et dix ans, avaient rallié le groupe. Ils étaient encore là ce soir, et un homme seul s'était joint à eux. Jade ne parvenait pas à lui donner un âge. Quelques années de plus qu'elle, à peine, décida-t-elle. Et un physique fort attrayant. Ses yeux, surtout, retenaient l'attention. Leur couleur changeante passait du noir de jais au noisette étrangement pailleté de lueurs... rouges. Oui, rouges. Comme si un feu brûlait à l'intérieur.

Sa haute taille lui donnait une apparence de sveltesse, alors que sa carrure était celle d'un athlète. Il observait le guide avec intérêt, affichant un calme absolu. Pas d'exclamations excitées ou étonnées, pas de comédie de l'effroi… Il écoutait en silence.

— Où allons-nous ? demanda Tony, l'un des jeunes gens à l'allure de footballeur… ou de lutteur de foire.

Jeff et lui étaient ceux qui avaient proféré le plus de sottises, de remarques ironiques et de plaisanteries lourdes. Mais le guide n'avait même pas cillé.

— Peut-être qu'il ne faut pas poser la question, hasarda Marianne, la petite amie de Tony.

Une jeune fille timide, discrète et douce. L'opposée d'Ann, qui rétorqua :

— Ne sois pas ridicule, Marianne ! Si on ne pose pas la question, on ne saura pas ! Écoute, tu veux vraiment venir ou pas ? Décide-toi !

— Marianne a raison, intervint Tony. Il faut qu'on sache où on va !

— Vous avez souhaité avoir peur, n'est-ce pas ? dit le guide.

— Ouais, et jusqu'à maintenant, on en a été pour nos frais ! Alors dites-nous où vous nous amenez.

— Au royaume des morts, répondit Jeff, imitant les trémolos de Boris Karloff.

Jade nota que l'homme grand et silencieux fronçait légèrement les sourcils. Il se tourna vers elle. Apparemment, il s'était rendu compte qu'elle le fixait.

Leurs regards se croisèrent avant de se river l'un à l'autre. Jade cilla. Ces yeux dont la couleur de nuit mutait en une fraction de seconde, virant au pourpre, la mettaient mal à l'aise. Elle ne parvenait pas à fuir leur laser. Une étrange sensation de chaleur s'emparait d'elle. Les prunelles de l'homme détenaient un pouvoir hypnotique… songea-t-elle avant de se raisonner : elle s'égarait. L'ambiance morbide la déstabilisait.

Le problème, c'était que l'enchantement durait. Elle avait l'impression d'être liée à cet homme, touchée par une flamme brûlante et paradoxalement délicieuse.

Il était tellement sexy qu'il lui faisait perdre les idées. Jamais tel phénomène ne l'avait affectée. Elle se savait logique, intelligente et prudente. Succomber à la séduction d'un parfait étranger, non, cela n'était pas son genre !

Et pourtant... L'homme l'incitait à abattre toutes ses défenses, à le désirer. Par le seul biais de son regard.

— Mesdames et messieurs, nous allons nous arrêter à la taverne du Vieux Pendu, disait le guide, et prendre un bon whisky, un gin ou du vin si vous préférez.

L'intervention du guide rompit le charme entre Jade et l'homme. Elle posa les yeux sur Sally, qui grimaçait : manifestement, la jeune fille doutait que la taverne du Vieux Pendu servît du vin buvable. De la piquette, oui, pas mieux.

Le regard de Jade dériva vers le guide. Il concentrait son attention sur Sally. Avec une telle intensité, une telle faim que Jade frémit. Un moment plus tôt, son masque d'impassibilité s'était fissuré. Les réflexions des jeunes gens semblaient lui avoir déplu. Il avait paru blessé, puis en colère.

Il ne l'était plus. Il semblait pensif, comme s'il calculait quelque chose mentalement.

Un prédateur estimant les chances d'attraper une proie fut l'image qui s'imposa à l'esprit de Jade.

— Suivez-moi, ordonna-t-il.

Jade eut l'impression d'avoir été victime d'une illusion : le guide affichait un sourire engageant. De l'inquiétante expression, ne restait rien sur son visage.

Le groupe avança. L'homme aux yeux fascinants parlait au couple avec les deux enfants. Il leur disait d'être prudents car les vieilles tombes étaient branlantes et... inquiétantes.

— Pas de problème, repartit la femme. Nos gamins sont très raisonnables. Ils ne feraient rien d'inconsidéré, et ils ne seront pas impressionnés. Ils savent parfaitement faire la différence entre les mythes et la réalité, le passé et le présent. Mais...

La femme eut comme un instant de flottement avant de lancer :

— Nous ne continuons pas. Pete !

Elle appelait son mari.

— Il se fait tard. Nous quittons la visite ici.

— Oh, chérie, non ! Le plus intéressant commence maintenant et…

— Une pinte de bière devrait davantage t'intéresser. Ensuite, nous rentrerons à l'hôtel. Les gosses doivent dormir.

L'enseigne d'une taverne brillait dans la nuit. Le guide en franchit le seuil en premier, suivi de tous ses clients. L'aubergiste pressa une serveuse de servir rapidement ces gens de passage.

— Du Johnny Walker Carte noire pour ces personnes ! exigea le guide. C'est moi qui régale.

— Va pour moi ! s'écria Jeff.

Les verres furent remplis. Jeff leva le sien, portant un toast à la santé de ses compagnons. Méthodiquement, tous les participants à la visite burent du whisky et de la bière, l'un étant censé faire descendre l'autre.

— Vous ne prenez rien ? demanda le guide à Jade.

— Non, merci. Vous m'avez suffisamment mise dans l'ambiance. Je n'ai pas besoin d'alcool pour avoir peur.

Le guide hocha la tête, puis se tourna vers les autres.

— Mesdames, messieurs, je vais vous raconter l'histoire de la crypte que vous allez découvrir. Il s'agit du caveau de la famille Brus, nom devenu plus tard Bruce… Mademoiselle, je vois dans votre regard que vous n'ignorez rien de cette famille…

Le guide s'adressait à Jade.

— La famille s'est scindée en deux branches. Une partie s'est accrochée au patronyme Brus. Un jour, ses membres ont appris que parmi eux se trouvait un cousin illégitime. Aussitôt, les Brus lui ont jeté un sort : qu'il soit malade à en mourir… La syphilis. D'aucuns parlent d'hémophilie. Quoi qu'il en soit, devenu fou, ce cousin a massacré la famille. Nous sommes alors aux environs de l'an 1080. Le cousin défunt laissa une fille d'une beauté rare. Les Bruce l'enfermèrent dans une tour, mais elle avait des galants. L'un d'eux se débrouilla pour pénétrer dans sa prison et essaya de la séduire.

— Et alors ? Que se passa-t-il ? s'enquit Tom Marlow, l'un des jeunes gens.

— Alors, nul ne les revit jamais. On retrouva des ossements épars sur la lande, d'autres demoiselles disparurent à leur tour. On raconte que les cris de la jeune fille Brus résonnent encore dans la nuit. Des plaintes à glacer le sang, comme celles de démons ou de fantômes incapables de trouver la paix éternelle. On dit que pour apaiser sa douleur, les paysans lui apportaient de jeunes vierges pour qu'elle puise dans leur sang pur quelque réconfort.

— Mais c'est l'histoire de la légendaire comtesse Bathory ! remarqua Hugh Riley, un athlète probablement as de football dans son université.

Il semblait connaître maints détails du vieux mythe, se dit Jade. Jusque-là, il avait écouté attentivement sans intervenir.

— La comtesse Bathory a réellement existé, précisa-t-elle. C'était une femme cruelle, dénuée de scrupules et de conscience. Elle a causé la mort de centaines de jeunes filles. Elle se baignait dans leur sang et ses appétits, dans tous les domaines, étaient insatiables, féroces et barbares.

Cette précision donnée, Jade se tut : elle sentait un regard posé sur elle. Elle se retourna. L'homme aux yeux étranges la fixait. Assis seul à une table à l'écart, il buvait une bière dont la couleur évoquait celle du sang. Pas de la bière, du vin, estima Jade. Il leva discrètement son verre, comme pour signifier son accord avec ce qu'elle venait de dire.

La jeune femme tressaillit. Elle avait l'impression d'entendre l'homme. Il lui chuchotait à l'oreille :

— *Oui, le Mal existe bel et bien. Il fait partie de ce monde. Les humains sont pires que des loups entre eux...*

Impossible. Il n'avait rien dit de tel. Il se trouvait trop éloigné d'elle pour qu'elle perçût un seul mot, voyons ! Elle était victime d'une hallucination auditive.

Elle pivota sur ses talons, offrant son dos à l'homme.

— Chouette histoire ! lança Sam. La sale bonne femme aimait le sang des vierges, c'est ça ?

— Alors tu n'as pas à te faire de souci, Sally ! dit Jeff à la blonde auprès de lui.

— Allez tous au diable ! rétorqua Sally.

— Oh allez, Sally, rigole un peu ! On te taquine, c'est tout ! Mais, mademoiselle...

Il interpellait Jade.

— ... de nos jours, où trouver des vierges ?

Le guide, en reprenant son récit, épargna une réponse à Jade.

— La comtesse ne recherchait pas spécialement des vierges ! Elle voulait le sang de jeunes créatures. Sa sensualité explosive exigeait de la fraîcheur et... L'heure tourne. Videz vos verres et reprenons la visite. Il est temps de descendre dans la crypte.

Le couple et ses deux enfants s'apprêtaient à regagner leurs quartiers. Avant de partir, l'épouse remercia le guide et lui assura que ses garçons avaient adoré la visite et les commentaires.

— Vous m'en voyez ravi. Bonsoir, et faites de beaux rêves. Mais il est dommage que vous nous laissiez au meilleur moment.

Le deuxième couple s'en fut aussi. Sur le point de leur emboîter le pas, Jade se ravisa : cette nuit avait quelque chose de spécial. Si elle avait une chance de voir quoi que ce soit d'intéressant, c'était maintenant.

Elle resta donc avec le groupe.

L'homme aux yeux de jais aussi.

Tous sortirent de la taverne et s'enfoncèrent dans les ruelles sombres. Les discussions sur la sorcellerie et les enchantements allaient bon train parmi les jeunes. Jade n'y participa pas. Elle se demandait dans quel cimetière les conduisait le guide. Elle connaissait tous ceux de la ville, lui semblait-il.

Apparemment pas : celui où il les amena était mitoyen d'une église en ruine au sommet d'une colline. À l'abandon, composé de tombes à demi détruites aux dalles fendues. Dans les fissures des pierres tapissées de mousse, poussait du lichen. Les rares parties de granite intactes évoquaient, dans la blancheur blafarde du clair de lune, des ossements.

Jade leva les yeux vers le ciel : pleine lune. Conditions idéales pour ce genre de promenade macabre.

— C'est presque minuit ! souffla une jeune fille prénommée Julie tout en s'accrochant solidement au bras de Hugh.

Comme Sally, elle portait un T-shirt outrageusement près du corps, qui soulignait son opulente poitrine.

— Il fait noir… marmonna Sally, qui paraissait nerveuse.

— Oh, arrête, lui intima Jeff. Avec cette lune, on y voit comme en plein jour !

— Venez ! On va entrer dans la crypte ! dit le guide.

Ils marchaient sur un sol inégal. Jade leva le regard sur l'église. Architecture celtique, estima-t-elle. Les fenêtres condamnées donnaient la désagréable impression d'être des yeux aveugles dardés sur le groupe.

Jade ayant cessé de fixer le sol, son pied heurta un fragment de pierre tombale. Elle perdit l'équilibre. À l'instant où elle se croyait sur le point de tomber par terre, un bras solide la retint.

Celui de l'homme, qui demanda d'une voix grave aux intonations envoûtantes :

— Vous êtes-vous fait mal ?

Son léger accent intrigua Jade. Écossais ? Pas vraiment. Quoi qu'il en soit, il s'exprimait avec élégance… et sensualité. Sa voix était troublante, en parfaite adéquation avec ses yeux. Rien en lui, maintenant, ne paraissait inquiétant. Dans les prunelles sombres, plus d'étincelles couleur de feu. Un regard normal, soucieux car il avait eu peur qu'elle ne se soit blessée.

— Non, je... je ne me suis pas fait mal. Je suis seulement maladroite.

— Ce cimetière n'est pas un endroit où se promener la nuit.

Il leva la main et, d'un doigt, repoussa une mèche qui barrait le front de la jeune femme. Un geste intime qui la troubla. Elle aurait dû reculer, songea-t-elle sans bouger.

— Pourquoi faudrait-il éviter ce cimetière ? Pensez-vous que des fantômes vont sortir de leurs tombes et s'attaquer à nous ?

— Je pense que l'inexplicable fait partie de notre univers. Vous êtes américaine, n'est-ce pas ?

— Je plaide coupable : oui, je suis américaine, mais d'ascendance écossaise. Je m'appelle MacGregor.

— Vous venez du Sud.

— Coupable encore : je viens de Louisiane.

— La Nouvelle-Orléans ?

— Oui. Vous connaissez ?

— J'ai eu l'occasion d'y aller. Et... c'est curieux...

Il pointait l'index sur la pierre tombale heurtée par Jade.

— Qu'est-ce qui est curieux ? demanda-t-elle en baissant les yeux.

Les débris de la pierre tombale gisaient à côté d'un sarcophage. Les autres sépultures étaient souterraines. Pas celle-ci.

Bien lisible dans le clair de lune, le nom MacGregor était gravé dans le granite.

Un frisson traversa Jade. Elle eut la sensation que son sang se retirait de son visage, de ses mains. Tout à coup, elle était glacée.

Jamais, auparavant, elle n'avait eu peur des lieux dédiés aux morts, jamais elle n'avait considéré les cimetières comme des endroits hantés. Pour l'historienne qu'elle était, églises ou nécropoles représentaient d'inestimables sources de renseignements. Souvent elle trouvait ces derniers domiciles des disparus poignants, mais en aucune manière effrayants.

Et voilà que tout à coup elle tremblait, terrifiée.

— Je crois que je ferais mieux de rentrer, murmura-t-elle. Cette visite nocturne ne m'amuse plus. Et puis, je suis fatiguée. Je ne vois plus où je mets les pieds.

— Non.

L'homme lui avait pris le bras. Pas pour l'empêcher de tomber, cette fois.

Pour l'empêcher de s'en aller.

— J'ai dit que je voulais rentrer !

— Partir seule maintenant serait trop dangereux.

— Trop… dangereux ?

— L'Écosse a son lot de monstres. Ce coin fait partie de leurs fiefs.

— Comment le savez-vous ? Vous êtes d'ici ?

— Je l'étais, il y a longtemps. Bien longtemps.

— Allons allons, venez ! cria le guide.

Ils avaient atteint le fond du cimetière. Des sépultures entourées de grilles métalliques rouillées, des pierres tombales posées à même la terre les cernaient, reliées les unes aux autres par un entrelacs de ronces mêlées à de la vigne vierge.

Jade déglutit difficilement. La nécropole, dans ce secteur, était particulièrement lugubre.

La jeune femme regarda derrière elle. La ruelle empruntée par le groupe pour gagner le cimetière était invisible. Il lui sembla tout à coup être coupée du monde, enfermée dans un univers qui se résumait à l'église en ruine et aux tombes, dans le clair-obscur de la pleine lune. Pour ne rien arranger, de la brume envahit soudain le cimetière.

— Regardez ça ! s'écria Julie d'une voix chevrotante.

— Il doit y avoir une machine planquée quelque part, lui assura Tony. Comme au théâtre, ou dans un film ! On se croirait passés dans *La Quatrième Dimension* !

— C'est plutôt *Les Dents de la mer* ! lança Jeff en riant. Allez, allez, requins terrestres ! Venez ici, les petits !

— La tombe est juste devant nous, annonça calmement le guide.

Il leva le bras, entraînant la cape qui battit l'air.

Tous s'approchèrent. La tombe, un mausolée en fait, était de taille impressionnante et en piteux état. Des gargouilles en gardaient les angles, juchées sur des piliers retenant une grille. Des ronces couraient autour des barreaux.

Une volée de marches menait à la porte de l'édifice. Le guide les gravit après avoir poussé la grille, dont le grincement évoqua un cri de bête à l'agonie.

— Suivez-moi.

Ils obéirent. La porte ouverte révéla l'intérieur du mausolée : il n'était absolument pas dégradé. De part et d'autre de la travée, des cercueils bien rangés reposaient sur des étagères.

— Waouh, c'est craignos ! s'exclama Jeff.

— Vous n'avez encore rien vu, affirma le guide. Nous allons descendre dans la crypte. Je vous ai promis des frissons… vous ne serez pas déçus.

À l'extrémité de la travée, s'enfonçait dans le sol un escalier dans lequel les jeunes gens s'engagèrent après que le guide se fut effacé pour leur laisser le passage. Jade n'était pas certaine d'apprécier l'attitude protectrice de l'homme aux yeux étranges. Il se tenait derrière elle alors qu'elle suivait le mouvement et, d'une certaine façon, sa présence rendait cette intrusion dans la vieille crypte réellement effrayante. Se réfugier auprès de l'un des solides footballeurs la tentait, mais le guide la prit par surprise en grattant une allumette contre le crépi de l'une des parois. La flamme illumina le caveau.

Jade se pétrifia.

Julie poussa un cri.

Des cadavres gisaient un peu partout, enveloppés dans des suaires en lambeaux. Certains corps n'étaient pas totalement décomposés, d'autres étaient déjà des squelettes. Les doigts croisés sur les poitrines formaient des lacis blancs. Çà et là, des ossements épars sur le sol.

Des rats s'égaillèrent dans un crissement de griffes, dérangés dans leur répugnante activité. Une chauve-souris s'envola de la voûte dans un battement d'ailes silencieux, arrachant un hurlement à Sally.

— C'est super ! Il fallait voir ça ! dit Jeff au guide. Mais je n'ai toujours pas les jetons.

— Parce que je ne vous ai pas encore montré Sophia. Jeune homme, je pense que c'est vous que je dois lui présenter en priorité. Êtes-vous d'accord pour être sa première victime ?

— Sûr ! Amenez-moi à elle ! Je veux être battu, torturé...

— Et votre petite amie ?

— Moi, ça ne me tente... commençait Sally quand Jeff la coupa.

— Ne fais pas l'enfant. Entre dans mon fantasme ! On va faire un ménage à trois avec Sophia !

Sally lui fit une grimace mais ne recula pas, ce qui lui valut un sourire approbateur du guide. Celui-ci montra le sarcophage posé à même le sol, au centre du caveau. Une lourde dalle le fermait, mais elle joua aisément dans un grincement lorsque le guide la fit coulisser sur le côté, révélant un cercueil qui, mystérieusement, avait traversé le temps sans dommage. Son ornementation était composée de figures démoniaques.

— Sophia et ses mignons, annonça le guide.

Il passa derrière la jeune fille, et de la main souleva sa longue chevelure blonde. Puis ses doigts effleurèrent le cou nu, la poitrine arrogante, avant de remonter vers la gorge.

— Ce sont ces endroits que les morts privilégient pour satisfaire leur appétit, mademoiselle...

— Leur... appétit ? Ils mangent donc ?

— Oh, oui ! La vie grouille, ici, contrairement aux apparences.

Jade était choquée. Le geste du guide frôlait l'indécence. Il fallait dire à cet homme de se tenir correctement !

Les mots se bloquèrent sur ses lèvres lorsqu'elle remarqua l'expression de Sally. La jeune fille semblait... ensorcelée, en attente d'une nouvelle caresse. Elle fit face au guide et renversa la tête en arrière.

Le guide adressa un sourire aux autres membres du groupe, puis posa de nouveau la main sur Sally, franchement cette fois. Ses doigts coururent de son cou à la naissance de ses seins... s'arrêtèrent un bref instant sur l'échancrure du T-shirt... et tirèrent dessus, le déchirant pour révéler la poitrine.

Personne ne bougea. L'incrédulité paralysait les membres du groupe. Quant à Sally, elle fixait le guide d'un air extasié, tout comme Jeff.

En voilà assez, se dit Jade tout en amorçant un pas en arrière.

L'homme aux yeux étranges la retint fermement.

— Non, ne faites rien maintenant, murmura-t-il.

Jade se crispa. Elle allait se débarrasser de l'emprise de cet inconnu, crier sa désapprobation...

La voix qui résonna dans son esprit l'arrêta.

— *Il ne faut bouger à aucun prix !*

Sinon elle courrait un effroyable danger, pressentit-elle. S'enfuir en courant serait tout aussi risqué : le guide l'empêcherait de partir.

— Ouvrez le cercueil, ordonna ce dernier à Jeff.

Le jeune homme obéit, apparemment indifférent au fait que le guide eût à moitié déshabillé sa petite amie, laquelle lui souriait tout en caressant sa poitrine dénudée.

Jeff souleva le couvercle du cercueil.

Une femme apparut. Jeune, belle, aux cheveux noirs, en robe blanche au corsage brodé. Elle était intacte, comme si on l'avait enterrée la veille, comme si elle n'était pas morte...

Mais elle… elle vivait ! Oh, grands dieux, voilà que ses paupières se soulevaient… qu'elle regardait Jeff et… se redressait pour sortir du cercueil !

Allons, il s'agissait d'une mise en scène, pensa Jade, un coup monté particulièrement théâtral.

Le guide reprit la parole.

— Tous la craignaient ! Ils avaient autant peur de Sophia que des foudres du Ciel, du Malin ou du roi anglais Edward qui vint mettre l'Écosse à feu et à sang ! Sa famille aussi la redoutait. Pour apaiser son ire permanente, lui faire plaisir et la garder loin d'eux, ils lui donnaient de jeunes beautés dont elle se nourrissait après qu'elles lui eurent un moment tenu compagnie. Jeff, montrez-lui le sang qui coule en vous… Offrez-lui votre gorge !

Les yeux écarquillés d'horreur et d'incrédulité, Jade vit Jeff s'exécuter. Une expression béate sur le visage, il aida la femme à sortir du cercueil et la recueillit dans ses bras. Elle prit voracement sa bouche, l'embrassa, un baiser d'une sensualité torride… puis laissa dériver ses lèvres vers son cou.

Il inclina la tête.

Elle le mordit à la jugulaire.

Il hurla.

— Alors, tremblez-vous d'effroi, maintenant ? demanda le guide à la cantonade.

Il souriait de toutes ses dents – des dents dont les canines s'étaient muées en abominables crocs luisants.

Apparemment satisfait de la réaction de son public, il émit un éclat de rire rauque, puis se jeta sur Sally et plongea ses canines dans sa gorge, perforant la peau blanche, la chair délicate. Du sang jaillit. Sally poussa un geignement, évoquant davantage la jouissance que la souffrance. Le cercueil, le sol autour du sarcophage se teintèrent de rouge.

Ce à quoi elle assistait n'était pas une illusion, se dit Jade avec horreur. C'était réel ! Mon Dieu !

Les membres du groupe se mirent à crier, à se bousculer pour atteindre l'escalier, en proie à la panique. Mais les morts alignés dans leurs longues boîtes sur les étagères commencèrent à se réveiller. Squelettes, corps en décomposition jaillirent de leurs dernières demeures et bloquèrent l'issue de la crypte.

Éperdus, les jeunes gens refluèrent, mais les morts se jetèrent sur eux.

Les morts attaquaient les vivants.

En proie à une terreur sans nom, Jade essaya aussi de s'échapper. L'inconnu la bloqua contre un mur.

— Restez là et ne bougez pas. Attendez.

Jade n'entendait pas obéir, mais le guide fut soudain devant elle, couvert du sang de Sally, souriant d'un air engageant.

L'inconnu se plaça entre elle et le guide. Celui-ci produisit un grondement, comme de la lave jaillissant d'un cratère. Du sang s'échappa de sa bouche, coula le long de son menton. Il s'approcha de l'homme aux yeux étranges, à le toucher. L'homme murmura quelque chose que Jade ne comprit pas. En revanche, elle entendit ce que rétorqua le guide.

— C'était vous, hein ? Je me doutais bien que vous viendriez vous mêler de tout ça, espèce de salaud…

Du poing, le guide tenta de frapper l'inconnu. En vain. L'autre esquiva sans effort. Puis darda son regard sur l'homme, qui fut projeté de l'autre côté de la crypte. Comment l'inconnu avait-il fait ? Il ne l'avait pas touché !

Que les deux hommes se battent sembla à Jade l'opportunité idéale pour s'enfuir. Mais par où ? Il faisait si sombre… Une semi-obscurité pourpre, due au sang qui giclait. À peine distinguait-elle un cadavre qui s'acharnait sur Julie…

Un *cadavre* ?

L'idée fit sortir Jade de sa léthargie. Elle se baissa et s'empara de la torche lâchée par le guide. Munie de cette arme improvisée, elle attaqua le… la créature qui avait assailli Julie. Immédiatement, tous les autres monstres se jetèrent sur Jade. Ils semblaient flotter dans l'air. Des trous qui remplaçaient leurs bouches s'échappaient des sifflements haineux.

La jeune femme crut avoir perdu l'esprit. Elle faisait un cauchemar. Elle ne vivait pas ce qui arrivait, ce n'était pas possible ! Pourtant elle se battait, animée par une énergie désespérée. Les coups reçus, les cris, elle ne les rêvait pas ! Pas davantage le guide qui se ruait de nouveau sur elle ! Il tendait la main, agrippait son chemisier, tirait dessus...

— Allons, ma belle, ne vous rebellez plus ! Vous êtes la cerise sur le gâteau que nous comptions déguster à minuit !

Il souriait. Ses crocs s'approchaient irrésistiblement de sa gorge...

Soudain, le sourire mourut sur ses lèvres. Comme si une tornade l'avait balayé, il disparut après l'avoir lâchée. Elle tomba rudement sur le sol. À moitié assommée, elle perçut des hurlements, des protestations. Le guide maudissait quelqu'un, répétant un nom que Jade ne saisissait pas.

Puis l'inconnu se pencha sur elle. Dans ses yeux scintillaient des flammèches. Elle voulut se redresser, vacilla et chuta de nouveau. Sa tête heurta quelque chose de dur. Un morceau de pierre tombale, songeat-elle avant de sombrer dans une semi-inconscience.

Elle distinguait toujours la clarté de la torche. Elle lui avait échappé des mains. Son arme, qui lui avait permis de repousser les monstrueux agresseurs.

Mais ils n'étaient pas neutralisés. Elle les entendait crier. Des hurlements de possédés dans les feux de l'enfer, qui ne couvraient pas les plaintes de douleur, les supplications de voix humaines.

Sa tête l'élançait. Elle porta les doigts à sa tempe, ferma les yeux et la douleur se fit térébrante. Si vive qu'elle annihila les ultimes traces de lucidité qui habitaient encore son esprit.

Elle se sentit partir, de plus en plus loin, dans les ténèbres silencieuses.

On retrouva Jade MacGregor sur la tombe qui portait le nom de sa famille. Allongée sur la dalle, dépourvue de ses vêtements, mais enveloppée dans un linceul immaculé.

Lorsqu'elle reprit connaissance, elle ne comprit pas tout de suite où elle se trouvait, ne se rappela pas ce qui était arrivé. Elle distingua des hommes en uniforme, entendit des sirènes. Après un passage à vide, elle perçut de nouveaux hululements de sirène, et cette fois ses pensées s'éclaircirent : elle était dans une ambulance qui roulait. Des policiers se penchaient sur elle et lui posaient des questions. La mémoire lui étant revenue, elle parla de la visite nocturne organisée, du guide, de la taverne et des monstres, de Sophia qui était sortie de son cercueil.

La police conclut que Jade et les survivants du drame étaient sous l'influence de drogues dont les effets s'atténuaient lentement.

Car il y avait des survivants. Quatre jeunes du groupe avaient été tués. On comptait cinq rescapés : Hugh Riley, Tom Marlow, Ann Thorson, Marianne Williams et Jade MacGregor. Tous avaient été retrouvés gisant au milieu des vieilles tombes, nus pour certains, d'autres dans leurs vêtements en lambeaux, tous souffrant de blessures multiples et tous confus, voire dans un état proche de la démence.

Petit à petit, Jade découvrit ce qui était arrivé – la version donnée par les autorités, du moins.

D'après la police, une sorte de bizutage avait eu lieu au sein d'une secte sataniste. Les nouveaux adeptes s'en étaient pris au groupe de jeunes gens. Jeff, Sally, Julie et Sam avaient été vidés de leur sang, la gorge tranchée d'une oreille à l'autre. Une décapitation. Deux têtes étaient néanmoins restées attachées à la colonne vertébrale. Deux autres avaient disparu. Au bord de la nausée, Jade ne demanda pas le nom de ceux dont la tête manquait.

Comme elle, les survivants étaient inconscients à l'arrivée de la police. Ensuite, ils s'étaient montrés incohérents, avant de reconnaître avoir consommé des boissons alcoolisées et pris de la drogue.

Jade protesta : en ce qui la concernait, elle n'avait ni bu ni avalé la moindre substance illicite. La police devait lui avoir fait un prélèvement sanguin ! Les résultats de l'analyse ne pouvaient qu'être négatifs ! Qu'on le vérifie et...

Nul ne l'écouta. Tout ce qui intéressait les autorités, c'était de se mettre en chasse, de trouver les assassins. Elles n'avaient pas de temps à perdre avec les survivants. Seuls les tueurs méritaient toute leur attention. Qu'elle rentre donc chez elle et laisse travailler la police... Elle avait eu une chance inouïe, qu'elle en remercie le Ciel et s'en aille.

Jade ne partageait pas l'opinion de la police. Elle avait eu de la chance ? Sans aucun doute. La mémoire lui faisait encore défaut. Elle ne se rappelait que des fragments de la scène qui s'était déroulée dans la crypte, mais elle était sûre d'une chose : les tueurs n'étaient pas des adeptes d'une secte. Il s'agissait de cadavres revenus à la vie – des vampires, selon les légendes – et... Non, évidemment, non. Les vampires n'existaient pas.

Et pourtant... Quelle autre explication trouver à ce qui s'était passé ? Quoi que prétendît la police, Jade savait n'avoir été ni ivre ni droguée. Elle l'avait dit et répété, précisant que l'homme aux yeux étranges ne l'était pas non plus...

— Quel homme ? avaient demandé les policiers.

Elle l'avait décrit, mais sans que cela fût de la moindre utilité : elle ignorait son nom, ne pouvait dire d'où il venait, ni même s'il était écossais ou étranger. Quoique... il avait mentionné être déjà venu à Édimbourg, autrefois.

Cet homme s'était battu contre les... les monstres, contre le guide buveur de sang, elle l'affirmait. La police ne la croyait pas : l'émotion lui avait donné des hallucinations. Les cadavres dans la crypte n'étaient rien d'autre que des cadavres. Bel et bien morts, et ce depuis belle lurette. L'histoire de l'Écosse ne comptait aucune Sophia de Brus. Ce qui s'était passé au cimetière était navrant, épouvantable, et le mieux que pouvait faire Jade MacGregor, c'était de sauter dans le premier avion en partance pour les États-Unis. Et d'oublier tout ça. Quant à la police d'Édimbourg, elle traquerait ce guide sadique, cet homme qui était à l'origine du drame.

Les policiers étaient persuasifs. L'instinct de Jade fit le reste. Insensiblement, afin de préserver sa santé mentale, la jeune femme commença à chasser la vérité de son esprit. Elle ne répondait plus aussi clairement qu'au début aux questions des inspecteurs. Où était-elle allée avant la visite du cimetière ? Pourquoi avait-elle suivi le groupe ? Le guide, pouvait-elle le décrire ? Elle se montrait de plus en plus évasive.

La police ne trouva en ville aucun organisme touristique qui organisât des sorties nocturnes dans la vieille nécropole. Quant à la taverne du Vieux Pendu, elle n'existait pas.

Jade conclut qu'elle avait eu des hallucinations. Du moins, en ce qui concernait les cadavres sortant des cercueils et se jetant sur les jeunes gens. Ce détail macabre mis à part, le reste n'était pas une illusion. Les quatre morts le prouvaient. Des adeptes d'une secte satanique s'étaient livrés à leurs immondes pratiques. Des humains fous et criminels qui se prenaient pour des vampires.

Mais où étaient passés le guide et les membres de cette secte ? Qui était leur chef ? L'homme aux yeux étranges ?

La migraine martelait la tête de Jade. Si seulement elle avait pu en dire davantage aux policiers, les mettre sur une piste... Hélas, elle ne trouvait rien de concret, et aucun des autres survivants non plus.

Des échantillons de sang furent prélevés sur les pierres tombales, ainsi que des centaines de particules d'origine humaine. Les analyses démontrèrent qu'ils appartenaient aux victimes. Les assassins n'avaient rien laissé. Pas le moindre indice susceptible de les incriminer.

La police locale allait faire appel à Scotland Yard et demander au FBI américain de procéder à d'autres tests. Le massacre du vieux cimetière serait communiqué à tous les ordinateurs du monde. Peut-être des similitudes avec d'autres affaires apparaîtraient-elles, permettant de faire progresser l'enquête.

Maintenant, il fallait qu'elle oublie, sinon elle deviendrait folle. Retrouver une existence normale chez elle serait une excellente thérapie.

Sa sœur Shanna vint en Écosse afin qu'elle ne fît pas seule le voyage de retour. Tout au long du vol, Shanna fut parfaite, écoutant Jade qui parla sans arrêt, vidant son esprit et son cœur. En dépit des détails que lui fournit sa sœur, Shanna adopta le point de vue de la police : les coupables étaient bien des membres d'une secte satanique. Il n'y avait pas, selon elle, d'autre explication. Jade avait raison de s'estimer chanceuse. Elle devait se réjouir d'être en vie.

Plus le jet avançait au-dessus de l'océan, plus l'horreur s'éloignait. Jade se sentait peu à peu libérée et reconnaissante envers le hasard, la bonne étoile qui l'avait protégée.

Une fois à La Nouvelle-Orléans, tout redeviendrait normal.

Un an plus tard, c'était effectivement le cas.

Enfin, presque. Encore un peu nerveuse, Jade commença à fréquenter un policier prénommé Rick. Elle publia un livre agrémenté de photographies sur les églises médiévales.

À la date anniversaire du massacre, une nuit de pleine lune, elle rêva pour la première fois de l'homme aux yeux étranges.

De lui et de lui seul. Pas du guide, pas de la femme sortie du sarcophage.

Dans son rêve, la lune nimbait le paysage d'une clarté nacrée. De la brume montait du sol. Des ombres se déplaçaient alentour. Pétrifiée de froid, nue sous un linceul blanc, elle se tenait dans le vent glacial, vulnérable, et attendait l'homme qui se dirigeait vers elle.

Dans ses yeux de jais luisaient des étincelles…

Elle se réveilla en sursaut, tremblant de tout son corps.

De désir ! se rendit-elle compte, effarée.

La pendulette digitale sur la table de nuit affichait le chiffre douze.

Minuit.

1

— Salut, madame la formidable sœur de Superwoman !

Sans avoir besoin de lever les yeux, Jade sut qui arrivait à sa table. La voix lui était aussi familière que les joues de bébé roses, le large sourire et les yeux bleu azur de Matt.

Jamais de sa vie elle n'avait rencontré d'homme aussi avenant, gai et positif que ce jeune homme. Toujours de bonne humeur, dynamique et dévoué envers ses amis, Matt était doté d'une riche nature.

Son écriture n'en était donc que plus surprenante. Un contraste effarant. Noire, consacrée à des thèmes effroyables. Il racontait des histoires qui bouleversaient le lecteur. Le livre refermé, on évitait les ruelles sombres et on avait peur de son ombre.

Jade posa son journal sur la table et leva les yeux après avoir remonté ses lunettes de soleil sur son nez.

— Shanna, Superwoman ? Ma petite sœur t'a fait quelque chose de très vilain, ce matin ? Elle a trouvé des fautes dans le dernier chapitre de ton bouquin ?

Matt tira un siège et s'assit à côté de la jeune femme. Sans doute était-il venu là exprès pour la voir : ce n'était un secret pour personne, elle passait une bonne partie de ses matinées à la terrasse du café du Monde, le point de ralliement des touristes lève-tôt de La Nouvelle-Orléans, et l'endroit où l'on buvait le meilleur café et dégustait les beignets les plus exquis. Tout en prenant son petit déjeuner, Jade s'amusait du spectacle qu'offraient les touristes. Elle aimait entendre les gens parler des langues étrangères, adorait l'agitation qui régnait dans le quartier le matin. Elle y venait seule, munie du quotidien du jour, et goûtait sa solitude au milieu du brouhaha.

Ses amis savaient l'y trouver.

La plupart d'entre eux, comme Matt, étaient écrivains. Ils formaient un groupe très éclectique puisque Matt situait ses histoires dans un univers macabre, Jenny Dansen se consacrait aux comédies mordantes, Shanna à la littérature fantastique et les autres à des domaines différents. Le groupe s'appelait « Le Mercredi soir », un nom simple pour des gens que l'amour de l'écriture avait rapprochés.

— J'ai vu ta frangine hier soir, Jade. Nous avons dîné dans ce nouveau restau cajun, tu sais, pas loin de la rocade, et ensuite nous avons fait notre shopping de décorations pour Halloween. Shanna est une somptueuse et lumineuse créature, carrossée comme une Ferrari. Et elle est d'une gentillesse ! Même avec un balourd comme moi, elle est adorable.

— Shanna est tout ça, oui. Mais pourquoi suis-je soudainement formidable, Matt ?

— Parce que tu es somptueuse et lumineuse, carrossée comme une Ferrari et gentille. Mais ce matin, en plus, ton talent est prodigieux.

— Ah bon ?

Matt posa un listing d'ordinateur sur la table.

— Tu sais à quel point je suis obsessionnel.

Parmi les membres du groupe, Matt était celui qui obtenait les plus beaux succès en librairie. Il gagnait bien sa vie et était très connu. Ses livres se trouvaient invariablement en tête de classement des ouvrages les mieux vendus. Mais il était, effectivement, obsessionnel. Chaque fois que l'un de ses romans était publié, il tremblait comme un petit enfant terrifié. L'angoisse le rendait malade. Collé devant son ordinateur branché sur Internet, il scrutait la place qu'occupait son nouveau bébé jour après jour.

Il montra ses feuillets sur lesquels s'alignaient des chiffres. Ceux du magazine *USA Today*.

— Centième, Jade.

— Centième ?

— Ton bouquin sur les églises, édité à compte d'auteur, a atteint la centième place ! C'est fabuleux ! Un coup super !

Incrédule, Jade tira les feuillets à elle. Son livre ne pouvait être un succès populaire, voyons. Elle avait commencé par le mettre sur le Net, et de fil en aiguille des libraires l'avaient contactée pour se faire envoyer des exemplaires.

— Regarde ! Mais regarde ! insista Matt.

Le titre de son livre, suivi de son nom, était bien là.

— Oh... Tu ne penses pas qu'il y a une erreur ?

— Jade, tu deviens comme moi ! Tu doutes de tout !

— Non. Toi, tu es carrément névrosé. Tu ne crois pas en ton talent, alors tu te dis invariablement, quand l'un de tes livres sort, que cette fois tu auras été mauvais. Tes amis ont beau te rassurer, ça ne change rien, tu t'imagines toujours nul.

— Je sais, approuva joyeusement Matt. N'empêche, tu réagis comme moi.

Jade posa de nouveau les yeux sur la liste.

— Je suis émerveillée, et heureuse.

— Il y a de quoi : ton bouquin est formidable, les photos sont magnifiques et tu as tout fait toi-même.

— Pas exactement. Shanna m'a donné un coup de main. Mais je répète : c'est incroyable.

— On va faire la fête.

— Une fête ?

— Le groupe du Mercredi soir va se pointer chez toi aujourd'hui.

— C'est jeudi.

— Je sais. Mais tu vas acheter du champagne, et du bon, hein ? Pas du mousseux. Et peut-être aussi du caviar.

— Tu m'as dit un jour détester le caviar.

— Un détail sans importance. En une telle occasion, le caviar s'impose. Nous serons tous là pour te féliciter, boire à ta santé et te dire plein de trucs gentils.

— Effectivement, on devrait faire ça. Tu penses pouvoir joindre tous les membres du groupe d'ici ce soir ?

— Mais enfin, Jade ! Pourquoi, à ton avis, serais-je debout d'aussi bonne heure ? Nous allons commencer tout de suite à passer des coups de fil.

— « Nous » ?

— Oui, toi et moi. Parce que, vois-tu, mon *Jack l'Éventreur* est dans les dix premiers...

Matt s'était exprimé d'un ton calme. Son expression n'était que modestie.

— C'est vrai ? Ô mon Dieu, Matt !

Du bout de l'index, le jeune homme tapotait le listing extrait de *USA Today*. Le titre de son livre, en huitième place du classement des meilleures ventes, était entouré d'un grand cercle rouge. Une douzaine de « Yeah ! » étaient gribouillés sur le pourtour du cercle.

— Bravo ! s'exclama Jade.

— Merci.

— Ainsi, tu gravis peu à peu les échelons... Pourquoi est-ce moi qui dois donner la fête ?

— Parce que ton appartement est plus chouette que le mien.

— Vraiment ?

— Oh, allons, Jade... Une maison coloniale XIXe mitoyenne d'un restaurant français qui sert les meilleurs desserts de la ville... Un balcon qui ceinture tout l'étage et regorge de fleurs, un club de jazz dans l'immeuble en face, et le tout sur l'une des rues les plus jolies de La Nouvelle-Orléans... Comparé à ces atouts, qu'a mon appart' à offrir ? Il est au troisième étage, il n'y a pas d'ascenseur, et il se trouve dans un quartier que ne fréquentent pas les touristes. Si, si, Jade, le plus bel appartement, c'est le tien.

— Tu pourrais songer à déménager…

— Tu rigoles ? Près de chez moi sont installés les plus dingues pratiquants du vaudou qui existent, mes voisins immédiats sont complètement cinglés… Je les adore ! Y compris le Jack Russell borgne de la vieille Mamma Louise, à l'étage au-dessus.

— Ce chien fait tout le temps pipi sur tes chaussures !

— Oui, mais on ne peut rien reprocher à une pauvre bête borgne.

— Moi, je n'ai rien à lui reprocher. Il est mignon comme tout et ne me fait jamais pipi dessus. D'ailleurs, je n'ai rien à reprocher non plus à ton appartement. C'est toi qui t'en plains.

— Je ne m'en plains pas. Je dis seulement que chez toi, c'est mieux. Surtout pour donner une fête.

— O.K., tu as gagné. Je suis contente d'organiser cette fête. Je vais inviter tout le monde.

— Euh… finalement, il n'y aura pas de coups de fil à passer, à part à ta sœur : j'ai déjà contacté tous les copains.

— Quoi ?

— Jade, avant que je te le dise, il fallait que je te sente emballée par l'idée. Tu devais être excitée et convaincue que tu avais quelque chose à fêter.

— Tu m'as bien manipulée, espèce de sale type !

— J'achèterai le caviar. Tu t'occupes du champagne ?

— Oui.

Pendant qu'ils bavardaient, Matt avait commandé du café et des beignets, qu'il dévorait à une cadence sidérante.

— Tu as l'air pressé, remarqua Jade.

— Oui. Il faut que je parle tout de suite à mon agent. Je ferraille mieux quand je suis chaud. Puis je dois bosser, payer mes factures et acheter le caviar.

— À quelle heure commencera la soirée ?

— Vingt et une heures. Après dîner : je ne voulais pas que tu aies à cuisiner.

— Très gentil à toi, grinça-t-elle. Tant de sollicitude me touche.

— Je m'en doutais. On ne mangera donc pas… Juste quelques canapés au caviar, mais quelques gâteaux du restaurant français seraient les bienvenus.

— Mmm. D'accord.

— Pense aux éclairs. Café et chocolat.

— Entendu.

Matt essuya sa bouche blanche de sucre glace, puis se leva. Il s'éloignait quand Jade s'aperçut qu'il avait oublié son journal.

— Eh ! Matt !

Il s'arrêta et se retourna.

— Oui ?

— Ton classement de *USA Today* ! lança la jeune femme en agitant les feuillets.

— Garde-le ! J'en ai tiré vingt exemplaires !

Jade regarda donc de nouveau la liste des livres à succès. Pas de doute, elle était heureuse. Fière de Matt aussi. Il montait vers le firmament des étoiles. Le roi des best-sellers, ce serait bientôt lui.

Elle commanda une nouvelle tasse de café. Rien d'urgent ne l'attendait, ce matin. Elle pouvait prendre son temps et réfléchir à la fête. Inviterait-elle Rick Beaudreaux ? Il connaissait tous les membres du groupe, les appréciait, et eux l'aimaient beaucoup. Cela faisait trois mois qu'elle sortait avec lui. Un inspecteur de police dont la personnalité et les qualités correspondaient à tout ce qu'elle avait espéré trouver chez un homme.

Jusqu'à maintenant, tout au moins.

Pourquoi cette réflexion venait-elle de surgir dans son esprit ? se demanda-t-elle avec inquiétude. *Jusqu'à maintenant*… Comme si Rick n'était là que pour assurer un intérim… Comme si un autre prendrait sa place un jour ou l'autre… Mais Rick était formidable !

Blond, les yeux bleus, sublimement bâti, facile à vivre, calme, le genre de personne à qui l'on a envie de se confier.

De longues années durant, il avait travaillé dur à la brigade antidrogue de Miami, puis était revenu dans sa cité natale, La Nouvelle-Orléans, où il était passé inspecteur divisionnaire, toujours à la brigade antidrogue. Il s'occupait beaucoup des enfants, essayant de convaincre écoliers et lycéens de ne pas toucher aux stupéfiants. Il rédigeait également les rapports de son département à l'intention des médias. Poli, gentil, bon danseur, amateur de vélo et de rollers, il sentait bon, était attirant... Son seul défaut : les matches de foot dominicaux qui le passionnaient. Mais quand il le fallait, il savait renoncer à sa place au stade. Il aimait les pique-niques dans la campagne roussie par l'automne, et son sourire aurait fait fondre n'importe quelle femme, Jade en particulier. Il semblait beaucoup tenir à elle, admirait son travail et était toujours disponible pour elle, même quand il était fatigué.

Il ne lui avait jamais demandé pourquoi elle ne souhaitait manifestement pas faire l'amour avec lui.

Une question qu'elle se posait elle-même, sans trouver la réponse.

Oui, elle allait l'inviter. Et, une fois les autres partis, Rick resterait. Ils passeraient la nuit ensemble. Si elle ne se décidait pas à lui ouvrir son lit, il finirait par la quitter et elle n'avait nulle envie de le perdre. Elle ne pouvait tabler indéfiniment sur sa patience.

Elle lui avait raconté ce qui s'était passé en Écosse, et il comprenait qu'elle soit sortie de l'épreuve traumatisée. Elle ne lui cachait quasiment rien.

Et pourtant, elle ne lui avait pas parlé du rêve.

Dommage qu'aucun psychologue ne fasse partie du groupe. Il aurait pu lui expliquer de quoi elle souffrait. Quoique, à bien y réfléchir, ce rêve qui mettait l'homme aux yeux étranges en scène, elle n'en dirait rien à personne.

Elle ramena son attention sur son journal, le replia… et vit l'article.

Son cœur manqua plusieurs battements.

Le titre en lettres grasses accrocha douloureusement son regard :

Massacre à New York : des habitants victimes de meurtres rituels.

Du trottoir de l'autre côté de la rue, il l'observait.

Elle était assise à une terrasse de café. Elle avait choisi de s'installer en bordure de la rue, au soleil, et levait fréquemment le visage pour l'offrir à ses rayons. Elle souriait, amoureuse du soleil, de son éclat, de sa chaleur.

Sa beauté l'émouvait. Classique, pure. Il se rappelait la couleur de ses yeux : un bleu rare teinté de vert, comme celui de la mer. Il se souvenait aussi de son parfum. De là où il se trouvait, il en humait la fragrance.

Le soleil jouait dans sa chevelure d'or, la parant de reflets de feu. Les mèches qui restaient dans l'ombre, par contraste, paraissaient châtaines.

Tel un chat, elle s'étirait doucement, avec des mouvements sensuels et gracieux. Elle était bien, elle jouissait des bienfaits de l'astre du matin dans le ciel pur.

Alors que lui demeurait calfeutré à l'intérieur du petit restaurant, à l'ombre, dans la fraîcheur de l'air conditionné. La lumière des mauvais néons l'obligeait à garder ses lunettes noires.

Il l'observait à son insu. Elle ignorait qu'il était là. Elle ne pouvait le voir.

Cela faisait quelques jours qu'il la suivait. Non qu'il n'ait pas eu envie de le faire avant. Mais il avait résisté à la tentation. S'il avait cédé, c'était à cause de ses propres ennemis : ils venaient de refaire surface.

Il se rappelait qu'elle lui avait demandé s'il connaissait La Nouvelle-Orléans. Oh oui, il connaissait bien cette ville ! Elle était l'une de ses préférées. Retrouver la jeune femme ici avait été un jeu d'enfant. Désormais, il savait où elle habitait, qui étaient ses amis, les endroits qu'elle fréquentait… Il n'ignorait plus rien de ses habitudes.

S'il avait pu découvrir tout cela si facilement, d'autres en avaient également été capables.

— Encore du café ?

Il regarda la serveuse. Jeune, un sourire avenant, de jolis traits, des cheveux blonds coupés court, des jambes musclées que la jupe courte de son uniforme mettait en valeur… Autrefois, il l'aurait trouvée délectable, aussi irrésistible qu'un verre de whisky pour un alcoolique.

Autrefois.

— Oui, encore un peu de café, merci.

Elle remplit la tasse sans se départir de son sourire, lequel n'était pas seulement commercial, il s'en rendait bien compte.

— Vous n'êtes pas d'ici, dit-elle. Votre accent…

— Non, je ne suis pas d'ici, et vous non plus. Pittsburgh, n'est-ce pas ?

Les yeux de la serveuse s'élargirent.

— Ça alors ! Comment avez-vous su ?

— Oh, l'accent de Pittsburgh est très spécial ! Facile à reconnaître.

Elle fronça soudain les sourcils.

— Eh, vous n'avez pas été chargé par mes vieux de me suivre, hein ?

— Navré, mais j'ignore qui sont vos… vos parents.

Elle s'empourpra.

— Excusez-moi. C'est juste que je vais à Tulane, et mes parents pensent que c'est une école de pacotille où on fait la java tout le temps. Ce n'est pas vrai. J'aime Tulane, je bosse dur… Mais, pour mes vieux, les seules bonnes écoles sont dans le Nord.

— Vos résultats sont bons, à Tulane ?

— Je suis sur le tableau d'honneur ! lança-t-elle avec fierté.

— Alors vos parents seront contents.

Elle acquiesça d'un hochement de tête, puis sourit de nouveau.

— Vous êtes étranger.

— Pas vraiment.

— Je m'appelle Cathy, dit-elle en tendant la main.

Il eut une hésitation.

— Moi, c'est Luke.

— Luke…

Elle répéta lentement le nom, comme si elle le savourait.

— Eh bien, Luke, c'est chouette de vous avoir ici. J'espère que vous ne m'avez pas trouvée trop bête.

Elle s'interrompit quelques instants, le temps de le dévisager, puis reprit :

— Vous n'êtes pas du Sud. Vous êtes trop pâle.

— Oh, ça ne veut rien dire… Je connais des gens du Nord qui ressemblent à des Californiens, à force de s'allonger sous des rampes de bronzage artificiel.

— Exact. Bon, à une autre fois, peut-être, Luke.

— Sûr.

La serveuse s'éloigna. Il but son café et riva de nouveau son regard sur l'autre côté de la rue.

Quelque chose était arrivé ! Elle était debout, son café renversé dégoulinait de la table, et elle ne semblait même pas s'en rendre compte.

Une calèche chargée de touristes passa à ce moment-là, lui masquant la vue. Soudain fébrile, il jeta de l'argent sur la table. Beaucoup plus que ne l'exigeait un simple café, mais la jeune Cathy en ferait sans nul doute bon usage.

Il sortit du restaurant, traversa la rue en courant… et s'arrêta net : elle avait disparu.

Il s'approcha de la table qu'elle avait occupée, vit le journal mouillé de café…

Le titre de l'article lui sauta aux yeux.

— Tu prends ça trop au sérieux ! s'écria Shanna.

Jade revint dans la salle de séjour où Shanna s'occupait de plier des serviettes en papier pour le buffet. En simple blouse de coton par-dessus un jean, Shanna était très belle, se dit Jade. Cheveux fauve, yeux du même bleu-vert que les siens, elle était sa cadette d'un an. Dix-huit ans durant, chez leurs parents, les deux sœurs s'étaient battues comme chien et chat, puis elles étaient devenues les meilleures amies du monde après que Jade eut quitté la maison familiale de Garden District pour un collège à New York. Shanna, elle, était allée l'année suivante à l'université de Californie. Diplômes en poche, les deux sœurs étaient revenues à La Nouvelle-Orléans.

Shanna aimait l'écriture autant que Jade. Insensiblement, elle avait donc glissé vers la rédaction de scénarios, réussissant à en vendre quelques-uns, puis s'était mise au roman. Le genre fantastique était son domaine de prédilection mais, dans la vie de tous les jours, elle avait les pieds sur terre. Excellente gestionnaire, elle s'occupait de leurs finances à toutes les deux.

Leur mère était morte d'une méchante pneumonie alors que Shanna et Jade avaient quinze et seize ans. Veuf, leur père était resté dans la grande maison de Garden District, puis s'était remarié avec une très jeune femme. De cette union étaient nés des jumeaux. Jade et Shanna avaient désormais des demi-frères de trois ans. Leur père journaliste adorait ses grandes filles et ses petits garçons.

En dépit des efforts de Liz, la nouvelle épouse, Shanna et Jade répugnaient à fréquenter la demeure où elles avaient grandi. La famille recomposée leur semblait artificielle. Elles étaient des adultes et les jumeaux des bébés. Elles s'étaient donc rapprochées l'une de l'autre sans pour autant délaisser leur père. Mais les MacGregor menaient désormais des vies indépendantes les unes des autres. Avec bonheur. Si sa mère n'était pas prématurément morte, songeait Jade, elle aurait pu se dire parfaitement heureuse. Chanceuse, même.

Après tout, elle avait échappé à un *massacre*...

— Shanna, as-tu lu cet article ?

— Hein ? Ah, oui ! Quatre personnes ont été assassinées à New York.

— C'est tout ce que tu trouves à dire ? Alors qu'on a retrouvé quatre corps nus, dépecés, décapités et couchés sur des tombes ?

— Le monde est plein de fous, Jade.

— Il pourrait y avoir un rapport avec ce qui s'est passé en Écosse.

Shanna abandonna les serviettes. Elle se retourna et fit face à sa sœur.

— Jade, quand tu es rentrée d'Édimbourg, tu m'as vraiment fait peur. J'ai cru que tu serais en psychothérapie ta vie durant. Tu affirmais que des créatures démoniaques étaient sorties de cercueils pour...

— Attends, Shanna ! J'étais au bord de l'hystérie, je sais. En proie à une terreur permanente, qui oblitérait tous mes souvenirs. Mais je me rappelais très bien avoir repris connaissance sur une pierre tombale ! La police n'a jamais trouvé les coupables. Ceux qui ont fait ça à New York, est-ce que ça ne pourrait pas être les mêmes ?

— À New York, la brigade criminelle est extrêmement performante. En plus, le FBI va intervenir.

— Ça n'empêche pas que mon aide serait peut-être utile.

— En quoi ? En mettant ton nom à la une des journaux ? En attirant bien l'attention sur toi ? Ce serait comme si tu faisais signe aux assassins et leur disais : « Eh, les mecs, vous m'avez loupée la dernière fois ! Rattrapez-vous ! »

Jade resta silencieuse.

— Tu parles d'être utile aux flics, reprit Shanna, mais tu as quasiment tout oublié. Et puis, aucun suspect n'a été mis en garde à vue. On ne peut pas te demander d'essayer de reconnaître quelqu'un. Alors non, Jade, je ne voudrais pas que tu te mêles de cette histoire.

— Une histoire qui m'a remis les nerfs à fleur de peau.

— C'est compréhensible. Calme-toi donc en faisant l'amour avec ton flic chéri. Si tu veux mon avis, sache que je te trouve ridicule de lui tenir la dragée haute depuis trois mois. Il est charmant, ton Rick.

— Oh, vraiment ? C'est ce que tu penses ?

— Oui. Il est craquant, il gagne bien sa vie, il est super baraqué et, pour ne rien gâter, très sain d'esprit. S'il était avec moi, je te garantis que je ne courrais pas le risque de le laisser filer.

— Shanna, les mecs se battent pour te séduire. De beaux types, des costauds, des riches…

— Peut-être, mais ceux que j'ai fréquentés jusqu'à maintenant se sont révélés être des idiots. Fais l'amour avec ton flic : tu auras un merveilleux garde du corps la nuit, et tu grimperas aux rideaux.

— J'avoue y avoir songé.

— Très bien. Tu l'as invité à la fête ?

— Oui, il sera là ce soir… et je le garderai peut-être avec moi quand les autres seront partis.

— Excellente initiative. À propos des autres, à quelle heure viennent-ils ?

— Vingt et une heures.

— Matt a la grosse tête ?

— Non. En fait, on dirait un gosse. Il est tout excité par son succès. T'ai-je dit qu'il allait acheter du caviar alors qu'il a horreur de ça ?

— Tu n'aimes pas ça non plus. Tu sais, Jade, je suis sacrément fière d'être l'un des deux piliers des Éditions MacGregor !

— Tu seras bientôt publiée par cette prestigieuse maison d'édition !

Shanna se mit à rire.

— Non, merci. Ce serait prématuré. Je veux d'abord avoir un agent susceptible de me faire connaître des millions de lecteurs et voir mon nom au sommet de la liste des best-sellers comme notre copain Matt.

— Il y a des gens qui pensent que tu devras travailler longtemps et dur pour en arriver là.

— Et il y a d'autres gens qui ramassent un ticket de Loto jeté par terre et se retrouvent millionnaires le soir même.

Shanna se remit à son pliage de serviettes. Un seau à champagne à la main, Jade se rendit dans la cuisine pour le remplir de glaçons.

— Eh ! Ce soir, on fait la fête ! lui cria Shanna. On ne parle pas de ce qui s'est passé à New York, compris ?

— Reçu cinq sur cinq !

Il savait où elle habitait. Il était déjà venu devant chez elle.

Un long moment, il fixa le balcon, tout en jouissant de la fraîcheur de la brise nocturne, de la caresse du clair de lune sur son visage.

Les portes-fenêtres étaient ouvertes. La brise soulevait les rideaux.

Il aurait pu en savoir davantage en montant sur le balcon, mais il ne bougea pas. Il resterait là. En sentinelle.

Il ferma les yeux puis les rouvrit, conscient de la soudaine présence de la jeune femme appuyée à la rambarde de fer forgé. Elle le cherchait, perçut-il.

Il recula dans l'ombre. S'il lui demandait de le laisser entrer, elle accepterait, il le savait. Pourtant il n'en fit rien. L'époque était bien loin où l'énergie grondait en permanence en lui, où son pouvoir était tel que rien ne lui résistait. Peu à peu, il avait appris à dominer désirs et impulsions mais, en dépit de la discipline de fer à laquelle il se contraignait, il prenait ce dont il avait envie...

Avec cette femme-là, il n'en ferait rien.

Il demeura caché, continua à observer. Car il était là pour veiller sur elle, pour la protéger des ennemis qui se trouvaient dans la ville. À l'époque, au lieu d'attendre, il les aurait cherchés et affrontés. En ce temps-là, il était le roi de ceux de son espèce. Il réglait les différends, exigeait que l'on respecte les règles. On lui obéissait.

Tout cela appartenait à un monde révolu, alors que Sophia et son immonde acolyte Darian étaient de retour ! Ils couraient de nouveau, libres. Sophia devait avoir trouvé le talisman, c'était la seule explication. Comment les renvoyer, maintenant ? Comment se débarrasser d'eux ?

La main de Jade MacGregor s'était levée, repoussant les cheveux qui coulaient sur son cou afin de laisser la brise effleurer sa peau.

La voir aussi vulnérable le galvanisa. Il fallait qu'il agisse. Sophia et Darian... Qu'étaient-ils venus chercher à La Nouvelle-Orléans ? Lui, il aurait préféré ne pas y revenir. Trop d'événements douloureux le rattachaient à la ville. Le passé n'était pas si lointain, après tout. Mais il fallait tourner la page : il avait fait ce qu'il convenait de faire. Le problème, c'était que les circonstances actuelles changeaient la donne, allaient l'obliger à modifier son mode de vie. Il se sentait différent, et cependant au fond de lui restait tapi l'être qu'il avait été autrefois, prêt à surgir, à se battre. La bête en lui ne faisait que sommeiller.

Sophia et Darian l'avaient réveillée. Elle était prête à sortir ses griffes pour protéger cette femme, Jade MacGregor. À faire patte de velours aussi pour la toucher, la caresser, et cela le perturbait profondément.

Il referma les yeux et se concentra. Ses vieux dons ne demandaient qu'à retrouver leur efficacité. Grâce à eux, il voyait les ennemis.

Ses dons... S'il leur laissait libre cours, ils le renverraient en enfer, vers le Mal qui lui était si familier.

Renate DeMarsh, voisine de Jade et par ailleurs créatrice du personnage de Mlle Jacqueline, l'héroïne d'une série policière, s'était invitée à la fête, munie d'une pile de journaux new-yorkais. Shanna avait en vain essayé de l'empêcher d'entrer : Renate avait forcé le passage.

À trente-huit ans, Renate DeMarsh était célèbre, et recueillait régulièrement d'excellentes critiques pour ses nouvelles. Sa Mlle Jacqueline, qui résolvait de complexes énigmes, était une douce grand-mère aux cheveux gris. Elle élucidait les mystères en tricotant au coin du feu. Les lecteurs adoraient cet atypique détective.

Petite femme ravissante aux yeux violets, Renate était constamment conviée à des talk-shows télévisés. Sept de ses histoires devaient devenir des films mais encore aucun n'avait été tourné, ce qui la frustrait. Bien que très populaires, ses nouvelles ne lui apportaient pas la fortune qu'elle espérait. Elle répétait à Matt que ses épouvantables romans étaient trop bien payés alors qu'elle, qui écrivait bien, ne gagnait qu'une misère. Ses réflexions ne vexaient pas Matt. Il aimait gagner de l'argent et se fichait comme d'une guigne d'être invité sur un plateau de télévision. Il disait à Renate qu'il lui enviait les louanges que lui décernaient la presse et le public, et elle rétorquait qu'elle lui enviait les revenus qu'il tirait de ses livres. Finalement, ils se plaignaient mutuellement.

— Vous avez vu ça ? s'écria Renate à peine entrée dans l'appartement.

Elle brandissait plusieurs journaux new-yorkais, ce qui déplut à Matt : après tout, cette fête était la sienne comme celle de Jade, et il n'avait pas envie que la conversation tourne autour des meurtres commis à New York et dérive vers ce qui était arrivé à Jade en Écosse.

— Renate, je ne voulais pas que Jade voie ces titres ! J'aurais dû y penser ce matin, lui piquer son journal…

— Tu n'es qu'une tête de linotte, lui lança Shanna.

— Mais si, voyons, il fallait qu'elle soit au courant ! rétorqua Renate.

Manifestement, elle était déterminée à décortiquer le contenu des quatre colonnes pour le très discutable bénéfice de Jade.

— Pourquoi faut-il que ma sœur soit au courant ? demanda Shanna.

— Ô Seigneur, mais vous vivez tous dans un monde irréel ! s'écria Renate. Moi, je base mes histoires sur de vraies affaires policières ! Il y a toujours un mobile à l'origine des crimes, vous savez !

— Oui, et il y a des adeptes de sectes partout dans le monde ! repartit Jenny Danson, une ancienne infirmière mère de famille convertie récemment aux charmes de l'écriture.

Ses livres tournaient autour d'un thème très à la mode : les difficultés d'une femme écartelée entre vie de famille et carrière.

Rien ne parvenait jamais à déstabiliser Jenny. Maintenant elle affrontait Renate, bien décidée à l'empêcher de faire du mal à Jade, qui avait eu tant de difficultés à sortir d'une profonde dépression.

— Ne nous raconte pas de sornettes, Renate ! Tu es comme nous tous : ni inspecteur de police ni spécialiste des comportements déviants ! Jack l'Éventreur est mort depuis des lustres, Ted Bundy aussi, mais il y aura toujours d'autres tueurs en série, à La Nouvelle-Orléans ou ailleurs. Notre belle ville a été le théâtre d'horribles meurtres il n'y a pas si longtemps. Ceux qui seront commis dans un plus ou moins proche avenir ne seront pas le fait des mêmes tueurs, et ces derniers ne s'en prendront pas à Jade !

— Ai-je émis cette hypothèse ? Non, que je sache !

— Pas d'accord. Tu as fait des insinuations, intervint Danny Thacker, un auteur de nouvelles prisées des rédacteurs de magazines, qui essayait désespérément de faire éditer son roman.

Pour assurer l'ordinaire, il travaillait à mi-temps au service de médecine légale.

— Je te répète que je n'ai rien dit de semblable, Danny ! assura Renate en souriant.

Sans que Danny s'en rende compte, en apparence du moins, la jeune femme lui extorquait constamment nombre d'informations dont elle se servait ensuite dans ses histoires. Danny appréciait la compagnie de Renate. Qu'elle le fréquente par intérêt lui était, semblait-il, égal : auprès d'elle, il était heureux.

— Arrête, Renate, reprit-il. On peut tous lire ces foutus journaux et on est tous au courant de ce qui est arrivé, mais on ne veut pas mettre ça sur le tapis pour ne pas affoler Jade.

— Savoir ne m'affolera pas, lança Jade qui venait de les rejoindre. C'est de ne pas savoir qui est effrayant.

— D'accord, mais à quoi bon chercher à en apprendre davantage sur ce qui s'est passé à New York ? demanda Todd, le mari de Jenny. Tu es chez toi ici, Jade. Dans ta ville. Pas là-haut dans le Nord.

— Et nous sommes tous auprès de toi, compléta Jenny.

Le regard acéré de Renate passa de l'un à l'autre de ses interlocuteurs, avant de s'arrêter sur Matt.

— Bon. Vous formez un efficace barrage protecteur, mais laissez au moins Jade lire cet article.

Du bout d'un ongle carminé, elle tapota l'un des journaux.

— Ensuite, enchaîna-t-elle, nous ne reviendrons pas sur le sujet. Mais c'est à elle de décider si elle a matière à s'inquiéter ou non. Si c'est le cas, je pourrais demander à l'un de mes amis de lui prêter son pit-bull et…

— Renate, coupa Jade, je n'ai pas besoin d'un pit-bull.

— Tu sais, Jade, ces petits soufflés au fromage sont délicieux, lança Danny. Est-ce toi qui les as faits ?

Jade apprécia la diversion.

— Non, je les ai achetés au restaurant français.

— Oublie donc ces soufflés quelques instants, Jade ! protesta Renate. Ce que je te dis est très important ! Il faut que tu lises cet article !

Avec répugnance, Jade prit le journal tendu.

Tous firent silence pendant que leur hôtesse parcourait les lignes imprimées.

Il ne s'agissait pas d'un reportage à sensation. Les faits étaient énoncés froidement, et leur horreur n'en devenait que plus patente. Les noms des victimes étaient cités sans commentaire superflu, et Jade comprit alors ce que Renate voulait qu'elle voie.

Hugh Riley. L'un des morts s'appelait Hugh Riley. Ô grand Dieu… Le jeune homme à la carrure de footballeur qui connaissait l'histoire de la comtesse Bathory… Elle se rappelait ses traits, ses yeux, sa démarche…

Cette nuit-là en Écosse, il avait été épargné. Comme elle, on l'avait retrouvé inconscient parmi les tombes abandonnées.

Vivant.

On venait une nouvelle fois de le retrouver gisant dans un cimetière.

Mort.

Et sa tête avait disparu.

2

Il faisait nuit noire et il était tard, lorsque Cathy Allen quitta le restaurant ce soir-là.

D'ordinaire, elle assurait le service du déjeuner mais Loren et Jeffrey, ses deux collègues, avaient appelé dans la matinée pour dire qu'ils étaient souffrants. Cathy avait donc fait la journée continue, manquant ainsi son cours d'espagnol, sans pour autant s'en inquiéter : des vacances en Espagne lui avaient permis d'acquérir une excellente connaissance de la langue. Et puis, elle avait davantage besoin d'argent que de leçons d'espagnol : en travaillant, elle payait ses études. Or l'inscription à Tulane coûtait cher.

Son dernier client était un homme seul à peine plus âgé qu'elle, en veste, chemise et jean noirs, des lunettes de soleil sur le nez en dépit de l'heure tardive. Chevelure rousse, peau claire constellée d'éphélides, il s'était montré gentil quand elle avait renversé sur sa main quelques gouttes du vin qu'il avait commandé. En souriant, il avait léché le liquide écarlate.

— Je suis désolée, monsieur.

— Aucune importance.

— Merci.

— Votre patron vous mène la vie dure ?

Il avait un accent. Son deuxième client étranger de la journée, songea Cathy.

— Non, il est sympa, mais aucun patron n'aime qu'un client se plaigne.

— Normal. Dites, vous savez où je pourrais m'adresser pour faire une visite de nuit de la ville ?

— Eh bien, plusieurs agences en organisent... Certaines depuis longtemps, d'autres ont commencé il y a peu. C'est un commerce qui marche : les gens adorent qu'on leur raconte des histoires de fantômes, de meurtres macabres, et on en a eu plus que notre lot, de meurtres horribles, à La Nouvelle-Orléans.

— À ce qu'il paraît.

— Comme Halloween approche, je pense que de nouveaux tours de la ville vont être lancés.

— Probablement. Mais je bavarde et vous voulez partir... Tout à l'heure, vous avez dit à une jeune fille que vous serviez que vous étiez crevée. Donnez-moi la note, je vous prie.

— Vous m'avez entendue ? s'étonna Cathy.

— Oui.

— Ça alors ! À cette distance ? Je n'aurais jamais imaginé parler si fort ! Quoi qu'il en soit, pardonnez-moi. Je n'essayais pas de vous chasser.

— Je vous en prie. Vous avez été charmante et m'avez bien renseigné.

— À propos de ces visites nocturnes...

— Je suis acteur, coupa l'étranger. Au chômage en ce moment, alors si je pouvais me trouver un petit emploi, dans le genre conteur de récits bien saignants, ça m'arrangerait.

— La plupart des agences engagent des gens qui connaissent l'histoire de la ville et racontent bien.

— Oh, je crois que j'en sais assez pour être un bon conteur ! Je tiendrais facilement le public en haleine.

Le sourire de l'étranger s'élargit.

— Vous me la donnez, cette note, mademoiselle ? Et puis, si vous voulez, je vous raccompagnerai.

Cathy recula d'un pas. Elle était assez avisée pour ne pas accepter les propositions d'un inconnu, si charmant fût-il.

— Euh... non, merci.

— Comme vous voudrez.

Il paya son dîner puis glissa un pourboire dans la main de la jeune fille. Ce ne fut qu'après qu'il eut franchi le seuil qu'elle se rendit compte de la somme qu'il lui avait laissée. Une petite fortune.

Elle voulut remercier, mais l'étranger avait déjà disparu.

Quelle bonne journée… Deux touristes, aussi généreux l'un que l'autre… Une chance inouïe.

Son tablier accroché dans la réserve, Cathy sortit du restaurant. Il était fort tard, et pourtant les rues débordaient d'animation. La Nouvelle-Orléans ne dormait jamais. Cathy adorait l'ambiance de cette ville, son fond sonore permanent de jazz.

Dommage qu'un studio dans le centre soit au-dessus de ses moyens. Elle habitait loin, mais elle possédait une voiture, une vieille Chevrolet achetée pour une poignée de dollars, qui lui suffisait pour faire le trajet entre le quartier français et le collège. L'ennui, c'était qu'elle devait la garer à l'extérieur du quartier français piétonnier. Quitter son travail la nuit lui déplaisait : cela l'obligeait à emprunter des rues sombres et peu sûres. Dans la journée, pas de problème, mais le soir…

Aujourd'hui, elle n'avait trouvé une place qu'à proximité du cimetière. La nécropole ne l'effrayait pas en plein jour, mais sous le clair de lune blafard, c'était une autre histoire. Les nuages qui voilaient par instants la lune faisaient naître d'inquiétantes ombres mouvantes.

Elle accéléra le pas. Une cinquantaine de mètres la séparaient encore de sa voiture quand elle entendit quelqu'un marcher derrière elle. Depuis un moment, elle percevait un son et essayait de se persuader qu'il s'agissait de l'écho de ses propres pas. Mais à présent il n'y avait plus de doute : on la suivait.

Elle serra son sac contre sa poitrine. Quelle déveine ! Elle allait se faire détrousser le soir où elle s'était fait de si gros pourboires ! Une bonne centaine de dollars qui ne seraient pas superflus.

Tout en marchant, elle décida que si on l'agressait, elle lâcherait son sac. Une vie ne valait pas quelques billets, aurait dit sa mère, et Cathy partageait cet avis.

Mais avant de céder à la menace, elle allait tenter d'échapper au voyou.

Elle se mit à courir. Les pas derrière elle se mirent au diapason. L'autre courait aussi et... Comment était-ce possible ? Il était là ! Face à elle ! Une impressionnante silhouette noire.

Par quel prodige avait-il pu la rattraper si vite ? La dépasser sans qu'elle s'en aperçoive ? C'était incompréhensible. Il volait, ou quoi ?

Non, elle se trompait, il ne s'agissait que d'une de ces ombres menaçantes créées par les nuages : les pas martelaient toujours le goudron derrière elle.

— Méfiez-vous ! J'ai une bombe de défense ! cria-t-elle par-dessus son épaule.

Une bombe... Ridicule. Cela n'arrêterait pas le voleur.

— J'ai aussi un pistolet ! Un Magnum !

Un rire répondit à son avertissement.

Elle se retourna. Ne vit personne. Mais le rire, les ombres, les claquements de pas résonnaient toujours.

Cathy courut de plus belle, la bouche ouverte sur un cri qui ne jaillissait pas.

Et soudain l'ombre la rattrapa, la survola, la dépassa, gigantesque oiseau noir dont les ailes occultaient le clair de lune. Cette fois, tout était vrai. Il ne s'agissait pas d'une illusion due à un nuage.

L'ombre se posa devant elle, la toucha.

Elle hurla enfin.

Rick Beaudreaux arriva tard chez Jade. Il semblait très fatigué, remarqua la jeune femme. Mal à l'aise aussi : il avait dû lire l'article du journal, établir la relation entre le massacre en Écosse et celui de New York, et il s'inquiétait pour elle.

Il n'en dit cependant rien : plusieurs personnes l'avaient accueilli en même temps que Jade. Devant elles, il s'efforça de faire bonne figure. Il sourit.

Elle lui fut reconnaissante de ne pas laisser transparaître ses émotions, ses sentiments. Cet homme était l'amant idéal, celui avec lequel on avait envie de faire sa vie. Elle était contente de le voir… et en même temps contrariée à cause d'une étrange sensation : elle avait l'impression que s'impliquer plus avant avec Rick équivaudrait à trahir quelqu'un. Mais qui ? Il n'y avait pas d'autre homme dans son existence.

Pas d'autre homme…

Mal à l'aise, elle revécut en pensée les troublants instants passés sur le balcon. Elle avait alors perçu une présence. Un être invisible, un inconnu, se tenait dans la rue, la fixait, l'attendait. Un être fait pour elle… comme elle était faite pour lui, songeait-elle lorsque Shanna l'avait appelée, rompant le charme.

Elle s'était morigénée, traitée in petto de folle. Les caresses de la brise à la tiédeur sensuelle devaient être responsables de son moment d'égarement.

Heureusement que Shanna l'avait ramenée à la réalité : elle était sur le point de murmurer « oui, je t'attends » à un fantasme né de la nuit et, probablement aussi, de sa frustration sexuelle !

Ce problème-là, elle allait le régler ce soir même. Elle ferait l'amour avec Rick. Ainsi, leur relation deviendrait normale.

— Entre, lui dit-elle. Si tu arrives à te débarrasser d'eux !

Rick repoussa gentiment les amis de Jade qui faisaient cercle autour d'elle.

— Bonsoir ! lança-t-il à la cantonade avant de se pencher pour embrasser Jade.

— Ce n'est pas un bon soir ! rectifia Renate. Vous êtes flic et vous savez lire. Vous devez donc vous douter que Jade a peur. Le journal…

— Je n'ai pas peur, coupa Jade.

— Non, elle n'a pas peur, assura Shanna, mais elle va devenir dingue si Renate n'arrête pas de la tanner avec ce fait divers !

— Champagne, Rick ? offrit Matt. Ce soir, on célèbre deux succès !

— Oui, bien sûr, acquiesça Rick. Toutes mes félicitations, Matt. Bientôt, vous en remontrerez à Stephen King !

— Ô grand Dieu, non ! Je n'ai pas autant d'ambition !

Renate s'interposa entre Matt et Rick.

— Alors, Rick ? Que pensez-vous de cette affaire ? La coïncidence ?

— Euh... je pense que New York est à des milliers de kilomètres.

— Rick, dis à Renate ce qu'elle veut entendre, qu'on en finisse une bonne fois pour toutes. L'un des survivants du massacre d'Écosse a été assassiné à New York.

— L'une des victimes porte le même nom, oui. Hugh Riley. Mais il ne s'agit peut-être que d'un homonyme.

— Ou peut-être pas, intervint Jenny Dansen. Je viens juste de lire un article dans un magazine sur un type qui avait survécu à deux accidents d'avion et a fini par mourir dans un troisième. Comme si sa destinée le poursuivait, qu'il était écrit qu'il finirait dans un crash aérien. Il y a tellement de choses étranges dans la vie... Ce Hugh Riley ne pouvait pas échapper à sa mauvaise étoile.

— Les Vikings croyaient que tout était écrit dès la naissance. Ce fatalisme faisait d'eux des hommes très braves : ils n'avaient peur de rien. Ce qui devait arriver arriverait et ensuite, ils iraient au Walhalla, leur paradis. Je trouve ça plutôt bien.

— Quel âge avait le Riley que tu as rencontré en Écosse, Jade ? demanda Jenny.

— Vingt et un ou vingt-deux ans.

Renate agita la page de journal.

— Le garçon qui a perdu sa tête à New York avait vingt-trois ans.

— Je vérifierai tout ça, dit Rick. Pas la peine de rester tous là à spéculer. Nous sommes ici pour faire la fête, non ?

— Exact. Au succès ! s'écria Matt.

Shanna tendit une flûte à Rick.

— Voilà du champagne pour notre flic favori.

— Oh, merci, mademoiselle MacGregor !

— Je vous en prie, appelez-moi Shanna ! Nous nous connaissons depuis trois mois, tout de même !

— Entendu... Shanna.

— Bien. Maintenant, mes amis, passons au salon et levons nos verres en l'honneur de Jade et de Matt !

Le groupe se déplaça vers la grande pièce.

— À toi, Matt, que tu continues à faire trembler les lecteurs et que ça te vaille une colossale réussite. Et à toi, Jade, qui as su si bien écrire sur les cathédrales et les églises où les esprits du mal tant aimés de Matt trouvent la rédemption ! lança Jenny.

— À mes deux riches et célèbres amis ! clama Danny. À leur talent qui me fait tellement envie.

— Danny, toi aussi, tu as du talent, remarqua Jade.

— Ouais, c'est ce que je pense mais apparemment, je suis le seul. Je compte sur Matt et toi pour me faire croire que je suis une star.

— Mais comment pouvez-vous rester là à boire et à rire, alors qu'un drame est arrivé ? s'écria Renate d'une voix suraiguë. Vous surtout, Rick ! Vous êtes policier, tout de même !

Rick prit une profonde inspiration, puis riva son regard à celui de Renate.

— C'est exact, je suis policier, et je vois et j'entends des choses épouvantables tous les jours. Cela m'a appris qu'il faut saisir chaque moment de bonheur quand il passe, qu'il faut goûter la vie lorsqu'elle est belle, car elle est bien fragile.

— Ne pourriez-vous commencer vos recherches dès maintenant ?

— Renate, arrête ! ordonna Jade.

— Je me renseignerai tout à l'heure : il faut que je reparte au quartier général dans un petit moment.

— Oh, Rick, vraiment ? demanda Jade d'un ton navré.

Il allait partir… Ce soir, alors qu'elle avait prévu de l'inviter à rester pour la nuit, et n'avait pas changé d'avis malgré ce qu'elle avait ressenti sur le balcon.

Ou, plus précisément, *à cause* de ce qu'elle avait ressenti sur le balcon…

La présence de Rick jusqu'au matin aurait effacé le souvenir de ces perturbantes minutes où un fantasme avait pris le pas sur la réalité.

— Hélas, oui, il faut que je file, répliqua-t-il.

— Une urgence ?

— Un… un accident. Juste à la limite du quartier français. Je dois faire un saut à la morgue pour en apprendre un peu plus sur le gamin.

— Un gamin ?

— Un étudiant. Il faut que je sache s'il se droguait, et ensuite contacter la famille…

— Ô mon Dieu, quelle tristesse… souffla Danny.

Les autres y allèrent aussi de leur commentaire. Les réflexions se bousculaient, toutes aussi déprimantes les unes que les autres. Elles érodaient le moral de Rick, comprit Jade, qui lui saisit le bras et l'entraîna sur le balcon.

— Tu as besoin d'un peu d'air. Si tu comptais te décontracter, c'est loupé, hein ?

— Ils ne nous ont pas suivis, Dieu merci, dit-il en jetant un coup d'œil derrière lui.

Comme un peu plus tôt, Jade s'accouda à la rambarde. Rick l'imita, appréciant manifestement cette belle soirée d'octobre nimbée de la clarté de la pleine lune. Un air de jazz s'échappait d'un club, un peu plus loin dans la rue.

— Tu vas bien, Jade ?

Rick faisait tourner sa flûte de champagne entre ses doigts, tout en scrutant l'expression de la jeune femme.

— Je dois avouer que l'article du journal m'a secouée.

— Cette affaire est très étrange. Il se pourrait que les assassins d'Écosse soient les mêmes que ceux de New York. Après tout, la police d'Édimbourg ne les a pas attrapés.

— Et ils auraient traversé l'Atlantique ? Un peu tiré par les cheveux, tu ne crois pas ?

— Je ne sais pas. En Écosse, il y a pas mal de sociétés secrètes, et certaines ont de l'argent… Ça leur permet d'essaimer sur plusieurs continents.

— Les assassins ont encore frappé dans un cimetière.

— Oui. Dis-moi, Jade, tu ne vas plus te promener dans les cimetières, n'est-ce pas ?

— Eh bien… dans la journée, si, cela m'arrive encore. C'est difficile d'écrire sur les vieilles églises et les tombes sans aller y jeter un coup d'œil. Mais je ne m'y rends jamais la nuit.

Un temps, puis :

— Rick, si tu me poses cette question, c'est parce que tu penses vraiment que les tueurs d'Édimbourg et ceux de New York pourraient être les mêmes, hein ?

— Je n'exclus pas cette possibilité.

— Qu'une des victimes s'appelle Hugh Riley est plus que troublant…

— Oui, mais ce n'est pas un nom rare, et le fait qu'il soit étudiant n'implique pas qu'il s'agisse du même Hugh Riley. Il y a tellement de facultés à New York… Tous les membres du groupe, lors de cette visite qui a mal tourné, étaient étudiants ?

— Des étudiants très jeunes. Des gamins en pleine forme, heureux de vivre… Ils riaient, lançaient des blagues de mauvais goût… Ils se comportaient comme tous les jeunes.

— Être jeune n'est pas une protection face au malheur.

— Tu es donc sur une enquête… la mort d'un étudiant. Il te faut vraiment repartir ? Je… je me disais que… cette nuit…

Rick se rapprocha d'elle. Ses yeux brillaient dans le clair de lune.

— Est-ce que je comprends bien, Jade ? Tu…

— Je pensais que tu pourrais rester avec moi, oui, tu comprends bien.

Rick tendit une main vers l'épaule de Jade, l'autre vers la petite table de fer forgé pour y poser sa flûte, qui lui échappa et se brisa sur le balcon.

— Et zut !

Jade éclata de rire. De la musique s'éleva soudain dans le salon. La soirée commençait sans eux, et elle ne s'en souciait pas.

— Ton joli verre, Jade. Je suis désolé.

— Ce n'était qu'un verre.

— Tu as raison, dit-il en l'attirant dans ses bras.

Il la serra contre sa poitrine puissante. Elle percevait les battements de son cœur, les sentit s'accélérer lorsqu'il l'embrassa.

Rick était merveilleusement doux, tendre et sensuel. Elle lui rendit son baiser avec ardeur, fouillant sa bouche de la langue pour en savourer les sucs ensorcelants. Le désir allait monter en elle… Il le fallait… C'était inévitable. Rick savait ce qui enflammait une femme, or elle était une femme comme les autres… Elle allait chavirer entre ses bras… D'un instant à l'autre, son ventre palpiterait et…

Rien ne se passait.

Elle avait l'impression d'habiter un corps taillé dans un bloc de glace.

Il l'écarta doucement de lui, plongeant ses yeux dans les siens, quêtant un regard avide.

Elle cilla, sourit, priant pour qu'il ne s'aperçoive de rien.

— Reviens quand tu auras fini ton travail, Rick. Quelle que soit l'heure.

— Ce pourrait être très tard, tu sais.

— Peu importe.

— Je n'aurai probablement pas fini avant l'aube.

— Tant pis.
— Jade, je n'aurais pas dû t'embrasser. Je me sens patraque. Un rhume ou un truc comme ça.
— Un rhume ?
— Oui. Je suis crevé.
— Ça m'est égal que tu sois enrhumé. Ça m'est égal si tu es contagieux.
— Jade, je ne voudrais pas...
— Je prends le risque !
— Vraiment ?
— Vraiment.
— Dans ce cas...
— Embrasse-moi encore.
— Ce n'est pas prudent.
— Il faut vivre dangereusement.
Il soupira puis l'embrassa de nouveau, avec passion, accompagnant le baiser de caresses appuyées, audacieuses. Un instant, elle songea à leur attitude indécente sur le balcon. N'importe qui dans la rue pourrait les voir...
— Il faut que j'y aille, lui souffla-t-il à l'oreille.
Elle hocha la tête, lui prit la main et rentra avec lui dans le séjour.
Shanna essayait d'enseigner à Matt les pas du tango ; Danny, vautré sur un fauteuil, jouait les maîtres de ballet, donnant des instructions. Quant à Jenny et Todd, ils tentaient eux aussi de suivre le tempo en riant aux éclats.
— Ah, Jade, Rick... vous revoilà ! lança Danny. Je vous attendais pour dire au revoir et à bientôt. Je viens de recevoir un message sur mon pager : on m'attend à la morgue.
La musique se tut soudain. Shanna avait arrêté le lecteur de CD.
— C'est vrai ? Tu t'en vas aussi, Danny ?
— Désolé, mais oui. C'est jeudi. Je suis d'astreinte.
Jenny glissa un bras sous celui de son mari.
— Todd, nous ferions mieux de rentrer aussi, sinon demain nous n'arriverons jamais à nous lever tôt.

— Si madame le dit…

— Jade, merci pour tout, fit Jenny en embrassant son amie sur les deux joues. Profite de cette soirée. Et ne commence pas à gamberger, O.K. ?

Tout en prononçant ces mots, elle jeta un regard sévère à Renate, laquelle lui renvoya un « bonsoir » dénué de chaleur.

Danny décrocha sa veste du portemanteau dans le vestibule et ouvrit la porte. Il sortit. Rick lui emboîta le pas.

— Autant faire un bout de chemin avec Danny, dit-il à Jade après lui avoir effleuré les lèvres d'un baiser.

Sur le palier, il se retourna et décocha un clin d'œil suggestif à la jeune femme.

Jenny et Todd sortirent à leur tour.

La joyeuse assemblée se réduisait comme peau de chagrin, songea Jade. Si Renate décidait elle aussi de partir, cela ne la navrerait pas le moins du monde. Oui, elle ramassait son sac…

— Au point où on en est, je pense qu'il ne me reste plus qu'à également m'esbigner, annonça Matt. C'était chouette, Jade. Merci encore et toutes mes félicitations… à toi et à moi !

— Emporte le caviar ! lança Shanna.

Renate, qui traversait le vestibule, fit demi-tour.

— Oui, prends-le, Matt, et apporte-le chez moi : j'adore ce truc !

— Quoi ? Tu m'invites chez toi ?

— On le dirait bien… Jade, tu verrais un inconvénient à ce qu'on embarque une des bouteilles de champagne qui restent ?

— Pas du tout. Allez donc vous enivrer en duo !

Jade referma la porte sur Renate et Matt, puis s'adossa au battant. Elle éclata de rire. Shanna pouffa elle aussi.

— Chuuut… Ils vont nous entendre ! chuchota Jade.

La main devant la bouche pour bloquer leur hilarité, les deux jeunes femmes regagnèrent le salon. Au passage, Shanna attrapa une bouteille de champagne à peine entamée, deux verres, et posa le tout sur la table basse devant le canapé. Elle se laissa tomber sur les coussins, Jade s'effondra à son tour et les rires reprirent, sans être bridés cette fois.

— Oh, bon sang ! fit Shanna au bout d'un moment en s'essuyant les yeux. Qu'est-ce qu'elle se prend au sérieux !

— Renate ?

— Qui d'autre, d'après toi ?

— Oh, elle ne le fait pas exprès ! Elle a l'impression de n'être pas appréciée, pas prise en considération, alors elle devient pontifiante, elle en rajoute…

— Comment ça, pas prise en considération ? Tout le monde parle d'elle. Du groupe, elle est la seule à être célèbre !

— Oui, parce qu'elle fait des talk-shows.

— Ça aide à se faire un nom.

— D'accord, mais tu connais combien de personnes qui achètent ses bouquins, Shanna ?

— Oh, il doit bien y en avoir quelques-unes qui les achètent…

— Pas assez en tout cas pour faire d'elle une femme riche.

— On ne juge pas la réussite d'un écrivain sur l'argent qu'il gagne, Jade !

— On croirait entendre Renate. Ce que je veux dire, c'est qu'elle voudrait devenir riche.

— Il n'y a rien d'infamant à ça. Si c'est le cas, pourquoi ne l'admet-elle pas ?

— Aucune idée. J'imagine que nous avons tous des ambitions que nous refusons d'admettre.

— Moi, je n'ai aucun problème à reconnaître ce à quoi j'aspire.

— Et c'est quoi, Shanna ?

— Trouver un type correct. Avant, je voulais un supermec. J'ai mis la barre plus bas. Je me contenterai désormais d'un type correct. Plus le temps passe, moins on est difficile. Navrant, n'est-ce pas ?

— Shanna, tu n'as que vingt-quatre ans !

— J'en aurai vingt-cinq dans un mois.

— C'est jeune.

— Oui, et c'est pour ça que je veux une vraie vie maintenant, pendant que je suis encore jeune, que j'ai assez d'énergie pour profiter de chaque seconde de l'existence.

— Oh, Shanna. !

— Je veux être amoureuse et me marier ! Et avoir des enfants avant la trentaine, ce qui me laisse un peu de temps. Mais comment vais-je faire si je ne me trouve pas un petit ami acceptable ? Évidemment, je pourrais toujours épouser n'importe qui, avoir des gosses et divorcer... C'est la mode, aujourd'hui... Toi, tu as Rick. Au fait, il va revenir, n'est-ce pas ?

— Oui, tard.

— Alors je m'en vais.

— Il n'y a pas urgence : il n'est pas encore là.

— Il faut que tu te prépares... Bois encore un peu de champagne pour te décontracter, prends un bain avec plein de mousse et d'huiles parfumées... Organise-toi pour que la nuit soit à marquer d'une pierre blanche.

— Je compte bien qu'elle le soit, oui.

Shanna se leva. À la porte, elle embrassa sa sœur sur les deux joues, puis la regarda bien en face.

— Qu'est-ce qui ne va pas, Jade ?

— Mais rien !

— Tu as peur ?

— De quoi ? Oh, tu penses aux articles sur le massacre à New York... Sois tranquille, je ne m'affolerai pas.

— Évidemment : tu as un flic comme garde du corps !

Les yeux de Shanna semblaient s'être mués en rayon laser. Ils fouillaient jusqu'au fond de son âme. Y voyaient peut-être cette absence totale d'émotion qui l'inquiétait tant. Jade voulait si fort que cette nuit avec Rick soit magnifique...

Or elle ne ressentait rien. Aucun désir, aucune impatience, pas le moindre besoin de faire l'amour avec cet homme beau et charmant.

— Ciao, sœurette, lança-t-elle à Shanna en souriant.

— Ciao. Appelle-moi demain matin ! Dès que tu seras de nouveau seule, décroche ton téléphone et raconte-moi tout !

— Promis.

Jade referma la porte et s'adossa au battant. Elle demeura immobile un long moment, soupira... Il ne lui restait plus qu'à suivre les recommandations de Shanna.

Elle remplit un seau de glaçons, le mit dans le réfrigérateur, puis alla se faire couler un bain. Parmi les flacons, elle choisit une huile au parfum oriental qu'elle versa dans l'eau.

Quelques minutes plus tard, allongée dans la baignoire, les yeux fermés, elle se laissait aller au plaisir du silence, de la vapeur odorante, de l'huile qui imprégnait lentement sa peau. Des sensations presque érotiques qui tout naturellement amenèrent l'image d'un homme dans son esprit.

Il lui parla.

— *Tu es là.*

— *Oui.*

— *J'arrive.*

— *Je t'attends.*

Mon Dieu, comme c'était étrange... Les mots semblaient avoir été portés par la vapeur. Et l'homme, cet amant dont elle rêvait, elle le voyait... Il se déplaçait dans la salle de bains, sûr de lui, souple comme un félin.

— Viens, oui, viens à moi, souffla Jade.

Elle sursauta. Elle s'était exprimée à haute voix, rompant le charme. Tout à coup, l'eau lui paraissait froide et la vapeur s'était dissipée.

Assise dans la baignoire, elle recueillit de l'eau entre ses mains réunies en conque et la fit couler sur son buste, tout en se traitant in petto de folle. Puis elle se mit debout et attrapa une serviette. Alors qu'elle s'essuyait, elle aperçut son reflet dans le miroir au-dessus du lavabo. Une jeune femme anormalement pâle, à l'air hagard.

— Suis-je en train de perdre les idées parce que j'ai peur ? s'interrogea-t-elle.

Non, elle n'était pas vraiment effrayée. Elle éprouvait une vague crainte, mais pas davantage. Rien qui ressemblât à une panique destructrice, en tout cas.

Rassurée par cette conclusion, elle s'enveloppa dans un grand drap de bain et regagna sa chambre, soulagée de n'avoir pas éteint les lumières.

Elle traversa la salle de séjour, la cuisine, et entra dans la deuxième chambre, devenue son bureau.

La porte-fenêtre... Fermée. Parfait. Mais... et les autres issues ?

Elle refit le tour de l'appartement et finit par la porte d'entrée. Verrouillée, chaîne accrochée après le départ de Shanna. Il fallait retirer la chaîne, sinon Rick ne pourrait pas se servir de la clé qu'elle lui avait donnée. Elle la décrocha.

Tout était en ordre. Ne lui restait plus qu'à s'installer dans sa chambre devant la télévision et attendre le retour de Rick.

Ce vieux film avec Errol Flynn, *Robin des Bois,* lui convenait tout à fait, décida-t-elle en posant la télécommande sur le lit à côté d'elle après avoir sélectionné une chaîne diffusant des classiques. Le physique de l'acteur la mettrait en condition. Rick avait quelque chose de la star. Sa virilité, son irrésistible sourire.

Quel genre d'amant se révélerait-il ? Macho, pressé, un peu brutal ? ou tendre, adroit et délicieusement sensuel ? Difficile à dire. Difficile aussi de savoir ce qu'elle préférerait, ce qui réveillerait sa libido léthargique. Quelques petits détails ne seraient peut-être pas superflus. Sa chemise de nuit en soie noire, par exemple.

Elle se releva et alla la sortir de sa commode, l'enfila, et fit courir sa main sur l'étoffe à l'incomparable douceur. Elle aimerait probablement que Rick la caresse tout d'abord sans la déshabiller.

Mais ce seul accessoire était bien mince, comme stimulus... Il fallait un petit plus.

Elle s'approcha de sa coiffeuse et se brossa les cheveux, les fit bouffer, puis vaporisa un nuage d'enivrant parfum sur son cou et sa poitrine, avant de revenir vers Errol Flynn.

Sa nervosité ne cédait pas, constata-t-elle. Elle devait à tout prix se relaxer. Fermer les yeux, respirer lentement... Voilà. Elle s'apaisait... et le sommeil la gagnait. Elle s'était levée de très bonne heure et il était fort tard. Mais elle devait faire un effort pour Rick ! L'attendre, même s'il avait la clé. Il serait déçu de la trouver endormie. Il espérait vraisemblablement être accueilli avec chaleur par une femme amoureuse et impatiente. Cet homme avec lequel elle envisageait de passer le reste de sa vie méritait une amante ardente, après trois mois d'abstinence !

Tout se passerait bien, se répétait-elle. Elle serait à la hauteur, et... Ô mon Dieu, comme elle avait sommeil... Errol Flynn échouait à retenir son attention. Le champagne, sans doute. Elle n'aurait pas dû en boire autant, elle n'en avait pas l'habitude.

— Reste éveillée, bon sang... marmonna-t-elle.

Avant de sombrer dans un profond sommeil.

Danny s'était habitué à travailler à la morgue. Que ce soir on lui ait demandé d'assister à l'autopsie préliminaire ne l'avait pas gêné. Il connaissait bien son travail, tendait au médecin légiste l'instrument adéquat à la seconde. Il estimait être un bon assistant, mais ne considérait cette fonction que comme un job alimentaire. Il avait besoin du salaire qu'il lui rapportait et ne rechignait jamais quand on l'appelait à des heures indues, ce qui arrivait chaque fois qu'un cas particulièrement dramatique sur lequel il fallait intervenir en urgence se présentait.

Des hommes et des femmes âgés, aussi paisibles dans la mort que s'ils étaient endormis, Danny en avait vu. D'autres portaient les stigmates de la souffrance des derniers instants, lorsqu'une terrible maladie les avait emportés.

Le plus triste, c'étaient les enfants, les bébés. Il se rappelait deux tout-petits que les parents avaient tués en les secouant.

Il avait vu aussi des victimes de meurtres : maris lacérés de coups de couteau, épouses battues à mort.

Depuis trois ans qu'il travaillait à la morgue, il avait quasiment tout vu, du moins le croyait-il.

Jusqu'à ce soir.

Quand le légiste retira le drap qui recouvrait le corps du jeune homme, il faillit vomir.

Non, jamais il n'avait rien vu de semblable. Rien d'aussi horrible.

Lentement, Jade prit conscience d'un changement. Quelque chose venait de modifier l'atmosphère paisible de la chambre.

Elle ignorait ce qui l'avait réveillée. Il faisait sombre, Errol Flynn ne s'agitait plus sur l'écran du téléviseur… à moins que le film ne comportât une scène torride au cours de laquelle Robin et Marion faisaient l'amour. Car c'était cela qu'elle apercevait sur l'écran, à travers un voile de brume. Un homme et une femme livrés aux feux de la passion. Ils geignaient, soupiraient, nus, la peau luisante de transpiration…

Cette brume translucide qui baignait la chambre, comme elle était agréable… Aussi douce que la soie de sa chemise de nuit. Et cette musique… Venait-elle de son esprit ou de l'extérieur ? Elle jouait sur un tempo vigoureux. Le même que celui des battements de son cœur.

Son cœur, oui, c'était cela. Il battait pour l'homme qu'elle avait attendu, et maintenant il était là, il se penchait sur elle, pressait son visage sur son décolleté, humait son parfum, léchait son cou à petits coups de langue. Il cherchait ses odeurs, ses saveurs, les goûtait avec une délectation qui lui arrachait de lourds soupirs de plaisir. Ses doigts s'insinuaient sous la chemise, brûlants, hardis. Ils lui prodiguaient des caresses qui l'enflammaient. Il avait su faire naître le désir en elle, le stimuler, le rendre presque douloureux, avide d'être assouvi.

— Tu es là... murmura-t-elle.

— *Devais-je venir ?*

— Oui. Je t'avais invité.

— *C'est vrai, et je n'aurais pas dû accepter ton invitation. Mais tu as insisté...*

— Je t'ai attendu. Je te voulais.

Elle sentit la chemise glisser le long de son corps. Habilement, il la lui avait retirée. Il était déjà nu, pesant sur elle, oscillant contre ses seins, son ventre. Son sexe dressé palpitait entre ses cuisses moites qu'elle avait ouvertes pour lui. Il posa la main sur son mont de Vénus, le caressa lentement, descendant de plus en plus bas, vers la partie la plus intime de son corps de femme qu'elle croyait insensible.

Elle cria lorsque la main de l'amant prépara le chemin pour le sexe vibrant, bouillant de virilité, de puissance.

La vie grondait en elle. Elle se découvrait folle de désir, moite et tremblante. Un féerique univers en couleurs l'environnait. Des flammes teintaient la nuit de rouge, laissant brièvement la place à des ombres d'un noir d'encre lorsque faiblissait leur intensité. La brume ondulait, camaïeu de gris, de blanc, que le feu des baisers de l'amant effaçait. Elle sentait la force de l'homme s'insinuer en elle, son énergie dévorante la posséder. Elle étreignait son buste, émerveillée que la peau tendue sur les muscles d'acier fût de velours. Son pouls frappait tel un gong dans ses tympans, en parfaite synchronie avec celui de l'homme. Deux cœurs. Un seul battement. Deux corps qui soudain n'en firent plus qu'un, unis dans une jouissance si dévastatrice qu'elle crut mourir de plaisir : elle gravitait dans un espace magique où tout n'était qu'extase.

De ses pensées en déroute jaillit une question.

— Pourquoi es-tu avec moi ?

— Parce que tu es parfaite.

— Parfaite ? Oh, non ! Loin de là.

— Si. Tu l'es.

— J'ai tant de défauts, je commets tant d'erreurs...

— Tu n'es pas celle que tu crois.

— Détrompe-toi. Je suis telle que tu m'as vue, telle que tu m'as connue.

— C'est faux.

Elle n'eut pas la force de poursuivre, n'essaya pas non plus de comprendre ce qui venait de se passer dans son esprit. Elle n'aspirait qu'à faire durer la béatitude, celle du corps et de l'âme, qu'à crier encore et encore sous les assauts de la volupté, à aller au bout de cette découverte inouïe : la jouissance.

Jade se réveilla en sueur. Les souvenirs affluèrent. Elle sentit ses joues s'empourprer, tant ils étaient évocateurs. En pleine confusion, elle regarda autour d'elle. La chambre était dans la pénombre mais le soleil se levait. Dans quelques minutes, il ferait jour.

Un bruit l'intrigua. Elle écouta puis comprit : le téléviseur. À tâtons, elle chercha la télécommande mais, avant d'éteindre l'appareil, jeta un coup d'œil à l'écran. Le film pornographique passait toujours. Elle secoua la tête, incrédule : les images l'avaient influencée. Quelle honte !

Elle se leva. Rick était venu dans la nuit. Avait-il vu ces scènes torrides ? Il n'avait rien dit, mais avait su l'aimer comme jamais elle n'aurait espéré l'être.

Arriverait-elle à le regarder en face ?

— Rick ?

Où se trouvait-il ? Dans la cuisine ? Oui, il devait préparer du café. Elle allait le rejoindre, mais auparavant, elle enfilerait un peignoir. Sa chemise de nuit de soie noire gisait sur le tapis. Dans le même état que les draps du lit : en boule, comme nouée.

— Rick ? appela-t-elle de nouveau tout en attachant étroitement la ceinture de son peignoir.

Pas de réponse, mais un grincement de clé dans une serrure.

Incrédule, elle s'avança dans le vestibule.

Rick entra. Il semblait épuisé.

— Je suis désolé, Jade…

— Tu… tu n'étais pas là ? Tu n'arrives que maintenant ? bredouilla la jeune femme.

— Je t'avais dit que je ne pourrais venir que très tard. Ou très tôt… Me voilà, mais il ne fallait pas que je vienne du tout. La nuit a été horrible. Pardonne-moi, Jade, mais je ne tiens plus sur mes jambes. Je vais rentrer chez moi.

— Chez toi, oui… Mais… tu n'es pas passé par ici cette nuit ?

— Tu m'as vu entrer il y a une minute.

Jade eut la sensation de se muer en statue de glace. Dans son corps soudain rigide, son sang paraissait s'être figé.

— Jade ?

La tête lui tournait, un bourdonnement montait dans ses tympans. Elle allait s'évanouir, songea-t-elle avant de s'effondrer sur le sol.

Janice Detrick bâilla. Elle aimait prendre son service le matin à l'hôpital, mais aujourd'hui elle était fatiguée. Tant pis. Pour rien au monde, elle n'aurait changé son tour de garde. Pas même pour une augmentation de salaire. Mère célibataire, elle quittait son travail de bonne heure, ce qui lui permettait d'aller chercher ses jumeaux à l'école, de s'occuper de sa maison, préparer le dîner, et même de faire quelques courses. Son existence lui plaisait. Infirmière diplômée, elle gagnait bien sa vie, ses enfants l'enchantaient... Seuls points noirs au tableau : ses mauvais choix en matière d'hommes et son amour excessif pour sa mère invalide, qui la condamnait à l'esclavage. Mme Pritchard était une lourde charge mais jamais – non, jamais ! – sa fille ne la mettrait en maison de retraite. Du moins tant qu'elle aurait la force de s'occuper d'elle.

Une force qui, ce matin, lui faisait défaut. Sans doute à cause de cette affaire de meurtre d'un étudiant. Tout le monde en parlait dans l'hôpital. Le gamin avait été décapité ! D'abord il y avait eu ces atroces meurtres à New York, et maintenant celui-ci à La Nouvelle-Orléans. Quoique, la ville avait toujours été un peu folle... Le vaudou était l'attraction touristique la plus prisée et nombre d'habitants, la mère de Janice par exemple, considéraient toujours qu'il s'agissait d'une religion. Ils croyaient en la réalité des zombies, aux envoûtements, aux mauvais sorts, et aussi que l'on pouvait ressusciter les morts.

D'effrayantes sottises, se disait Janice.

Elle travaillait en chirurgie, au troisième étage, où elle monta. L'équipe de nuit achevait de remplir les dossiers. Comme d'habitude, les infirmières qui prenaient leur service bavardaient avec celles qui s'apprêtaient à partir. Elles parlaient de leurs patients, les nouveaux comme les anciens. D'une manière elliptique.

— Janice, tu as une nouvelle hernie à la chambre 47. Un gosse qui meurt de trouille. Il a l'âge de tes jumeaux.

— Je saurai m'en débrouiller.

Janice apportait toujours de menus présents aux jeunes malades.

— Évidemment que tu sauras ! Tu es une sainte, Janice Detrick !

— Pas du tout, assura Janice en riant. Mis à part ce petit, quoi d'autre ?

— Le statu quo.

Janice parcourait la liste des patients quand une ombre accrocha son regard. Quelque chose de noir, qui était passé fugacement devant le bureau des infirmières. La jeune femme frissonna. Elle avait eu l'impression d'entrevoir d'immenses ailes…

Bizarre. Il faisait si clair, ici, avec les rampes de néon.

Elle sortit du bureau et se dirigea vers la tisanerie au fond du couloir. Ici, la clarté était moins vive. L'agitation qui accompagnait la préparation des chariots chargés de médicaments ou de petits déjeuners n'avait pas commencé. Le service ne démarrerait vraiment que dans une demi-heure. À ce moment-là, on allumerait les plafonniers. Pour l'instant, seul le pâle soleil de l'aube éclairait la pièce.

Quelque chose bougea dans la réserve.

Janice s'immobilisa et accommoda sa vision.

Un homme se tenait là, dans l'ombre.

Dans l'ombre ? Non. Il semblait être une ombre lui-même. Il devait porter une cape noire. Que faisait-il là ? Et de qui s'agissait-il ? M. Clark, de la chambre 322, était-il de nouveau en pleine crise de somnambulisme ? Peu vraisemblable. M. Clark avait soixante-dix ans bien sonnés. Or l'homme à la cape se tenait bien droit, comme quelqu'un de jeune. De surcroît, il était de très haute taille.

Janice se demandait d'où lui venait une telle certitude dans la mesure où elle ne distinguait qu'une silhouette noire, quand l'homme vacilla. Immédiatement, l'instinct de l'infirmière l'emporta sur celui de la femme. La compassion et l'inquiétude la poussèrent vers l'homme.

— Que se passe-t-il ? Laissez-moi vous aider ! Je vais vous raccompagner à votre chambre…

Mais quelle chambre ? Il ne faisait pas partie des hospitalisés du troisième étage, Janice en était sûre. Elle se serait souvenue de lui. Un homme aussi attirant, aussi grand, viril… non, elle ne l'aurait pas oublié.

Et puis, il était si froid...

Froid ? Comment savait-elle qu'il était froid ? Elle ne l'avait pas touché. Peut-être n'était-ce qu'une impression, due à l'extrême pâleur du visage qu'elle voyait à présent nettement. L'homme semblait exsangue.

— Vous êtes blessé ?

Il lui sourit et elle frissonna, bouleversée par la beauté de ses traits. Par l'étrangeté du sourire aussi : bien qu'irradiant la séduction, il l'effrayait.

— Oh, l'autre type est en bien plus piteux état que moi ! fit-il sur le ton de la plaisanterie. Je pensais que j'allais bien, alors je suis passé dire bonjour à la fille et... Bref, j'en ai trop fait.

— Laissez-moi vous aider.

Elle lui prit le bras et le passa autour de ses épaules pour le soutenir. Quel bel homme. Cette fille pour laquelle il s'était battu, elle avait bien de la chance...

— Allez-vous-en ! souffla-t-il entre ses dents serrées.

Une voix pleine d'autorité.

— Vous êtes blessé, répéta-t-elle.

Elle chercha son regard, déglutit avec peine au spectacle de sa peau couleur de cendre, puis sa gorge acheva de se nouer : il ne lui rendait pas son regard. Il dardait les yeux sur sa gorge !

Un frisson courut le long de son dos. La peur la paralysa, lui enleva sa lucidité : les yeux luisants comme de l'acier poli demeuraient braqués sur son cou, et pourtant elle était persuadée qu'il lui souriait encore.

Elle se ressaisit lorsqu'il détourna le regard. Non, elle ne s'était pas trompée, il souriait. Tristement. Une expression désabusée marquait ses traits.

Cet homme n'avait pas envisagé d'être surpris, se dit-elle. Il s'en voulait de s'être fait piéger et ne savait comment se tirer du guêpier.

C'était elle qui l'avait pris au piège. Il la fixait si bizarrement... Elle avait l'impression que son cœur battait trop fort, que son sang coulait si vite dans ses veines qu'il l'entendait.

Le souvenir d'un conte pour enfants lui traversa l'esprit. Comme le Petit Chaperon rouge face au loup, elle ne bougeait pas, fascinée par l'éclat ambré des prunelles, les dents blanches… Mais ce fauve-là n'allait pas la manger. C'était son sang qui le tentait, pas sa chair.

— Partez ! lui intima-t-il.

Elle ne bougea pas.

— Partez ! Oui, je suis blessé ! Allez chercher de l'aide !

Il la repoussa avant de fléchir sur ses jambes et de s'effondrer sur le carrelage. Oubliant aussitôt les bizarres impressions qui l'avaient traversée, elle se pencha sur lui, voulut le relever. Elle renonça : il était trop lourd. Il fallait effectivement de l'aide.

Jasper, l'infirmier ancien joueur de football ! Grâce à sa force herculéenne, placer l'homme sur un chariot serait un jeu d'enfant.

Janice courut au bureau des infirmières.

— Oh, Jasper, tu es là ! Vite ! Nous avons un patient… Enfin, peut-être pas un patient qui…

— Où ça ?

— Dans la réserve à côté de la tisanerie. Un grand type… Je ne suis pas assez forte…

— Tu as un chariot ?

— Il y en a dans le couloir.

Au pas de course, Jasper sur ses talons, Janice repartit vers la réserve. Elle déboula dans la pièce, s'arrêta net : personne. Pas la moindre trace de sang sur le sol, rien qui signalât la présence d'un blessé à terre quelques secondes auparavant.

— Ça ne devait pas être si grave que ça, commenta Jasper.

— Mais il était là, évanoui…

— Je te crois, Janice. Peut-être que le gars avait pris une balle… Tu sais comment ça se passe dans ces cas-là. Il préfère filer plutôt que de répondre aux questions et de voir débarquer les flics. De quoi il avait l'air ? Vieux ? jeune ? blanc ? noir ?

Janice ne répondit pas tout de suite. Les sourcils froncés, elle fixait l'endroit où s'était tenu le mystérieux blessé.

— Il n'a pas reçu une balle : il y aurait eu du sang.

— Eh ! Vise-moi un peu ça !

La porte du cabinet de fournitures médicales et de poches pour les transfusions sanguines, d'ordinaire toujours fermée, béait.

Janice acheva de la pousser, échangea un regard avec Jasper puis recula lentement, imitée par l'ex-footballeur.

Le cabinet était dévasté. À croire qu'un ouragan avait soufflé entre les quatre murs. Étagères brisées, placards fracassés, tiroirs en miettes, réfrigérateurs mis en pièces… Flacons et boîtes de médicaments jonchaient le sol par dizaines.

— Jasper, est-ce que tu vois ce que je vois… ?

— Oui, Janice, souffla l'infirmier. Il ne reste plus une seule poche de sang.

3

À sept heures du matin, Lucian était assis à sa table habituelle, dans le petit restaurant en face du café du Monde. Son visage net, ses cheveux soigneusement coiffés ne masquaient pas sa lassitude physique.

Ni Jade ni Cathy, pour l'instant, ne s'étaient montrées, mais peu importait : celui qui l'intéressait ce matin s'appelait Danny.

À l'aube, il avait suivi le jeune homme alors qu'il quittait la morgue. Ses pas l'avaient amené ici. Il aimait manifestement le même restaurant que lui.

Maintenant, il observait le jeune homme. Danny passait sans cesse les doigts dans ses cheveux, appuyait ses paumes sur ses tempes, secouait la tête. Il demanda du café et des œufs. Lorsque ceux-ci furent devant lui, il eut une moue de dégoût, repoussa son assiette et la recouvrit de la serviette en papier.

Une serveuse dont le badge signalait qu'elle se prénommait Shelly vint prendre la commande de Lucian, qui s'enquit de Cathy. Non, lui fut-il répondu, elle ne serait pas là aujourd'hui.

— Pourquoi ?

— Ça, je ne sais pas, monsieur.

Lucian se rendit compte que Danny le fixait à son tour. Il le regarda et le jeune homme lui sourit faiblement.

— Excusez-moi, dit-il. Je vous ai entendu parler avec Shelly, et votre accent m'a intrigué. Vous n'êtes pas d'ici, n'est-ce pas ?

— Non.
— Anglais ?
— Écossais.
— Ouais, Anglais, alors.
— Je ne suis pas d'accord. Il y a une différence. Posez donc la question à des Écossais ou à des Anglais, et vous serez étonné par la réponse.
Lucian s'était exprimé d'un ton sec. Il détestait qu'on l'interrogeât sur ses origines.
— Écossais. Bon, accorda Danny en serrant sa tasse de café à deux mains.
Il tremblait. Lucian percevait un profond malaise chez le jeune homme, et le besoin, pour le chasser, de parler de n'importe quoi avec n'importe qui.
— Et vous, êtes-vous d'ici ?
— Oui. Enfin, de la banlieue.
— La Nouvelle-Orléans est une belle ville.
— Mmm. C'est ce que je pensais. Jusqu'à cette nuit.
Un silence, une hésitation, puis :
— J'ai passé une nuit épouvantable.
— Vraiment ?
Danny hocha la tête, puis attendit. Lucian vit ses yeux se poser sur la chaise vacante devant lui.
— Voulez-vous vous asseoir avec moi ? proposa-t-il.
Le jeune homme se leva si vivement qu'il renversa sa propre chaise. Il la redressa, prit sa tasse de café et s'empressa de venir s'installer à la table de Lucian.
Il tendit la main.
— Daniel Thacker.
— Lucian DeVeaux, dit Lucian après avoir serré la main offerte.
Ce nom… Lucian DeVeaux… Comme cela lui faisait drôle de le prononcer… Il ne l'avait pas utilisé depuis une éternité.
— DeVeaux ? Ce n'est pas écossais.
— Français. Normand, pour être exact. Il y a dix siècles, ma famille a émigré. L'un de mes aïeux a quitté

la Normandie sur un bateau de marchandises et s'est établi en Écosse.

— Ah ! Dites-moi, monsieur DeVeaux, ne vous aurais-je pas déjà rencontré ?

— Peut-être. Je viens ici de temps à autre.

— C'est curieux : j'ai vraiment l'impression de vous connaître. Oh, ne vous méprenez pas, hein ? J'ai une petite amie... Enfin, j'avais, parce qu'elle m'a envoyé récemment aux pelotes, mais ce que je veux vous expliquer, c'est que...

— Je comprends, coupa Lucian en souriant. Vous ne me draguez pas.

— Voilà. Bon, ce point étant clarifié, je continue : je suis écrivain. Assez bon, je crois. Mes amis le pensent aussi. Ils sont tous écrivains et ça marche pour eux.

Danny s'interrompit, se passa une fois encore les doigts dans les cheveux. Sa barbe naissante dessinait un halo blond autour de ses joues. Ses vêtements, un jean et une chemise de coton, étaient propres mais froissés.

— Persévérez dans l'écriture, dit Lucian. J'aimerais moi-même avoir ce talent.

— Qu'est-ce que vous faites dans la vie ?

Lucian prit le temps d'avaler une longue gorgée de café avant de répondre.

— Je voyage.

— Ce qui signifie que vous êtes riche. Vous avez un château, en Écosse ?

— Pas exactement.

— Oh, allez, je parie que vous avez un titre !

— Pas l'ombre d'un.

Comprenant que le flot de questions de Danny ne s'arrêterait pas s'il n'y mettait pas un terme, Lucian se pencha vers lui et demanda, changeant de sujet :

— Alors, pourquoi avez-vous passé une nuit épouvantable ?

— Eh bien, je... j'ai un travail qui me permet de joindre les deux bouts. À la morgue. Jusqu'à maintenant, je l'ai trouvé intéressant, j'ai appris beaucoup de choses, mais cette nuit... Ô Seigneur !

— Cette nuit ?

— Un gamin mort, tué dans un accident de voiture. Il est passé à travers le pare-brise. Le pauvre gosse... Complètement déchiqueté.

— C'est dramatique.

— Mais ce n'est pas le pire !

— Non ?

— La tête... Elle ne tenait plus au reste du corps que par un faisceau de ligaments. Il n'y avait pas beaucoup de sang, juste quelques gouttes... mais c'était quand même effroyable. Et puis, les yeux... Oh, ces yeux du gosse ! Toute l'horreur du monde était dedans. Il a vu arriver sa fin, c'est sûr.

— Est-ce que la police est certaine que ce malheureux est mort dans un accident de voiture ?

— Non, mais à part ça, qu'est-ce qui aurait pu causer autant de dégâts ? Et puis il se trouvait dans l'auto, laquelle était littéralement entortillée autour d'un arbre.

— Où cela s'est-il passé ?

— Pas loin d'ici. Près du vieux cimetière.

Pour la énième fois, Danny passa les doigts dans ses cheveux.

— Bon sang, ces yeux... Je ne les oublierai jamais !

— Vous devriez rentrer chez vous et vous reposer.

— Je ne suis pas si crevé que ça. Non, en fait, je suis crevé mais je ne pourrai pas dormir.

— Si, vous le pourrez.

— Je...

— Vous le pourrez.

Lentement, Danny hocha la tête, inspira profondément puis acquiesça :

— Oui, je crois que vous avez raison.

Il se leva.

— Je vais me coucher.

Il amorça un pas, s'arrêta et tendit de nouveau la main à Lucian.

— Je suis content de vous avoir rencontré. Merci beaucoup. À bientôt, j'espère.

— C'est cela, Danny. Au revoir.

Jade se réveilla et se rendit compte qu'elle était allongée sur le canapé. Rick se tenait à côté d'elle.

— Tu vas bien ? s'enquit-il dès qu'elle ouvrit les yeux.

Immédiatement, elle sentit la panique la gagner. Qu'avait-elle dit ou fait ? Elle le lui demanda d'une voix tremblée.

— Rien, Jade. Rien, à part t'évanouir quand je suis entré.

— Tu es arrivé très tard.

— Ou très tôt, selon comment on considère les choses.

Donc, il ne s'était pas mis au lit avec elle... La nuit d'amour avec Rick n'était qu'un rêve...

Mais ce n'était pas avec Rick qu'elle avait fait l'amour en songe !

Vraiment pas ? se demanda-t-elle. Absurde. Qui donc, à part lui, aurait pu susciter un aussi puissant fantasme ?

— Tu es contrariée, n'est-ce pas, Jade ? Je te comprends, tu sais. Je me mets à ta place.

Il se trompait. Elle n'était pas contrariée, mais au bord de la folie !

— Tu n'as pas l'air dans ton assiette, poursuivit Rick, et je ne vaux guère mieux. Nous faisons une jolie paire...

Elle le regarda mieux. Effectivement, il paraissait épuisé et désorienté. Jamais elle ne l'avait vu en aussi mauvaise forme. Elle tendit la main et lui caressa la joue.

— Tu as passé une sale nuit, hein ?

— Épouvantable. Ton copain Danny en sait quelque chose : il a été à deux doigts de tomber dans les pommes.

— Ô mon Dieu... La victime, c'était quelqu'un de jeune ?

— Oui. Un étudiant.

Un silence, puis :

— Jamais je ne me suis senti aussi mal. Jade, il vaut vraiment mieux que je rentre chez moi. Je ne tiens plus debout. Pourtant, je donnerais n'importe quoi pour rester avec toi. Je voudrais te... te rendre tellement heureuse que tu ne concevrais plus la vie sans moi ensuite... Hélas, je ne suis pas en état de réaliser cette performance.

— Je comprends, Rick. Je ne suis moi-même pas très gaillarde. Je crois que je te décevrais.

— Tu as mal dormi. Des cauchemars ?

— Euh... oui. Enfin, disons des rêves.

— Tu sais, j'ai appelé la brigade de New York et demandé des informations sur les meurtres du cimetière. Je devrais les recevoir dans la journée. Quand je me réveillerai, on pourrait aller ensemble au quartier général et lire ce que mon collègue m'aura envoyé.

— D'accord, Rick. Et merci. Mais pourquoi rentrer chez toi ? Tu pourrais faire un somme ici.

— Non. Je veux changer de vêtements. L'odeur de la morgue...

— Oh... Je comprends. Allez, Rick, file. Il n'y a pas de problème.

Tout à coup, elle était pressée qu'il s'en aille : s'il voyait le désordre qui régnait dans la chambre, que penserait-il ? Le lit ravagé, la chemise de nuit par terre... Quelle idée de lui avoir proposé de se reposer chez elle !

Il se leva et se dirigea vers la porte. Au moment de poser la main sur la poignée, il se retourna.

— Jade, même dans la journée, enferme-toi à clé. Ce qui s'est passé à New York a peu de chances d'avoir un lien avec ce qui t'est arrivé en Écosse, mais le monde est plein de fous, et notre belle ville en compte pas mal.

— Cette ville étant la mienne, je sais cela depuis longtemps. J'ai toujours verrouillé ma porte, de nuit comme de jour.

— Bien. J'y vais. À plus tard.

Elle quitta le canapé pour aller lui effleurer les lèvres d'un baiser. Il sembla apprécier le geste, mais elle regretta aussitôt de l'avoir fait : elle avait l'impression de l'avoir trahi.

Non. D'avoir trahi quelqu'un d'autre en embrassant Rick.

Elle se sentait coupable et honteuse.

— Rick...

— Oui ?

— Je t'aime, tu sais.

Il lui prit le menton dans la main.

— Je t'adore, dit-il en souriant.

Puis il ouvrit la porte.

— N'oublie pas : tourne la clé.

— Je n'oublierai pas.

Rick Beaudreaux entendit claquer le verrou. Il fit un pas en direction de l'escalier puis s'arrêta. Pourquoi partait-il ? Il était idiot, ou quoi ? Il attendait depuis si longtemps que Jade voie en lui un amant, et non plus un petit ami... Il avait patienté. Il la savait tellement traumatisée par l'atroce épreuve traversée en Écosse qu'il s'était gardé de la bousculer. Il appréciait son honnêteté : d'emblée, elle lui avait avoué ne pouvoir envisager une relation sexuelle... pour le moment.

Le moment durait depuis trois mois.

Mais au cours de ce trimestre, Jade s'était montrée charmante, amusante, gaie. Et puis elle était si belle ! Attendre encore vingt-quatre heures ne serait quand même pas la mer à boire. Jade méritait un partenaire en pleine possession de ses moyens. Et puis, ce matin, elle semblait bien fatiguée.

Décidément, non, il n'allait pas faire demi-tour et frapper de nouveau à sa porte.

D'un pas lourd, il descendit l'escalier. Bon sang, ce qu'il était mal en point ! Au trente-sixième dessous. Jamais il n'avait ressenti une telle lassitude.

Le spectacle du jeune homme à la morgue l'avait saccagé. Quoique, à y bien réfléchir, il ait commencé à flancher avant l'autopsie… Quand ? Eh bien, exactement lors de la rencontre avec cette femme qui l'avait arrêté dans la rue la veille, alors qu'il se rendait chez Jade. Une touriste égarée, à l'accent indéfinissable. Une très belle femme aux longs cheveux noirs qui, pendant qu'il lui indiquait son chemin, avait éternué. Peut-être lui avait-elle passé son rhume.

Depuis cet instant, il se sentait exténué. Dans un étrange état d'esprit aussi : alors qu'il s'éloignait de la maison de Jade, une sonnette d'alarme résonnait dans son esprit, comme pour l'avertir qu'il ne tenait pas compte d'un élément très important. Mais lequel ?

Il s'immobilisa sur le trottoir, le cœur serré, la gorge soudain nouée par la peur. Une voix lui intimait de revenir sur ses pas, de remonter l'escalier.

Il se morigéna : il était flic, donc logique et terre à terre ! Il n'allait tout de même pas céder à de prétendues intuitions !

Il continua son chemin.

La jeune fille s'assit sur la chaise abandonnée par Danny, prenant Lucian au dépourvu : il était perdu dans ses pensées.

Il se remémorait le temps où il vivait dans les ténèbres, celles de l'univers dans lequel il gravitait et celles de son esprit.

Une époque marquée par la cruauté. Mais le Lucian d'aujourd'hui était-il si différent du Lucian d'hier ? Un survivant, voilà comment il se voyait. Celui qui imposait la loi, le respect des règles, maintenait un équilibre parmi ses semblables.

Le gardien des clés du temple.

Jusqu'à cette nuit en Écosse, douze mois auparavant, où tout avait basculé. Pour la première fois depuis des lustres, il avait senti la menace mortelle que ses ennemis faisaient peser sur lui. Il était sorti vainqueur de la bataille, mais il ne s'agissait que d'une bataille, pas de la guerre.

Cette guerre, ils la lui avaient déclarée. Pour prendre leur revanche sur lui, qui avait si rudement et si longtemps lutté pour accroître, et ensuite asseoir son pouvoir, sa force.

Il était si sûr de lui qu'il en avait oublié la crainte. Ses ennemis s'étaient chargés de la lui remettre à l'esprit...

— C'était vous, hier soir, n'est-ce pas ? demanda la jeune fille en souriant.

Elle avait posé sa main sur la sienne. Il s'apprêtait à répondre quand une voix féminine lança :

— Ah, Cathy, tu es quand même venue !

— Je ne suis pas là pour travailler, Shelly. Je suis juste passée pour...

Elle s'interrompit, se détourna de sa collègue et ramena son regard sur Lucian.

— C'était bien vous ?

— Je ne comprends pas ce que...

— Mais si. Je vous ai vu. Enfin, j'en ai l'impression. J'étais terrifiée. Je pensais que ce garçon allait me violer, me tuer... et vous êtes intervenu. Vous l'avez empêché de me faire du mal... Vous m'avez dit de courir, de monter dans ma voiture. Je vous ai obéi. J'ai couru comme une folle, je me suis mise au volant et j'ai démarré en trombe. Je ne sais pas ce que vous lui avez fait, à... à lui, et je m'en moque. Tout ce qui m'intéresse, c'est ce que vous l'avez fait pour moi. Sans votre intervention, je serais morte.

— Il vous suivait, dit simplement Lucian.

— Oui, et pas animé de bonnes intentions, ça c'est sûr. Vous m'avez sauvé la vie !

Il secoua la tête.

— Il ne faut plus que vous quittiez le restaurant seule la nuit.

— Je ne recommencerai pas, je vous le promets.

— Bien.

— Ô mon Dieu ! Vous êtes formidable !

Il se mit debout.

— Non, Cathy, je ne suis pas formidable. Ceci étant, écoutez-moi : ne sortez plus sans être accompagnée après le crépuscule. Et n'invitez pas des inconnus chez vous.

Il s'était exprimé sur un ton sévère qui, sur la fin, était devenu cinglant. La jeune fille se recroquevilla, apparemment choquée par tant de dureté. Sans un salut, il la quitta, pressé de fuir cette compagnie non désirée. Mais dans la rue, il cilla. Cette année, le soleil d'octobre était redoutable. Sa force lui permettait de supporter la clarté du jour, mais jusqu'à un certain degré seulement, et à condition que rien ne soit venu l'affaiblir, comme cela avait été le cas cette nuit.

Il fallait qu'il rentre chez lui, se repose.

La réflexion lancée à l'infirmière un peu plus tôt lui revint en mémoire. L'autre type était en plus piteux état que lui, avait-il dit.

Ô combien !

Il avait su d'emblée que, leur carnage achevé, les monstres quitteraient New York pour La Nouvelle-Orléans, et qu'ils ne resteraient pas seuls. Sur leur chemin, ils créeraient des disciples… comme celui qui avait attaqué la jeune Cathy hier soir.

Lors de leur dernier affrontement, il les avait massacrés, mais ils avaient guéri. Sophia… Était-elle avec eux ? Il ne l'avait pas vue. La garce gardait ses distances et envoyait cet imbécile de Darian en première ligne. Peu lui importait de le sacrifier.

Lucian avait à nouveau bloqué Darian. Il l'avait mis en charpie, l'empêchant de s'attaquer à la petite Cathy.

Le problème, c'était que Darian avait filé.

Bon sang, il entendait encore sa voix fielleuse.

— Mais qui crois-tu donc être ? Pour qui te prends-tu, Lucian ? Les autres te trouvent répugnant, immonde !

— Je suis celui qui veille au respect des lois ! Un souverain, voilà ce que je suis !

— Tu as intérêt à t'accrocher si tu veux garder le pouvoir !

— Ce sera le cas, crois-moi.

— Pff... Tu t'affaiblis et moi, je deviens de plus en plus puissant. Et *elle* aussi, je te le garantis !

— Vous n'êtes que des présomptueux, Darian. Jamais vous ne serez plus puissants que moi, je ne le permettrai pas.

— Nous sommes des prédateurs, des loups. Or les loups chassent les brebis.

— Pas quand la nourriture ne manque pas ! Et puis, chasser les brebis déclenche l'ire des fermiers, qui punissent les chasseurs.

— Les fermiers... Peuh !

— Nous luttons pour notre survie depuis si longtemps ! Pourquoi nous faire des ennemis supplémentaires ?

— Tu t'affaiblis ! Tu n'as plus aucune pugnacité. Et nous, pendant ce temps, nous accroissons notre force. À terme, nous serons tous plus forts que toi, nous te réduirons à néant et *elle* sera la reine. Elle t'a fait, mais elle peut défaire ce qu'elle a fait, elle peut te détruire !

— Mais réfléchissez un peu ! Vous ne savez rien de la haine, de la furie ! Voulez-vous la vivre ?

— Parce que tu penses avoir retrouvé ta bien-aimée, tu t'imagines avoir en même temps gagné une âme. En cette femme, tu revois Igrainia. Mais elle, que voit-elle en toi ? Sait-elle que tu es une créature de la nuit, féroce, cruelle ? Tu as commis autant de péchés que nous autres ! Tu as tué !...

Lucian ferma les yeux. Sa tête l'élançait. Le soleil le blessait. Il serra les dents. De l'aide... Il lui fallait de l'aide. Mais où, auprès de qui en trouver ? Il ne se fiait à personne, et ses ennemis ne tarderaient pas à se révéler redoutables. Darian s'était montré tellement sûr de lui... Sophia, affirmait-il, surpasserait Lucian DeVeaux d'ici peu. Comment était-ce possible ?

Le talisman ! Sophia devait avoir récupéré le talisman.

Grand Dieu, si c'était le cas, il avait vraiment besoin d'aide.

Quelqu'un pourrait la lui apporter. Il avait juré de ne plus jamais se mêler de la vie de cette amie. Tant pis. Il allait de ce pas rendre visite au seul être qui lui tendrait la main.

La lumière du jour dissipa les derniers doutes de Jade : elle avait besoin d'un psy. Elle avait essayé de se comprendre, en vain. La seule conclusion de la longue réflexion à laquelle elle s'était livrée s'imposa à son esprit : le cauchemar vécu en Écosse l'avait déséquilibrée psychiquement.

Pour l'instant, elle allait en rester là de ses cogitations et faire un saut au quartier général de la police sans attendre Rick. Elle y verrait Gavin, son collègue et ami, un chic type. Quoi qu'il ait appris sur le massacre de New York, il le lui dirait.

Elle sortait de son appartement quand Renate apparut.

— Tu sors, Jade ?

— Oui.

— Je pensais que Rick était avec toi.

— Il était là, mais il est parti.

— Oh, vraiment ?

— Vraiment.

— Zut. J'espérais en savoir un peu plus.

— Un peu plus sur quoi ?

— Le gamin tué dans un accident de voiture.

— Une autre fois, Renate. Rick est rentré chez lui : il ne se sentait pas bien. Il a travaillé toute la nuit, précisément à cause de cet accident.

— C'est bien ce que je pensais, et c'est pour ça que je voulais parler avec lui.

Jade se garda de signaler à sa voisine qu'elle se rendait au poste de police : Renate aurait voulu l'accompagner, or elle éprouvait un besoin viscéral de solitude.

— Tu sais, Jade, l'histoire du gamin est dans le journal. Son taux d'alcoolémie était phénoménal. Le labo a pu le tester, même s'il n'avait pratiquement pas de sang. Incompréhensible : pas une tache dans la voiture.

Renate s'interrompit, le temps de reprendre sa respiration.

— Saoul comme il l'était, jamais il n'aurait dû prendre le volant. Quelle histoire horrible ! En plus d'avoir bu comme un trou, il avait tabassé sa petite amie. Je sais que Rick adore les jeunes, qu'il est bouleversé quand il arrive malheur à l'un d'eux, mais celui-là, Jade, c'était un mauvais sujet. Il ne suivait plus ses cours depuis six mois et il avait un casier pour coups et blessures.

— Ça ne change rien au fait que sa mort soit tragique. Et puis il était jeune. Il aurait pu changer, devenir un adulte normal et non un délinquant.

L'expression de Renate était sceptique.

— Il aurait pu, oui… Mais rien ne dit qu'il ne serait pas devenu un assassin.

— Renate, s'il te plaît, pour une fois, montre-toi positive !

— Oh, je sais que tu me trouves cynique et désabusée, mais j'écris des histoires policières, ce qui m'amène à faire des recherches. Tu n'imagines pas à quel point certains êtres peuvent être monstrueux ! Des gens que nous connaissons et trouvons corrects et honnêtes, n'hésiteraient pas à passer de l'autre côté de la barrière s'ils étaient sûrs de s'en sortir impunément !

— Renate, certains humains sont tout blancs, d'autres tout noirs, mais entre les deux il y a la gamme des gris. Nuance un peu ton jugement, veux-tu ?

— Mmm. Je vais y réfléchir, dit Renate tout en la fixant, comme si elle attendait quelque chose.

— Alors ? fit Jade.

— Alors quoi ?

— Matt est encore chez toi ?

Tout à coup, Jade éprouvait le besoin de passer à l'attaque.

— Pardon ? fit Renate, manifestement interloquée.

— Matt. Tu sais bien… celui avec lequel tu es partie, munie de champagne et de caviar…

— Oh, oui ! Ça fait un sacré moment que Matt est parti.

Jade sourit ironiquement.

— Tu lui as donné sa chance ? Si oui, alors tu as gardé les yeux fermés…

Renate prit le temps de lisser ses cheveux impeccablement coiffés avant de lâcher :

— Tu me choques, Jade. Comment oses-tu me poser une question pareille ? C'est… c'est répugnant.

— Non, Renate. C'est cruel. Matt n'est pas le genre de type que l'on peut qualifier de sexy.

— Euh… c'est exact. Mais il est gentil.

— Je t'imagine mal ayant une histoire avec lui.

— Je n'en ai pas : je vois quelqu'un d'autre. Matt est un excellent ami, c'est tout.

— O.K., on arrête là : Matt est aussi mon ami et…

Le téléphone se mit à sonner dans l'appartement de Jade. La diversion la ravit.

— Excuse-moi, Renate, il faut que j'aille répondre.

— Bon. Si tu as des informations intéressantes par Rick, fais-m'en profiter, d'accord ?

— Entendu.

Jade se réfugia dans son appartement, refermant sa porte au nez de Renate. Elle courut décrocher. Peut-être était-ce Rick…

Le temps qu'elle atteigne l'appareil, le répondeur s'était mis en marche. Elle pressa sur l'interrupteur.

— Allô ? Je suis là !

— Jade ? Jade MacGregor ?

Une voix de femme, douce, à peine un souffle.

— Oui, je vous écoute.

Il y eut un long silence, puis un déclic.

L'inconnue venait de raccrocher.

Au lieu d'entrer tout de go, il s'arrêta devant la superbe maison construite avant la guerre de Sécession. Il hésitait. Jamais il n'avait envisagé de revenir ici, de revoir Maggie. Leur histoire avait été longue et belle, mais elle appartenait désormais au passé. Un jour, avait-il pensé, il aurait appris le décès de Maggie. Après être devenue une vieille grand-mère, elle se serait doucement éteinte et il serait alors venu poser des roses sur son cercueil.

Maggie avait obtenu ce à quoi elle aspirait le plus au monde : une nouvelle vie, au terme de laquelle il y avait fatalement la mort.

Il soupira, puis se décida : il fallait sonner à la porte.

Sa main lui sembla de plomb lorsqu'il la leva et appuya sur la sonnette.

La porte s'ouvrit sur Maggie.

Elle le regarda, ouvrit la bouche, n'émit d'abord aucun son, puis souffla :

— Toi…

— Oui, moi. Je suis désolé.

— Ô mon Dieu…

— Attends, ne t'affole pas, je ne suis pas venu bouleverser ton existence, Maggie.

Elle aspira une longue goulée d'air puis hocha la tête.

— Je sais.

Elle leva les yeux vers le soleil.

— Entre vite, dit-elle en le prenant par le bras.

Puis elle l'examina.

— Tu ne ressembles à rien, mon pauvre Lucian...

Il sourit. Maggie et lui étaient de très, très vieux amis, et de très, très vieux ennemis. Elle seule pouvait lui faire ce genre de remarque qui, venant d'autres, l'aurait offensé.

La pénombre du vestibule fit céder les élancements dans ses rétines.

— Lucian, j'ai eu si peur... J'ai lu ces articles dans les journaux : le massacre en Écosse, et maintenant celui de New York... Que se passe-t-il ?

— Une rébellion. Des événements d'un passé que je pensais révolu se reproduisent. Pourtant, j'avais tout fait pour que ce ne soit pas le cas. Maggie, je ne t'ai jamais révélé comment j'étais devenu...

— Tu ne jugeais pas utile de m'expliquer quoi que ce soit, coupa la jeune femme. Tu avais le pouvoir, tous les pouvoirs, et tu édictais les règles, mais j'ai eu vent de quelques informations au cours des années.

— Vraiment ?

— Eh oui. Les vampires cancanent comme tout le monde.

— Alors tu as entendu parler de Sophia...

— Oui.

— Elle s'est réveillée et son valet et garde du corps, Darian, l'escorte partout.

— T'es-tu battu avec Darian ?

— Oui.

— Mais il n'est pas...

— Mort ? Non.

— Tu ne peux pas le tuer, n'est-ce pas ?

— Selon les lois en vigueur, celles dont je suis le gardien, non. Mais les exactions que commettent Sophia et son acolyte peuvent m'amener à changer les règles, ou à faire une exception...

— Tu peux donc modifier les lois.

— Oui, mais en prenant le risque d'une insurrection.

Lucian regarda ses mains avec dégoût. Ses ongles étaient si longs… de vraies griffes. Ah, il faisait un joli roi des immortels !

Il se trouvait sur terre depuis si longtemps qu'il ne se rappelait même plus ce qu'était une vie normale. Cependant, il se souvenait de ce qui s'était passé après sa métamorphose. Depuis ce jour, la haine habitait son cœur, mais il s'était résigné à son sort.

— Je n'ai jamais connu personne qui ait autant de pouvoir que toi, Lucian.

— Non ? Pourtant, Darian m'a échappé. J'ai dû être trop confiant en moi. En Écosse, je n'ai compris qu'il était avec Sophia qu'après notre entrée dans la tombe. Je les ai blessés tous les deux cette nuit-là, mais pas assez grièvement pour les empêcher de nuire. Ils avaient bu de telles quantités de sang qu'ils sont devenus extrêmement forts. Et puis, Sophia a passé des siècles à… disons, s'entraîner. Elle a accru sa puissance dans des proportions sidérantes dans un seul but : me vaincre. De plus, elle porte un talisman, un pendentif en or renfermant des gouttes du sang d'un ange déchu. Enfin, c'est ce que l'on dit.

— Un ange déchu… Il s'agirait du Diable ?

— Je ne sais pas. Lorsque je l'ai rencontrée, Sophia vivait depuis déjà une éternité. Elle prétendait venir de la nuit des temps. Jamais elle n'enlevait son médaillon. Elle disait qu'il lui donnait sa force.

— Où avait-elle trouvé ce talisman ?

— Au fond de l'océan.

— Quoi ? Mais comment l'aurait-elle…

— … repêché ? Je l'ignore. Je ne suis même pas sûr qu'il ne s'agisse pas d'une légende, ni que ce bijou maudit soit toujours en sa possession, mais je n'en serais pas étonné : cela expliquerait qu'elle ait guéri si vite après l'épisode écossais.

— As-tu essayé de raisonner Sophia et Darian ?

— Ils ne m'écoutent pas. Ils comptent bien s'emparer du pouvoir, et en faire un pouvoir absolu.

— Tu ne peux pas permettre cela, Lucian. Dans l'immédiat, tu dois te reposer, régénérer ton énergie.

Maggie tendit la main et caressa sa joue hâve.

— Tu as appris beaucoup de choses... À te fier à une amie, entre autres. Tu es venu vers moi parce que tu as confiance, n'est-ce pas ? Allez, entre.

Il la suivit à travers le vestibule de cette maison de mortels, ce foyer chaleureux. De la cuisine s'échappait un délicieux fumet. Quelque part, un bébé vagissait. La chambre où le conduisit Maggie était dotée d'un lit au matelas accueillant, d'oreillers de doux duvet.

— Tu vas dormir, Lucian. As-tu... mangé ?

L'intonation de Maggie lorsqu'elle avait posé la question attrista Lucian : l'appréhension la marquait. Mais quoi de plus normal ? Comme tous les êtres humains dont elle menait désormais la vie, Maggie avait peur des vampires.

C'était grâce à lui qu'elle réalisait son rêve. Elle n'était plus une femme vampire, mais une femme tout court. Il avait exaucé son souhait, mais en lui donnant le bonheur, il l'avait perdue.

— Oui, j'ai mangé, répondit-il sèchement.

— Lucian, dis-moi que... que tu ne t'es pas nourri sur des innocents... Dis-moi que tu as mordu des êtres ignobles... Des tueurs, des bourreaux d'enfants...

— Non.

— Oh, Lucian !

— Je n'ai pas mordu d'innocents ! Je suis allé à la banque du sang de l'hôpital.

Maggie relâcha son souffle et sourit.

— Je suis sûre que ce sera dans le journal.

— Moi aussi.

— J'ai épousé un policier, tu te rappelles ? Cela va t'être difficile de te situer, entre les gens normaux et la folie de ceux de notre... non, de *ton* espèce. Allez, dors, refais-toi une santé. Tu vas avoir besoin de tout ton pouvoir.

— Merci, Maggie.

— Sean rentrera dans la soirée. Il saura certainement quelque chose susceptible de t'aider. Quant à toi…

— Oui ?

— Tu pourras aussi l'aider. As-tu blessé Darian assez gravement pour gagner un peu de temps ?

— À mon avis, il ne prendra pas le risque de m'affronter avant un bon moment. L'ennui, c'est qu'il n'est pas seul. Il y a Sophia. Et d'autres, peut-être.

— Mmm. S'il est mal en point, il va rester à l'écart, et Sophia n'entreprendra rien sans son fidèle garde du corps. Ils vont chercher des proies ailleurs. Loin de toi.

— Je pense que oui.

— Il devrait t'être possible de les localiser.

— Peut-être.

— Comment ça, « peut-être » ? Tu as toujours su où me trouver.

Elle souriait, et tout à coup Lucian aussi se sentit d'humeur légère.

— C'est vrai, Maggie. Parce que j'étais très attaché à toi.

— Je te connais. Si j'avais plié sous ton autorité, tu te serais lassé de moi. Je n'étais pas celle qu'au fond de ton cœur, tu voulais. J'étais un jouet dont tu t'amusais.

— Tu étais sous le charme du magicien Lucian DeVeaux, et un jour tu as voulu voler de tes propres ailes.

— Pygmalion ! lança Maggie d'un ton taquin.

— Magdalena, je…

— Dors. Nous discuterons plus tard.

Maggie ferma les volets, tira les rideaux puis s'éclipsa. Dans la chambre obscure, Lucian s'étendit sur le lit et ferma les yeux.

Le sommeil s'abattit sur lui comme une vague, le projetant sur la rive des rêves et des souvenirs.

Maggie rentra à pas de loup dans la chambre et s'approcha du lit. Émue, elle regarda longuement Lucian.

Puis, du bout des doigts, repoussa la mèche qui lui barrait le front. Cet homme… elle se rappelait l'avoir haï. Au début. Lorsqu'il se comportait en souverain autoritaire, exigeant, incroyablement sûr de lui.

Puis il était venu à son secours, à maintes reprises, prenant d'immenses risques, mettant en péril son autorité.

Dans l'abandon du sommeil, il était merveilleusement beau. Grand, mince, tout en muscles. Sa chevelure aile de corbeau, son visage aux traits parfaits, ses yeux… Elle ne les voyait pas, mais qu'importait ? Jamais elle ne les oublierait. Des yeux d'ambre pailletés d'or, où parfois, quand il était en colère, brillaient fugacement des étincelles.

Elle vit bouger ses lèvres, perçut un son, puis des syllabes.

— Igrainia…

Ainsi, les vampires rêvaient.

Du passé.

Du temps où ils étaient mortels.

4

An 985 de notre ère, côte ouest de l'Écosse

— Des dragons ! Des bateaux dragons à l'horizon ! Seigneur, protégez-nous !

Lucian entendit le cri alors qu'il admirait le délicat travail d'orfèvre qu'un artisan irlandais réalisait sur de l'or. Il s'était arrêté devant l'éventaire avec Igrainia. C'était le grand marché de printemps, et tous deux déambulaient dans les allées. Puis les bijoux avaient attiré leur attention. Après s'être enquis du prix de la croix ciselée, Lucian l'avait achetée, ainsi qu'une chaîne, et accrochée au cou d'Igrainia.

Lorsque le cri d'alarme retentit, il sursauta et porta son regard vers la mer. Les hautes structures des bateaux se dessinaient au-delà des falaises. Des drakkars, que les Écossais appelaient « bateaux dragons » à cause de la proue en forme de tête de monstre mythologique.

À l'instar de nombre d'Écossais de la côte, dans les veines de Lucian coulait du sang normand, anglais et norvégien. Depuis une cinquantaine d'années, les attaques des Vikings s'étaient raréfiées, mais ils abordaient quand même de temps à autre. Le butin était bon pour eux, dans cette partie de l'Écosse. Bijoux, manuscrits précieux aux enluminures réalisées par des moines, reliques en or…

Les cris d'effroi se multipliaient, de plus en plus forts, portés par le vent. Une débandade s'ensuivit. En proie à la panique, les chalands couraient en tous sens, cherchant à fuir les démons qui arrivaient. Dans la bousculade, les toiles protégeant les éventaires tombaient, les poêles à bois autour desquels les vendeurs se réchauffaient basculaient, répandant sur le sol leurs cendres incandescentes.

Lucian prit son épouse par le bras.

— Vite ! Partons !

Igrainia leva vers lui son regard couleur de mer sous le soleil. Elle avait compris ce que voulait Lucian : qu'elle aille sur la falaise, réunisse femmes et enfants et les mette à l'abri. Descendante de seigneurs vikings, elle était fière et pugnace. Elle savait son mari de la même trempe qu'elle, et capable de sacrifier sa vie pour elle. Tout comme les autres hommes de la communauté, il allait combattre, mais seulement une fois certain que sa famille ne risquait rien.

La bataille ne serait gagnée que si les hommes étaient dégagés de tout souci concernant leurs épouses et leurs enfants.

Igrainia se hissa sur la pointe des pieds, embrassa Lucian, murmura des vœux de réussite, puis s'en fut en courant, appelant au passage ceux qui devaient la suivre.

— Soyez vaillants, fils de MacAlpin ! cria Lucian, rappelant de la sorte à ses compatriotes qu'ils devaient au grand roi leur indépendance et la réunion en une nation des différentes tribus d'Écosse.

Une nation qui luttait contre les Vikings, lesquels occupaient encore des îles et des parties de la côte d'où ils avaient chassé les gens de souche. Les Écossais avaient des liens de parenté avec eux, mais ils étaient leurs ennemis. Ils se faisaient la guerre. La violence faisait partie intégrante de leur existence.

— Allez ! ordonna Lucian tout en se précipitant vers Malachi, son grand étalon noir.

Il sauta en selle, dégaina son épée et la brandit bien haut.

— Allez, sinon vous mourrez ! répéta-t-il, exhortant les hommes autour de lui.

Il obtint le résultat espéré. Le désordre cessa, tous se regroupèrent. Ceux qui avaient été soldats autrefois réunirent armes et chevaux, les fermiers prirent des piques, des fourches et des faux.

— Archers, aux falaises ! ordonna Lucian.

Sans se soucier du vent qui soufflait en rafales, du tonnerre qui grondait, les archers allèrent prendre position.

Lucian éperonna Malachi, qui partit au galop en direction des vertigineux à-pics au-dessus de la mer.

Les drakkars approchaient. Ils étaient trois, chargés de guerriers scandinaves prêts à perdre la vie le cœur léger, car le Walhalla les attendait. Ils s'assiéraient alors à la table du dieu Odin pour le banquet de l'éternité.

— Maintenant ! hurla Lucian.

Les archers bandèrent leurs arcs et une pluie de flèches s'abattit sur les navires. Pris au dépourvu par cette attaque, les Vikings subirent en quelques instants de lourdes pertes.

— Encore !

De nouvelles flèches s'envolèrent et firent d'autres victimes.

Mais pas en assez grand nombre, songea Lucian avec consternation : les bateaux étaient entrés dans le port. Les Vikings sautèrent dans l'eau, indifférents à sa température glaciale. Ces guerriers-là ne craignaient ni le froid ni la douleur. Rien ne les effrayait. Rien ne les arrêtait.

Lucian repartit vers le village, suivi de ses hommes. Ils disposeraient de quelques cruciales minutes. S'ils parvenaient à anéantir l'ennemi sur la plage, alors, peut-être…

En arrivant au port, la femme lui apparut pour la première fois.

Elle se tenait bien droite à la proue de l'un des navires, aussi altière et impressionnante que le dragon. Au milieu des guerriers blonds, on ne voyait qu'elle, à cause de sa longue chevelure aile de corbeau. Sous une somptueuse cape de fourrure, elle portait une robe aussi noire que ses cheveux. Le décolleté de la robe montrait une gorge d'un blanc opalescent. Un peu plus bas, des seins arrogants soulevaient l'étoffe. À la naissance de la poitrine, même de loin, Lucian voyait un pendentif, un épais pendentif d'or.

Il chercha son regard. Le trouva. Y riva le sien.

Dans les grands yeux de jais, il discerna des flammes d'excitation... De l'amusement aussi. La bataille la réjouissait. Elle lui faisait face, impavide. Elle ne semblait pas entendre les hennissements de douleur des chevaux, les longues plaintes d'agonie des hommes. Elle observait le carnage sans ciller, sans manifester le moindre signe de crainte.

Un guerrier roux se jeta sur Lucian, qui l'abattit d'un coup de sabre, une arme de Viking héritée de l'un de ses ancêtres. À aucun prix, il ne devait descendre de cheval. Son père lui avait appris la supériorité des cavaliers sur l'infanterie. Frapper l'adversaire d'en haut était infiniment plus efficace que de face.

Il resta donc en selle, faisant volter Malachi pour parer les assauts qui venaient de tous côtés. Le plus redoutable de ses ennemis était âgé, manifestement pressé de monter au Walhalla. Un très jeune homme à la chevelure blond platine ferraillait à son côté. Lucian les tua sans faire de quartier.

Les morts jonchaient le sol autour de lui, dans un étang de sang. Une autre escouade ne tarderait pas à se jeter sur lui, mais il disposait de quelques instants, le temps que les forces adverses se regroupent.

Il en profita pour porter le regard sur le drakkar.

La femme était toujours là. Le sourire aux lèvres. Elle semblait se délecter du spectacle.

Il ne se rendit compte qu'il avait laissé trop longtemps ses yeux rivés aux siens, que lorsqu'un groupe de guerriers rugissants l'attaqua par-derrière.

Malachi rua, tuant net d'un coup de sabot l'un des hommes, en expédiant un autre dans l'eau. Mais les ennemis étaient trop nombreux. En dépit de ses efforts, Lucian fut jeté à bas de Malachi. Il joua du sabre comme un damné, puis de ses poings quand on le lui eut arraché.

Peine perdue. Il fut précipité dans l'eau. Des pieds, des genoux le maintenaient sous la surface. Il commençait à étouffer lorsque sa main, grattant le fond, rencontra la garde de son sabre. Il referma ses doigts déjà gourds autour de la poignée.

Tenir de nouveau son arme le galvanisa. Il réussit à jaillir d'un bond hors de l'eau.

Il découvrit alors qu'il était cerné. Pire, il se rendit compte que la petite armée de fermiers était anéantie, les archers défaits et les cavaliers à terre, morts, leurs chevaux errant au milieu des cadavres.

Tous s'étaient battus courageusement. Mais ils avaient succombé sous les coups d'un assaillant supérieur en nombre. Ils n'avaient pas eu le temps d'aller quérir l'aide des populations à l'intérieur des terres.

Mais le plus grave, le plus dramatique, c'était la capture des femmes et des enfants.

— Rends-toi, chef de clan, et ils seront épargnés.

La voix qui venait de s'élever était celle de la femme en cape de fourrure. Elle ne se trouvait plus sur le drakkar, mais devant lui. Sèche. Comment avait-elle pu quitter si vite le navire, sans se mouiller ? Marchait-elle sur l'eau ? Il regarda ses pieds. La femme semblait en lévitation au-dessus du liquide rouge qui avait remplacé l'eau limpide du port.

Lucian ne s'interrogea pas plus avant : il devait avoir reçu un coup sur la tête et souffrait d'hallucinations.

— Quelle garantie me donnez-vous ? demanda-t-il.

Elle releva un sourcil, sourit, puis tendit le bras vers ses hommes. Car il ne pouvait s'agir que de ses hommes. Le chef, c'était elle.

— Libérez les enfants et relâchez les quelques gueux encore en vie ! Libérez aussi les femmes… sauf celle-là.

Elle pointait l'index sur Igrainia.

Comment avait-elle pu identifier l'épouse du chef ?

— Décapitez-la ! Ainsi, il saura que nous sommes sans pitié.

Le cœur de Lucian s'emballa à s'arracher de sa poitrine.

— Laissez-la partir, sinon je vous tuerai ! Vous saurez alors que nous aussi sommes sans pitié !

La femme se tourna vers lui, toujours souriante.

— Vous m'intriguez, chef de clan…

Puis, à ses hommes :

— Négocions avec le chef ! Selon son souhait, ne touchons pas à la tête de l'épouse !

— Lucian, je t'en supplie, s'écria Igrainia depuis le quai. Ne transige pas pour moi ! Ne donne rien en échange de ma vie !

— Ah, elle veut mourir ! remarqua la femme d'un ton ironique.

— Ne la touchez pas ! gronda Lucian.

La femme étrécit les yeux. Son sourire devint rictus. Un masque d'infinie cruauté se peignit sur son visage.

— Je vais essayer de contenir mon ire, dit-elle.

Ses doigts faisaient tourner le médaillon d'or.

— Remettez-moi votre sabre, chef de clan.

— Qu'elle parte avec les autres d'abord ! lança Lucian en désignant Igrainia.

La femme le fixa longuement sans mot dire, puis s'approcha de lui. Il fut alors sûr que ses yeux ne l'avaient pas trompé : elle marchait sur l'eau. Mon Dieu… Une sorcière !

Les gens sur le quai avaient vu, eux aussi. Un murmure s'élevait de la petite foule de chrétiens.

— Sorcière… Magie noire… Satan… entendait Lucian.

— Vous n'avez plus besoin d'elle, chef de clan, dit la femme aux cheveux noirs en désignant Igrainia. Désormais, vous m'avez.

— Je ne veux pas d'une sorcière ! Parce que c'est ce que vous êtes ! Une sorcière !

Il sentit ses mâchoires se crisper, ses muscles se bander : lui qui croyait si fort en Dieu, voilà qu'il réagissait comme les paysans ignares !

— Vous prétendez ne pas vouloir de moi ? Vous mentez, assura la femme en souriant largement.

Dieu du ciel, que lui opposer ? Elle ne s'abusait pas : effectivement, il mentait. Cette femme exerçait un irrésistible pouvoir sur lui. Elle l'attirait, l'envoûtait. Elle l'enjôlait. Son épouse bien-aimée était là, sur le quai, en danger de mort, et lui, il brûlait d'envie de se jeter sur cette créature en cape de fourrure, de la prendre sauvagement. Devant les hommes rescapés de la bataille, les enfants, les autres femmes… Il voulait lui faire l'amour. Peu importait où. Dans l'eau, la boue mêlée de sang, sur le pont du bateau. Tout de suite.

Il lutta contre lui-même comme un possédé.

— Libérez mon épouse ! Qu'elle aille rejoindre les enfants.

— Mmm… Dites-moi de venir vers vous.

— Quoi ?

— Invitez-moi à faire votre connaissance.

— J'accéderai à tous vos souhaits, madame, mais libérez mon épouse !

Un sourire de triomphe illumina le visage de la femme.

— Laissez-la partir ! ordonna-t-elle à ses hommes, qui s'écartèrent d'Igrainia.

Ses yeux s'étaient détournés de Lucian. Il se sentit aussitôt redevenir normal. La folie qui l'animait un instant auparavant venait de refluer. Il aimait Igrainia. Il n'aimait qu'elle. De toute son âme, il aimait tout en elle.

Son physique, son élégance, sa passion pour le savoir, les arts…

Il la regarda intensément et lui dit en pensée :

— *Fuis ! Et aide-moi à me battre ! J'y parviendrai si je sais que tu m'attends.*

Igrainia hocha légèrement la tête. Ils s'entendaient si bien, partageaient une telle complicité que Lucian était sûr d'avoir été compris.

Il vit son épouse se détourner de lui et courir vers les enfants. Elle n'était pas encore sauvée. Les petits non plus. Les guerriers vikings pouvaient les rattraper en quelques enjambées et les massacrer. Aucun Écossais n'était en état de les combattre. Le clan comptait tant de morts, de blessés…

Mais l'ennemi allait faire retraite. Il savait que les autres clans, à l'intérieur des terres, avaient été prévenus et ne tarderaient pas à accourir en force. La bataille, cette fois, tournerait en faveur des Écossais.

— L'épouse est loin, maintenant, dit la femme aux cheveux aile de corbeau. Je me demande si je ne devrais pas te couper la tête et la brandir au bout d'une pique. Pour que les membres de ton clan la voient, et sachent que nous obtenons toujours ce que nous voulons.

— C'est ta tête qu'il faudrait trancher, femme ! rugit Lucian. Ainsi, tu apprendrais que le monde ne t'appartient pas, que ce n'est pas ton terrain de jeu privé !

— Ton sabre.

Elle tendait la main. Il leva la sienne, ouvrit les doigts et le sabre tomba dans l'eau. Le métal scintilla brièvement avant que la boue ne l'absorbe.

La femme secoua la tête, puis fit demi-tour. Elle commençait à marcher – à glisser plutôt – vers le drakkar. Les yeux écarquillés, il suivait sa progression au-dessus de l'eau quand un choc d'une rare violence lui ébranla la tête. Il ressentit une douleur térébrante, se rendit compte qu'il basculait, puis tout devint noir.

Lucian avait conscience de se trouver dans un endroit étrange et sombre. Le temps passait, sans qu'il puisse le mesurer.

La femme le veillait. La femme aux cheveux couleur de nuit.

— *Je vais te guérir.*

— *Va-t'en, répugnante sorcière !*

Elle éclata de rire, et il sentit ce rire lui broyer le cœur.

— *Je vais te guérir, te faire du bien comme personne ne t'en a jamais fait. Je te donnerai une force dont tu n'imagines même pas l'ampleur. Tu m'as appelée et je suis là. Tu ne le regretteras pas.*

— *Je ne t'ai pas appelée !*

— *Oh, mais si, tu l'as fait.*

Elle le touchait. Ses mains aux paumes qui semblaient enduites d'acide couraient sur sa poitrine, la brûlant. Ses ongles crissaient sur sa peau, minuscules poignards effilés qui l'entamaient. Il eut si mal qu'il se mit à crier, à pleurer comme un petit enfant.

Puis la souffrance se mua en plaisir. Le corps en sueur, il geignait, se contorsionnait : les tortures que lui infligeait la femme aux cheveux de jais déclenchaient d'exquises sensations. Tout à coup, les caresses perverses le comblaient de bonheur. Éperdu de désir, il prenait à pleines mains la chevelure noire et lisse qui coulait entre ses doigts. Il avait honte de lui : comment osait-il éprouver autant de plaisir ? Il trahissait Igrainia !

Il voulait se dominer, mais tous ses efforts échouaient. La démence le gagnait, ses sens en éruption lui faisaient perdre la tête.

Il s'accrochait à l'idée que tout cela n'était qu'un atroce cauchemar, conséquence d'une blessure infectée. Il délirait, souffrait d'hallucinations. C'était la seule explication, car sinon, comment aurait-il pu voir Igrainia ? Il se trouvait à l'intérieur du drakkar, et cependant voyait sa femme, l'entendait qui l'appelait sans relâche. Un chant de sirène qu'elle lançait de l'extérieur, debout sur l'eau, le bras tendu vers lui, la main ouverte, paume tournée vers le ciel. Ses cheveux couleur de miel brillaient dans le soleil, la brise faisait voleter ses longues mèches…

— *Igrainia ! Igrainia !*

Il répondait inlassablement à ses appels mais, désespéré, se rendit compte que leurs esprits n'entraient plus en contact.

À son réveil, le premier son qu'il identifia fut celui du clapot de l'eau contre une coque. Il se trouvait sur un bateau, et il se sentait brisé, le corps ravagé de douleur et de frustration.

Il ouvrit les yeux, vit des planches. Il comprit. Le bateau était le drakkar viking. On l'avait enfermé dans le carré, couché sur un lit de peaux de bêtes.

D'une main tremblante, il palpa son cou. C'était là qu'il avait le plus mal. Une substance gluante et humide couvrait sa peau, de son menton à sa gorge.

— Te voilà parmi nous !

Il tourna la tête. La femme aux cheveux noirs était assise à son chevet.

— Je suis vivant, semble-t-il.

— T'es-tu bien reposé ? demanda-t-elle en souriant. As-tu fait de beaux rêves ?

De beaux rêves ? Des rêves fous, oui. Mais il ne révélerait rien à cette diablesse des fantasmes qui l'avaient mis sur des charbons ardents.

— Allez en enfer, madame, et n'en revenez jamais !

Elle haussa les épaules, puis demanda d'un ton égal :

— As-tu faim ?

— Non.

Un mensonge. Il était tellement affamé qu'il avait l'impression que des rats lui rongeaient l'estomac.

— À boire, marmonna-t-il.

Elle lui tendit une outre.

Refuser lui vint à l'esprit, mais sa bouche était tellement desséchée, ses lèvres craquelées… S'il ne prenait pas l'outre, il mourrait.

Il but longuement, sans se poser de question sur la nature du liquide qu'il absorbait. Maladroit avec l'embout de l'outre, il s'inonda le menton, la main.

Sa soif apaisée, il rendit l'outre à la femme et vit des taches couleur rubis sur ses doigts. Du vin ? Non, il en aurait senti le goût. Et puis, le vin n'était pas épais...

— Où sommes-nous ? s'enquit-il.

— Nous n'allons pas tarder à accoster.

Elle se mit debout et sortit du carré dans un doux bruissement de fourrure.

La nuit était tombée, découvrit Lucian lorsque la femme souleva le panneau d'écoutille.

Il entendait l'équipage parler, rire. Le bateau tanguait, franchissait de hautes vagues, retombant violemment dans les creux. La mer était mauvaise, songea Lucian. Mais quelle mer ? Peut-être le drakkar s'était-il beaucoup éloigné des côtes écossaises. Après tout, il ignorait combien de temps il avait dormi.

Tout à coup, le roulis cessa. Lucian en déduisit qu'ils venaient d'entrer dans un port ou une anse protégée. Il réussit à se lever en s'accrochant à un étai.

L'agitation sur le pont s'accrut. Des pas lourds faisaient craquer les structures, des tintements de métal résonnaient, sans doute des sabres qui s'entrechoquaient. Puis il y eut des claquements de sabots. L'équipage faisait sortir les chevaux de la cale. Guerriers et montures quittèrent le navire. Lucian ne percevait plus que de légers sons. À peine quelques hommes étaient restés à bord, conclut-il.

Le silence relatif fut de courte durée. De féroces clameurs commencèrent à s'élever, suivies de hurlements de souffrance. Éperdu, il entendait gémir, supplier.

Les Vikings venaient de s'attaquer à un village de pêcheurs !

Des prières fusèrent. Les malheureux, avant de mourir, en appelaient à Dieu dans une langue qui n'était ni du gaélique ni de l'irlandais mais... du norvégien ! Le drakkar avait donc abordé sur une île des Hébrides, lesquelles étaient sous la coupe des Vikings... qui attaquaient leurs semblables !

Effaré, Lucian resta quelques instants pétrifié dans le carré, puis gagna avec peine l'escalier de bois. Il en gravit les quatre marches et poussa à deux mains la trappe qui le fermait. L'air glacé de la nuit le saisit quand il monta sur le pont.

Le spectacle était dantesque, tout de flammes et fumée. Les maisons brûlaient : les guerriers jetaient des torches sur les toits de chaume. Des ombres couraient en tous sens, poursuivies par des soldats à pied, sabre levé, ou à cheval. Les ombres criaient puis tombaient les unes après les autres. Ces gens qui mouraient n'appartenaient pas à son peuple, et pourtant Lucian souffrait pour eux. La sauvagerie des guerriers le bouleversait et le mettait en rage. Il aurait voulu aller se battre, aider ces étrangers massacrés par les leurs.

La silhouette de la femme aux cheveux noirs se découpa sur le mur de feu. Le vent soulevait sa cape de fourrure et sa longue chevelure. De loin, elle évoquait une gigantesque chauve-souris.

Elle s'avança au milieu des cadavres et des agonisants, et prit par la main une fillette blonde qu'essayait de protéger un homme aussi blond qu'elle. Voyant qu'on lui enlevait l'enfant, il brandit son épée. L'un des soldats se rua sur l'homme et lui trancha la tête d'un seul coup de lame. Le corps s'abattit sur le sable, la tête roula jusqu'à l'eau, mais la fillette ne sembla pas consciente de la mort de son protecteur. Elle n'avait d'yeux que pour la femme, qui lui releva le menton du bout de l'index, puis dénoua l'attache de sa robe. L'humble vêtement de laine tomba aux pieds de l'enfant qui resta immobile, nue dans le clair de lune et le rougeoiement des flammes.

La femme se pencha sur elle, et la mordit au cou.

Horrifié, au bord de la nausée, Lucian la regarda faire. Il se rendit compte que la faim l'assaillait de nouveau. Les rats étaient revenus lui ronger l'estomac. Il avait soif aussi...

Son ouïe était devenue étrangement sensible. Il entendait déglutir la femme, percevait les battements du cœur de la fillette, qui faiblissaient… faiblissaient…

S'arrêtèrent.

La femme jeta de côté le corps devenu aussi flasque qu'une poupée de chiffon, puis dit quelque chose à l'un de ses hommes, qui arracha aussitôt la tête de l'enfant.

Lucian serrait les poings, ivre de fureur. Il aurait voulu se ruer sur ces barbares et les massacrer, mais il n'avait pas davantage de pouvoir que les malheureux villageois. On le tuerait. Mais la mort ne serait-elle pas une bénédiction, finalement ? Elle effacerait ces ignobles sensations qu'il ressentait : la faim, la soif et la plus choquante, la plus répugnante, le désir sexuel.

La femme pivota vers le drakkar et fit un signe de la main. Les trois hommes restés à bord sautèrent du pont et la rejoignirent immédiatement. Sans que leurs pieds touchent l'eau. Comme la femme, ils marchaient sur la surface.

Sur la grève, ils se déplacèrent les yeux rivés au sol, se penchant de temps à autre lorsqu'ils avaient choisi une proie. Horrifié, Lucian les voyait mordre les gorges, les entendait aspirer goulûment le sang dont l'odeur âcre, métallique, emplissait l'atmosphère.

Le pire, c'était cette envie de les rejoindre qui le tenaillait. Il luttait de toutes ses forces contre lui-même pour ne pas se précipiter sur la plage. Sa volonté vacilla quand il se rendit compte que la femme le regardait en souriant.

L'instant suivant, il se tenait à côté d'elle. Comment était-il arrivé là ? Il ne se rappelait pas avoir sauté du bateau, avoir franchi la courte distance qui le séparait de la bande de sable imbibé de sang.

La femme tenait un cadavre par les cheveux. Lucian se détourna. S'agissait-il d'une femme ? d'un enfant ? Il l'ignorait et voulait rester dans l'ignorance. Il le voulait, de toute son âme. Et pourtant il céda à une tentation venue du tréfonds de son être.

Il regarda.

Un buste à demi dénudé, une gorge blanche offerte, telle celle d'un agneau avant le sacrifice. Les veines bleutées se dessinaient sous la peau translucide. Elles palpitaient encore, le nectar qui coulait à l'intérieur devait être chaud…

Lucian tomba à genoux, saisit les épaules, pressa la bouche sur la gorge tendre. Et il but, il but… Il s'entendait émettre des grognements de plaisir, des bruits de bête.

Enfin repu, il se redressa.

Les veines ne palpitaient plus. Il n'y avait plus aucune vie dans le corps de… de… Ô mon Dieu, une jeune fille ! Une blonde délicate, ravissante, qui avait eu tout l'avenir devant elle… jusqu'à l'arrivée du drakkar des monstres.

La femme aux cheveux noirs éclata de rire.

Lucian lâcha la belle blonde et, les doigts tendus comme des serres, se jeta sur la femme. Mais à l'instant où il allait la frapper, elle le repoussa avec une telle force qu'il fut projeté plusieurs mètres en arrière. Il revint à la charge en rugissant, et cette fois elle l'attrapa par le bras et le plaqua au sol. À genoux, il hurla des imprécations, injuria la créature, puis bondit sur ses pieds et essaya encore de se saisir d'elle. Il chargea, tête baissée comme un taureau.

D'une pichenette, elle l'expédia contre des rochers, qu'il heurta de la tête. Un voile noir passa devant ses rétines, des élancements vrillèrent son crâne. Il allait perdre connaissance, comprit-il.

Stupéfait, il se rendit compte que non, il restait conscient. Sa vision, une fraction de seconde défaillante, retrouvait toute son acuité.

En appui sur un coude, il se redressa.

Ce qu'il découvrit alors acheva de le dégriser : les survivants du massacre erraient çà et là. Aucun d'eux ne quittait les lieux du drame. Ils marchaient sans but, les yeux vides dans des visages dénués d'expression.

L'image d'agneaux revint à l'esprit de Lucian. Ces gens ne semblaient pas conscients de ce qui s'était produit. Ils contournaient les cadavres comme s'il s'était agi de simples obstacles naturels, ne se penchaient pas sur eux pour tenter de reconnaître un père, une épouse, un enfant.

La femme aux cheveux noirs fut de nouveau là. La bile envahit la bouche de Lucian quand elle lui sourit.

— Sorcière !

— Le sang était délicieux, n'est-ce pas ?

— Non !

— Oh, le vilain mensonge… Il était savoureux. Celui des jeunes filles a une finesse incomparable.

Un homme s'approcha, se plaça derrière elle. Il ne portait pas de tenue de combat, même si un sabre pendait le long de sa cuisse. Un laquais, songea Lucian, bel homme à la chevelure auburn, aux yeux noisette.

— Comprends donc que tu es devenu un monstre, chef de clan ! lança-t-il à Lucian.

— C'est faux !

Ô Seigneur… non, ce n'était pas faux, songea Lucian au bord des larmes. Il avait aimé le sang…

Ni l'eau pour un malheureux perdu dans le désert, ni la viande pour un prisonnier jeté au fond d'un cachot, n'aurait pu être aussi délectable que ce sang de jeune fille. Le boire l'avait réchauffé, revigoré comme aucun autre liquide ou aliment n'eût réussi à le faire. Dans tout ce que la terre prodiguait à l'homme pour sa survie, rien n'équivalait le sang humain.

L'horreur de cette découverte lui déchira le cœur.

— Debout, chef de clan, ordonna la femme.

— Non.

— Obéis-moi !

— Ne compte pas que je devienne ton esclave, ta chose… comme lui ! répliqua Lucian en montrant du doigt l'homme roux qui se tenait à deux pas derrière sa maîtresse.

L'homme serra les poings, prêt à bondir. La femme l'arrêta d'un geste de la main.

— Tu ne veux pas être sous ma coupe, et pourtant ce sera le cas. Tu seras comme Darian, qui est mon bras droit. Il a gagné la force, il est protégé…

Elle marqua une pause. Ses doigts caressaient le médaillon qu'elle portait au cou.

— Il est protégé par mon pouvoir, acheva-t-elle. Je vais te laisser la vie sauve, car je pense que tu peux apprendre. Nous ne nous entre-détruisons pas, vois-tu. C'est une très ancienne loi. Mais moi, je suis au-dessus des lois, chef de clan. En fait, je suis *la* loi. Si tu n'apprends pas assez vite, si tu ne te révèles pas brillant, je te détruirai.

Ces mots galvanisèrent Lucian. D'un bond, il fut sur ses pieds, pivota sur lui-même et arracha le sabre de l'un des Vikings qui se trouvaient derrière lui.

Il savait ce qui lui restait à faire.

Le laquais parut s'affoler. Il chercha à s'interposer entre la femme et Lucian.

Mais ce fut dans son propre ventre que Lucian plongea le sabre. Il s'effondra. Le sang jaillit de son abdomen perforé d'où dépassait la garde de l'arme.

— Darian, ramène-le au bateau, dit la femme en riant.

Les pensées en déroute, Lucian se rendit compte peu après qu'il se trouvait de nouveau sur le drakkar, qu'il était bien vivant, et qu'on avait retiré le sabre qui le transperçait de part en part.

La blessure était refermée. Le sang ne coulait plus.

Et il ne souffrait pas. Comment était-ce possible ?

— Qui… Non… Qu'êtes-vous ? demanda-t-il dans un souffle à la femme.

— Pour toi, désormais, je suis tout. Ton soleil, ta lune, ton ciel, ta déesse.

— Vous ne m'êtes rien !

— Que tu es têtu… J'espère que tu seras un bon élève, car je n'aime pas les entêtés. Je ne t'accorderai qu'une ou deux chances. Mais je suis sûre de ne pas être déçue.

— Vous êtes répugnante.

Le rire, encore.

— Répugnante ? Allons… Tu meurs de désir pour moi. Que t'imagines-tu ? Que tu es doté d'une âme, d'une conscience, d'un cœur ? Tu l'as été, oui, mais c'est fini. Bientôt, tu auras oublié jusqu'à l'existence de ton épouse aux cheveux de miel.

— Que je l'oublie ? À cause de vous ? Que sorte de ma mémoire son rire cristallin pour y chérir le vôtre, ce ricanement pervers de sorcière ? Jamais.

— Patiente, et tu verras… Tu m'as demandé ce que j'étais, chef de clan ? Eh bien, mon nom le plus connu, chez les peuples de l'Est, est « la reine vampire ». Parmi ceux de mon espèce, je suis la plus puissante, la plus ancienne aussi. J'édicte les règles, je crée, je détruis. Alors sois prudent, chef de clan. Je pourrais rapidement me lasser de toi… Et dans ce cas, je t'anéantirais dans la seconde.

— Quelle différence cela ferait-il ? Vous m'avez déjà anéanti.

— Sottises. Je t'ai donné la force et la vie éternelle.

— Je suis un homme mort.

— La faim t'obligera à ressusciter, fit la femme d'un ton ironique avant de s'éloigner.

Le laquais prit sa place.

— Tu n'es qu'un pauvre crétin ! s'écria-t-il. Elle te veut. Maintenant. Mais elle se lassera de toi comme elle te l'a dit. Et à ce moment-là… c'est moi qui te détruirai.

Sur cette menace qui laissa Lucian indifférent, le laquais s'en fut à son tour. Resté seul, Lucian leva les yeux vers le ciel. Il se teintait de mauve. L'aube approchait.

Il ferma les paupières. Sa détresse était si grande qu'il en avait mal physiquement. On ne survivait pas à un tel chagrin, se dit-il, soudain plein d'espoir. Il allait mourir.

Il sombra dans l'inconscience, mais pas celle de la mort.

Celle du sommeil.

5

Rick Beaudreaux avait l'impression de brûler de l'intérieur. Bon sang, il était malade comme un chien ! Jamais il ne s'était senti aussi mal en point. Et il fallait que ça lui arrive maintenant, alors qu'il était amoureux... et qu'il aurait dû prouver aujourd'hui à Jade combien il était fou d'elle.

Elle s'était montrée compréhensive, désolée qu'il fût épuisé. Avec elle, les choses se passaient en douceur. Elle ne voulait pas être bousculée et lui rendait la pareille. Qu'il rentre donc chez lui et se repose, avait-elle dit gentiment. Leur nuit d'amour n'était que partie remise. Quelle merveilleuse jeune femme ! Belle, sexy... Elle était sa meilleure amie et bientôt, très bientôt, elle serait son amante. Après tout ce temps. Trois mois. Dire qu'il avait fallu qu'il soit patraque aujourd'hui ! Quelle guigne. Mais qu'y faire ? Eh bien, dormir, prendre des médicaments, et peut-être aller voir un toubib. Dès qu'il serait assez en forme pour s'habiller et sortir, il prendrait rendez-vous. Par chance, les flics bénéficiaient d'une bonne assurance sociale.

Pour l'instant, il fallait qu'il boive. Il était assoiffé en permanence. Quel virus l'avait donc frappé ? Une saleté, pour sûr.

Tout en grommelant, il sortit de son lit et se rendit à la salle de bains. Il grelottait. Il devait avoir de la fièvre. Encore un grand verre d'eau et... Oh non ! On sonnait à la porte !

Tant pis. Il n'ouvrirait pas, décida-t-il en se dirigeant vers la cuisine : dans le réfrigérateur, il gardait des boissons plus régénératrices que l'eau du robinet. Voyons, qu'avait-il ? De la bière, du vin, du lait et du Bloody Mary dans un shaker à cocktails.

Il choisit le Bloody Mary et avala le contenu du shaker en quelques gorgées.

Manger ne serait pas superflu. Cela lui donnerait des forces, songea-t-il en examinant de nouveau l'intérieur du réfrigérateur.

Mais ses provisions solides se révélèrent moins riches que les liquides. Des steaks hachés, achetés la semaine dernière. Il avait projeté d'inviter Jade. Il lui aurait fait un barbecue, mais elle n'avait pas été libre. La viande montrait des signes inquiétants. Vaguement bleuâtre, elle n'était guère appétissante.

Et pourtant, la voir aiguisa brusquement son appétit.

Il posa les steaks sur la table, attrapa une poêle... et la rejeta brutalement sur la paillasse : mettre de l'huile, allumer le gaz, attendre la fin de la cuisson... Trop long, tout ça !

Il déchiqueta l'emballage de cellophane et fourra la viande crue et malodorante dans sa bouche. En quelques secondes, il avait avalé les quatre steaks.

On sonnait toujours à la porte.

— Et merde ! grommela-t-il. Je suis malade, peut-être en train de crever, alors qui que vous soyez, foutez le camp !

Son visage se reflétait sur l'aluminium poli de la cafetière. Il se regarda. Des miettes de viande étaient accrochées à sa barbe naissante, tout autour de sa bouche. Écœuré, il ouvrit le robinet et se lava la figure. Que lui avait-il pris de manger de la viande crue ? Une idée dingue. Quoique beaucoup de gens adorent le steak tartare...

La sonnette retentissait sans répit.

Il se rua dans sa chambre, ferma la porte, se jeta dans le lit et se recouvrit la tête de deux oreillers. Qu'on le laisse tranquille, à la fin ! Il n'était pas d'astreinte, ne devait d'argent à personne, alors que le fâcheux reste sur le paillasson !

La sonnerie du téléphone réveilla Shanna MacGregor, avec pour seul résultat de la pousser à s'enfouir un peu plus profondément sous les couvertures.

Shanna n'était pas une femme du matin.

Le répondeur se mit en marche.

— Shanna, c'est Liz. J'espérais te parler. Tu sais que je déteste vous déranger, Jade et toi, mais…

Shanna grommela. Effectivement, Liz était toujours d'une discrétion exemplaire. Heureusement, sinon la pilule ne serait pas passée : qu'après le décès de leur mère, leur père se soit remarié, soit. Mais qu'il ait épousé une femme de l'âge de ses filles…

Par bonheur, Liz se comportait bien avec elles. Enceinte, elle avait été très mal à l'aise lorsqu'il lui avait fallu leur annoncer la nouvelle. Les jumeaux étaient nés, mais Liz différenciait scrupuleusement les deux familles MacGregor, l'ancienne et la nouvelle. Elle faisait en sorte de ne jamais interférer dans la relation qu'entretenaient Jade et Shanna avec leur père. En dépit de débuts un peu houleux, l'harmonie régnait maintenant au sein de la famille recomposée, car Liz restait effacée.

Avec le temps, Shanna et Jade s'étaient mises à adorer les jumeaux. Pour elles, c'était comme être mères sans avoir à assumer les aspects négatifs de cet état. À Liz les couches, les nuits blanches lors des maladies, les caprices et les soucis, à Jade et à Shanna les jeux et les sourires avec des bambins souriants et fleurant bon le talc et le savon.

—… si ça t'ennuie de décrocher, Shanna, ce n'est pas grave. Je vais essayer de joindre Jade.

Oh non, pas ce matin ! Jade devait faire la grasse matinée avec Rick ! songea Shanna en se résignant à soulever le combiné.

— Liz ? Je suis là.

— Oh, Shanna, je suis navrée…

— Qu'est-ce qu'il y a ?

— Je sais que je m'y prends au dernier moment pour te demander un service, mais Petey a une otite et il faut que je le conduise à l'hôpital. Ton père est déjà parti au journal, alors je… je…

— Tu t'es dit que je pourrais peut-être m'occuper de Jamie, c'est ça ?

— Oui. Au moins jusqu'au moment où je réussirai à joindre ton père.

— J'arrive.

— Oh, merci, Shanna ! Je ne savais pas comment me débrouiller !

— Pas de problème.

Après avoir raccroché, Shanna se leva et alla prendre une douche, puis enfila un jean et un T-shirt. Une fois habillée, elle appela un taxi : ce serait plus rapide que d'attendre que le gardien du garage ait sorti sa voiture…

Le taxi se garait peu après devant l'ancienne maison de famille, dans Garden District.

Une jeune femme brune se tenait sur le seuil, un petit garçon en larmes dans les bras.

— Laisse tomber ta voiture, Liz, cria Shanna en ouvrant la portière. Monte dans ce taxi, ça ira plus vite.

Liz approuva. Le taxi redémarra et Shanna entra dans la maison. À elle maintenant de distraire Jamie, de le faire manger. Ce ne serait pas une sinécure. Comme tous les jumeaux, les deux garçons supportaient mal d'être séparés. L'absence de son frère allait rendre Jamie grognon.

Jade et Shanna n'étaient pas jumelles, mais elles réagissaient de la même manière. Ce qui affectait l'une bouleversait l'autre, la joie de l'une comblait l'autre. L'année dernière, lorsqu'elle avait appris ce qui était arrivé à Jade en Écosse, Shanna en avait presque été malade.

Après avoir installé Jamie sur sa chaise haute, la jeune femme entreprit de confectionner des crêpes. Tout en faisant fondre du beurre dans la poêle, elle se sentit toute drôle. Accomplir ces gestes familiers dans la maison qui était autrefois la sienne et abritait désormais une autre famille lui faisait un étrange effet.

La bâtisse, édifiée dix ans avant la guerre de Sécession, était immense. Conçue comme la plupart des demeures de notables à l'époque, elle était ceinturée d'une galerie couverte, et on accédait à l'entrée en passant sous un portique de style palladien après avoir gravi les marches d'un imposant escalier. Aux murs, les portraits, peintures ou photographies de la mère de Shanna et de Jade étaient toujours accrochés. Liz n'y avait pas touché. Elle n'avait apposé sa griffe que dans la cuisine, modernisée et rendue fonctionnelle.

— Allez, mon bébé, tu vas te régaler, dit Shanna en posant une assiette de crêpes devant Jamie.

— Je suis pas un bébé !

— Oh, excuse-moi. Bien sûr que non, tu n'es pas un bébé. Tu veux que je te fasse des petits morceaux ?

— Je suis pas un bébé ! répéta l'enfant en fronçant les sourcils.

— Je sais. Tu as presque trois ans.

Apparemment satisfait d'être considéré comme un grand, Jamie prit un lambeau de crêpe entre ses petits doigts et le porta à sa bouche. Il resta les doigts en l'air, le regard tourné vers la fenêtre.

— Shanny, y a un monsieur, dehors.

Elle pivota sur ses talons.

— Non, mon chéri, il n'y a personne.

— Si. Je l'ai vu ! Il regardait ici.

— Attends. Ne bouge pas.

Shanna sortit de la cuisine, traversa la salle à manger puis le vestibule, et ouvrit la porte d'entrée. Elle s'avança sous la galerie.

Personne.

— Eh, oh ! Il y a quelqu'un ? cria-t-elle néanmoins. Montrez-vous !

Le téléphone sonna. Elle se précipita dans la maison, persuadée que Liz appelait. La porte-moustiquaire battit, se rouvrant, se refermant... et resta ouverte.

Jamie était toujours installé dans sa chaise, les yeux rivés sur la fenêtre. Shanna décrocha l'appareil mural de la cuisine.

— Shanna, c'est Liz. Je m'inquiétais ! Tu n'as pas répondu tout de suite et... il se passe des choses tellement inquiétantes dans cette ville en ce moment... C'est pour cela que ton père est tellement occupé, au journal.

— Ça va, Liz. Alors ?

— Alors, le médecin a fait une piqûre d'antibiotique à Petey et l'a gardé en observation dans un box pendant un moment. Il dit que je peux le ramener à la maison mais que si la fièvre ne tombe d'ici ce soir, il faudra l'hospitaliser. Sa température est déjà plus basse. Je pense qu'un traitement à domicile suffira.

— Je suis contente d'apprendre ça. Ne te presse pas pour rentrer. Tout va bien.

— J'ai passé une nuit blanche. J'ai hâte d'être à la maison.

— À tout à l'heure.

— Oui. Ferme bien les portes à clé, Shanna !

— Pourquoi ? J'ai grandi dans ce quartier, Liz. Il est très sûr.

— On ne sait jamais. Je n'ai pas bien saisi ce qui s'était passé, mais quelque chose de grave est arrivé. C'est pour ça que ton père est occupé. Il est allé à la pêche aux renseignements. Il veut grappiller quelques informations pour le journal, mais la police ne laisse filtrer que des bribes.

— Elle exerce une censure sur la presse ?

— Non, pas vraiment. Disons qu'elle veut cacher certains détails de façon, probablement, à ne pas gêner les enquêteurs.

— Il s'agit d'un meurtre ?

— Je le suppose, alors sois sur tes gardes.

— Je suis prudente. Toutes les issues sont verrouillées. À tout à l'heure, Liz.

Shanna raccrocha, lança un clin d'œil à Jamie et sortit de la cuisine. Tout était verrouillé, vraiment ? Non, la porte-moustiquaire béait. Une véritable invite à l'intention des malfrats. Un tour de clé… Ouf ! Heureusement que Liz ne saurait rien de cet épisode.

— Maman revient ? s'enquit Jamie en mâchonnant sa crêpe. Avec Petey ?

— Oui. Ils arrivent. Petey va mieux.

Mais elle, elle se sentait tout à coup profondément mal à l'aise, glacée jusqu'aux os. Pourquoi faisait-il si froid dans cette maison ?

Rick se tournait et se retournait dans son lit. Des images atroces traversaient son esprit au gré des cauchemars qui le hantaient depuis qu'il dormait. Il voyait le gamin mort dans la voiture… l'entendait.

— *Mal… J'ai mal, mec…*

— *Bon sang ! Je m'échine à vous dire de ne pas toucher à la drogue et aux autres saloperies comme l'alcool, et tout ça pour quoi ? Pour rien !*

La tête du jeune homme, détachée de son cou, flottait au-dessus de celle de Rick.

— *Tu piges pas, mec, t'as pas vu, mais moi si ! J'étais pas saoul, je conduisais juste trop vite ! Je m'enfuyais. Mais on s'enfuit jamais assez vite, tu comprends ? Non, tu comprends pas, tu peux pas comprendre.*

L'image s'effaça, remplacée par une autre. Un visage, celui d'une touriste, la belle femme aux cheveux noirs qui lui avait demandé son chemin, l'autre jour…

— *Bonjour, Rick ! Je suis navrée que vous soyez malade.*

Sa voix n'était que douceur. Un murmure suave. Quelle femme superbe, avec ses longs cheveux qui encadraient des traits sublimes…

La femme flottait dans l'air, comme la tête du jeune mort. Un bien bizarre spectacle, toutefois infiniment plus agréable à regarder.

— *J'ai un rhume, je crois. La gorge sèche... J'ai soif.*

— *Voilà qui ne m'étonne guère.*

— *L'endroit où vous vouliez aller, l'autre jour, vous l'avez trouvé ?*

— *J'y arrive, petit à petit.*

— *Je suis sûr que vous le trouverez.*

— *Rick !*

La tête du jeune homme était de nouveau là. Et... et elle parlait. Appelait.

— *Fiche le camp, petit ! Je la préfère, elle ! Elle est une illusion drôlement plus plaisante que toi !*

— *Vous ne comprenez pas ! Courez, fuyez !*

La femme se remit à chuchoter.

— *Rick, il fait froid, dehors. Laissez-moi entrer.*

Dieu merci, le gamin était reparti. Quelle horreur, cette tête tranchée, ces ligaments qui pendaient, ces lambeaux de chair...

La femme entra par la fenêtre.

— *J'ai sonné à la porte, Rick, mais vous ne m'avez pas ouvert.*

— *Désolé, mais je suis mal fichu. La gorge en carton. Ça a commencé l'autre soir...*

— *Mon pauvre chéri !*

Il la regarda, et resta bouche bée. Pas étonnant qu'elle se soit plainte du froid ! Elle était nue !

— *Vous n'avez pas de vêtements,* s'entendit-il glousser.

— *Non ? Oh, est-ce dommage ?*

— *Pas du tout ! Vraiment pas du tout. Je ne le regrette pas.*

Comment l'aurait-il pu ? Elle était tout simplement éblouissante : seins voluptueux, taille de guêpe, hanches étroites, longues jambes fines aux cuisses musclées... Quel homme aurait regretté d'avoir cela sous les yeux ?

— *Vous pouvez m'emprunter un peignoir,* offrit-il néanmoins, se sentant obligé de se montrer courtois.

— *Ne vous donnez pas cette peine,* fit la femme en souriant. *Je n'ai pas besoin de peignoir.*

Elle s'assit au bord du lit et rejeta en arrière d'un gracieux mouvement du cou sa chevelure sombre.

— *Mon ami, vous êtes si froid...*

— *Non, je crois que je suis bouillant de fièvre, une fièvre qui me fait délirer au point que vous m'êtes apparue.*

Il la détailla longuement, puis éclata de rire.

— *Bon sang ! D'habitude, je ne suis pas aussi imaginatif ! Quand je vais raconter ça aux collègues de la brigade... Non, je pense que je ne leur raconterai rien.*

— *Vous êtes brûlant, oui, mais la fièvre n'y est pour rien... Moi, en revanche, j'ai vraiment très froid. Pourriez-vous me réchauffer ?*

Elle se pencha, lui effleurant la poitrine de ses seins. Il se découvrit excité comme jamais il ne l'avait été.

— *C'est vrai que vous êtes glacée...* dit-il lorsqu'elle roula sur lui.

— *Et vous, vous êtes très, très chaud...*

À cheval sur son ventre, elle oscilla, jusqu'à ce qu'il la pénètre. Puis elle se mit à bouger et il gémit de plaisir.

Des délires comme celui-là, il en voulait un chaque matin ! Maintenant, elle l'embrassait fougueusement, fouillant sa bouche d'une langue ardente. Puis elle détacha ses lèvres des siennes, baissa la tête et lui lécha la gorge.

Il eut un orgasme d'une effarante intensité. Après quoi, l'illusion se dissipa. Il se disait que sa gorge lui faisait de plus de plus mal, quand un sommeil de plomb l'emporta dans un trou noir.

Dès le retour de Liz, Shanna s'apprêta à s'en aller. Elle avait perdu assez de temps comme cela. Il fallait qu'elle fasse un saut chez Jade.

Mais Liz voulait parler. Shanna s'obligea donc à la patience, jouant avec Petey tout en l'écoutant.

— Je te remercie de tout mon cœur, Shanna. Tu veux une tasse de café ?

— Non, vraiment. Je suis en retard.

— Ah !

Liz nettoyait la gazinière. Apparemment, Shanna n'avait pas laissé la cuisine aussi nette qu'elle le croyait…

— Tu sais, Shanna, des fois, je vais vraiment mal.

— Mal ? Pourquoi ?

Shanna trépignait presque. Elle n'avait qu'une envie : partir. Cette maison n'était plus la sienne. Non que Liz fût désagréable, mais c'était ainsi : elle se sentait étrangère dans la grande bâtisse. Et puis, elle grelottait de froid – un froid étrange, qui semblait venir de l'intérieur d'elle-même.

Pourtant, elle avait allumé un beau feu dans la cheminée, et il faisait doux dehors. Mais rien n'y faisait. Elle frissonnait.

— Eh bien, reprit lentement Liz, l'an dernier, quand elle est partie, ta sœur a laissé ton numéro de téléphone. C'était toi qu'il fallait appeler en cas d'urgence. Pas son père. Ce qui fait qu'il n'a appris ce qui s'était passé en Écosse qu'à son retour.

— Liz, Jade ne voulait pas inquiéter papa en cas de problème. Les jumeaux étaient bébés et…

— Estimes-tu que le malheur qui est arrivé à ta sœur ne méritait pas qu'on confie les petits à quelqu'un pour accourir auprès d'elle ?

Shanna secoua la tête.

— Jade voulait vous épargner, vous protéger.

— Oh, arrête ça ! cria soudain Liz en jetant l'éponge dans l'évier.

Éberluée, Shanna regarda sa belle-mère.

— Pardon ? Je ne saisis pas bien ce que tu…

— Arrête d'être aussi polie avec moi, Shanna ! Traite-moi comme un membre de la famille ! Tu prends toujours des gants quand tu me parles, tu ne dis jamais à ton père que tu as besoin de lui ! Passe un peu de temps avec les jumeaux, avec ton père, avec moi ! Avec nous tous !

— Dans ce cas, toi, arrête de te répandre en excuses quand tu me demandes de garder les petits… Mes demi-frères ! Confie-les-moi sans faire trente-six mille salamalecs !

Cette fois, ce fut Liz qui parut troublée.

— Oh, Shanna, je… je ne me doutais pas que…

— Si tu veux qu'on soit une famille, fais ce qu'il faut pour ça !

Liz esquissa un sourire.

— D'accord. Mais aujourd'hui, je comptais bien faire appel à la famille : si tu n'avais pas répondu, j'aurais appelé Jade. Elle est plus lève-tôt que toi.

— Ce matin, précisément, ce n'aurait pas été le cas, répliqua Shanna en souriant en retour.

— Du boulot de bonne heure ?

— Non, une nuit avec son flic, Rick. Enfin !

Avec étonnement, Shanna vit les joues de Liz s'empourprer.

— Une nuit avec… Shanna, aurais-tu révélé cela à ta mère ?

Après quelques instants de réflexion, Shanna opina.

— Oui, je le lui aurais dit. Mais, Liz…

— Oui ?

— Je ne l'aurais pas dit à papa. Alors que ça reste entre nous, O.K. ?

Toujours rougissante mais la mine réjouie, Liz hocha la tête.

— Bon, maintenant, il faut vraiment que j'y aille, affirma Shanna. Ciao, les bébés !

Elle embrassa les jumeaux, puis serra chaleureusement Liz contre elle. Pour la première fois, elle se sentait proche de sa belle-mère.

— Je te ramène chez toi, Shanna ?

— Non, je vais prendre un taxi, dit la jeune femme en refermant les bras autour de son buste pour essayer de se réchauffer…

Elle avait si froid qu'elle demanda au chauffeur de la déposer devant un bar du quartier français, plutôt que chez elle ou chez Jade. Là, elle marcha droit vers le comptoir et commanda un café corsé. Elle faisait fondre le sucre dans sa tasse lorsqu'elle perçut une présence derrière elle. Se retournant, elle découvrit un homme, manifestement glacé lui aussi. Il se frottait vigoureusement les mains.

La pâleur de son visage, son extrême minceur donnaient l'impression qu'il était convalescent. Malgré tout, il était fort séduisant. Pas du tout un M. Muscle blond genre Rick Beaudreaux.

Grand, tout en finesse, il évoquait un renard… Curieux, songea Shanna. D'où lui venait cette comparaison ? À cause de la chevelure fauve et des taches de rousseur ?

Il lui décocha un sourire charmant.

— Sacrément froid dehors, pour le Sud, n'est-ce pas ?

Shanna apprécia la voix grave, aux tonalités… sensuelles. Elle se rapprocha de lui, comme aimantée par cette voix.

— C'est à cause de toute cette eau. Le fleuve, les marécages… Il fait humide et cela donne une sensation de froid, expliqua-t-elle.

— Ah oui, je pense que ça vient de là !

Les cafés servis, Shanna comme le jeune homme enserrèrent les tasses pour se réchauffer les doigts.

— Je m'appelle… Dave.

— Salut, Dave. Moi, c'est Shanna.

— Vous êtes super belle.

— Oh… merci !

— Je sais que nous ne nous connaissons pas, mais ça me plairait bien d'y remédier.

— Eh bien, ma foi, à moi aussi : vous me semblez intéressant.

— Je ne vous promets pas d'être amusant. Je suis… un peu spécial.

— Je m'en doutais.

Il esquissait un sourire quand une quinte de toux l'obligea à mettre la main devant sa bouche.

— Excusez-moi. Je crois que j'ai attrapé quelque chose.

— Il y a un sale truc dans l'air, en ce moment. À mon avis, vos seriez mieux au lit.

— C'est sûr.

— Allez donc vous reposer, Dave. Si, plus tard, vous vous sentez mieux, venez avec moi au cinéma. On repasse un vieux film avec Mel Gibson…

Elle n'avait pas eu l'intention d'aller au cinéma. Jusqu'à cet instant, du moins. Mais revoir cet étranger la tentait. Cependant, elle n'était pas folle au point de l'inviter chez elle. Elle avait donc proposé le cinéma, un endroit neutre et sans risque.

— Quelle séance ? demanda Dave.

— En fin d'après-midi.

— Je ferai mon possible pour vous rejoindre. Où est la salle ?

— Au bout de cette rue.

— J'aimerais mieux pouvoir vous téléphoner avant.

— Mon nom est MacGregor. Je suis dans l'annuaire.

— Je vous appellerai.

— J'y compte bien.

Mieux valait partir maintenant, se dit Shanna, sinon ce garçon allait la prendre pour une dragueuse de première !

Elle vida sa tasse de café, la reposa sur le comptoir et sortit du bar d'un pas pressé. Accepter un rendez-vous – pire, le proposer, et donner son numéro de téléphone si vite, voilà qui ne lui ressemblait pas.

Ce ne fut qu'une fois sur le trottoir qu'elle se rendit compte que le charmant roux l'avait manipulée, qu'il l'avait habilement amenée à prendre l'initiative et à lui révéler son nom… sans lui dire le sien.

Elle fit demi-tour et rentra dans le bar, bien décidée à dire à l'inconnu que non, finalement, elle ne voulait pas le revoir.

Il n'était plus là. Or il n'avait pas franchi le seuil.

À croire qu'il s'était évanoui dans l'air comme de la fumée dissipée par le vent.

6

Écosse, an 985 de notre ère

Wulfgar, un jeune Viking aux yeux bleus, blond et barbu, devint le mentor de Lucian, puis son ami. Il lui apprit que Sophia régnait sur son peuple depuis des lustres. Nul ne savait d'où elle venait.

Un jour, raconta Wulfgar, Sophia à leur tête, les Vikings avaient attaqué un village, le mettant à feu et à sang. Ils étaient allés bien au-delà de leurs ravages habituels. Les morts se comptaient par dizaines, et les survivants furent capturés puis réduits en esclavage.

Sous ses ordres, Sophia avait deux vampires, aussi vieux qu'elle. Darian, le troisième, son laquais, était le plus dangereux du trio. Cruel, pervers, il était néanmoins infiniment cultivé. Il savait tout de l'histoire du monde, et les sorcières, dieux et autres créatures mythiques n'avaient pas de secrets pour lui.

L'équipage du drakkar, sous la férule de Sophia, naviguait sur toutes les mers nordiques, ravageant, massacrant, pillant.

Wulfgar veillait à ne rien divulguer susceptible de provoquer la colère de Sophia, mais dès que cette dernière quittait le bateau, il baissait la voix et en disait davantage à Lucian.

Selon lui, Lucian était mort. Enfin, mort vivant. Il avait besoin désormais de boire du sang pour survivre.

Du sang d'animaux éventuellement : ragondins, phoques pouvaient pallier le manque de sang humain. Sophia elle-même en absorbait, bien qu'à contrecœur.

Elle ne se séparait jamais de ses trois vampires gardes du corps, Darian étant le favori. Autrefois, elle se trouvait sous les ordres d'un chef, mais au fil du temps, ayant accru sa puissance, elle l'avait tué. De lui, elle avait appris que la morsure profonde d'un vampire engendrait un nouveau vampire. Toutefois, une loi réglementait cette pratique : un vampire ne pouvait en créer deux autres que tous les cent ans.

D'autres règles stipulaient que les vampires n'étaient pas autorisés à s'entre-tuer, et qu'à aucun prix ils ne devaient être pris sur le fait lorsqu'ils se nourrissaient. Agir dans la clandestinité était impératif.

Leur appétit était féroce. Mordre sans tuer faisant naître un vampire, ils mettaient leurs proies à mort après s'être nourris. Ils les décapitaient, afin de s'assurer qu'en aucun cas elles ne reviendraient à la vie.

— Regarde ce qui t'est arrivé, Lucian : Sophia ne t'a pas coupé la tête et tu es là.

— J'avais entendu ce genre d'histoires. Des légendes, pensais-je. Elles parlaient de morts qui ressuscitaient, et ne sortaient que la nuit.

— C'est ça.

— Mais Sophia sort de jour comme de nuit.

— Grâce à sa force exceptionnelle. Elle est très vieille. Elle a appris à résister à tout. Le soleil ne la tuera pas. Elle sait aussi s'alimenter de façon à conserver son énergie. Le sang la lui procure, mais elle peut satisfaire sa faim en mangeant de la viande comme n'importe quel humain. Sauf que cela lui est égal que l'agneau ou le veau qu'elle dévore soit cuit ou cru… Il en ira de même pour toi. C'est pratique quand il pleut et qu'on ne peut pas allumer de feu…

Wulfgar essayait de dérider son ami, en pure perte.

— Tu sais, Lucian, désormais, tu as l'éternité devant toi.

— Une existence où tout le monde me haïra, tremblera devant moi et me considérera avec horreur ?

— Les grands chefs sont toujours craints et détestés, Lucian. Et ils rêvent d'être éternels ! Tu as le pouvoir. Ceux qui le détiennent sont haïs et font trembler les autres.

Cette nuit-là, les guerriers de Sophia se livrèrent à une nouvelle attaque. Lucian resta sur le bateau, écoutant les hurlements, les supplications. À son retour, Sophia lui reprocha sa pusillanimité. Il se dit alors qu'il devait devenir plus fort qu'elle… et l'anéantir.

Elle le prévint :

— La faim aura raison de ta volonté, chef de clan. Tu finiras par te joindre aux autres lorsqu'ils assaillent un village.

Elle avait raison : le lendemain, Lucian commença à souffrir. Il se roulait sur lui-même en gémissant, se tenant l'estomac à deux mains, en proie à d'atroces douleurs. Un dauphin s'ébattait à quelque distance du bateau. Du pont, il sentait l'odeur du sang du mammifère, sa chaleur. Repousser l'envie de se jeter à l'eau et planter les dents dans sa gorge était une torture.

À laquelle il ne résista pas. Il plongea, s'approcha de la bête en nageant lentement pour ne pas l'effrayer… et frôla enfin de la main la peau étrangement douce. Les yeux du dauphin se posèrent sur lui, confiants, doux. Puis l'animal tourna autour de lui, gracieux, ravi d'avoir la compagnie de ce qu'il croyait être un humain.

— Tu es si beau… Va-t'en, sauve-toi… souffla Lucian avant de regagner le bateau, et de s'effondrer sur le pont.

Il gisait sur les planches humides, tremblant, le ventre ravagé de crampes. Il avait l'impression qu'on lui fouaillait les entrailles au fer rouge. Ses mains brûlaient. Il les regarda : grand Dieu, il ne s'agissait pas d'une impression ! Le sel carbonisait réellement sa peau !

Il en déduisit que l'eau salée pouvait tuer un vampire.

À bout de forces, il rampa sur le pont, se laissa rouler le long de l'escalier conduisant au carré et s'allongea sur sa couchette, où le sommeil vint charitablement le soulager jusqu'au matin.

Mais Sophia entra dans ses rêves. Elle lui fit l'amour comme jamais aucune femme ne le lui avait fait, le laissant pantelant et honteux d'avoir pris tant de plaisir.

Au réveil, il envisagea de se suicider. La noyade, quelle douce fin…

— Ne fais pas ça, Lucian.

Il se tenait debout près du bastingage. Wulfgar était venu le rejoindre.

— Tu mourrais, c'est sûr, car tu n'as plus de forces, lui dit-il. Mais reste en vie ! Pour devenir plus puissant qu'elle ! Ainsi, tu l'anéantiras.

— Oh, mon ami, si seulement j'en étais certain… Mais je pourrais tout aussi bien perdre la raison et me retourner contre toi, boire ton sang puis t'arracher la tête…

— Tu le pourrais, oui, mais tu ne le feras pas.

Lucian offrit son visage au vent, savoura sa caresse. L'univers était plein de créatures maléfiques. Sophia était l'une d'elles et Wulfgar avait raison : il fallait la supprimer.

Il avait un but, désormais, qui donnerait un sens à son existence.

Lucian apprit à se nourrir de petites proies comme des oiseaux, des rats… Elles calmaient sa faim, mais ne lui apportaient aucune force. Seul le sang détenait ce pouvoir.

Il apprit aussi à accroître son énergie mentale : il fut très vite capable de marcher au-dessus de l'eau. La chasse à terre le distrayait. Un jour, il gagna la côte seul et traqua, après avoir humé comme un loup sa présence dans les parages, un sanglier. Il mit la bête en pièces avec une sauvagerie qui l'affola, car il y avait pris un plaisir infini. Il avait bu son sang, mangé sa chair, brisé ses os entre ses mâchoires de fauve.

Mais cela ne suffisait pas. La puissance ne viendrait que du sang humain.

Il allait devoir tuer. Il l'avait déjà fait, autrefois : il était un guerrier, un chef de clan. Le hasard mettrait bien un jour sur son chemin un ennemi… Ou un assassin évadé d'une geôle, un être qui méritait le châtiment suprême. Il lui infligerait ce châtiment. De la sorte, il n'aurait pas à prendre la vie d'innocents.

Les semaines, les mois passaient. Le drakkar naviguait entre l'Écosse, l'Irlande, et le pays de Galles. Sophia cessa de s'intéresser à Lucian : qu'il lui résiste ne l'amusait plus. Elle avait créé un vampire déterminé à lui tenir tête.

— Pourquoi tant d'obstination, chef de clan ? Tu sais qu'il t'est impossible de revenir en arrière. Je t'ai offert une chance inouïe : me seconder, être mon prince consort. Je suis l'être le plus puissant sur cette terre, je suis belle et j'ai tant à t'offrir ! Tu n'es qu'un imbécile borné.

Cette fois, ce fut lui qui sourit ironiquement.

— Tu n'es qu'une folle et tu es ridicule. Tu penses avoir le droit de vie et de mort sur tout être vivant, que n'importe lequel d'entre eux t'appartient. Tu es belle, dis-tu ? À mes yeux, tu es hideuse. Ton âme est noire, dépourvue de la moindre notion de ce qu'est l'amour, de la moindre compassion. Tu règnes ? Cela ne durera pas. Même dans ton univers, celui des prédateurs, les choses peuvent changer. Pourquoi les vampires seraient-ils heureux d'avoir un chef qui tue juste pour tuer ? Par cruauté ? Tes excès conduiront ceux de ton espèce à leur perte, tu seras damnée, mais tu les auras au préalable amenés en enfer eux aussi.

Sur ces mots, Lucian tourna les talons, non sans avoir goûté le plaisir de voir la fureur déformer les traits de Sophia.

Pour le moment, elle dominait encore. Son équipage et ses guerriers lui obéissaient aveuglément. Le drakkar continuait à naviguer et de temps à autre accoster pour ruiner un village.

Une fin d'après-midi, alors que le crépuscule approchait, ils abordèrent devant une bourgade. Comme à l'accoutumée, Lucian eut l'impression que son cœur se brisait. Le massacre serait abominable. Il pleura les pauvres gens qui allaient mourir.

Mais le jour viendrait où il détrônerait Sophia, se dit-il pour se consoler. Il serait un monstre, un chasseur, mais il édicterait des lois qui réglementeraient la chasse. Le peuple des vampires les respecterait. Même dans l'horreur de leur univers, il y aurait de l'honneur, de la pitié, et nul ne s'attaquerait plus à quiconque sans motif.

Il songeait à cela, les larmes aux yeux, alors qu'à terre les cris retentissaient.

Et ses narines palpitaient car il humait l'odeur du sang chaud.

Il était affamé.

Il résista à la tentation, demeura immobile sur le pont du bateau.

La voix de Sophia lui parvint, pénétrant son esprit, distillant son poison.

Elle s'évertuait à l'allécher, et en même temps le menaçait : quelque chose de terrible allait survenir s'il ne la rejoignait pas.

Tout d'abord, il ne comprit pas. Il dut grimper jusqu'à la dunette pour saisir l'ampleur de l'horreur : le village que mettaient à sac les guerriers, c'était le sien ! Les hommes le dévastaient, pendant que Sophia s'occupait de rassembler les femmes et les enfants.

Elle avait capturé Igrainia !

— Sophia ! hurla-t-il, fou de rage.

Sur le point de se ruer vers le rivage, il s'immobilisa : la bataille était terminée, les monstres vainqueurs. Sophia revenait vers le drakkar avec ses hommes... et Igrainia. Elle poussa la jeune femme trempée et grelottante vers Lucian.

— Igrainia... murmura-t-il, savourant le plaisir de prononcer son prénom.

Elle lui sourit, et il comprit que jamais, quoi qu'il advienne, elle ne cesserait de l'aimer. Ses merveilleux yeux couleur d'océan étaient fixés sur lui, pleins d'espoir, de confiance.

— Elle va mourir ce soir, chef de clan, annonça Sophia en se léchant les lèvres.

Elle avait soulevé la chevelure blonde d'Igrainia, dégageant le cou gracieux, la gorge fragile.

Lucian fonça sur elle. La force qui grondait en lui le sidérait. Il se sentait aussi rapide et redoutable que la foudre. Il saisit Igrainia à bras-le-corps à l'instant où Sophia se penchait sur elle, bouche ouverte.

Sophia lâcha sa proie et commença à se battre avec Lucian.

Il la projeta contre le bastingage, qu'elle heurta violemment avant de choir sur le pont. Mais à peine avait-il savouré ce coup d'éclat qu'elle était déjà sur lui, et le frappait à la tête. Il se crut au bord de l'évanouissement. La violence du choc l'avait fait chanceler, puis tomber.

Il se reprit, conscient qu'aucun humain normal n'aurait pu le faire, et s'abattit sur Sophia. Il ferma les mains autour de sa taille et la secoua avec une telle brutalité qu'il entendit ses dents s'entrechoquer.

Leurs corps intriqués dans une lutte sauvage, ils roulèrent sur le pont. Les coups de poing pleuvaient, accompagnés de rugissements féroces, Sophia se défendait comme une lionne mais ce fut Lucian qui porta le coup le plus violent, défonçant la mâchoire de son adversaire.

Sophia hurla. Il la lâcha et la regarda se tordre de douleur, sans éprouver la moindre pitié. L'équipage, en cercle autour d'eux, n'intervenait pas.

Les guerriers attendaient.

Avec raison, puisque leur chef se redressa d'une pièce, aussi vive qu'un cobra, et fondit sur Igrainia. En fait, elle survola le pont, constata Lucian, épouvanté.

En une fraction de seconde, il la rattrapa : il fallait à tout prix l'empêcher de mordre Igrainia.

Mais Sophia avait anticipé son mouvement. Elle obliqua sur la gauche, entraînant sa proie au passage, et la précipitant dans la mer.

Lucian bloqua Sophia au bout du pont, la cloua au sol, lui enfonça le genou dans la cage thoracique.

Elle était à sa merci, mais à quoi bon ? La femme qu'il aimait avait disparu dans l'eau sombre.

Ses mains aux doigts recroquevillés comme des serres abandonnèrent Sophia.

Il s'apprêtait à enjamber le bastingage, quand un bras puissant le retint. Il se retourna et se trouva nez à nez avec Wulfgar.

— Ne fais pas ça ! Tu mourrais !

— Peu m'importe.

— Ami, elle, elle va mourir, c'est sûr ! Mais toi, tu dois survivre !

Lucian n'eut ni le temps de répondre ni de sauter à l'eau : Darian était sur lui, brandissant son épée.

Il la fit tourner au-dessus de sa tête avant de l'abaisser pour frapper Lucian à la nuque.

Lorsqu'il reprit connaissance, le visage de Wulfgar s'inscrivit dans son champ de vision.

— Tu as tenu bon, ami ! Tu es fort, très fort : le laquais t'a pratiquement tranché le cou. Tu as frôlé la mort de très près.

Lucian s'assit et se frotta la nuque tout en regardant autour de lui. Des filets de pêche pendaient aux murs, le bois du plancher était grossièrement raboté, l'air sentait l'iode et on entendait crier des mouettes.

Manifestement, il se trouvait dans une cabane de pêcheur. Mais où ?

Il questionna Wulfgar.

— Sur une île, loin de la côte.

— Laquelle ?

— L'île du Mort.

— L'île du Mort ?

— Oui. Le temps est constamment à la tempête, ici, et peu de navires abordent. Les gens disent que l'île est peuplée de démons. Autrefois, elle était le fief des druides, des sorcières.... Personne, parmi les habitants, ne s'étonnera que tu aies des pouvoirs.

— Sophia ? Où est-elle ?

— Nous t'avons débarqué avant qu'elle ne revienne à elle. Elle va penser que tu es mort. Nul, en principe, ne peut survivre au coup d'épée que tu as reçu. Tu sais, tu as grièvement blessé Sophia. Il lui faudra du temps pour se remettre.

Lucian se redressa sur un coude et agrippa l'épaule de Wulfgar.

— Et Igrainia ?

— Ah, Igrainia... Elle est tombée dans la mer... Et je l'ai cherchée. J'ai plongé... plongé... jusqu'à en perdre le souffle, jusqu'à en avoir la peau qui se détachait des muscles. Je n'ai hélas pu la retrouver.

Lucian ne doutait pas que Wulfgar dît vrai. Il avait tout fait pour sauver Igrainia, au péril de sa propre vie. En vain.

Le désespoir lui broya le cœur. Jusqu'à maintenant il avait lutté, se raccrochant à l'idée qu'un jour, Igrainia et lui seraient de nouveau réunis.

Il s'était trompé. Il resterait à jamais séparé de son épouse bien-aimée. Alors à quoi bon s'acharner ? Que la mort l'emporte et...

— N'abandonne pas, ami.

— Pourquoi, Wulfgar ? Il ne me reste plus rien.

— Si. L'espérance : plusieurs hommes affirment l'avoir vue marcher sur la grève de cette île. Elle vient le jour et disparaît la nuit.

— Grand Dieu ! Elle serait donc vivante ?

— Je... je ne sais pas, ami. Ce que les hommes voient n'est peut-être que... que le fantôme de ta femme.

— Les fantômes n'existent pas ! C'est bien Igrainia qu'ils voient !

— Ami, les Norvégiens croient aux fantômes, aux esprits. Ce sont eux qui nous guident. Les mânes de nos ancêtres nous montrent le chemin, ils nous envoient des messages par l'intermédiaire des oracles. Ne te moque pas, l'Écossais. Nous sommes entourés de forces supérieures, celles de la forêt, des eaux... Les gens d'ici pensent que ta femme est...

— Quoi donc, Wulfgar ?

— Eh bien... Cette île est irlandaise, ami. Les Irlandais croient que les morts sont toujours avec eux. Ils croient en les pouvoirs de la mer. Mille légendes courent... Ainsi, toi, ils disent que tu es un mort vivant, mais tu as néanmoins épargné le dauphin le jour où tu avais si faim. Par reconnaissance, les divinités de la mer auront peut-être épargné ta femme et lui auront donné une nouvelle vie.

— Que racontes-tu là ? Es-tu fou ?

— Non. Ta bien-aimée est devenue une créature du soleil dans la journée et de l'eau la nuit. Elle peut marcher sur la terre ferme, toucher un homme, mais au crépuscule elle doit regagner son élément : l'eau.

— Balivernes. Igrainia a nagé jusqu'ici, mais elle est choquée, désorientée. Elle ne sait plus qui elle est.

— Qui peut le dire ? Peut-être ai-je raison, peut-être est-ce toi.

— C'est moi qui ai raison, Wulfgar ! Les esprits, les fantômes ne sont que des produits de l'imagination, de la superstition !

— Vraiment ? Ils n'existent pas, prétends-tu ? Et les vampires, alors ?

Lucian ne répondit pas. Il resta un long moment silencieux, puis déclara :

— Je chercherai Igrainia. Jusqu'à la fin des temps, s'il le faut.

— Tu le feras, mais plus tard. Tu dois te reposer pour regagner des forces, pour guérir des coups portés par Sophia, de la blessure infligée par le sabre de Darian. Tu aurais dû mourir, ami.

Lucian en avait formé le vœu. Maintenant, il se ravisait. Il voulait vivre pour retrouver Igrainia et anéantir Sophia.

Wulfgar ne se trompait pas lorsqu'il lui disait que ses blessures, sur tout autre, auraient été mortelles. Il vivait, mais se sentait aussi faible qu'un petit enfant.

La convalescence serait infiniment longue.

Les heures s'ajoutèrent aux heures, les jours aux jours, qui devinrent des mois. Lucian parvenait à marcher un peu aux alentours de minuit, quand la nuit était totalement noire. Il sillonnait alors à petits pas de vieillard les plages de l'île du Mort. Auparavant, il se gorgeait de sang de brebis pour recouvrer quelque vitalité.

Du sang humain lui aurait permis de se remettre plus vite, mais l'idée de tuer un homme le révulsait.

Jusqu'au jour où il entendit parler d'un fermier qui battait sauvagement sa femme. Il se rendit avec Wulfgar aux abords de la ferme, et entendit le couple se disputer. La femme était une pauvre créature épuisée, que le mari traitait comme une esclave. Voleur condamné à la pendaison, il s'était évadé de la prison de Dublin et réfugié sur l'île du Mort, amenant de force sa femme avec lui.

Une nuit, alors que Lucian et Wulfgar chevauchaient aux abords de la ferme, la malheureuse hurla encore plus fort qu'à l'accoutumée. Lucian échangea un regard avec Wulfgar, arrêta sa monture, et sauta à bas de la selle.

Il entra dans la maison et trouva l'homme, ivre, en train de fouetter sa femme jusqu'au sang. Fou de rage, il lui arracha le fouet des mains puis le coucha sur la table et lui enfonça les dents dans la gorge. La femme demeura pétrifiée, les yeux écarquillés, le regardant boire le sang de son mari. Lorsque le divin flot fut tari, Lucian repoussa l'ivrogne avec dégoût.

Puis il se rappela.

Il fallait lui couper la tête, sinon l'ignoble brute deviendrait un vampire. Un monstre de la plus redoutable espèce, qui commettrait les pires abominations jusqu'à la nuit des temps.

D'un seul coup de couteau, il sectionna le cou. La tête roula sous la table.

— Merci, dit doucement la femme.

— Merci ? Vous savez pourtant ce que je suis.

— Tous les habitants de l'île le savent.

— N'avez-vous pas peur ?

— Oh si, de bien des choses…

— Mais pas de moi ?

— Devrais-je vous craindre ?

— Non.

Le lendemain, Lucian était assez fort pour marcher sur la plage en plein soleil.

Ce fut alors qu'il vit Igrainia.

Un instant, il resta sans réaction : s'il courait vers elle, l'accueillerait-elle entre ses bras, des bras de femme chaude, vivante ? Ou Wulfgar avait-il raison en disant qu'elle n'était plus qu'un esprit errant, un fantôme ?

Il ne le saurait qu'en allant vers elle, qui l'attendait, immobile sur le sable.

Oh, Dieu merci, c'était un corps ferme qu'il serrait contre sa poitrine ! Igrainia était de chair et de sang. Ses yeux bleu-vert le fixaient, luisants d'émotion.

— Ma bien-aimée… ma femme chérie…

Il lui caressa les cheveux.

— Mon mari… murmura-t-elle en souriant.

Il s'agenouilla à ses pieds, en adoration. Elle posa la main sur sa tête, et répéta :

— Mon mari…

Il se releva, la prit par la main et la conduisit vers le cottage de pêcheur où il avait élu domicile.

— Comment es-tu arrivée ici, Igrainia ? lui demanda-t-il en l'allongeant sur le lit.

Comme il l'aimait ! Il n'en croyait pas son bonheur. Elle était vivante. Il entendait battre son cœur, sentait son souffle tiède sur son cou… Jamais il ne lui ferait de mal, jamais !

L'inquiétude s'empara soudain de lui. Jamais, vraiment ? Ne serait-il pas tenté, un jour, mû par son instinct dévoyé, de la mordre, d'aspirer son sang ?

— Igrainia, il faut que je te dise…

Elle posa l'index sur ses lèvres.

— Non.

— Mais je…

— Non. C'est inutile : je sais déjà ce que tu es, et aussi que je n'ai rien à redouter de toi.

Elle scella ses lèvres à celles de Lucian. Le baiser qu'ils échangèrent fut brûlant, avide, faisant naître un désir réciproque qui leur arrachait des gémissements.

Lucian lui ôta ses vêtements. Il avait faim de cette femme, non comme un vampire mais comme un homme. Il n'avait pas perdu son âme. En lui demeurait de l'humanité, se dit-il avec exaltation.

Le visage enfoui entre les seins d'Igrainia, il pleurait de bonheur tout en caressant le corps qu'il avait pensé ne jamais posséder de nouveau. Lorsqu'il la sentit prête, il vint en elle. Sa bouche dériva vers la gorge blanche. Du bout de la langue, il goûta la saveur de la peau de nacre.

Et, alors que les spasmes de la jouissance le faisaient trembler, il mordilla la veine qui palpitait sur le cou d'Igrainia.

De toutes ses forces, il lutta contre lui-même, s'évertuant à donner à l'aimée tout le plaisir qu'elle attendait.

Il serra les mâchoires, mit un terme aux baisers, et se concentra sur les petits cris que poussait sa femme. L'envie de planter les dents dans la chair tendre le taraudant toujours, il se mordit l'intérieur de la joue, s'arrachant un lambeau de peau qu'il déchiqueta.

Un moment plus tard, pantelant mais au comble de la félicité, il dit :

— Je pensais t'avoir perdue. Je croyais que tu t'étais noyée. La mer était si froide, les vagues si hautes ce jour-là… Comment as-tu fait pour atteindre cette île ?

— Quelle importance ? À quoi bon savoir ? Aime-moi, cela suffira. Aime-moi autant que je t'aime.

Il l'étreignit, mais se rendit compte que ses forces s'amenuisaient : le soleil était haut, l'affaiblissant.

Igrainia s'assit, s'adossa aux oreillers, puis amena la tête de son époux contre sa poitrine.

Dormir. Oh, il avait tellement sommeil…

— Igrainia…

— Chut… Reprends des forces. Dors.

Les doigts magiques d'Igrainia lui caressaient le visage. Il lui obéit, sombra dans un profond sommeil.

Lorsqu'il se réveilla, elle était partie.

7

— Jade ? Salut ! C'est Shanna. Est-ce que Rick est parti ?

— Oui.

— Ah ! Je suis au café et je me demandais si je pouvais faire un saut... sans te déranger. Quand Rick est-il parti ?

— Il n'est pas vraiment venu, Shanna.

— Eh bien, ça alors ! Quand je pense qu'à peine sortie du lit, j'ai dû aller chez papa faire du baby-sitting ! Je ne t'ai pas appelée pour ne pas gâcher ton réveil torride !

— Toi, tu as fait ça ? Alors que le matin, tu es dans le coaltar ?

— Oui. Ça te scie, hein ?

— Alors là, oui. Est-ce que tout va bien ?

— Oui. Petey a une otite. Rien de grave. Mais quand je pense que j'ai fait tout ça pour rien ! Je t'imaginais dans les bras de Rick alors que tu étais seule ! Jade, il va falloir que tu m'expliques de vive voix pourquoi. J'arrive !

Le déclic du téléphone raccroché retentit. Jade soupira : sa sœur serait là d'une minute à l'autre, avec une kyrielle de questions.

Effectivement, peu après, Shanna entrait, visiblement de mauvaise humeur.

— Il ne s'est rien passé ? attaqua-t-elle d'emblée.

— Comment as-tu fait pour arriver si vite ?

— Je t'ai dit que j'étais au café, au coin de la rue. Mais ne détourne pas la conversation. Pourquoi ne s'est-il rien passé ? Tu t'es disputée avec Rick ? Il est parti en colère ?

— Non. Il était mal fichu. Il a attrapé un sale virus et il est rentré chez lui pour se reposer.

— Ah ! Est-ce que notre chère Renate a eu plus de chance avec Matt ?

— Non. Il lui a échappé.

— Comment le sais-tu ?

— Elle est venue aux nouvelles, alors je lui ai tiré les vers du nez…

— Qu'est-ce qu'elle voulait savoir ?

— Elle cherchait Rick.

— Pourquoi ? Pour apprendre si vous aviez passé une folle nuit ?

— Non. Elle attend de Rick des infos de première main qu'elle pourrait utiliser dans ses bouquins. À propos de ces informations, il faut que j'aille au commissariat. Accompagne-moi. Gavin, le copain de Rick, devait lui communiquer ce qu'il a trouvé sur le massacre de New York.

— Jade, c'est consternant ! Tu es peut-être en danger, tu pourrais dormir avec le meilleur des gardes du corps, ton flic bien-aimé, et pourtant tu n'es pas fichue de le mettre dans ton lit !

— Shanna, je viens de t'expliquer que…

— C'est ridicule. S'il était crevé, il pouvait tout aussi bien dormir ici.

— Il voulait se laver, à cause des odeurs de la morgue et…

— Tu n'as plus d'eau courante ?

— Si, mais pas de vêtements de rechange à lui donner ! Il en a chez lui, dans son armoire, Shanna !

Jade se défendait âprement, de peur que sa sœur ne se rende compte que quelque chose n'allait pas. La complicité qu'elle partageait avec Shanna l'inquiétait. Celle-ci pouvait percevoir son désarroi. Or il n'était pas question de révéler avoir fait l'amour en rêve, et s'être réveillée dans une chambre dont le désordre trahissait ce qui s'était passé.

Mais il ne s'était *rien* passé !

Pourtant, elle n'avait pas insisté pour que Rick reste, de peur qu'il ne voie le lit, la chemise de nuit par terre...

— Bon, on y va ? s'enquit Shanna.

— Je suis prête.

Elles sortaient de l'immeuble lorsque Shanna revint à la charge.

— Quand même, je n'arrive pas à y croire ! Tu n'as fait aucun effort pour garder Rick... Il avait besoin de réconfort, s'il était malade ! Même s'il n'était pas en état de coucher avec toi, il aurait peut-être aimé que tu le dorlotes un peu !

— Shanna, j'en ai marre. Arrête de me tanner avec ça, sinon je te plante là.

— O.K., je me tais. Mais je n'en pense pas moins.

Le poste de police n'était pas très éloigné de la maison. Les deux jeunes femmes y arrivèrent en quelques minutes. Jade ne fut pas étonnée d'apprendre que Rick avait téléphoné pour dire qu'il ne bougerait pas de son lit de la journée.

— Il a la grippe, expliqua le réceptionniste.

— Je sais. S'il ne va pas mieux demain, je le conduirai chez un médecin. Pourriez-vous appeler Gavin ? Il faut que je le voie.

— Pas de problème.

Gavin Newton, un policier au visage de chérubin, était doté d'un flegme qui faisait de lui un excellent enquêteur. Son calme et son équanimité mettaient ses collègues comme les suspects en confiance. Tout le monde finissait par se confier à lui.

Il reçut Jade avec chaleur, salua aimablement Shanna et invita les deux sœurs à l'accompagner jusqu'à son bureau.

— Jade, le Hugh Riley de New York était bien celui d'Écosse.

Il montra un fax.

— J'ai reçu ça d'un collègue à New York. La description du jeune homme colle en tout point. À son retour d'Écosse, il a changé d'université. Il avait adhéré à une confrérie qui proscrivait tout usage de drogue, consommation excessive d'alcool, chahuts dans l'enceinte des locaux... Une confrérie d'étudiants sages, en somme. Qui ne mentionnait pas l'interdiction d'aller à la chasse aux fantômes dans les cimetières la nuit, hélas.

— Il a été tué à minuit, n'est-ce pas ?

— Jade, je...

— Ne noyez pas le poisson, Gavin, c'est inutile. Le schéma suivi par les assassins à New York est exactement le même que celui d'Édimbourg.

— S'il y a vraiment des similitudes, le FBI vous interrogera. Mais vous n'êtes pas la seule personne qui se souvienne de ce qui s'est passé en Écosse. Il y a d'autres témoins.

— Hugh Riley a échappé à la mort à Édimbourg pour la retrouver à New York... Qu'en pensez-vous, Gavin ?

— Mmm. Possible que les assassins soient les mêmes.

— Ce n'est pas une raison pour avoir peur, mon petit ! lança une voix puissante.

Al Harding, le coéquipier de Gavin, venait d'entrer dans le bureau. Drôle de couple, songea Jade, amusée : autant Gavin était petit et trapu, autant Al était grand et maigre. Quand ils travaillaient ensemble, Gavin parlait et Al se taisait, écoutant attentivement les réponses des prévenus.

— Nous sommes en Amérique, ici ! poursuivit Al. Nos flics sont les meilleurs. Ils vont attraper ces cinglés, croyez-moi.

— Je n'en doute pas, répondit Jade, mais sans vouloir vous offenser, les policiers anglais n'ont rien laissé au hasard. Ils ont passé le cimetière au peigne fin. Sans résultat. Si nous avons affaire à une secte satanique, et qu'elle ait des ramifications ici, peut-être devrais-je contacter New York. Qui sait si je ne serais pas en mesure d'aider les enquêteurs…

— Fais ça, Jade, lança Shanna, et ensuite tu auras d'effroyables cauchemars, les journalistes te pourchasseront, ton nom paraîtra dans la presse et si cette secte existe vraiment, ses membres sauront exactement où te trouver !

— Votre sœur a raison, Jade, remarqua Gavin. Laissez-moi faire. Je vais demander à New York d'agir en toute discrétion, si quelqu'un de la crim' veut vous parler.

— D'accord. Cela me semble raisonnable.

Gavin prit le temps de s'éclaircir la gorge avant de poursuivre :

— Jade, cet homme qui aurait disparu après vous avoir sauvée… et ces cadavres qui seraient sortis des cercueils… Je ne suis pas sûr que vous vous rendiez compte à quel point c'est une histoire à dormir debout. Vous avez mentionné des… des vampires. Vous imaginez la réaction du FBI si vous racontez ça ?

Avant que Jade ait le temps de répondre, un autre homme pénétra dans le bureau. De haute taille, les cheveux noirs, en veste de daim, il avait davantage l'allure d'un play-boy que d'un policier.

Jade vit sa sœur le regarder et se redresser : manifestement, elle trouvait le nouvel arrivant à son goût.

— Ah, lieutenant Canady ! s'écria Gavin.

— Bonjour, mademoiselle, dit l'homme en tendant la main à Jade.

Il souriait, et Jade comme sa sœur fut sensible à son charme.

— J'étais dans la pièce à côté. Je vous ai entendue. Cette secte, elle est peut-être composée de gens qui se prennent vraiment pour des vampires : nombre d'êtres humains ont l'esprit détraqué. Mais il y aura néanmoins beaucoup de personnes qui seront plus que sceptiques, quand vous leur direz avoir été prise à partie par des vampires. En ce qui me concerne, je suis ouvert à tout, alors si vous vous rappelez quoi que ce soit, si vous songez à un détail que vous n'auriez pas mentionné lors de l'enquête en Écosse, contactez-moi, je serai à votre écoute.

— Oh, je vous remercie, lieutenant Canady !

Shanna s'avança, tout sourire.

— Je suis la sœur de Jade. Shanna MacGregor.

— Ravi de vous connaître, mademoiselle MacGregor.

Canady recula en direction de la porte, la main déjà tendue vers la poignée.

— Si ces guignols se moquent de vous, Jade, appelez-moi !

— Arrête, Sean ! protesta Al. Il ne nous viendrait pas à l'esprit de rigoler ! Mais avoue que le truc des vampires, c'est dingue !

Sean Canady se tourna vers Jade.

— Hugh Riley fait partie des victimes du massacre de New York. Je me suis souvenu de son nom. Je l'avais lu dans les journaux à l'époque de l'affaire du cimetière d'Édimbourg.

— Vous n'avez pas oublié son nom ? Il y a des centaines de meurtres tous les jours partout dans le monde, et vous avez mémorisé le nom de l'un des survivants d'Écosse ?

— C'est mon métier d'engranger des informations. J'ai entraîné mon cerveau à ça. Je suis flic.

— Et un sacrément bon flic, ajouta Al. Sean, tu as été détaché sur l'enquête new-yorkaise ?

— Oui. Mesdemoiselles... euh, Jade, Shanna, au revoir. Si vous avez besoin de quoi que ce soit, n'hésitez pas à faire appel à moi.

Il sortit du bureau, laissant Jade troublée : elle avait l'étrange impression qu'il était venu la voir elle, et elle seule.

— Voilà un bien beau spécimen qui s'en va, fit Shanna en soupirant.

— Il est marié, l'informa Al.

— Évidemment. Ce genre de type l'est toujours.

— Eh, moi je suis libre ! lança Gavin. Mais vous allez me dire que vous êtes prise tous les vendredis et samedis soir. Et puis vous êtes trop jeune pour moi... Enfin, on ne sait jamais... si vous avez un coup de blues, sifflez-moi.

— Pas besoin d'avoir un coup de blues pour vous siffler, Gavin, assura Shanna en souriant.

Jade apprécia la gentillesse de sa sœur. Shanna affectait d'être cynique. Ceux qui la connaissaient vraiment savaient qu'elle avait un cœur d'or.

— Pour être tout à fait sincère, poursuivit-elle, je vous aurais même proposé d'aller voir un film ce soir, si je vous avais rencontré hier.

Jade regarda sa sœur avec curiosité.

— Hier ? Que s'est-il passé ?

— Eh bien... j'ai fait la connaissance de quelqu'un.

— Où cela ?

— Au café, près de chez toi.

— Tu ne m'en avais rien dit.

— Parce qu'il ne s'est rien passé de vraiment important. Je ne me suis pas mariée dans l'heure. Mais j'ai accepté un rendez-vous. Enfin, pas exactement. J'ai seulement suggéré qu'on pourrait se revoir. Quoique ça ne marche peut-être pas. Il semblait malade. Cette grippe touche un tas de gens.

— Quand même, Shanna, tu aurais pu me raconter !

— Je préférais t'écouter. Ta vie est bien plus passionnante que la mienne, pour le moment.

Gavin et Al suivaient la joute verbale des deux sœurs avec un intérêt manifeste.

— Celle de ces messieurs aussi, fit Jade en montrant les policiers d'un mouvement du menton. Laissons-les travailler, Shanna. Partons. Gavin, Al, merci pour tout.

— Mlle MacGregor a raison, du boulot nous attend, Al, dit Gavin à son collègue. Il faut qu'on fasse un saut à la morgue.

— Ah ? Du nouveau ?

— Le légiste a trouvé un truc bizarre concernant le jeune qui s'est tué en voiture.

— Je mets ma veste et on y va.

Jade et Shanna se retirèrent. Vingt minutes plus tard, elles déambulaient dans les allées d'un marché à ciel ouvert, examinant les citrouilles proposées à la vente pour la célébration d'Halloween.

— Shanna, ne compte pas te défiler. Parle-moi de cet homme avec lequel tu aurais plus ou moins rendez-vous.

— Il n'y a pas grand-chose à en dire. C'est juste un type charmant.

— Comment s'appelle-t-il ?

— Dave. J'en saurai davantage après l'avoir revu.

— Je crois qu'il serait prudent que je vienne avec toi.

— Non. Tu vas rester chez toi et faire l'amour avec Rick… Bon sang, tu as vu le prix de ces citrouilles ? Elles doivent être en or, ma parole !

— Quittons le quartier français. Elles sont sans doute moins chères hors du secteur touristique.

— Je n'ai pas envie de prendre la voiture et de faire des kilomètres pour des citrouilles.

— Bon. Alors je prends celle-là.

— O.K. Et moi l'autre.

Le marchand encaissa l'argent et les deux jeunes femmes regagnèrent l'appartement de Jade, les bras chargés de leur énorme citrouille.

— Qu'est-ce que j'aimerais apprendre que ça s'est bien passé pour Matt, chuchota Shanna en passant devant la porte de Renate.

— Il ne correspond pas au genre de type qu'aime notre chère amie… laquelle, sur le moment, avait fait l'impasse sur ce petit détail. Renate ne voulait qu'un peu de compagnie. Pas s'envoyer en l'air.

— Le champagne et le caviar ont quand même dû dégeler l'atmosphère.

— Apparemment pas, d'après ce qu'elle m'a dit.

— Quel dommage pour Matt. Il tenait tant à fêter son succès.

— Oui, eh bien va donc dire à Renate qu'elle aurait pu aider Matt à célébrer dignement sa réussite en l'invitant dans son lit.

Jade inséra sa clé dans la serrure et ouvrit la porte. Peu après, les deux jeunes femmes évidaient les citrouilles dans la cuisine.

— Shanna, tu m'intrigues : aurais-tu été capable de dire à Renate qu'il fallait qu'elle couche avec Matt ?

— Si tu ne m'en avais pas empêchée, je crois que oui. J'aurais sonné chez elle et lui aurais reproché d'avoir laissé repartir Matt sans lui donner ce qu'il espérait ! déclara Shanna en riant.

La conversation dévia sur Halloween et son cortège de festivités.

— On devrait organiser une autre fête. Avec plein de gens ce coup-ci, dit Shanna.

— À quoi bon ? Toute la ville sera en fête. Pas la peine d'en faire davantage. Le moindre restaurant, le plus petit club de jazz va être en folie. Et puis nous avons deux demi-frères, tu l'as oublié ? Nous devons aller à Garden District pour voir papa, Liz et les jumeaux. Ils sont si mignons… et puis Liz réussit des costumes du tonnerre.

— Nous pourrions organiser une fête à la maison… Nous avons habité là des années, Jade, quand maman était vivante.

— La maison de Garden District n'est plus la nôtre, répliqua Jade après un temps.

— Bien sûr que si !

— Non. Quelque chose est différent, maintenant. Comment ça s'est passé ce matin avec Liz ?

— Sympa. Jamais je ne me suis sentie aussi proche d'elle. Mais tu as raison, la maison n'est plus la même.

— On ira quand même voir les jumeaux. Ensuite, nous nous baladerons en ville, nous trouverons un club à l'ambiance d'enfer.

— D'accord. Et nous… Oh, zut, j'ai taillé des dents moches comme tout dans ma citrouille !

— Effectivement. Elles sont pointues.

— Je voulais les faire carrées. Tant pis, elles resteront comme ça : j'ai autre chose à faire. Je vais rentrer chez moi et me laver les cheveux, prendre un bon bain plein de mousse et ensuite me bichonner. Tout l'attirail : parfum, crème, poudre pour le corps… Au moins, l'une de nous aura droit à une séance de sexe torride.

— Quoi ? Tu vas coucher avec un parfait inconnu, Shanna ?

— Non. Pas lors du premier rendez-vous. Mais je tiens à être irrésistible. Une femme fatale. Comme ça, Dave me demandera un autre rendez-vous, et la balle sera alors dans mon camp. À moi de décider si j'ai envie de le revoir ou non. Toi, tu n'en es pas à ton premier rendez-vous avec Rick, alors tu devrais mettre les bouchées doubles. Un bain deux fois plus long que le mien, deux fois plus de crème et de parfum…

— C'est ce que j'avais fait hier soir.

— Eh bien, remets ça ce soir. Rick ne va pas t'attendre cent mille ans.

Shanna se lava les mains, récupéra son sac et accrocha la bandoulière à l'épaule.

— J'y vais.

— N'oublie pas ta citrouille !

— Je te la laisse ! lança Shanna depuis le seuil. J'ai loupé les dents.

Elle ouvrit la porte.

— Ne fiche pas tout en l'air avec ton flic chéri, Jade.

— Promis. Et toi, n'accepte pas un deuxième rendez-vous avec ce type tant qu'on n'en saura pas plus sur lui.

— Entendu, grande sœur. Ferme à clé derrière moi, O.K. ?

À peine Shanna était-elle partie que le téléphone sonnait. Jade reconnut immédiatement la voix de Rick, et comprit à l'intonation que son état de santé ne s'était pas amélioré.

— Je ne serai pas capable de mettre le nez dehors ce soir, Jade. Il va te falloir trouver un autre chevalier servant.

— Tu ne te sens pas mieux ?

— Oh non ! Je suis malade comme un chien. Je ne sais pas ce que j'ai attrapé, mais c'est méchant. Toute la nuit, j'ai eu de la fièvre, j'ai fait des cauchemars... Je suis quand même arrivé à me lever : il faut que j'aille travailler. Le gamin qui a été tué dans l'accident...

— Oui ?

— C'est à cause de lui qu'il est impératif que je me secoue et passe à la morgue. Le médecin légiste a trouvé des trucs étranges.

Jade se rappela Al demandant à Sean Canady si on l'avait mis sur l'affaire. Canady avait répondu qu'une équipe spéciale avait été formée et qu'il en prenait la tête.

— Rick, Shanna et moi sommes allées voir Gavin, ce matin.

— Jade, nous devions y aller ensemble !

— Ne t'inquiète pas, ça s'est bien passé. Je n'ai pas fait de crise de nerfs, je ne me suis pas sentie bouleversée outre mesure. Il y avait un policier du nom de Sean Canady. Il m'a dit que certaines personnes à l'esprit dérangé se prenaient pour des vampires et que...

— Sean Canady, hein ? coupa Rick.

Il s'interrompit quelques instants, puis ajouta :

— C'est un très bon flic.

— Pourquoi dis-tu ça avec réticence ?

— Eh bien... il y a eu de drôles de meurtres, il y a quelque temps, à La Nouvelle-Orléans. Sean s'en est occupé, en a résolu quelques-uns, mais d'autres sont restés non élucidés.

— Tu n'as pas l'air de lui faire confiance.

— Ce n'est pas ça.

— Alors c'est quoi ?

— Je crois que tu devrais garder tes distances avec lui. Il pourrait jeter de l'huile sur un feu qui couve depuis ces vieilles affaires, et je ne tiens pas à ce que tu sois en première ligne si tout ça s'embrase de nouveau.

Jade demeura silencieuse un moment.

— Tu vas donc à la morgue…

— Oui, et puis je rentre directement chez moi : je ne tiens pas sur mes jambes.

— Pourquoi ne l'avoir pas dit à tes supérieurs ? Fais-toi mettre en arrêt maladie !

— Un flic n'a pas le droit d'être HS. La maladie est un luxe qu'il ne peut pas s'offrir. Il doit protéger et servir la population. Ce pauvre gosse… je n'ai pas le cœur de ne pas m'occuper de lui. Jade, tu me pardonnes ?

— Que je te pardonne ? Mais quoi ?

— D'être au-dessous de tout.

— Il n'y a rien à pardonner, Rick. Tu n'es pas au-dessous de tout, tu es malade.

— Jade, je veux que tu saches que tu es ce qui est arrivé de mieux dans ma vie.

— C'est aussi ce que je pense en ce qui me concerne. Allez, Rick, refais-toi une santé et appelle-moi demain.

— Sans faute.

Jade raccrocha lentement le téléphone, perplexe : elle se sentait… soulagée. Pourquoi, elle n'en avait aucune idée, mais le fait était là : un immense soulagement venait de lui arracher un profond soupir.

Elle était libre pour la journée. Dommage qu'elle n'ait pas demandé où Shanna allait retrouver son inconnu. Elle l'aurait rejointe. Pour découvrir à quoi ressemblait l'homme sur le point d'entrer dans la vie de sa sœur.

À regret, elle se remit à la tâche, achevant d'évider et de sculpter les citrouilles. Lorsqu'elle eut terminé, elle plaça des bougies à l'intérieur, les alluma et constata l'effet produit.

Sa citrouille lui parut parfaite. Effrayante à souhait. Mais celle de Shanna était absolument démoniaque, avec ses crocs.

Jade recula, mal à l'aise... Incroyable ! Elle, une adulte, elle ressentait de la peur face à une citrouille grimaçante !

En hâte, elle souffla les bougies et alla déposer les deux citrouilles sur le balcon. Puis elle referma la porte-fenêtre et songea que, peut-être, cela ne lui ferait pas de mal de se reposer un peu. Le problème, c'était qu'elle n'avait pas la moindre envie de rester chez elle. De la musique, des rires montaient de la rue. Quelqu'un donnait une fête d'Halloween matinale. Elle ne faisait pas partie des invités, mais quelle importance ? Le quartier français était magnifique, elle connaissait tous les patrons de bars, de restaurants, les serveurs. Si elle voulait se distraire, il lui suffisait de quitter son appartement.

Un coup de brosse dans les cheveux, une veste sur le dos, et elle sortit.

Terry Broom débutait dans le métier. Il venait d'obtenir le poste d'assistant auprès du médecin légiste Pierre LePont. Celui-ci lui avait confié l'examen des éléments recueillis sur le lieu de l'accident, et demandé de faire venir quelqu'un de la brigade criminelle pour lui présenter ses conclusions.

À trente ans, avec ses taches de rousseur, sa chevelure en bataille, Terry avait l'air frais émoulu de l'université, tant il faisait jeune. Sorti major de Gainesville en Floride, il était passionné par son travail. Le travail du médecin légiste représentait l'ultime espoir des victimes de mort violente : lui seul pouvait permettre que justice leur fût rendue. Pour cela, il fallait découper la dépouille, violer le corps sans vie. Terry le faisait avec respect, mais sans émotion.

Sauf cette fois. Le jeune accidenté de la route était dans un état effroyable. Du verre... Du verre partout, qui l'avait taillé plus sûrement que cent scalpels maniés par un fou. Passer au travers d'un pare-brise occasionnait des dégâts épouvantables, s'était dit Terry tout d'abord.

Puis il avait vu autre chose. Quelque chose d'extrêmement troublant. Et maintenant, entouré de policiers et de Danny, dont il connaissait l'émotivité, il s'apprêtait à retirer le drap recouvrant le cadavre.

Les policiers ne bougèrent pas, n'émirent aucun son, ne laissèrent pas libre cours à leur humour noir habituel. Pétrifiés, ils fixaient le corps.

Terry posa son index ganté de latex sur la gorge en charpie du mort.

— À mon avis, messieurs, de telles lacérations n'ont pu être causées par le pare-brise.

Il leva les yeux vers les policiers. Sean Canady, son coéquipier Jack Delaney, Mike Astin, le colosse noir, Al Harding et Gavin Newton. Rick Beaudreaux complétait l'équipe.

Rick semblait très enrhumé, mais il n'était pas pâle parce que souffrant. Ses collègues aussi étaient livides.

— Que pensez-vous, Terry ? Que quelqu'un s'est acharné au couteau sur le jeune homme ? demanda Sean Canady.

— Eh bien, je… je sais que ça peut paraître curieux, mais… oui, c'est ce que je pense.

Canady se pencha un long moment sur le corps, se redressa et hocha la tête.

— Messieurs, nous sommes face à un meurtre, annonça-t-il à ses collègues.

— Le genre de meurtre auquel on consacre un temps fou pour n'arriver à rien, commenta Al. Je suis d'accord avec la thèse de Terry. Le petit a été assassiné : il suffit de voir ses yeux pour le comprendre. Il était terrorisé.

Tout en se dirigeant vers la sortie, il fit signe aux autres de le suivre. À la porte, il s'arrêta.

— Il faut découvrir comment s'appelle vraiment ce garçon. Le nom que la presse imprime est un pseudo. C'était un vaurien qui faisait les quatre cents coups sous ce nom-là. Vous êtes-vous procuré sa véritable identité, Terry ?

— Oui. Tenez.

Terry tendit à Al un document. Canady s'approcha et posa les yeux dessus.

À la seconde, il sembla aussi malade que Rick Beaudreaux.

Octobre était la saison des festivités à La Nouvelle-Orléans. En février, il y avait le carnaval, mais la population célébrait Halloween avec un enthousiasme confinant au délire.

Des maisons hantées s'ouvraient au public dans tous les coins de la ville, des compagnies théâtrales d'amateurs montaient des pièces au thème morbide, des associations charitables se faisaient un pécule en organisant des manifestations tournant autour des sorcières, des revenants… Les gens se déguisaient et arpentaient les rues, souvent ivres, dans des costumes macabres.

Pendant ce temps, les attractions traditionnelles continuaient à marcher : strip-tease, shows érotiques entre deux femmes, deux hommes, homme et femme… Il y en avait pour tous les goûts, même les plus mauvais, les plus pervers. Aucun quartier n'avait l'apanage de ce genre de spectacle, et les établissements les plus malfamés voisinaient avec des magasins de jouets. Les hôtels borgnes étaient mitoyens des quatre étoiles. En sus, dans toutes les rues, acrobates, jongleurs, prestidigitateurs, orchestres de jazz donnaient leur représentation, une boîte posée par terre pour les dons.

Jade marchait au gré de ses pas lorsqu'un jeune homme la bouscula. Il balbutia quelques mots d'excuses et son haleine empestant la bière incommoda la jeune femme, qui s'éloigna en toute hâte.

Elle alla se réfugier chez Drake's, un bar un peu à l'écart des rues chaudes, fréquenté par des sportifs. Derrick Clayton, un camarade de lycée, le tenait. Marié à

Sally, une amie de Jade, il avait eu avec elle une fillette, maintenant âgée de trois ans, et un petit garçon, encore bébé.

Dès qu'il la vit, Derrick la félicita au nom de tous les anciens de leur promotion : sa réussite en tant qu'auteur et éditrice faisait leur fierté.

Jade s'était juchée sur un tabouret à l'extrémité du bar. Des téléviseurs diffusant des matchs de foot ou de base-ball étaient allumés dans tous les coins de la salle, mais le son était coupé. On n'entendait que de la musique, un air étrange, du jazz mâtiné de sonorités irlandaises, que jouait un petit orchestre dans un coin.

— Alors, ma belle ? s'enquit Derrick.

Jade détailla le colosse qui ressemblait davantage à un chasseur d'ours qu'à un tranquille tenancier de bar père de famille.

— Ça va. Il est bizarre, ton orchestre.

— Oui, hein ? Jamais je n'avais entendu du jazz joué à la cornemuse.

D'autorité, Derrick posa devant elle une bière et des photos de ses enfants. Jade les regarda attentivement et ressentit un petit pincement au cœur. Pourquoi n'était-elle pas mère ? Dans sa vie, il y avait un homme qui aurait fait un père idéal. Sa maison d'édition marchait bien, Rick gagnait un bon salaire… Rien ne l'empêchait de se fixer, désormais, songea-t-elle.

Rien, à part les rêves érotiques qui polluaient ses nuits. Non, qui les rendaient magiques, rectifia-t-elle in petto. Un inconnu sans visage s'immisçait dans son inconscient, lui apportait un indicible plaisir et s'en allait au matin… Elle se réveillait affolée, effrayée… et avide de revivre ces moments fantasmatiques.

— Le bébé sera déguisé en loup garou, cette année, dit Derrick. L'idée est venue à Sally parce que tout le monde l'appelle Wolfy, petit loup. Addie, elle, voulait être une princesse, alors Sally lui a cousu ce costume.

Jade admira la fillette qui semblait tout droit sortie d'une illustration de conte de fées.

— Dis à Sally qu'elle a fait des merveilles, Derrick. Tout est beau. Les costumes comme les enfants !

— Merci, Jade. Mais, et toi ? Où est ce policier avec lequel tu sortais ? À vous deux, vous devriez faire des gosses top ! Quand allez-vous vous décider ?

— Nous ne sommes pas mariés. Même pas fiancés.

— Oh, de nos jours, quelle importance ?

— Je dois être encore sous l'influence de sœur Anne-Marie. Tu te souviens d'elle ? Elle n'était pas censée nous donner des cours sur le contrôle des naissances, mais le faisait quand même. Ça a dû me marquer.

— Ah, c'était une sacrée bonne femme, sœur Anne-Marie !

— Sûr.

— Bon, alors tu vas te marier, Jade. C'est bien. J'adore les belles noces.

— Derrick, le jour où ça se fera, je te promets que tu seras le premier à le savoir.

— J'y compte bien. Oh là ! Voilà un groupe. Faut que je m'occupe de tous ces gens.

— Un groupe de touristes ? J'ignorais que ton bar était sur la liste des tour-opérateurs.

— Il n'y est pas, mais c'est Halloween et des tas de petites compagnies organisent des visites hors des sentiers battus à cette période-là. Tout le monde cherche à se faire quelques sous de plus.

Derrick laissa Jade au comptoir et alla au-devant des arrivants.

Une foule emplissait désormais la salle. Les gens déambulaient, examinant les photographies de la guerre de Sécession accrochées aux murs, pendant que le guide racontait l'histoire de la première propriétaire de l'établissement qui s'était pendue au premier étage après que sa liaison avec un soldat nordiste eut été révélée.

Jade écoutait, et peu à peu une étrange impression s'empara d'elle. Cette voix… Elle lui semblait familière. La façon dont l'homme prononçait les « r »…

Elle regarda autour d'elle, cherchant le guide des yeux.

Il portait une longue cape noire.

Elle frissonna, puis se reprit : la cape noire était la marque des émules de Dracula, à La Nouvelle-Orléans. La plupart des guides s'affublaient ainsi.

Mais combien, parmi eux, avaient l'accent écossais ?

Celui-là se trouvait à l'autre bout de la salle, loin d'elle. Tout à coup, il rouvrit la porte du bar et sortit, suivi de son troupeau.

Jade se précipita mais les gens s'agglutinaient sur le seuil, bloquant le passage. Trépignant, elle dut attendre que tous les touristes soient sur le trottoir. Elle déboula alors de chez Drake's, bouscula les membres du groupe qui paraissaient désorientés : leur guide n'était plus avec eux. Au bout de la rue, Jade l'apercevait. Sa cape se soulevait au fil de ses pas rapides.

Il fallait qu'elle le rattrape !

Elle se mit à courir.

— Excusez-moi ! Excusez-moi ! criait-elle en repoussant des gens déguisés.

Elle heurta violemment un trio costumé en personnages du magicien d'Oz : l'homme en fer-blanc, le lion peureux et Dorothy. Puis un immense lapin blanc, un homme en frac et haut-de-forme, un autre dissimulé sous un drap blanc percé de deux trous à hauteur des yeux... En débouchant sur Bourbon Street, elle fut happée par la cohue. Elle avait l'impression de courir au ralenti, comme dans les rêves. Ses jambes s'activaient mais elle faisait du surplace.

Enfin, elle rejoignit une haute silhouette en cape noire. Elle agrippa un pan du vêtement. L'homme se retourna.

Ce visage las encadré de cheveux gris, ces yeux bleu terne, elle ne les avait jamais vus.

— Pardon, monsieur. Je croyais...

Il hocha la tête sans mot dire et poursuivit son chemin.

Jade resta pétrifiée au milieu de la rue, chahutée par les passants. De la musique jaillissait de partout mais elle l'entendait à peine.

Tout à coup, ce fut le silence. Puis la rue sembla déserte. Ne restait plus qu'un homme sous un lampadaire.

Lui !

Jade ne l'avait pas vu depuis plus d'un an… sauf dans ses rêves. Et il était là maintenant. Aussi grand que dans son souvenir, aussi ténébreux. D'une beauté saisissante, vêtu d'une chemise à manches longues et d'un pantalon noirs. Les mains dans les poches, il la regardait.

Ses jambes lui obéirent difficilement quand elle voulut marcher vers lui. Quelque chose lui disait qu'il allait partir, disparaître.

Mais non. Il l'attendait, magnifique statue d'ébène dont seules bougeaient les paupières lorsqu'il cillait.

Alors qu'elle approchait, la rumeur de la rue ressuscita, prit de l'ampleur, l'assourdit.

Jade était grande, et pourtant elle dut lever son visage vers celui de l'homme, avide de river son regard au sien. Si les prunelles étaient couleur ambre, si des flammèches brillaient à l'intérieur, elle serait sûre de n'être pas victime d'une illusion.

— Bonjour, Jade, murmura-t-il. Oui, c'est bien moi… Il faut que nous parlions.

Parler ? C'était cela qu'il désirait ? Il lui avait sauvé la vie lors de cette nuit de cauchemar en Écosse. Mais ensuite il s'était volatilisé, la laissant avec la police qui l'avait prise pour une folle. Elle-même avait fini par se croire déséquilibrée. Il aurait pu témoigner, lui dire qu'elle n'affabulait pas, la rassurer sur sa santé mentale…

Il n'en avait rien fait. En revanche, il ne lui avait pas permis de l'oublier, s'imposant à elle par le biais des songes. L'amant de son rêve, n'était-ce pas lui ? Elle comprenait soudain que si. Et se rendait compte qu'à cause de lui, elle saccageait ses chances de se bâtir une belle et normale existence auprès d'un être rare, un homme comme Rick. Ses chances de bonheur, il les avait brisées sans aucun scrupule !

— Jade…

— Salaud !

Elle serra les poings et le frappa de toutes ses forces.

8

Ce n'était pas une bonne idée, se dit immédiatement Jade, le poing douloureux. Si cet homme lui rendait ses coups, vu sa taille, sa carrure, il allait la mettre K.-O.

Sauf si elle remettait ça en le prenant par surprise.

Son bras partait de nouveau vers le visage de l'inconnu quand il le bloqua. Il lui attrapa le poignet, le serra si fort qu'elle sentit sa circulation se bloquer.

Elle l'attaqua alors avec des mots.

— Salaud ! répéta-t-elle. Vous étiez là ! Et vous vous êtes éclipsé ! J'ai commencé à rêver de vous et…

Il l'obligea à baisser le bras. Il ne relâcha pas son emprise mais tout à coup, Jade eut l'impression qu'elle s'adoucissait, que son sang coulait de nouveau dans ses veines.

— Bon sang, mais que se passe-t-il ? interrogea-t-elle, agressive.

— Je ne comprends rien à vos accusations, Jade.

— Oh si, vous comprenez !

Il recula d'un pas.

— Désolé, mademoiselle, mais je ne vous connais pas. Excusez-moi.

Il tourna les talons et commença à s'éloigner. Elle le rattrapa.

— « Excusez-moi » ? C'est tout ce que vous trouvez à dire ? J'étais « Jade », tout d'un coup je suis « mademoiselle » et vous prétendez ne plus savoir qui je suis ?

À grands pas, il marchait sur le trottoir. Elle le suivait avec peine. Par contraste avec la couleur de ses vêtements et de sa chevelure, son visage était blafard.

— Eh, arrêtez ! intima-t-elle en lui plaquant la main sur l'épaule. Vous ne pouvez pas filer comme ça !

— Voudriez-vous que je m'arrête pour me frapper plus facilement ? demanda-t-il d'un ton policé.

— Non, je voudrais que vous le fassiez pour que nous discutions.

Ce n'était pas un mensonge. Elle n'aspirait désormais qu'à lui parler. Pour éclaircir un mystère… et pour le plaisir : il était tellement séduisant ! D'une beauté renversante. Et en plus, elle aimait son attitude distante, hautaine, son évidente confiance en lui.

Elle rabattit les bras contre ses flancs. Ainsi, il comprendrait qu'elle n'avait plus l'intention de le molester.

— Très bien. Ne me parlez pas, lui lança-t-elle sèchement.

Cette fois, ce fut elle qui fit demi-tour et s'éloigna, persuadée qu'il la suivrait. Quelques mètres plus loin, elle s'aperçut de son erreur : il la laissait partir.

Elle s'arrêta, se retourna, et le vit immobile sur le trottoir, sous un lampadaire dont la clarté faisait briller sa chevelure couleur de nuit. Il attendait en souriant.

Lentement, elle revint vers lui.

— Qui êtes-vous ? Que se passe-t-il ? s'enquit-elle à voix basse.

— Où est votre policier ?

— Pardon ?

— L'inspecteur Beaudreaux.

— Il est malade et… Qu'est-ce que c'est que cette question ? Que savez-vous de…

— Cela fait quelques jours que je suis à La Nouvelle-Orléans, coupa-t-il. Je tenais à vous retrouver, alors j'ai fait ma petite enquête.

— Ah ! Qui avez-vous interrogé ?

— Un homme qui se respecte ne révèle jamais ses sources.

Jade se sentait partagée entre deux exigences : partir et rester. Indécise, elle se balançait d'un pied sur l'autre.

L'envie de ne pas quitter l'inconnu l'emporta à l'instant où il posa la main sur son bras. Aussitôt, elle frissonna. Les souvenirs l'assaillaient.

— Si nous allions prendre un verre ? proposa-t-il.

— Dans un endroit retiré ?

— Non. Dans le bar de votre ami, chez Drake's, je crois. La musique y est très bonne.

— Pourquoi pas, accorda-t-elle après une hésitation.

Ils se dirigèrent vers le bar.

— Tout à l'heure, chez Drake's… commença Jade avant de s'interrompre.

— Oui ?

— Il m'a semblé… Je sais que ça a l'air fou mais j'ai bien cru entendre parler…

— … le guide d'Édimbourg. Oui, moi aussi. Mais ce n'était pas lui.

— En êtes-vous certain ?

— Absolument.

Elle dirigea ses yeux vers lui. En même temps, son regard captait une grande enseigne lumineuse.

Prenez un bain avec une beauté pour un dollar !

— Que c'est moche, tout ça, fit-elle.

— Je vous aurais crue habituée aux frasques qui se déroulent à La Nouvelle-Orléans.

— Je ne le suis que trop. Mais cette enseigne-là, je ne l'avais encore jamais vue.

Du bout des doigts, l'homme lui effleura le dos. Elle sursauta comme si elle avait reçu une décharge électrique et, sidérée, se rendit compte qu'elle désirait soudain follement cet inconnu. Elle avait envie qu'il lui fasse l'amour… dans un jacuzzi comme l'offrait le bouge, ou ailleurs, peu importait. Qu'il fasse jour, nuit, froid ou chaud…

Qu'est-ce qui suscitait en elle une aussi étrange et violente réaction ? se demanda-t-elle tout en marchant vers le bar.

Son trouble ne cessa que lorsque, suivie de l'homme, elle entra chez Drake's.

— Te revoilà, Jade... Je t'ai vue partir en courant comme une dératée. Une bière fraîche te fera du bien, dit Derrick en souriant. Et vous, monsieur ? Que prendrez-vous ?

— La même chose que Jade.

Jade... Il l'appelait de nouveau par son prénom. Et lui, qui était-il ? Plutôt que de le lui demander, elle rusa.

— Derrick Clayton, lança-t-elle à l'adresse de l'homme tout en montrant Derrick de la main.

— Lucian DeVeaux.

— Content de vous connaître, monsieur DeVeaux, dit Derrick.

— Le plaisir est réciproque, assura Lucian.

Ils s'installèrent au comptoir. Tout en buvant sa bière, Jade réfléchissait : le mystérieux homme en noir d'Édimbourg était là. Le principal témoin du massacre, c'était bien ce Lucian DeVeaux... Il fallait contacter la police.

À quoi bon ? DeVeaux se serait volatilisé avant l'arrivée des inspecteurs, elle en était persuadée.

— Est-il vrai ? lui demanda-t-elle à voix basse.

— Quoi donc ?

— Votre nom.

— Oui.

— C'est un nom français.

— Oui.

— Je vous ai rencontré en Écosse, et vous m'avez alors dit être originaire de ce pays.

— Oui.

— DeVeaux, ça n'est pas écossais.

— Oh, les gens vont et viennent...

— Les gens de votre famille, d'où viennent-ils ?

— De France, probablement.

— Parlez-vous français ?

Elle le sentit hésitant.

— Oui, admit-il après un temps. J'aime cette langue.

Bon sang, elle n'avançait pas d'un pouce ! Il fallait lui arracher les informations au forceps !

— Vous m'avez sauvé la vie, hasarda-t-elle.

Avait-elle posé une question ou énoncé un fait ? Elle l'ignorait.

— Oui, lâcha-t-il.

— Mais ensuite, vous avez disparu, me laissant me débrouiller avec des policiers qui m'ont jugée cinglée ou sous l'empire d'une drogue quelconque.

— Non. Ils ont su que vous n'étiez pas droguée. On vous a envoyée à l'hôpital, n'est-ce pas ? Il est certain qu'ils vous ont fait des tests sanguins et se sont rendu compte que vous étiez tout ce qu'il y a de plus normal.

Comment savait-il tout cela ? Il n'était pas là !

— Pourquoi êtes-vous parti si vite, après le drame ?

— Il le fallait. Je n'étais pas en très grande forme.

— Je vous soupçonne d'avoir su d'avance ce qui allait se passer.

— Faux. J'avais peur que quelque chose ne se passe, nuance.

— Vous n'êtes pas flic, n'est-ce pas ?

— Non.

— Question idiote : si vous l'étiez, vous seriez resté pour parler avec vos collègues… Savez-vous ce que je pense, Lucian DeVeaux ? Que vous n'êtes qu'une illusion. Vous semblez être là mais dans une seconde, le temps d'un claquement de doigts, vous aurez disparu. D'ailleurs…

Une exclamation interrompit la jeune femme.

— Eh, Jade, Lucian !

Elle se retourna. Danny Thacker venait d'entrer. Il marchait droit sur eux.

Il avait appelé Lucian par son prénom.

Celui-ci regardait Jade d'un air de dire : « Vous voyez bien que j'existe ! Des gens savent qui je suis. »

— Je suis content de vous voir ! lança Danny en les prenant tous deux par l'épaule.

— Danny… Tu connais Lucian ?

— Bien sûr ! C'est un riche rentier, un aristocrate européen. Il pourrait nous aider, se joindre à notre groupe… On a une réunion mercredi, Lucian. Soyez des nôtres !

— Nous ne formons pas vraiment un groupe, Danny, rectifia Jade.

— Je serais ravi de m'intégrer à votre petite équipe d'écrivains, assura Lucian à Danny.

— Qu'est-ce que tu racontes, Jade ? s'écria le jeune homme. C'est parce que tu es sur la liste des best-sellers avec Matt, que tu estimes tout à coup que nous ne sommes plus un groupe ? Tu veux faire bande à part ?

Les sourcils froncés, Jade observa Danny quelques instants.

— Tu es saoul, mon vieux.

— Ouais, je l'avoue.

Danny gloussa, puis tendit la main vers le verre de Jade.

— Un petit coup de plus ne me ferait pas de mal.

— Pas question, dit-elle en mettant son verre hors de portée. Je crois que je vais te raccompagner chez toi.

— Oh que non, ma jolie ! Tu serais obligée de revenir seule et en ce moment, il faut éviter ça : La Nouvelle-Orléans est devenue très, très dangereuse. Même ici, chez Drake's, tu n'es pas en sécurité.

— Danny, de tout temps il s'est passé des trucs inquiétants dans cette ville…

— Oui, mais maintenant nous avons des cadavres.

— Jade, vous avez raison, intervint Lucian. Il faut ramener Danny.

— Oooh, les amis… Vous n'avez pas idée de ce que j'ai vu…

— Je crois bien que si, dit doucement Lucian.

— Impossible. Mais je vous raconterai tout une autre fois.

— À condition que M. DeVeaux ne disparaisse pas de nouveau, lança Jade.

— Ce ne sera pas le cas.

— Je l'espère bien ! Nous allons raccompagner Danny, et ensuite vous viendrez chez moi.

— Serait-ce une invitation, Jade ?

Le regard que Lucian décocha à la jeune femme en posant la question la fit tressaillir. Les flammèches luisaient dans les prunelles sombres.

— Ce n'est pas une invitation, mais un ordre !

Comment osait-elle exiger quoi que ce soit de cet homme ? se demanda-t-elle. À l'évidence, il n'était pas du genre à plier sous l'autorité de quiconque. Sauf s'il le décidait.

— Lucian, écoutez-moi bien, reprit Danny d'une voix tremblée. Il faut qu'elle se montre prudente. Extrêmement prudente !

La remarque de son ami troubla profondément Jade.

— Qu'as-tu vu ? s'enquit-elle. Pourquoi es-tu si anxieux ?

— Je pense qu'il a passé un très mauvais moment à la morgue, dit Lucian.

— Comment savez-vous ça ? s'étonna Danny.

— Oh, une intuition !

Lucian se leva, Danny aussi. Le jeune homme était grand et pourtant, à côté de Lucian, il paraissait minuscule. Peut-être parce que aujourd'hui il était en piètre état, se dit Jade. Abattu, démoralisé, il se recroquevillait sur lui-même.

Elle connaissait Danny depuis des années, savait tout de ses histoires de cœur, de ses coups de déprime, de ses mauvais jours au travail. Quand Danny avait le blues, ils sortaient, buvaient. Et lorsqu'il était en grande forme, ils fêtaient ça, buvant encore, mais jamais avec excès. C'était la première fois qu'elle le voyait triste et éméché à ce point.

Son porte-monnaie sorti de son sac, elle s'aperçut que Lucian avait déjà réglé la note. Elle le regarda d'un air interrogateur.

— La moindre des choses que je puisse faire pour vous, Jade, c'est de vous offrir un verre.

— Et en plus, il va te protéger ! ajouta Danny.
— Me protéger ? Mais de quoi ? de qui ?
— Des créatures des ténèbres.
— Ah, me voilà fixée ! ironisa Jade. Mais comment savoir si M. DeVeaux n'est pas l'une de ces créatures ?
— Vous ne le pouvez pas, répliqua Lucian. On y va ?
Il avait passé un bras sous l'aisselle de Danny et le soutenait sans problème. Le portait, même : les pieds du jeune homme ne touchaient pas le sol.
Dans la rue, l'habituelle cacophonie du vendredi soir les attendait : éclats de voix, rires, musique... Les enseignes au néon formaient un kaléidoscope aux couleurs criardes tout le long des trottoirs. La seule qui clignotât était celle proposant un bain avec une beauté pour un dollar...

Sean Canady gagna les faubourgs de La Nouvelle-Orléans, puis la noble demeure familiale dans laquelle il vivait avec sa femme et son fils.
Maggie l'attendait dans le vestibule, comme si elle avait su d'avance quand il arriverait. Fréquemment, elle avait ce genre d'intuition.
Bien que ses mains fussent sagement croisées derrière son dos et que son visage affichât une expression sereine, Sean vit le trouble qui l'habitait : ses yeux la trahissaient.
Il s'immobilisa devant elle.
— Tu sais, n'est-ce pas ?
— Oui. J'ai essayé de te joindre au quartier général.
— J'étais à la morgue, et la batterie de ton portable est morte... Mais tu aurais pu me joindre en passant par Jack.
— Non. Il fallait que je te parle d'abord.
Il s'approcha d'elle et la prit dans ses bras pour l'embrasser longuement. Elle était sa femme et il l'aimait de toute son âme.
— Ils sont revenus, lâcha-t-il après s'être écarté d'elle.

— Oui.

— Comment est-ce possible ?

— Lucian était ici.

— Lucian ?

— Oui. Tu veux boire un verre ?

— Un grand ! Double dose.

— Viens, dit Maggie en lui prenant la main.

Ils entrèrent dans le salon et Sean se fit la réflexion que, pour un simple flic, il vivait dans une sacrément belle maison. L'héritage de la jeune femme. Un jour, lui aussi hériterait de la propriété familiale. Le plus tard possible, espérait-il. Que son père vive encore longtemps et en bonne santé.

Maggie lui servit un grand verre de whisky. Il l'avala d'un trait puis alla s'asseoir devant la cheminée.

— Ce n'était pas un accident de la route, n'est-ce pas, Sean ? Pourtant, tu avais dit que le gamin était ivre et...

— Oh, pour ça, il l'était ! Dans son sang, on a trouvé une quantité d'alcool et de stupéfiants incroyable. Mais le problème, c'est qu'il était mort avant de s'écraser contre l'arbre. Sa tête n'a pas été sectionnée par les morceaux de verre du pare-brise. On lui a coupé le cou avec les tessons après le décès. Où est Lucian ?

— Je ne sais pas, Sean. Il voulait te parler, mais tu n'es pas rentré et il était épuisé. Il a dit qu'il reviendrait.

— Il s'inquiète pour Jade MacGregor ?

— Attends... Jade MacGregor ? La jeune femme qui a été épargnée lors du massacre d'Édimbourg ?

— Oui.

— Il n'a pas mentionné cette personne mais, comme nous le soupçonnions, il se trouvait dans le cimetière lors de la tuerie en Écosse. Il sait qui a commis ces assassinats à New York. Pendant un moment, il m'a raconté pas mal de choses, mais il était en très mauvaise forme et je l'ai obligé à se reposer. À son réveil, même s'il ne se sentait toujours pas bien, il a voulu s'en aller.

— Il est parti à la recherche de Jade MacGregor.

Sean passa les doigts dans ses cheveux, puis demanda :

— Où est le bébé ?

Leur petit garçon de dix mois, Brent, se trouvait dans sa chambre, annonça Maggie à son mari.

— Bien.

— Sean, Lucian s'est battu avec le monstre qui a tué le jeune homme dans la voiture.

— Ce jeune homme voulait agresser une étudiante, c'est ça ? Elle travaille à temps partiel dans un restaurant.

— On ne sait pas vraiment. Il est probable qu'il l'attendait, avec dans l'idée simplement de flirter avec elle. Mais le vampire était là pour tuer le jeune homme, qui était l'un des survivants d'Écosse. Il a bu le sang du garçon puis lui a coupé la tête. Quand la jeune fille est sortie du restaurant, il a dû se dire : « Pourquoi ne pas profiter de cette proie facile ? » Il l'a poursuivie. Mais Lucian a surgi et l'a aidée à s'échapper. Ensuite, il s'est retourné contre le vampire.

— Lucian l'a-t-il grièvement blessé, Maggie ?

— Oui, il le pense. À son avis, la guérison sera très longue. D'après Lucian, cette créature va se retirer dans un endroit où nul ne la dérangera pour panser ses plaies.

— Bien. Lucian ne t'a pas dit où il comptait se rendre ?

— Non. Tu sais qu'il peut se trouver n'importe où. Mais il reviendra. Il veut te parler. Et puis il a… Comme c'est étrange de dire cela… Il a besoin de nous.

— Il doit savoir.

— Savoir quoi ?

— Qui était le gamin mort.

Le studio de Danny se situait au-dessus d'un sex-shop. Au cours du trajet jusque-là, Danny s'endormit plusieurs fois, sans tomber pour autant : Lucian le portait. À son côté, Jade lui indiquait le chemin.

La boutique au rez-de-chaussée offrait, comme les précédentes devant lesquelles ils venaient de passer, un écœurant spectacle. Mannequins corsetés de cuir, munis de fouets, ou bien habillés de sous-vêtements destinés à satisfaire les amateurs de pratiques sadomasochistes. Tous portaient d'effroyables masques. Jade s'efforçait de ne pas les voir, de se persuader que même si elle était passée devant ces boutiques toute sa vie, elles n'existaient pas. Elle gardait les yeux rivés droit devant elle, tout en songeant que Lucian devait être conscient de son malaise.

— C'est ici, dit-elle finalement en montrant quelques marches aboutissant à une petite porte, sur le flanc d'un bâtiment à un étage.

Elle évita de regarder la vitrine.

Lucian charria Danny, qui se mit à chanter, jusqu'en haut de l'escalier.

— Entrez, entrez ! s'écria-t-il après que Jade eut ouvert la porte. Soyez mes hôtes dans ce château ! Salon, salle à manger, cuisine, le tout dans une seule et unique pièce ! Le grand luxe !

Jade déplia le canapé-lit. Lâché par Lucian, Danny s'effondra sur le matelas.

— Mon Dieu… Jamais je ne l'avais vu comme ça… murmura-t-elle.

— Tout être humain a ses limites. De temps à autre, quand la pression est trop forte, il faut décompresser.

— Cela ne vous arrive jamais à vous, je parie.

— Très rarement. Pouvons-nous partir, maintenant ?

— Monsieur DeVeaux, avez-vous déjà perdu tout contrôle sur vous-même ? Avez-vous déjà eu besoin de décompresser ?

— Oui.

— Vraiment ?

— Partons, Jade.

— Attendez. Laissez-moi lui enlever ses chaussures et l'installer plus confortablement, sinon au réveil il sera complètement courbaturé.

Lucian poussa un soupir d'irritation, mais accéda au souhait de Jade. Pendant qu'elle ôtait ses chaussures à Danny, il plaçait un oreiller sous sa tête et allongeait le jeune homme bien droit.

— Le loquet se bloquera automatiquement quand nous tirerons la porte, dit-elle en se redressant. Mais j'aurais aimé pouvoir fermer à double tour.

— Votre ami n'aura pas de problème.

— Comment pouvez-vous en être aussi sûr ?

— Il n'a plus rien à craindre.

— Pourquoi dites-vous ça ? Il devrait avoir peur de quelque chose ?

— Tout ira bien. Il est chez lui, il dort...

Avec étonnement, Jade se rendit compte qu'elle le croyait. Elle sortit du studio, descendit l'escalier, consciente de la présence de Lucian derrière elle. Lorsqu'elle longea la vitrine du sex-shop, elle se sentit rougir. Ce rêve dans lequel elle s'était livrée à des ébats torrides avec Lucian DeVeaux restait ancré dans son esprit.

Jamais elle ne lui dirait ce qui s'était passé en songe. Jamais elle n'avouerait avoir vécu ce fantasme étourdissant.

Elle savait maintenant pourquoi Lucian exerçait tant d'ascendant sur elle : en reconnaissant avoir été présent au cimetière d'Édimbourg, en admettant avoir assisté au massacre, il lui avait libéré l'esprit. Rassurée, elle savait désormais n'avoir été ni momentanément folle ni droguée, contrairement à ce que pensait la police écossaise.

Elle comprenait ce qui l'attirait tant chez cet homme mystérieux : elle lui devait la vie.

Ils marchaient sur le trottoir où s'agitait une foule de gens excités, déguisés, qui tous s'écartaient devant Lucian, leur libérant le passage. Curieux, ce comportement. Qu'avait donc cet homme de si spécial ? Une force mentale susceptible d'adresser des ordres sans mot dire et d'être obéi à la seconde ? Une force qui pouvait amener une jeune femme à rêver qu'elle faisait l'amour avec lui ?

Jade lui tapa sur l'épaule.

— Arrêtez-vous et répondez-moi, Lucian DeVeaux !

— Lucian tout court, je vous en prie.

— Lucian, pourquoi est-ce que je rêve de vous ?

— Eh bien… peut-être parce que je suis irrésistiblement séduisant ? fit-il dans un demi-sourire.

— Je fréquente un homme gentil, et irrésistiblement séduisant !

— Mais c'est de moi que vous rêvez.

Bon sang… Il avait l'air de savoir exactement ce qui était arrivé dans le rêve, songea Jade, qui sentit ses joues s'empourprer.

Bouleversée, elle garda le silence jusque chez elle.

Elle le précéda dans l'escalier, puis dans le vestibule de son appartement : il s'était immobilisé sur le seuil. Il examinait les lieux. Puis il s'avança dans le salon, et alla regarder les photos encadrées, sur le manteau de la cheminée.

— Votre sœur…

— Comment le savez-vous ?

— Elle vous ressemble.

— Mmm. Boirez-vous quelque chose ?

— Et vous ?

— Un verre de vin.

— Ce sera parfait.

Quelques instants plus tard, un verre à la main, Lucian observait toujours les photos.

— Vos parents ?

— Mon père et ma belle-mère. Maman est morte, papa remarié, et les deux petits garçons sont les jumeaux qu'il a eus avec Liz.

Un temps, puis :

— Pourquoi avez-vous disparu, à Édimbourg ?

— Il le fallait.

— Vous auriez pu aider la police.

— Non.

Ce laconisme commençait à irriter la jeune femme.

— Vous auriez pu leur dire ce qui s'était passé !

— Cela n'aurait rien amené de bon.
— Mais ces tueurs ont recommencé à New York !
— Oui.
— Alors pourquoi êtes-vous à La Nouvelle-Orléans ?
Une longue hésitation, et enfin l'aveu que, se rendit-elle compte, elle s'était préparée à entendre.
— À cause de vous.
Elle vint se placer à son côté, si près qu'il ne put que se tourner vers elle. Alors elle riva ses yeux aux siens.
Mon Dieu, que les yeux de cet homme étaient étranges… Des opticiens vendaient des lentilles de contact pour Halloween. Elles donnaient au regard un noir d'encre, traversé de stries écarlates, comme des flammes ou du sang, selon l'angle sous lequel celui qui les portait faisait pivoter la tête.
Mais Lucian DeVeaux ne portait pas de lentilles.
— Ainsi, vous êtes ici à cause de moi.
— Oui.
— Et vous étiez à Édimbourg pour la même raison ?
— Non.
— Alors ? s'écria Jade avec impatience.
— Alors j'avais entendu parler d'un guide qui s'occupait de visites nocturnes très spéciales… et je pensais savoir de qui il s'agissait.
— Et vous ne vous êtes pas trompé.
— Non.
— Vous êtes donc à La Nouvelle-Orléans pour l'empêcher de recommencer, lui et ses complices, car il est là, et il n'est pas seul, c'est cela ?
— Oui.
— Vous n'appartenez cependant pas à la police.
— Non.
— Ni au FBI.
— Non.
— Aux services secrets, alors ?
— Non plus. Disons que je suis à la tête d'un groupe que ce qui se passe actuellement touche de très près.
— Et que se passe-t-il ?

Lentement, Lucian leva la main et lui caressa la joue. Ce simple contact l'électrisa. Subitement, elle aspirait à d'autres caresses, à une étreinte.

— Que se passe-t-il ? répéta-t-il. Eh bien, vous pourriez être en danger.

En danger... À cause de lui ? Elle ignorait tout de cet homme, il était mêlé à la tuerie d'Écosse. Elle avait toutes les raisons de se méfier de lui, et pourtant elle n'éprouvait aucune crainte, bien au contraire : il lui semblait que sa sécurité dépendait de cet inconnu. Son instinct lui disait qu'il était bien là pour elle.

Elle se fiait toujours à son instinct.

Le visage levé vers le sien, elle attendait. Il fallait qu'il l'embrasse. De tout son être, elle aspirait à ce baiser.

Elle ferma les yeux lorsqu'il posa les lèvres sur les siennes. Les sensations qu'il distilla dans sa bouche la chavirèrent. Comment un simple baiser pouvait-il être porteur de tant d'érotisme ? Elle se sentait frémir de la tête aux pieds, son cœur palpitait.

Un gémissement lui échappa quand il l'enlaça. Il la serra étroitement. Il avait envie d'elle. Son sexe dur se pressait contre son ventre.

Les yeux fermés, elle s'abandonna à la griserie du désir qui montait en elle. De la lave courait dans ses veines. Elle brûlait de l'intérieur.

Lui seul pourrait éteindre ce feu.

Insidieusement, il l'amenait vers la chambre. Elle ne marchait pas. Elle glissait sur le parquet, et cependant Lucian ne la portait pas. Elle se déplaçait comme si elle n'avait été qu'un petit nuage poussé par la brise.

Devant le lit, elle ne se posa pas de question, ne se demanda pas pourquoi elle, la si réservée Jade, arrachait la veste de cet homme, sa chemise... Ses doigts s'étaient faits tellement impérieux que l'étoffe craqua, les boutons tombèrent sur le sol.

Il l'aida, avec une agilité confinant à la magie. Elle ne se rendit compte qu'ils étaient tous deux nus qu'au moment où il la fit basculer sur le lit. Seul le clair de lune éclairait la pièce. Elle distinguait leurs vêtements en tas sur le tapis. La clarté laiteuse nimbait le corps de l'homme, un corps parfait, aux muscles longilignes de danseur, à la peau nacrée d'une douceur confondante.

Allongé contre elle, il se livrait à ces caresses qu'elle avait tant appelées de ses vœux. Elles la plongeaient dans un émoi sensuel que jamais elle n'aurait imaginé éprouver. Elle s'offrait sans pudeur aux mains de l'homme, à sa bouche, sa langue. Ce qui avec un autre lui aurait paru choquant n'était que beauté avec Lucian. Aucune partie d'elle-même ne lui était interdite, les tabous n'existaient plus. Une audace folle l'animait. Elle arquait les reins, allant vers lui, exigeante, fougueuse. Les ensorcelants préliminaires lui faisaient perdre la tête. Elle voulait Lucian en elle, tout de suite. Qu'il la fasse monter au paradis et… Oui ! Oui ! Il comprenait, cédait à son empressement.

Dans un long gémissement, elle l'accueillit, le guida, ponctuant chacun de ses mouvements de halètements. Puis elle lui emprisonna la taille entre ses jambes nouées.

La jouissance gronda en elle, déferla tel un raz-de-marée. Le vide se fit dans son esprit. Elle eut l'impression de n'avoir plus de pensées. Son être se réduisait à un corps en extase. Elle cria, s'apaisa un peu, retrouva quelque lucidité, le temps de se rendre compte que la bouleversante vague revenait, l'emportait de nouveau…

Le temps n'existait plus, la réalité n'était qu'une abstraction. Seule au monde avec Lucian, elle planait dans l'extase.

La notion du présent lui revint peu à peu. Les orgasmes en cascade la laissaient pantelante, moite, à bout de souffle. Elle se rappela alors le rêve. Il avait été si suggestif, si exaltant… mais comparé à ce qu'elle venait de vivre, il n'était que piètre copie.

Dans le rêve, Lucian était parti !

Elle se redressa brusquement, yeux grands ouverts.

Il était là, en appui sur un coude. Il la regardait. Dans ses prunelles ne dansaient pas de flammèches.

Elle détailla son corps, s'émerveilla de sa beauté virile.

— Qu'y a-t-il ? demanda-t-il doucement.

— Tu es resté.

— Oui.

— J'avais rêvé de toi.

— Me suis-je montré aussi bon que dans ce songe ?

Jade ne répondit pas. Inutile de flatter sa vanité manifeste. Elle baissa les yeux et suivit du regard la cicatrice qui courait de son cou jusqu'à l'épaule.

— Le souvenir d'une vieille bataille ? s'enquit-elle.

— Oui. Une très vieille bataille.

— Tu as participé à l'opération Tempête du Désert ?

— Quoi ?

— La guerre en Irak.

— Non. Il s'agissait d'une autre guerre, dans un autre lieu.

— Et tu ne vas rien m'en dire.

— Rien, en effet.

— Tu... tu vas disparaître ?

— Certainement pas maintenant : ton policier pourrait guérir de sa grippe, fit Lucian en souriant.

— Comment sais-tu qu'il est grippé ?

— Eh bien... parfois, je sais tout, parfois non. Ainsi, ce soir...

— Que se passe-t-il, ce soir ?

— Tout est tranquille à La Nouvelle-Orléans.

— Tranquille ? Alors que la ville est en ébullition pour Halloween ? Que tu connais les gens qui ont tué ces malheureux à New York et que tu penses qu'ils me recherchent, que tu me protèges d'eux... Penses-tu qu'ils ne sont pas dans les parages ?

— Ils n'y sont pas ce soir, corrigea Lucian.

Elle posa la main sur sa joue. Un inconnu. Rick, elle le connaissait bien, et pourtant c'était avec Lucian qu'elle avait fait l'amour. Mais au moins cette fois, c'était réel.

Le rêve la perturbait. Elle ne comprenait pas. Lucian l'avait-il induit dans son esprit ?

— Je n'avais jamais rencontré quelqu'un comme toi, lui dit-elle.

— Je sais. Prie pour que cela n'arrive plus jamais.

— Quand t'en iras-tu ?

— Pas avant le matin, à condition que tu m'invites à passer le reste de la nuit ici.

— Je t'invite. Mais… me parleras-tu ?

— Bien sûr. Ne t'ai-je pas déjà parlé ?

— Si, mais tu ne me dis pas la vérité.

— Je ne te mens pas.

— Jamais ?

— Jamais, assura-t-il en embrassant la jeune femme.

Elle soupira. Elle se sentait épuisée et repue. Lucian n'était pas un fantasme, mais un homme de chair et de sang. Qu'il eût le don de s'immiscer dans ses rêves, de les déclencher faisait de lui un être à part, mais qu'importait ? Il était exceptionnel et elle n'en croyait pas sa chance.

Blottie contre lui, cœur contre cœur, la tête nichée sous son menton, elle ressentait une plénitude absolue.

— C'est dingue… Je ne te connais pas et pourtant, avec toi, je suis tellement bien, tellement heureuse que cela me fait peur.

Un temps, puis :

— Lucian, es-tu une créature de la nuit ?

Comme il restait muet, elle supposa qu'il s'était endormi.

Puis la réponse arriva, directement dans son esprit.

— Oui, je suis une créature de la nuit.

9

Dans le Massachusetts, le mois d'octobre avait au fil des ans pris plus d'importance que la période de Noël. Halloween mettait la ville de Boston et sa banlieue en ébullition. La Cité de la Terreur, un parc à thème, faisait un chiffre d'affaires sidérant depuis douze ans.

Les gens adoraient avoir peur. Le parc, au début, n'était qu'une ferme dans le style de la Nouvelle-Angleterre, avec de pauvres effets spéciaux. Peu à peu, des attractions avaient été installées et les touristes se précipitaient aux guichets.

Darcy Granger, vingt ans, étudiante en communication, aimait son job saisonnier au parc. Elle travaillait dans l'attraction « Nuits en Transylvanie ». Habillée de noir, maquillée par un professionnel débauché des studios d'Hollywood, elle devait se coucher dans un cercueil d'où elle jaillissait en hurlant des imprécations et des invitations, du style « embrasse-moi, chéri », ou « mords-moi ! ».

Elle trouvait cela amusant. Les clients hurlaient de terreur, riaient aux éclats... Darcy s'entendait bien avec ses collègues. Tous jouaient leur rôle de personnage d'épouvante à la perfection, mais prenaient garde de ne pas en faire trop : il ne fallait pas qu'un infarctus foudroie un touriste.

L'ambiance était donc excellente, à une exception près : Tony Alexander, l'un des acteurs. Il avait très mal pris qu'un adolescent essaie de l'effrayer en retour. Le jeune touriste faisait le malin, jouait les matamores mais Tony s'était débrouillé pour, à terme, le terroriser. Le client était allé se plaindre. Tony s'était fait sévèrement tancer par la direction, sans que cela le calme pour autant. Il plongeait tous les enfants dans la panique, et lorsque Darcy lui avait reproché son attitude, il lui avait dit que les parents avaient tort d'amener leurs gosses dans ce genre de parc à thème. Il allait se faire renvoyer, c'était sûr, l'avertit Darcy. Ce à quoi il répondit qu'elle ne devait pas s'inquiéter, qu'il travaillait ici depuis quatre ans et que son expérience professionnelle le protégeait.

La nuit dernière, il avait harcelé un autre jeune homme, lui répétant qu'il le tuerait pendant son sommeil. Le jeune était parti en hurlant et Tony avait plaidé l'innocence auprès du patron.

Il adorait aussi faire peur aux filles qui travaillaient avec lui. Il plongeait le labyrinthe dans les ténèbres puis leur sautait dessus. Darcy en avait fait les frais. Tony s'était excusé, et la jeune fille n'avait pas demandé de sanction à son encontre. En effet, elle ne nourrissait aucune illusion : Tony ne serait pas licencié. Le patron était son oncle. Elle ne s'attaqua donc pas au jeune homme si mal embouché, persuadée que si quelqu'un prenait la porte, ce serait elle. Or elle prenait beaucoup de plaisir à travailler à la Cité de la Terreur.

Halloween approchant, le parc était en pleine effervescence. Les amateurs de sensations fortes faisaient la queue devant les grilles avant l'ouverture. Tout le monde était sur la brèche, les étudiants embauchés pour la période comme les gérants des attractions.

Darcy était assise dans l'une des caravanes réservées aux maquilleurs lorsqu'elle vit l'homme. Une nouvelle recrue, apparemment, qui attendait qu'on lui donne un costume et qu'on lui fasse le visage de Dracula.

L'inconnu lui fit un étrange effet. Grand, large d'épaules, il semblait mal à l'aise, et Darcy se dit que son trouble était contagieux. À elle de l'aider à se décontracter. Par ricochet, elle se sentirait mieux...

— Eh, ne faites pas cette tête ! Vous verrez, le boulot est très marrant. Les gens veulent qu'on leur fiche la trouille et ça n'est pas bien méchant. Ils prennent du bon temps, et c'est tout.

— Ne vous inquiétez pas, mademoiselle : je compte bien prendre moi aussi du bon temps.

— Alors, pas de problème.

— Vous aimez bosser ici ?

— Oui. On se fait un bon salaire et on s'amuse.

— Sûr que c'est marrant de filer les jetons aux gens.

Darcy appréciait l'accent écossais de l'inconnu. Elle lui sourit.

— Il faut quand même être prudent. Ce serait moche qu'un client ait une attaque !

— Évidemment. Je serai prudent. Vous aimez les vampires ?

— Oh oui ! Ils sont délicieusement effrayants et terriblement sexy !

— Vous aussi, vous êtes sexy...

Le compliment ravit Darcy dont le sourire s'épanouit. Son maquillage étant achevé, elle se leva, retira la serviette accrochée à son encolure et se dirigea vers la porte de la caravane. Au passage, elle tapota l'épaule du nouveau.

— Bonne chance.

— Merci. Bonne chasse à vous aussi.

Chasse ? Non. Il avait dû dire « chance », mais son accent écossais déformait les syllabes, se dit-elle tout en marchant vers le bâtiment qui abritait les « Nuits de Transylvanie ». Tony la précédait, au milieu d'autres jeunes gens. Tous allaient rejoindre les cercueils logés dans des alcôves. Celle de Tony se trouvait juste avant celle de Darcy, dans un couloir tapissé de velours bleu nuit.

Pour le moment, les lumières étaient allumées. Thayer Harding, l'un des techniciens, salua la jeune fille.

Il vérifiait le bon fonctionnement des ressorts du couvercle de son cercueil : elle devait appuyer sur un bouton pour qu'il se soulève d'un coup.

— Ça va, Darcy ?

— Impec. Et ta femme et les gosses, en forme ?

— Oui, Dieu merci.

Il imprima un coup de tournevis à une charnière, puis releva la tête.

— Ça se passe bien, à la fac ?

— Oui. Je pense sortir major de ma promotion.

— Faudra fêter ça ! J'offrirai une tournée de Coca !

— Thayer, je vais avoir vingt et un ans ! Je peux boire de l'alcool !

— Pas si tu conduis. Bon, faut y aller : on va ouvrir.

Pendant que Thayer s'éloignait, Darcy s'installa dans le cercueil. Elle s'assura que les commandes d'ouverture, d'allumage des éclairages et des sprinklers en cas d'incendie marchaient bien. Rassurée, elle s'allongea. Les clients n'allaient pas tarder à circuler, accompagnés d'enfants surexcités. Dans toutes les alcôves de part et d'autre du couloir, d'horribles créatures jailliraient des cercueils. Des émetteurs-récepteurs étaient placés à intervalles réguliers le long du parcours. En cas de problème, il suffisait aux visiteurs de presser un bouton pour que le tunnel s'illumine a giorno. Mais des problèmes, mis à part ceux dus à Tony, il n'y en avait jamais eu. La maison des « Nuits de Transylvanie » rapportait gros à son propriétaire, qui ne lésinait pas sur les aménagements pour la sécurité.

Darcy fit descendre le couvercle et ferma les yeux. Être enfermée ne la gênait pas. Elle n'était pas claustrophobe, heureusement, sinon elle n'aurait pas pu prendre ce job.

Mentalement, elle répéta son rôle : les gestes à exécuter, les cris à pousser, les intonations caverneuses… Elle savait exactement quand arriveraient les premiers visiteurs : un petit voyant rouge s'allumerait dans le cercueil.

Voilà. L'ampoule venait de s'éclairer.

Des pas claquaient, des voix bourdonnaient…

Darcy jaillit de la sinistre boîte devant une femme accompagnée de deux enfants d'une dizaine d'années, qui glapirent de concert.

Après ce succès, la jeune fille se rallongea et attendit le prochain passage.

Jimmy Erskine raffolait des maisons hantées, surtout avec Cassie serrée contre lui. Quelle adorable poulette… Elle avait un sacré béguin pour lui. Rien d'étonnant : un type comme lui, ça ne courait pas les rues. Issu de la haute société, joueur vedette de l'équipe universitaire de football, membre de la fraternité la plus huppée, et en plus beau gars costaud… De quoi faire chavirer une jolie nana comme Cassie, toute menue avec des seins comme des obus. Lesquels seins le rendaient fou. Ce soir, il coucherait avec elle. Il l'avait parié avec ses copains et entendait bien ne pas perdre les cinquante dollars qu'il avait misés sur lui-même.

Venir ici avait été une excellente idée. Il serait le héros au courage sans faille qui riait et se gaussait quand les autres tremblaient. Il protégerait sa damoiselle en la serrant très fort contre lui, et ses mains courraient partout sur son ravissant corps tremblant sans qu'elle s'en rende compte…

L'attraction « Les Nuits de Transylvanie », d'après ce qu'il en savait, était très impressionnante. Il y avait une fille habillée en princesse dans un cercueil de verre… avec des rats. Des rats bien vivants ! La princesse étant censée être un vampire, elle montrait d'abominables crocs en souriant. Les couloirs étaient brumeux, éclairés à la lumière noire, avait-il expliqué à Cassie pour la mettre en condition. À l'entrée, il avait laissé passer ses camarades devant lui : il tenait à être seul avec sa conquête.

Enlacés, les deux jeunes gens pénétrèrent dans la maison. La brume était bien là. Le silence régnait : les autres étaient loin. Ils avaient déjà dépassé le virage dans lequel s'avançaient maintenant Cassie et Jimmy.

À l'issue de la courbe, Jimmy ne remarqua rien de spécial. Il commençait à se dire que, finalement, cette attraction était un piège à gogos, quand une silhouette en longue robe blanche jaillit d'un cercueil. La surprise lui arracha un cri dont il eut immédiatement honte : en plus d'avoir crié, il avait sursauté !

— Oooh... Jimmy ! geignit Cassie en se pelotonnant contre lui.

Il savait avoir rougi. Le faux spectre lui souriait de tous ses crocs et il lisait le plaisir dans les yeux charbonneux : « Oui, mon vieux, je t'ai fait peur », disait l'expression de celle qui n'était qu'une gamine, Jimmy s'en rendait maintenant bien compte.

La fille rentra dans le cercueil et rabattit le couvercle.

— Viens, Jimmy. Allez, viens...

Cassie le tirait par le bras. Il se remit à marcher mais la colère grondait en lui. Tout était allé si bien jusque-là ! Comment avait-il pu se faire piéger ? Jamais il ne... Oh, bon sang... Un pseudo-vampire se tenait au milieu du couloir, bras largement écartés soutenant la cape de façon à donner l'impression d'ailes de chauve-souris...

— Attention, me voilà ! lança le vampire d'une voix d'outre-tombe.

Il devait avoir un appareil qui modifiait l'intonation dans le col de sa chemise, se dit Jimmy. L'effet était très réussi.

— Jiiimmy...

L'instant qu'il attendait. Cassie tremblait de tous ses membres. Le problème, c'était qu'il manquait d'assurance. Il ne s'était pas encore remis de sa frayeur. Et cet idiot de mec déguisé en vampire qui leur fonçait dessus !

Un courant d'air glacial enveloppa soudain les deux jeunes gens. Du brouillard montait du sol, masquant les pieds, puis les jambes du faux monstre.

Il était sur eux, maintenant, toutes griffes dehors.

— Eh, tu nous touches pas, compris ? s'écria Jimmy. Tu n'en as pas le droit !

— Vraiment ?

Les griffes occupaient tout le champ de vision de Jimmy. Le vampire tenait les mains à hauteur de sa tête.

— Si tu nous touches, je te mets K.-O. ! Je te pète les côtes, compris ?

— Oh non, Jimmy, non... plaida Cassie.

Elle ne se serrait plus contre lui, se rendit compte Jimmy. Elle s'était glissée derrière son dos.

— Arrête ! continua la jeune fille. Ce type est un malade ! Partons !

Mais Jimmy était un coriace. Il n'entendait pas se laisser impressionner, ni battre en retraite comme un couard.

— Allez, viens, viens, mec ! Frotte-toi un peu à mes poings ! Je te garantis que tu vas le regretter.

— Tu crois ?

— Oh, que oui ! Allez, te défile pas !

— Jimmy, non !

La bouche du faux vampire s'ouvrit sur un sourire carnassier.

— Pauvre petite fille... dit-il à Cassie avant de s'adresser à Jimmy. On va voir qui est le plus fort !

Jimmy fonça aussitôt, sûr de son coup. Un footballeur savait attaquer et frapper là où ça faisait mal.

Mais son adversaire esquiva avec une rapidité confondante. Le poing de Jimmy ne fit que fendre l'air. Entraîné par son élan, il perdit l'équilibre et s'effondra sur un monticule censé figurer une tombe. Sa tête heurta quelque chose de dur. Étourdi, il la secoua et se releva.

L'autre se tenait face à Cassie. Comment avait-il pu approcher la jeune fille en un si bref laps de temps ?

C'était incompréhensible ! Il se déplaçait à la vitesse de la lumière, ou quoi !

Jimmy regarda sa petite amie avec inquiétude. Pâle comme une morte, pétrifiée, elle fixait le pseudo-vampire... les yeux écarquillés, une expression extasiée sur les traits. Bon sang, mais... mais elle semblait fascinée, en adoration !

— Cette fois, tu vas y avoir droit ! rugit Jimmy en revenant à la charge.

Il se rua sur son rival, craignant qu'au dernier moment il ne lui échappe. Mais non. Le faux vampire ne bougea pas. Jimmy lui rentra dedans et eut l'impression de percuter un roc, un bloc de glace dont le froid se communiqua instantanément à tous ses muscles, le paralysant à la seconde.

Il s'était cassé le cou, fracturé une vertèbre, se dit-il avec horreur. C'était la seule explication, sinon il aurait eu mal. Or il ne sentait rien de rien. Son corps lui paraissait privé de toute vie.

Jimmy Erskine, bien que debout, n'était plus qu'une masse inerte, incapable de résister lorsque l'autre l'agrippa par les épaules et l'attira contre lui. Il sentit son souffle sur sa joue, puis son cou.

Et vit ses yeux.

Des flammes rouge sang luisaient là où auraient dû se trouver les pupilles.

La bouche s'ouvrit toute grande et Jimmy, au bord de la panique, distingua des crocs. Puis le visage de la... la créature disparut : elle s'était penchée sur sa gorge et... mon Dieu... elle le mordait !

Jimmy ne cria pas. Aucun son ne franchissait ses lèvres. Ses poumons paralysés ne se soulevaient pas, ne laissaient pas entrer l'air qu'il aurait rejeté en hurlant. Il entendait des déglutitions, des claquements de langue. Dans le lointain, il percevait la voix de Cassie. Qui faiblissait...

Jusqu'au moment où plus aucun son ne lui parvint.

Le vampire jeta sa proie sur le côté. Jimmy tomba au ras du mur comme un tas de chiffons. D'un coup sec, le vampire fit pivoter sa tête et, de la façon dont on retire le bouchon d'une bouteille, l'arracha.

Le gémissement qu'émettait Cassie en permanence depuis le début de la scène de cauchemar enfla quand le vampire, après avoir repoussé du pied les restes de Jimmy, s'intéressa à elle.

Quelle jolie petite chose... disait son expression.

Ravissante. Vraiment ravissante. Avec elle, il allait prendre tout son temps.

Un groupe composé de parents, enfants et grands-parents découvrit le corps en pièces. Tous poussèrent des cris enthousiastes. Les trucages de cette attraction étaient vraiment réussis. On aurait cru ce cadavre dépecé bien réel !

Enchantée, la famille continua son chemin, impatiente de voir la mise en scène suivante.

Quelques petits coups retentirent sur le couvercle du cercueil.

— Darcy, tu peux sortir : on ferme !

La jeune fille souleva le couvercle.

— C'est déjà l'heure, Tony ?

— Non, mais je viens de recevoir un appel sur le walkie-talkie. On dirait qu'on a un problème avec les éclairages. Et en plus, quelqu'un pense que des gamins se sont planqués. On ne les trouve pas.

Tony tendit la main pour aider Darcy à sortir. Elle la prit sans plaisir. Nombre de gars séduisants travaillaient à la maison des vampires, mais elle avait manqué de chance lors de la formation des équipes : on l'avait mise avec Tony.

Il lui effleura les seins du bout des doigts. Son sourire en coin prouvait que le geste était intentionnel.

La jeune fille fit comme si de rien n'était et commença à marcher vers la sortie.

— Pourquoi tu te dépêches ? lui demanda Tony.

— Tu m'as dit qu'on fermait.

— Oui, mais y a pas le feu au lac. On a quelques minutes. Le temps de s'amuser un peu...

— Non, merci.

Darcy approchait de la porte quand elle s'arrêta : le nouvel employé qu'elle avait rencontré pour la première fois ce soir se tenait devant elle. Il portait une grande cape mais n'était pas maquillé. Et pourtant, son regard était plus hallucinant que s'il avait été cerné de blanc et de khôl. Ce garçon avait des yeux inquiétants. Ceux d'un prédateur.

— Darcy, Darcy... répétait Tony derrière elle.

Il ne s'était pas rendu compte qu'elle s'était immobilisée. Il la heurta rudement et en profita pour lui passer le bras autour de la taille. Manifestement, il ne comprenait pas qu'elle ne bougeait plus parce que quelqu'un lui barrait le passage. Dans son esprit, elle l'attendait... décidée à s'amuser un peu avec lui.

— Sois sympa, Darcy, lui chuchota-t-il à l'oreille. Allons rigoler ensemble... Tu sais l'effet que tu me fais... Bon, d'accord, c'est déconseillé de flirter entre membres du personnel, mais je suis comme qui dirait le patron...

Il haletait. Écœurée, Darcy sentait des postillons mouiller son cou. Aveuglé par l'excitation, Tony n'avait toujours pas noté la présence du nouveau.

La jeune fille ne savait pas quoi faire. Elle ne voulait pas s'éclipser avec Tony, et pas davantage avancer d'un pas : l'inconnu l'effrayait.

— Tony, je ne te supporte pas et tu le sais. Comme tu sais pertinemment que tu n'es pas le patron !

Non content de ne pas être le patron, Tony était totalement inconséquent : il se passait quelque chose d'anormal dans les couloirs de la maison hantée ! De là où elle se trouvait, Darcy apercevait des morceaux de corps, du sang, une tête... Qui avait placé là ces abominables éléments ? Ils ne s'y trouvaient pas à son arrivée...

— Eh, toi, en voilà assez, lança tout à coup le nouveau à l'adresse de Tony. Celui qui aime sucer et mordre les cous, c'est moi !

Tony sursauta. Il se croyait seul avec Darcy. La jeune fille le sentit se crisper contre son dos.

— Qu'est-ce que vous foutez là, vous ? Et qui êtes-vous ? Je n'ai pas entendu dire qu'on avait embauché un nouveau type pour jouer les vampires !

— Mais on ne te dit pas tout, mon vieux ! Tu as la frousse, n'est-ce pas ?

— Moi, la frousse ? Pas du tout. Allez, avance, Darcy. Je vais parler à mon oncle. Il va virer ce mec aussi sec.

— Non, Darcy, ne bougez pas, fit l'inconnu à voix basse. N'écoutez pas votre camarade. Ce ne serait pas une bonne idée.

Tout à coup, Darcy n'aspirait qu'à faire ce que lui ordonnait Tony : partir, et en quatrième vitesse. Mais ses jambes semblaient de plomb. Elle ne parvenait pas à détacher les yeux de ceux de l'inconnu. En fait, ils étaient rivés au regard de chat depuis l'instant où elle s'était trouvée face à lui. À peine ses pupilles se déplacèrent-elles quand un mouvement furtif les attira, derrière le faux vampire : une femme était là. Mince, de longs cheveux noirs, très belle, observa Darcy sans en être vraiment consciente. Une partie de son cerveau enregistra que la femme avait des yeux identiques à ceux de l'homme. Où s'étaient-ils procuré des lentilles de contact aussi impressionnantes ?

— Darcy... est-ce que c'est une blague ? chuchota Tony. Si c'est ça, elle est mauvaise.

— Je ne sais pas, Tony.

— La ferme ! lança l'inconnu.

— Celui-ci est pour moi, d'accord ? dit la femme tout en détaillant Tony et en se léchant les lèvres d'un air gourmand.

Son regard se détacha lentement de lui pour se poser sur Darcy, qui frémit de peur. Jamais elle n'avait ressenti cela. La peur à l'état pur. Il lui semblait que des yeux de la femme s'échappait un rayon mortel qui la brûlait. Elle avait l'impression de se consumer de l'intérieur. Des ondes paralysantes l'envahissaient, prenaient possession d'elle, engourdissant ses muscles, raidissant ses articulations. Mais qu'arrivait-il ? Elle faisait un cauchemar ! Comme dans les films d'épouvante, elle était clouée sur place, du brouillard montait du sol, s'enroulait autour de ses jambes. La lumière noire du couloir virait au rouge…

Elle tenta de se ressaisir : elle était dans la maison hantée, autour d'elle tout n'était qu'artifices. Mais les pierres tombales de polystyrène expansé paraissaient tout à coup authentiques… La musique de fond jouait comme d'habitude, sauf que le thème du film *L'Exorciste* passait en boucle…

La femme n'avait rien d'une vraie femme ! Elle était aussi affamée qu'un loup, elle bavait de… de désir ! Elle voulait la dévorer, et ensuite elle jetterait son corps, ou ce qu'il en resterait, dans l'un des cercueils.

— Je t'en prie, sers-toi, répondit l'inconnu. Les dames d'abord. Tu préfères le garçon ? Pas de problème. Je ne suis pas exigeant quant au sexe, tu le sais. Et puis, la petite beauté a l'air succulente… Aussi sucrée qu'un bon chocolat. Oh… J'entends battre son cœur… Comme il s'affole… On dirait celui d'un lapin pris dans des phares…

— C'est vrai qu'elle semble délicieuse ! accorda la femme.

— Darcy, va-t'en ! cria Tony.

— Mais, et toi ? Tu ne…

— Va-t'en ! répéta-t-il d'une voix nettement moins ferme que précédemment.

Darcy aurait bien voulu s'en aller… mais elle était tétanisée.

— Je vous connais, lança Tony au couple.

Tony les connaissait ? Des gens aussi abominables ? Darcy n'en croyait pas ses oreilles.

— Tu te souviens de nous ? Tu as bonne mémoire, mon garçon. Félicitations.

— Allons, chéri, nous sommes inoubliables, précisa la femme.

— Quand même : il avait fumé de l'herbe et forcé sur le Johnny Walker.

— Cours, Darcy ! hurla Tony en poussant violemment la jeune fille dans le dos. Cours aussi vite que si tu avais le diable à tes trousses !

La brutalité du choc sous ses omoplates et les mots terrifiants de Tony brisèrent le charme qui paralysait Darcy. Elle s'élança, passa en trombe à côté du couple. Le regard moqueur de l'homme la suivit. Ce qu'il exprimait était clair : il pouvait l'arrêter à son gré, il lui suffisait de lui envoyer un ordre en esprit.

Mais il s'en abstint.

Tout s'était déroulé en quelques fractions de seconde, mais Darcy avait capté un changement dans les yeux de l'homme : il avait décidé de la laisser partir !

La bouche sèche, les poumons douloureux, elle courut comme jamais elle ne se serait imaginée capable de le faire. La panique lui donnait des ailes.

Le panonceau *Sortie de secours* brillait devant elle. Elle se rua sur la porte, la poussa à la volée. Au moment où elle passait le seuil et s'enfonçait dans les ténèbres, elle entendit Tony hurler.

En écho, elle hurla à son tour.

10

Le samedi matin, Jade fit la grasse matinée, mais à peine eut-elle ouvert les yeux qu'elle pensa à Lucian.

Il avait passé la nuit auprès d'elle. Il était un homme de chair et de sang, pas une illusion et… il était parti. De lui ne restait dans le lit que la trace de son corps.

Elle ne ressentit aucun étonnement. Elle s'y attendait.

Sous la douche, elle essaya de réunir ses idées, de trouver une certaine cohérence à tout ce qui s'était passé au cours des dernières quarante-huit heures. En vain. De nouveau, elle se dit qu'elle perdait l'esprit. La nuit d'amour qui restait gravée dans sa mémoire, peut-être l'avait-elle rêvée, à l'instar de la précédente. Les draps froissés, la légère empreinte d'un corps sur le matelas et l'oreiller, cela ne signifiait rien. Elle avait très bien pu s'agiter si vivement dans le lit qu'il en conservait le souvenir. Son amant était virtuel. Pas humain. La preuve, sa boîte vocale vide… En sortant de la salle de bains, elle l'avait branchée. Aucun message. Si Lucian existait, il l'aurait appelée.

Quoique… Rick n'avait pas téléphoné non plus. Une chance, somme toute. Que lui aurait-elle dit ?

La vérité. Un homme aussi droit, aussi honnête que lui méritait la vérité. Dans l'hypothèse où Lucian n'était pas le fruit d'un fantasme, Rick devait être mis au courant. Elle l'avait trahi et n'entendait pas se livrer à un double jeu. Une relation salie par un mensonge, même par omission, elle n'en voulait pas. L'essentiel, c'était de trouver les mots qui blesseraient le moins.

Oui, mais si Lucian ne s'intéressait plus à elle ? Elle allait lâcher la proie pour l'ombre...

Lucian reviendrait, son instinct le lui affirmait. Comme il lui répétait que cet homme existait bel et bien, qu'elle n'était pas folle.

Lorsque la pendule indiqua treize heures, elle décrocha le téléphone et composa le numéro de Rick. Son répondeur se mit tout de suite en marche. Jade laissa un message, disant qu'elle espérait qu'il se sentait mieux.

À peine venait-elle de raccrocher que le téléphone sonnait. Elle décrocha. Une voix féminine s'éleva dans le récepteur. Le souffle suspendu, Jade pressa le combiné contre son oreille, persuadée d'entendre le même accent que la veille... et que la femme allait couper la communication.

Mais l'accent était différent et la femme resta en ligne.

Elle demanda à parler à Lucian DeVeaux.

Les doigts de Jade serrèrent l'appareil à le briser.

— Je suis désolée, mais il n'est pas ici.

— Oh, il est parti ?

Comment cette femme savait-elle que Lucian était venu ? Et pourquoi cette angoisse dans son intonation ?

— Il n'est pas ici, répéta doucement Jade.

— Écoutez, je suis navrée d'insister, mais il faut absolument que je le joigne. S'il vous plaît, si vous le voyez, dites-lui de contacter Maggie de toute urgence.

— Euh... Si je le vois, je le lui dirai.

— Merci, merci beaucoup ! Au revoir.

Cet appel, même s'il était énigmatique, avait au moins un mérite, songea Jade peu après : il achevait de lui prouver que Lucian n'était pas le produit de son imagination.

Ce qui rendait d'autant plus nécessaire de parler à Rick.

Un nouvel appel chez lui échoua encore. Et si, rétabli, il était allé au bureau ?

Elle composa le numéro de la ligne directe de Rick au quartier général de la police, mais ce fut Gavin qui décrocha.

— Il n'est pas venu travailler, Jade. Il est malade.

— J'ai téléphoné chez lui : il n'a pas répondu.

— Il ne décroche pas parce qu'il dort, je suppose.

— Pourquoi ne va-t-il pas voir un médecin ?

— C'est ce que je lui ai conseillé, mais vous connaissez Rick...

— Oui. Le genre dur à cuire. Bon, attendons qu'il récupère.

— Euh, Jade... Avez-vous écouté les informations, aujourd'hui ?

— Hein ? Non. Je ne... Attendez un instant, voulez-vous, Gavin ? On sonne à la porte. Ce doit être ma sœur.

Jade posa l'appareil sur la table du salon et alla ouvrir. Comme prévu, Shanna se tenait sur le seuil, un journal roulé dans la main.

— Entre, Shanna... Gavin ? Je vous écoute.

— Les nouvelles... Avez-vous lu ou regardé les nouvelles ?

— Non, mais ma sœur vient d'arriver avec le journal.

— Lisez-le.

— Pourquoi ?

— Parce qu'il y a quelque chose d'important dedans à propos de la secte satanique.

Un temps, puis :

— D'autres meurtres ont été commis cette nuit.

Le pouls de Jade s'emballa.

— La nuit dernière ? Où ?

— Loin d'ici, ne vous inquiétez pas : dans le Massachusetts. Encore plus loin que New York, donc.

— Un... un cimetière, de nouveau ?

— Non. Un parc à thème. À l'intérieur de l'une des attractions. La maison des vampires. L'histoire est à la une de tous les quotidiens du pays. Lisez les articles et rappelez-moi.

— Entendu.

Jade raccrocha et ouvrit le journal, pendant que Shanna se servait une tasse de café.

— Ô mon Dieu…

— Qu'est-ce qu'il y a, Jade ?

— Tony ! Tony Alexander ! Il faisait partie du groupe d'Écosse !

— Eh bien, ça alors !

Shanna s'assit à table et commença à boire tranquillement son café. La nouvelle ne semblait pas le moins du monde l'impressionner.

— Pourquoi ce garçon serait-il allé travailler dans ce parc en Nouvelle-Angleterre ?

— Son oncle possédait une attraction dans ce parc.

— Jade, tu devrais vraiment acheter un pit-bull.

Jade ne releva pas la suggestion. Ce qu'elle lisait la bouleversait.

— On a retrouvé les victimes en morceaux… disséminés dans le bâtiment. Des visiteurs les ont vus et ont cru qu'il s'agissait de nouveaux effets spéciaux.

Le téléphone sonna de nouveau. Jade sursauta.

— Je décroche, fit Shanna en se levant. Allô ? Qui ? Lucian DeVeaux ? Je ne connais aucun Lucian DeVeaux et…

Jade arracha le téléphone de la main de sa sœur.

— Désolée de vous déranger une nouvelle fois, mademoiselle…

Encore cette femme ! Celle qui n'avait pas d'accent.

— … mais il faut absolument que je joigne Lucian. Je pensais qu'il était peut-être revenu chez vous.

— Non, et je ne sais pas quand il sera là.

— Je vous en prie, dites-lui d'appeler Maggie sans perdre une minute.

— Si je le vois, je le ferai.

— Merci.

— Attendez ! Ne raccrochez pas. Vous n'avez pas donné votre numéro.

— Lucian sait où me joindre.

Un déclic résonna dans l'oreille de Jade. Son interlocutrice avait coupé.

— Qui est ce Lucian DeVeaux ? demanda Shanna. Comment se fait-il que tu ne m'aies jamais parlé de lui ?

— Parce que je ne l'ai retrouvé qu'il y a deux jours.

— Retrouvé ?

— Shanna, il était en Écosse, le fameux soir. Il m'a sauvé la vie.

— Et maintenant, il est à La Nouvelle-Orléans ?

— Oui.

— Pourquoi cette femme l'appelait-elle chez toi ?

— Je ne sais pas.

— Est-il venu ici ?

— Euh… Oui.

— Pffff…. Quand je pense que tu as la chance d'avoir un petit ami aussi super que Rick… Et voilà que tu le trompes avec un parfait étranger !

— Lucian n'est pas un parfait étranger. Il m'a sauvé la vie, je te l'ai dit.

— Il t'a sauvée… mais es-tu sûre qu'il ne faisait pas partie de la bande d'assassins ? Ne trouves-tu pas curieux qu'il ait disparu immédiatement après le massacre ? Parce qu'il a pris les voiles, je me rappelle très bien ce que tu as raconté. Voilà que maintenant, il y a des tueries sur le sol américain et ce type est là… Curieux, non ?

— Il est à La Nouvelle-Orléans et les tueries ont eu lieu dans le Massachusetts !

— Donc, tu l'as invité dans ton lit. Très logique.

— Je l'ai rencontré hier soir et… Au fait, qu'est-ce que tu as fait, toi ?

— Je suis allée au cinéma. Seule. Dave ne m'a pas appelée. Il doit être malade, comme Rick. Tu te souviens de Rick, Jade ? Ce gentil flic dont tu étais amoureuse ?

— Arrête avec tes sarcasmes. Je vais parler à Rick. Lui annoncer que je romps.

— Le pauvre homme est à l'article de la mort, et tu veux l'achever en lui apprenant que tu le jettes… Sympa, ça.

— Il n'est pas mourant ! Juste mal fichu.

— Si tu le dis… Où est ton Lucian, en ce moment ?

— Aucune idée.

— Il a disparu…

— Non. Il est resté longtemps avec moi et ensuite il a dû s'en aller.

— Le genre « merci madame, c'était très bien, ciao ».

— Shanna, ça suffit ! Nous avons ramené ensemble Danny à son studio parce qu'il était complètement saoul, puis tout naturellement j'ai invité Lucian ici ensuite.

— Ouais. Et après, il a disparu. C'est une manie, chez lui.

— Shanna, je…

Le téléphone sonna de nouveau. Jade décrocha avant que sa sœur n'ait pu s'emparer de l'appareil.

— Mademoiselle MacGregor ?

— Oui ?

— Ici l'inspecteur Sean Canady.

— Comment allez-vous ?

— Eh bien… ça pourrait aller mieux. Mademoiselle MacGregor, êtes-vous seule ?

— Ma sœur est là.

— Ah ! Et… et Lucian ?

Le cœur de Jade manqua un battement.

— Inspecteur, comment se fait-il que vous soyez au courant, pour Lucian ?

— Est-il là ?

Jade répondit à la question par une autre question.

— Connaissez-vous une dénommée Maggie ?

— Oui. Ma femme.

— Votre femme ? Elle cherche Lucian, elle aussi.

— Mais que se passe-t-il, à la fin ? demanda Shanna à voix basse.

Jade la fit taire d'un geste de la main.

— Inspecteur, je ne comprends pas pourquoi vous m'appelez.

— Je ne voudrais pas vous alarmer, mademoiselle MacGregor, mais il fallait que vous sachiez quelque chose : il existe un lien entre le jeune homme mort dans un accident de voiture l'autre jour et vous.

— Quoi ?

— En fait, il n'est pas mort dans un accident de voiture. Il a été assassiné. Et puis, maintenant, nous avons Tony Alexander, tué dans un parc d'attractions en Nouvelle-Angleterre.

— Oui, j'ai lu ça dans le journal.

Jade avait du mal à se concentrer. Ce qu'elle entendait la plongeait dans la confusion, et le regard éberlué que dardait Shanna sur elle n'arrangeait rien.

— Inspecteur Canady, je ne vois pas le rapport entre le massacre du parc d'attractions et le jeune homme trouvé mort dans sa voiture.

— Le jeune homme s'appelait Tom Marlowe. Vous avez fait sa connaissance en Écosse.

Tom Marlowe… le costaud qui au début de la visite taquinait Sam Spinder, Marianne…

Jade sentit la peur s'insinuer en elle.

— Je ne saisis pas, inspecteur. Le nom dans le journal était Tad Madsen.

— À mon avis, il usait d'un pseudonyme… pour éviter d'être retrouvé. Il venait juste de s'inscrire à l'université de Louisiane, mais avant cela, il suivait des cours dans une faculté du Nord. Je crois qu'il se cachait.

Alors que Sean Canady continuait à parler, Jade s'était recroquevillée sur sa chaise.

— Je suis navré d'avoir eu à vous informer de tout cela, mademoiselle MacGregor, mais il le fallait pour que vous soyez extrêmement prudente. Faites attention quand vous sortez. Ne le faites jamais seule, et n'invitez chez vous que des personnes que vous connaissez bien.

Vous m'avez bien compris ? N'ouvrez votre porte qu'à des familiers.

Shanna, qui s'était approchée, collant presque son oreille au combiné, avait tout entendu.

— Peut-être devrais-tu dire à ce flic que tu as trompé son copain Rick avec un étranger, hier soir !

— Chuuut, Shanna, intima Jade à sa sœur, la main plaquée sur le combiné.

Puis à Canady :

— Je conclus de tout ce que vous venez de me dire que je suis en très grand danger. Il semblerait que les assassins d'Écosse ont traversé l'Atlantique afin de pourchasser les survivants de la tuerie du cimetière. Je vais immédiatement appeler un serrurier et…

— Non. Vous pourriez faire ça, mais abstenez-vous-en.

— Je ne…

— Je vous expliquerai pourquoi quand je vous verrai. Puis-je venir maintenant ?

— Oui, bien sûr.

— Bien. Rendez-vous au restaurant français en bas de chez vous. J'y serai dans une trentaine de minutes.

— Entendu.

Jade raccrocha.

— Alors ? interrogea Shanna.

— Je vais le retrouver au restaurant d'à côté.

— Le flic ? Pourquoi ?

Rapidement, Jade raconta, et à la fin du récit Shanna demanda :

— Puisque tu ne dois pas sortir seule, il aurait dû te retrouver soit ici soit au quartier général de la police, et une voiture aurait dû t'y amener.

— Je me suis fait la même réflexion et… Oh, ce téléphone ! Qui d'autre va encore appeler ? s'écria Jade, exaspérée, en décrochant l'appareil qui sonnait de nouveau.

— Jade ? Bonjour, c'est Gavin. Il fallait que je vous mette au courant de…

— Je le suis déjà, coupa Jade. Le mort dans la voiture...

— Ce n'est pas pour cela que je vous appelle, Jade. C'est à cause de Rick. Il a été hospitalisé. Il va mal. Très mal. Je pensais que vous aimeriez le savoir, que peut-être vous souhaiteriez être auprès de lui.

— Ô mon Dieu, Gavin... Ce qu'a Rick, c'est... c'est grave ?

— Eh bien, on le transfuse. Il a besoin de sang, de beaucoup de sang... et on a fait venir un prêtre.

— Pour... pour les derniers sacrements ?

— Je suis désolé, Jade. Oui. Pour lui donner l'extrême-onction.

Jade lâcha le téléphone qui tomba par terre. Elle se précipita dans le vestibule et attrapa sa veste et son sac.

— Jade ! cria Shanna.

— Rick va peut-être mourir !

En un éclair, Shanna fut près d'elle. Une fois dans la rue, les deux jeunes femmes hélèrent un taxi.

Elles avaient oublié le rendez-vous avec Sean Canady.

— *Maggie...*

L'épouse de Sean Canady s'était occupée du bébé, puis avait sorti sa lessive du sèche-linge, tout en s'obligeant à ne pas penser à Lucian ni à Jade MacGregor. Et voilà que Lucian s'adressait à elle par télépathie. Comme autrefois. La voix qu'elle recevait en esprit était aussi nette que par le passé.

— *Maggie...*

Ainsi, il pouvait toujours la joindre.

— *Lucian, où es-tu ?*

— *Au cimetière, dans le caveau. Tu as essayé de me contacter, Maggie, je l'ai senti.*

— *Lucian, ils ont tué dans le Massachusetts la nuit dernière, et ici l'avant-veille. Je crois que ton amie Jade MacGregor court un péril mortel.*

— Dans le Massachusetts ?

— Oui. Sean a tout tenté pour te trouver ! Il voulait te parler de ça. Ils s'en prennent à ceux qui ont échappé à leurs griffes en Écosse ! Un par un, ils sont assassinés ! J'ai appelé Jade. Je croyais pouvoir arriver jusqu'à toi en passant par elle, mais ce n'était pas facile sans lui expliquer pourquoi j'avais tellement besoin de toi. Finalement, Sean lui a téléphoné et il lui a donné rendez-vous. Il vient de partir.

— Quel soulagement ! Elle est donc en sécurité.

— Pour l'instant. Lucian, il faut que tu les arrêtes !

— Je sais, Maggie, je sais. Prends garde à toi : ils pourraient se douter que nous sommes en rapport.

Maggie regarda autour d'elle : longues tresses d'ail pendues aux fenêtres, murs aspergés d'eau bénite prélevée à l'église voisine... Elle avait taillé en pointe une douzaine de manches à balai et les avait répartis dans la maison, de façon à toujours en avoir un à portée de main en cas de besoin...

Oui, elle prenait garde à elle.

— Je saurai quoi faire en cas d'affrontement avec... eux, Lucian.

— Je m'en doute, mais cela n'empêche pas d'être prudente. Ne prends aucun risque !

— Je n'en prendrai pas.

— Raconte à Sean ce qui est arrivé, et aussi que je m'arrangerai pour le rencontrer.

— Oui. Lucian, je dirai à mon mari que tu as... appelé. Il m'aime de tout son cœur, et il t'estime, mais je ne pense pas que ça lui plairait d'apprendre que nous pouvons communiquer autrement que par le biais d'un téléphone.

Lucian resta silencieux quelques instants. Maggie l'imagina en train de sourire.

— Quand je verrai ton mari, je mentionnerai un coup de téléphone, oui, Maggie.

— Merci. Tu veux que je sois prudente, mais s'il te plaît, sois-le aussi, veux-tu ?

— Promis, Maggie. Nous allons nous protéger et veiller sur ton bébé et ton mari.

Il était grand et mince, arborait un charmant sourire, portait un uniforme gris et tenait une boîte noire et un registre.

— Madame... euh... MacGregor, c'est bien ça ? demanda-t-il après avoir jeté un coup d'œil au registre.

— Oui ?

— Je travaille pour la compagnie locale de télévision par câble.

— Oh, mais je ne vous ai pas appelé ! Tout va bien dans notre installation.

— Je sais. Ce qui m'amène, c'est que nous lançons une campagne de test pour un nouveau programme destiné aux jeunes enfants et nous aimerions que votre famille fasse partie du panel. Vous comprenez ? Vous regardez nos émissions avec vos enfants et ensuite vous remplissez une grille en mettant des notes. Nos dessins animés, nos films sont très, très bien. Vos enfants vont les adorer.

— Ah bon ? Quelque chose de nouveau ? Pourquoi pas ?

— Si vous êtes d'accord, il me suffit de connecter votre poste de télé sur la bonne fréquence. J'en ai pour deux minutes. C'est gratuit et je ne vous dérangerai pas longtemps : je sais qu'une maman est très occupée. J'entre, je branche et je ressors.

Liz rendit son sourire au gentil jeune homme. Elle était déjà abonnée à Disney Channel, mais trouvait que les jumeaux avaient besoin d'un choix d'émissions plus large.

— Ma foi, pourquoi pas ? Je veux bien que la famille MacGregor fasse partie de votre panel, monsieur. Entrez.

Sean Canady arriva au restaurant. Il alla s'asseoir et commanda un café en cherchant Jade MacGregor du regard, étonné qu'elle ne fût pas déjà là.

Il attendit.

Attendit…

Les médecins refusèrent l'accès de la chambre de Rick à Shanna. Seule Mlle Jade MacGregor était admise auprès du patient, expliquèrent-ils, parce qu'elle était la personne la plus proche de l'inspecteur Beaudreaux.

Jade pénétra dans la chambre et s'avança vers le lit du malade, la gorge nouée par l'émotion. Quel était donc ce virus qui avait attaqué Rick ? Son action foudroyante et redoutable était sidérante.

Elle s'assit au chevet de Rick et lui prit la main. Il resta inconscient. Des perfusions plantées dans les avant-bras, un masque à oxygène… Mon Dieu…

Un médecin entra. Jade lui posa toutes les questions qui lui traversaient l'esprit.

— Mademoiselle, M. Beaudreaux est votre fiancé, n'est-ce pas ?

De peur qu'on ne l'expulse de la chambre si elle avouait la vérité, elle mentit.

— Oui.

— Je suis soulagé que vous soyez là : M. Beaudreaux n'a pas de famille.

— De lointains cousins seulement. Il ne les voit jamais. Quant à ses parents, ils les a perdus lorsqu'il était enfant. Alors ? De quoi souffre-t-il exactement ?

— Nous l'ignorons encore, mais nous procédons à toute sorte d'analyses. Ce virus l'a totalement déshydraté, lui a fait perdre du sang. Il a fallu lui faire des transfusions pour compenser les pertes par hémorragies, mais je peux vous dire, même si cela n'est pas flagrant, qu'il va mieux. Son état s'est d'abord stabilisé, puis vraiment amélioré. Il respire seul, maintenant. Pouvez-vous rester auprès de lui ?

— Oui.

— C'est bien. Je suis convaincu qu'il sait que vous êtes là.

Le médecin se retira. Jade demeura assise, la main inerte de Rick au creux de la sienne, et se mit à prier.

À la cafétéria de l'hôpital, Shanna faisait fondre de la crème dans sa tasse de café lorsque Sean Canady s'assit face à elle.

— Bonjour, Shanna. Est-ce que Jade est avec Rick ?

— Inspecteur Canady... Je suis désolée ! Nous avons complètement oublié le rendez-vous.

— Je m'en suis rendu compte.

— Oh... Puis-je vous offrir un café ?

— Non. J'en ai bu des litres au restaurant français en attendant votre sœur. Enfin, ce n'est pas grave. Je la verrai tout à l'heure. Comment va-t-elle ?

— Elle, ça va. Mais Rick... Il a reçu les derniers sacrements ! Bon sang, je n'arrive pas à y croire.

— Peut-être y a-t-il un espoir : d'après ce qu'on m'a dit, Rick irait un peu mieux. Jade est toujours auprès de lui ? Vous ne m'avez pas répondu.

— Oui.

Quel bel homme ! songea Shanna. Il était marié, évidemment. Tous les types séduisants l'étaient. Sauf, apparemment, celui qu'elle avait rencontré au café, Dave. Il ne s'était pas montré, n'avait pas téléphoné. Le virus l'aurait-il lui aussi cloué au lit ?

— Il faut que je parle à votre sœur, Shanna. Elle est en danger.

— Je compte l'attendre ici jusqu'à ce qu'elle redescende. Nous rentrerons ensemble, en taxi. Pas question de marcher dans les rues.

— Si vous n'y voyez pas d'inconvénient, je vais attendre avec vous.

— Pas de problème.

— Nous pourrions passer le temps en jouant aux cartes : ils en vendent, à la boutique de cadeaux.

— O.K. Un poker ?

— D'accord.

Sean alla acheter un paquet de cartes et, quinze minutes plus tard, il s'était fait délester des vingt dollars qu'il avait sur lui. Il dut donc déclarer forfait.

— Vous êtes un adversaire coriace, Shanna ! Je n'ai plus un sou.

— J'ai honte de ruiner un policier...

— Ne vous inquiétez pas, ma femme est très riche. Mais je suis sûr que je pourrais prendre ma revanche aux échecs. Ils vendent des échiquiers miniatures. Voulez-vous dépenser vos gains de poker pour en acheter un ?

Shanna alla faire l'emplette de l'échiquier, puis l'installa sur la table entre Sean et elle.

Ce jeu qui exigeait une intense concentration lui permit de supporter la longue attente... et à Sean de récupérer sa mise.

Dans la paix et le silence du caveau, il se ressourçait. Les ténèbres l'apaisaient, il pouvait réfléchir tout en régénérant ses forces.

Les expériences vécues au cours des siècles passés avaient porté leurs fruits. Il savait désormais tant de choses, sur lui-même et sur le monde qui l'entourait...

Ce monde était à lui. Il le voyait à travers ses yeux de prédateur auxquels rien n'échappait, qu'il fît nuit ou jour, tout comme il percevait le plus infime son. Au fil du temps, son ouïe s'était développée. Aucun animal ne possédait ses dons. Aucun mortel non plus, bien sûr.

Mais il n'avait pas toujours été cette créature à mi-chemin entre l'homme et la bête fauve. Les terribles épreuves qui l'avaient transformé restaient gravées dans son esprit. Elles lui faisaient encore atrocement mal.

Celle qui les lui avait fait subir se manifestait à nouveau. Elle avait réintégré l'univers des mortels, animée d'une rage féroce. Elle s'imaginait capable de régner, après s'être vengée.

Elle ne mesurait pas la haine qu'il éprouvait à son encontre, se croyait capable de le détruire.

Ce serait lui qui l'anéantirait.

Mais cela ne se ferait pas sans difficulté. En effet, se rendait-il compte, il avait sous-estimé le pouvoir dont elle semblait désormais dotée.

11

Les jours s'écoulaient sur l'île du Mort. Lucian avait perdu la notion du temps. Il ne se rappelait plus quand il était arrivé, n'envisageait même plus que cet exil pût avoir une fin. Le sceau de l'étrange marquait l'existence sur l'île, mais qu'attendre d'autre lorsqu'on ne côtoyait que des morts vivants, des créatures des ténèbres ?

Tombé amoureux de la veuve du fermier, Wulfgar était resté. Désormais heureux, le couple se consacrait aux travaux des champs et, les mois passant, d'autres hommes vinrent s'établir sur l'île, liant leur sort à celui qu'ils appelaient le chef de clan des morts vivants. Anglais, Irlandais, Gallois et Scandinaves formèrent une communauté.

Quand le besoin s'en faisait sentir, ils sortaient en mer, sur leurs impressionnants bateaux. La décision de larguer les amarres appartenait à Lucian, le chef de clan, le roi de l'île du Mort.

Igrainia le rejoignait à l'aube. Elle se couchait auprès de lui et, au crépuscule, disparaissait.

— Pourquoi dois-tu partir ? lui demanda Lucian la première fois.

— Pourquoi dois-tu dormir lorsqu'il fait grand jour ? rétorqua Igrainia.

— Parce que je suis devenu un monstre et toi un ange. Tu as besoin du soleil comme moi de la nuit.

— Lucian, rien n'est tout blanc ou tout noir. Toute une gamme de gris se décline entre les deux, mais nous n'avons ni l'un ni l'autre le pouvoir de nous retrouver dans cet univers intermédiaire.

De temps à autre, des guerriers débarquaient d'un navire, et il fallait se battre. Lucian prenait la tête de ses troupes et boutait l'ennemi hors de son petit royaume. Dans ces moments-là, il faisait montre d'une effroyable sauvagerie, qui le désespérait. Il était devenu plus féroce que le pire des barbares, que la plus noire des créatures de l'enfer.

Il ramenait des captifs sur ses terres et décidait de leur vie ou de leur mort. Wulfgar tentait de modérer son intransigeance et sa cruauté, lui disant que tout soldat avait droit au respect pour son courage. Juge suprême, Lucian siégeait sur un trône de bois sculpté, Igrainia à son côté, et écoutait les suppliques, les arguments et aussi les hommages de ses vassaux.

Tant que son aimée se trouvait près de lui, il ressentait quelque sérénité, du bonheur, même. Mais chaque soir, lorsqu'elle s'en allait au crépuscule, son cœur se brisait.

— Elle est tombée à la mer, expliqua Wulfgar, et la mer a trouvé injuste qu'elle soit engloutie à jamais, alors elle lui a donné le droit de revenir sur terre quelques heures par jour, sous le soleil, le ciel clair. Qu'importe qu'elle regagne son univers à la nuit tombée, Lucian ? Tu es un monstre et elle un ange, c'est toi qui l'as dit, et cependant vous n'êtes pas totalement séparés. N'est-ce pas ce qui compte ? Les heures que vous passez ensemble sont infiniment plus intenses, plus belles que celles que connaissent les couples normaux.

Wulfgar disait vrai : même intermittente, sa vie avec Igrainia le rendait heureux. Ils habitaient la cabane de pêcheur. Lucian avait éparpillé sur le sol quelques poignées de sa terre natale, emportées dans ses poches le jour où Sophia l'avait enlevé. Il avait besoin de toucher cette terre, le matin surtout, à l'approche de l'aube qui l'affaiblissait. Pour accueillir Igrainia comme elle le méritait, pour qu'elle ait un époux vaillant à son arrivée, il maculait ses mains de terre et les forces lui revenaient. Ainsi, même s'il dormait un peu au cours de la journée, il profitait pleinement de la présence de son ange, de sa seule raison de vivre. Quoi que lui réserve l'avenir, quelle que soit la durée de son existence, il savait que jamais il n'oublierait ces journées dans la pénombre de la cabane, près du feu, ni les instants où, main dans la main avec Igrainia, ils sortaient, emmitouflés dans des fourrures pour lutter contre le froid. Il se souviendrait aussi des hommes en cotte de mailles, l'épée au côté, des armes au pommeau d'argent ou d'or richement travaillé. Resteraient également gravés dans sa mémoire les bijoux celtiques, prises de guerre ou cadeaux de vaincus, dont il parait Igrainia.

Dans son esprit demeurerait à jamais sa voix douce, celle avec laquelle elle souhaitait la bienvenue aux nouveaux arrivants comme aux vieux amis.

Et ses yeux… leur bleu exactement semblable à celui de la mer serait imprimé pour l'éternité sur ses rétines. Changeant comme la couleur des vagues, il symboliserait jusqu'à la nuit des temps l'aube et le crépuscule, ce qu'Igrainia et lui avaient perdu et ce qu'ils avaient gagné…

Un jour, Aidan, chef d'un territoire côtier d'Irlande, vint le consulter à propos de ce qu'il avait entendu concernant l'île du Mort. Était-ce une légende, demanda-t-il, ou la vérité ? Aidan avait peur, mais il avait su dominer sa peur et venir trouver Lucian, qui admira le courage de l'homme.

Aidan se révéla être un émissaire mandaté par le souverain de toute l'Irlande, établi à Tara : il informait Lucian de l'attaque imminente d'envahisseurs venus des confins de la Scandinavie, le pays des neiges. Il s'agissait d'hommes redoutables, à l'idiome compréhensible d'eux seuls, qui ne concevaient les combats que comme des carnages sans quartier. Ils assiégeaient Tara. Le souverain ne pouvait donc se déplacer jusqu'à l'île du Mort.

Quitter sa place forte lui eût coûté la vie, comme à toute la population qui s'était réfugiée dans l'enceinte.

La peur tenaillait le souverain, expliqua Aidan. Ce genre d'humiliant aveu ne pouvait être fait que dans la discrétion la plus totale. Il fallait que Lucian soit indulgent : dans cette Irlande désormais convertie au christianisme, le roi répugnait à admettre qu'il existât un ennemi doté de pouvoirs surnaturels, ce qui semblait être le cas de ces envahisseurs nordiques.

Igrainia écouta le sinistre récit d'Aidan : les femmes, les enfants mis à mort par l'envahisseur dans des conditions atroces. Lorsqu'elle fut de nouveau seule avec Lucian et que celui-ci la vit profondément choquée, il lui rappela que ceux de son espèce, les monstres comme lui, s'en prenaient toujours aux faibles et aux innocents. L'histoire rapportée par Aidan aurait pu être la sienne. Mais Igrainia ne le crut pas. Non, son mari ne pouvait ressembler à ce genre de créature démoniaque. Lucian lui rappela alors qu'il avait dû apprendre à se nourrir de sang. Qu'il pouvait combattre les guerriers du Nord d'égal à égal. Qu'il devait voler à la rescousse du souverain d'Irlande.

Elle concéda que, oui, il fallait qu'il y aille.

Ce soir-là, pour la première fois, il la suivit des yeux quand elle partit. Il la vit marcher vers la mer, vêtue de sa cape de fourrure, et entrer dans l'eau, où elle disparut. Quelques minutes plus tard, il distingua un dauphin dans le lointain, puis un autre et encore un autre.

Les marins, depuis l'Antiquité, parlaient de sirènes. Les guerriers les plus braves, de dragons marins qui attaquaient les navires. Lucian n'avait jamais cru à ces histoires. Des légendes, selon lui. Il avait vu des êtres vivants dans la mer, oui. Des cétacés, des poulpes géants, mais pas de sirènes ni de dragons. La mer ne l'effrayait pas. Il aimait ses eaux glacées, marcher sur la grève, naviguer le long des côtes de son Écosse natale. Aussi, lorsqu'il fit voile vers l'Irlande, il ne songea ni aux sirènes ni aux dragons. Le péril était à terre, pas dans la mer. Quant aux ennemis du souverain, ils n'étaient que des barbares appartenant à des tribus de païens. Des humains ignorant la peur, indifférents à la mort et sans respect pour la vie d'autrui. Ils assiégeaient Tara, et ceux qui tentaient de quitter son enceinte de bois étaient mis en pièces.

Pour Lucian, ces barbares représentaient une aubaine. Il allait pouvoir se gorger de sang, festoyer sans remords. Il se savait aussi sauvage qu'eux.

À la tête de ses soldats, il attaqua de jour. À la tombée de la nuit, il les avait vaincus.

Parmi ses troupes, nombreux étaient ceux de son espèce. Originaires de tous les pays de l'Europe du Nord, ils étaient venus sur l'île du Mort où Lucian les avait reconnus immédiatement.

Tous dirent au revoir au souverain dont ils avaient libéré le royaume, puis s'apprêtèrent à quitter Tara. Ce fut alors que Lucian perçut la présence de Sophia.

Il éprouva une terreur sans nom qui lui dévorait les entrailles, lui broyait la gorge, lui coupait le souffle. En toute hâte, il ramena ses troupes au navire et regagna l'île du Mort dans une hâte frénétique, naviguant au plus près du vent, forçant les voiles, faisant trembler les mâts, gémir la coque.

À peine le bateau eut-il abordé qu'il courut à la cabane de pêcheur.

Vide. Igrainia n'était pas là, et pourtant le soleil était haut.

Il repartit vers la grève. Ses hommes encerclaient quelque chose. Une forme étendue sur le sable. Les yeux baissés, pétrifiés, ils la fixaient.

Tout d'abord, il songea à un dauphin échoué : il lui semblait apercevoir la queue gris-bleu à la peau lustrée.

Il s'approcha. Les hommes s'écartèrent en silence.

Igrainia, un harpon planté dans le cœur, lui apparut.

Il tomba à genoux à côté d'elle, lui caressa les cheveux. La main de la jeune femme se leva, ses yeux s'entrouvrirent. Du bout des doigts, elle lui effleura la bouche.

— Mon amour… murmura-t-elle.

La main retomba, les paupières se fermèrent.

Il comprit que la vie venait d'abandonner le corps de sa bien-aimée.

Il releva la tête, les larmes roulant sur ses joues, et vit Sophia.

Derrière elle se tenait Darian.

Tous deux fixaient sur lui un regard plein de défi. Un sourire cruel relevait leurs lèvres.

— Nous pêchions, et voilà notre prise ! lança Sophia.

La rage et la haine envahirent Lucian. Sophia avait sous-estimé le monstre qu'elle avait créé. Il se jeta sur elle, la précipita sur le sable, et frappa, frappa…

Darian vint à la rescousse. À coups d'épée, il tentait de décapiter Lucian, qui esquivait sans pour autant cesser de cogner Sophia.

L'un des hommes de Lucian courut à la cabane et en revint muni d'un sabre, qu'il donna à son chef.

Lucian taillada le corps de Darian, tout en maintenant Sophia à terre. Il se releva, le temps d'infliger une atroce blessure au valet, qui hurla : son bras droit était quasiment sectionné. Sophia profita d'une seconde d'inattention pour échapper à Lucian, mais il la rattrapa alors que Darian s'enfuyait. Il s'abattit sur elle, et cette fois elle s'effondra dans l'eau. Lucian lui maintint la tête sous la surface. Soudain, il sentit une horrible odeur de chair brûlée, entendit Sophia pousser un hurlement de bête. Il comprit. Le sel carbonisait sa chair.

Conscient du danger qui menaçait sa maîtresse, Darian revint sur ses pas. Il s'interposa et, avec une force inattendue compte tenu de son état, réussit à l'arracher à l'emprise de Lucian.

Ceux de leur espèce n'avaient pas le droit de s'entretuer. Leurs lois l'interdisaient, et pourtant Lucian n'entendait pas les respecter. Il allait détruire ces deux monstres et se supprimer ensuite.

Mais Darian faisait appel à toute son énergie. Soudain doté d'une force phénoménale, il prit Sophia dans ses bras sans que Lucian réussisse à l'en empêcher. Il la souleva, et poussa un cri. De la mer monta alors un épais brouillard dont les traînées s'enroulèrent autour des jambes de Darian. Il tourna sur lui-même et, en quelques secondes, sa silhouette et celle de Sophia se fondirent dans la brume.

Ils disparurent.

Lucian resta pétrifié au ras de l'eau. Le ressac lui léchait les pieds sans qu'il parût s'en rendre compte. Puis il inclina la tête en arrière et poussa une longue plainte, tel un loup hurlant à la lune, ou un damné pleurant son âme perdue.

Son cri courut sur la mer, traversa les détroits, les golfes, les baies, se répercuta dans toutes les cités et les îles d'Écosse. Les gens dans les terres irlandaises se signèrent : ils savaient entendre là l'appel à la vengeance d'un esprit maléfique. Même le roi de Norvège, pourtant convaincu de gagner le Walhalla le jour venu, se mit à prier les dieux et les mânes de ses ancêtres.

Le jour se leva sur Lucian, toujours debout, toujours vivant : ses guerriers l'avaient ligoté, l'empêchant de se jeter à l'eau. Le sel n'avait donc pu faire son œuvre mortelle.

Ils le détachèrent lorsqu'ils furent certains qu'il s'était calmé. Épuisé, il se laissa choir sur le sable.

La dépouille d'Igrainia fut lavée, puis parée d'une merveilleuse robe de soie, d'innombrables bijoux et de sa plus somptueuse fourrure. On posa son corps sur un chariot de bois. Les hommages dus à une reine lui furent rendus, puis on mit le feu au chariot avant de le pousser dans la mer, cette mer à laquelle elle appartenait.

Lucian tenait à peine sur ses jambes, sa vision était troublée par la fatigue et les larmes.

Il alla se coucher et s'endormit après que Wulfgar l'eut convaincu qu'il devait vivre. Les créatures de la nuit avaient besoin d'un chef, d'un législateur. Lucian devait assumer cette fonction, sinon la démence régnerait sur le monde.

Il accepta la mission, sans être dupe : il faisait partie intégrante de cette démence, il contribuait à la répandre. Il était un guerrier, un prédateur, rien d'autre, argua-t-il à Wulfgar.

Lequel lui assura qu'il se trompait, qu'il était bien davantage : en tant que roi des morts vivants, il était de son devoir de ramener l'ordre et la raison parmi les siens.

Wulfgar sut trouver les mots qui persuadèrent Lucian.

Il renonça à se suicider.

Pour lui, la vie continua, et cent années s'écoulèrent avant que Sophia ne revienne semer la dévastation et le malheur autour d'elle.

Liz MacGregor vaquait dans sa cuisine pendant que le jeune homme s'occupait de connecter la nouvelle chaîne câblée à destination des enfants. Il travaillait sur la boîte de dérivation, placée dans la salle de jeux. Les rires des jumeaux ponctuaient les cliquetis d'outils.

Elle jeta un coup d'œil à la pendule. Il était tard. D'ordinaire, Peter était de retour à cette heure-là, mais il l'avait prévenue que ce soir il s'attarderait au journal : il faisait des recherches aux archives.

Oubliant momentanément son mari, elle songea à Jade et à Shanna. Elle aimait ses deux belles-filles, et peut-être était-elle payée de retour : ce matin, Shanna avait été adorable avec elle.

De nouveau, le rire cristallin des jumeaux s'éleva, se mêlant à un autre, plus grave, celui de l'installateur. Quelle chance que Petey se soit si vite remis de son otite ! Il faudrait néanmoins le coucher bientôt, qu'il se repose. Elle, elle attendrait le retour de Peter. Pourvu que le jeune homme ait terminé à ce moment-là, qu'ils profitent d'un tête-à-tête.

Pourquoi n'avait-il pas fini ? En arrivant, il avait dit n'en avoir que pour quelques minutes. Manifestement, ce garçon aimait son travail, le faisait consciencieusement et ne comptait pas son temps. En plus, il amusait les enfants. Un charmant jeune homme, vraiment.

Mais l'heure tournait et il n'avait pas terminé. Un problème dans les connexions ? Mieux valait aller voir ce qu'il se passait.

Liz prit un torchon, s'essuya les mains puis descendit au sous-sol.

Sur le seuil de la salle, le souffle lui manqua : les jumeaux étaient assis devant la télévision, totalement silencieux, les yeux rivés sur l'écran... Des yeux aveugles, figés... ô mon Dieu... sur un film pornographique ! L'un de ces films ignobles où les « acteurs » bardés de cuir clouté, masqués, munis d'instruments de torture, se livraient à des actes sexuels répugnants dans la violence !

— Comment osez-vous... ! rugit-elle, le premier instant de stupéfaction passé, en se tournant vers le technicien.

Le regard qu'il posa sur elle lui sembla doté d'un pouvoir. Vaguement, elle se rendit compte que ses oreilles tout à coup bourdonnaient, que ses jambes devenaient de plomb, sa voix se bloquait dans sa gorge.

— Eh bien, Liz, que se passe-t-il ? Vous êtes une très jolie femme, Liz, le savez-vous ? Encore jeune... et très, très sexy ! Voyons cela d'un peu plus près. Je pense que vous serez ravie que je m'occupe de vous.

Il s'approcha d'elle et passa les mains autour de son cou. Épouvantée, elle voulut bouger, crier.

Elle en fut incapable.

Et d'ailleurs, pourquoi aurait-elle bougé et crié alors que les mains lui faisaient tant d'effet ? Elle adorait leur contact, découvrit-elle. Qu'elles dérivent vers son chemisier et le déboutonne la ravissait.

Il la fit pivoter face au téléviseur. Ces gens qui faisaient l'amour comme des bêtes sauvages en rut, quel délice ! Elle voulait qu'il la prenne comme les acteurs possédaient les femmes harnachées de cuir et de chaînes sur l'écran. Oui, il allait le faire… Elle avait hâte qu'il le fasse… Si seulement ces deux idiots de gosses pouvaient arrêter de pleurer… À peine avaient-ils commencé à sangloter qu'elle avait eu envie de les jeter hors de la pièce.

L'homme l'étendit sur la moquette.

— Tu veux que j'arrache ton soutien-gorge, Liz ? Non, pas tout de suite… Je vais d'abord me débarrasser des petits chéris qui braillent…

L'homme s'éloigna, mais Liz resta paralysée. Seuls ses yeux bougeaient. Ses paupières, en fait. Elle cillait mais son regard ne se détachait pas de l'écran du téléviseur.

Que lui arrivait-il ? Il devait y avoir une explication sensée… Son mari allait la lui donner et… Son mari, oui, elle avait un mari. Très gentil, aux tempes grises. Elle l'aimait.

Mais il était si loin d'elle… Alors que la brume qui la caressait était toute proche, merveilleusement sensuelle… Le jeune homme lui apparaissait par instants à travers la brume. Il lui disait avoir besoin de quelque chose. Elle n'entendait qu'indistinctement les mots qu'il prononçait. En revanche, elle percevait très nettement un gémissement.

C'était elle qui geignait ! De plaisir ! Un plaisir soudain décuplé par une brève et vive douleur, qui se mua en jouissance. Bon… c'était bon… Mais pourquoi se sentait-elle collante, comme engluée dans un liquide sirupeux ? Elle se contraignit à baisser les yeux vers sa poitrine, la découvrit rouge… mais le jeune homme aspirait le liquide gluant. Sa langue produisait de petits claquements… Sa bouche, des aspirations…

Elle referma les paupières, et se laissa emporter par l'extase.

Dommage que ces sanglots continuent, là-haut, dans une chambre... songea-t-elle avant de sombrer dans un monde aussi noir que, tout à coup, l'écran de télévision.

Jade se réveilla en sursaut. On lui avait touché la main. Un médecin, découvrit-elle en ouvrant les yeux sur un homme en blouse blanche.

Elle se redressa sur sa chaise, la nuque douloureuse : elle s'était endormie sur un siège de métal et maintenant, elle était affreusement ankylosée.

— Vous êtes la fiancée ?

Ce n'était pas le médecin qui l'avait accueillie. Il était plus âgé, doté d'une moustache et d'une chevelure blanche. Son sourire chaleureux faisait pétiller ses yeux.

— Ou... oui.

— Je suis le Dr Wainwright, spécialiste en maladies rares.

— Jade MacGregor. Docteur, comment va...

Il ne la laissa pas achever.

— Beaucoup mieux ! Je crois que vous avez un pouvoir magique ! Regardez M. Beaudreaux.

Jade obéit. Le teint de Rick était coloré, sa respiration semblait normale et se faisait sans assistance. Il dormait paisiblement.

— Vous devriez aller vous reposer, mademoiselle MacGregor. Rentrez donc chez vous.

— Vous pensez vraiment qu'il va se rétablir ?

— Oui. Son rythme cardiaque est bon, sa tension aussi, les fonctions cérébrales O.K.

— Tout de même... Je devrais rester encore un peu.

— Mademoiselle MacGregor, je ne tiens pas à avoir un deuxième malade dans cette chambre.

— J'ai donc l'air d'aller si mal ? demanda Jade en riant.

— Vous êtes superbe, jeune fille ! Le rouge de vos yeux est éclatant et les cernes noirs qui les encadrent le mettent vraiment en valeur !

— Oh… Je crois que je me suis endormie.

— Vous serez mieux dans votre lit. Allez. Ne revenez que demain. Je suis sûr que votre fiancé sera remis.

— Entendu. Et merci, docteur.

Jade se leva, alla toucher le front de Rick. Tiède. Quel soulagement ! Elle se pencha et l'embrassa.

— Continue à guérir, lui souffla-t-elle à l'oreille.

Rick demeurant sans réaction, elle regarda le médecin d'un air interrogateur.

— Ne vous en faites pas, il n'est pas inconscient. Il dort à poings fermés, c'est tout.

Rassurée, Jade sortit de la chambre. Dans le couloir, elle évita de justesse un plateau de médicaments que portait une infirmière. Elle se retourna pour s'excuser, mais ne vit plus la femme. Était-elle entrée dans la chambre de Rick ? Probablement. Le médecin était resté auprès de lui pour s'assurer que les bonnes posologies étaient respectées. L'homme de l'art avait à cœur que son patient se rétablisse.

Rick était entre de bonnes mains, elle pouvait partir, mais elle allait devoir quitter l'hôpital par une sortie de secours : à cette heure-ci, les portes du grand hall seraient fermées, et Shanna, évidemment, avait dû rentrer chez elle. Quoique… Connaissant sa sœur, Jade se rendit tout de même à la cafétéria.

Sage précaution : Shanna était encore là et quelqu'un lui tenait compagnie.

Le lieutenant Sean Canady ! Bon sang, elle avait oublié le rendez-vous…

— Lieutenant…

— Vous voilà enfin ! Alors ?

— Rick va mieux.

— Vraiment mieux ?

— Oui. Le médecin m'a dit de rentrer à la maison. Lieutenant, je vous prie de me pardonner : je vous ai posé un lapin, mais j'ai été tellement bouleversée quand Gavin m'a appelée… Je n'ai pensé qu'à Rick et…

— Je comprends, ne vous en faites pas.

— Vous êtes restée ici pour moi ?

— Oui.

— Vous me croyez donc en danger.

— Oui. Ne bougez pas de là : avant de partir, je veux voir Rick quelques instants.

— Je peux bien attendre quelques instants : vous avez patienté toute la journée.

Sean Canady se dirigea vers l'escalier. Au moment de l'emprunter, il se retourna, comme pour s'assurer que Jade s'était sagement assise à côté de Shanna.

— Il est moyen au poker et excellent aux échecs, dit cette dernière. Il aime le café noir et il adore sa femme et son gosse.

— C'est un homme bien.

— Rick aussi, Jade.

— Je sais, Shanna.

Le silence s'installa entre les deux sœurs.

Lorsque Sean entra dans la chambre de Rick, le médecin était parti, mais une infirmière aux cheveux sombres s'occupait des perfusions.

— Qu'est-ce que vous lui faites ? demanda Sean.

L'infirmière le regarda. Elle était très belle, mais quelque chose dans son expression le mit immédiatement mal à l'aise.

— Une transfusion sanguine. Qui êtes-vous ?

— Lieutenant Sean Canady, brigade criminelle.

— Ah bon ? On charge donc les lieutenants de la brigade criminelle d'arrêter la grippe ?

— Rick a la grippe ?

Le regard de la femme s'étrécit. Elle fixa Sean quelques secondes avant de se pencher sur Rick.

Elle va lui mordre le cou ! fut la première pensée qui vint à l'esprit de Sean. Sans hésiter, il sortit de sa poche le flacon d'eau bénite qu'il y avait glissé et aspergea la femme. Elle n'aurait pas bondi plus vivement s'il l'avait piquée avec une aiguille.

— Eh ! Ça ne va pas ? Flic ou pas, mon vieux, vous allez sortir d'ici et en vitesse !

Cette femme n'était pas un vampire, se dit Sean, mortifié : il s'était conduit comme un idiot. Tout ce qu'avait fait l'infirmière, c'était d'observer de près son patient.

— Désolé, mademoiselle. Je n'ai pas fermé l'œil depuis une éternité, alors je ne tourne plus très rond. Nous sommes tous sur les dents depuis quelques jours, à la brigade.

— Nous aussi, lieutenant.

— Pardonnez-moi, je vous en prie.

L'infirmière esquissa un sourire.

— Votre collègue se remet. Vraiment. Allez vous coucher, au lieu de jeter de l'eau sur les gens qui travaillent.

— D'accord. Je vous renouvelle mes excuses et vous dis bonsoir.

Sean sortit de la chambre et longea le couloir en direction de l'escalier. Il passa devant le bureau du personnel soignant, sans prêter attention aux infirmières qui se trouvaient dans la pièce.

Mais l'une des femmes le suivit des yeux jusqu'à ce qu'il ait disparu.

Puis elle quitta discrètement le bureau et se dirigea vers la chambre de Rick Beaudreaux.

À la minute où il arriva à la maison de Garden District, Lucian sut qu'il était trop tard. Darian était déjà parti, il le sentait.

Il entra et se dirigea d'instinct vers la pièce où se trouvait Liz MacGregor.

Elle gisait sur la moquette. Atterré, Lucian posa l'index sur sa carotide, à la recherche de pulsations. Puis il prit un plaid sur le canapé, en recouvrit la jeune femme et alla décrocher le téléphone. Il appela le SAMU.

Les sirènes ne tardèrent pas à faire entendre leur hurlement dans le lointain. Peu de temps lui restait, se dit Lucian, mais il fallait qu'il s'assure que les jumeaux allaient bien.

Il monta au premier étage et les trouva dans leur chambre. Ils semblaient sains et saufs, mais étaient manifestement terrorisés. Négligeant de les rassurer dans la mesure où médecins, infirmiers et policiers seraient là d'un moment à l'autre, Lucian ressortit de la maison et se figea sur le perron.

Darian ne pouvait être bien loin. Il percevait sa présence comme un fauve flaire sa proie à des centaines de mètres. Il humait l'odeur du sang frais dont Darian s'était gorgé. Une piste olfactive qu'il suivit, regagnant la rue.

Il marchait sur le trottoir, narines frémissantes, inconscient de la distance qu'il avait parcourue, quand il se rendit compte qu'il approchait du vieux cimetière. Peu après, il en poussait la grille et s'avançait dans l'allée principale.

Sous les cyprès, se dressaient des statues d'anges en prière au marbre verdi de mousse, des croix rouillées. Le clair de lune les nimbait d'une clarté spectrale. Vieilles pierres tombales fendues, rongées par le lierre qui s'insinuait entre les fissures, imposants sépulcres désormais dépourvus de toit d'où s'échappaient des lianes, urnes brisées jonchant les contre-allées... Sur une représentation du Christ aux bras grands ouverts mutilés, étaient accrochées des touffes de mousse espagnole qui se balançaient mollement dans le vent.

Lucian contournait un hypogée en ruine lorsqu'une silhouette se dressa devant lui. Il entrevit une lueur étincelante et quelque chose lui heurta violemment le bras, déclenchant une douleur térébrante. Puis il y eut un sifflement.

Darian revenait sur lui, armé d'une longue tige de métal.

Aussi rapide que l'éclair, Lucian esquiva le coup. Il roula sur le sol et se remit debout en une fraction de seconde derrière Darian. Il avait voulu le prendre à revers, mais Darian tourna sur lui-même et attaqua de nouveau.

Lucian arracha un barreau à la grille d'une chapelle et le brandit à hauteur du cœur de son adversaire, espérant que, emporté par l'élan, Darian viendrait s'empaler dessus. Mais celui-ci vit le pieu d'acier et bondit sur le côté. Néanmoins, Lucian réussit à le blesser, lui déchirant le flanc.

La souffrance l'obligea à se courber en deux, à renoncer à se battre.

— Foutu salaud ! hurla-t-il. Elle ne va pas se contenter de te détruire ! Elle va torturer jusqu'à la mort sous tes yeux tous ces innocents que tu protèges, et ensuite elle t'exécutera !

Le sang coulait de la plaie de Darian. Il perdait ses forces à vue d'œil.

— Tu laisses ces gens en paix, compris ? gronda Lucian. Sinon, je te promets de te perforer le cœur et, avant de te l'arracher, je te démembrerai lentement... Tu me supplieras de t'envoyer en enfer !

— Tu tiens à la fille MacGregor, hein ? L'autre, là-bas, dans la grande maison, c'était sa belle-mère... Elle était bonne ! Mmm... Aurais-tu oublié combien une femme fraîche est délicieuse ? Oui, sans doute, parce que tu n'es plus un vampire... Tu es un bouffeur de rats... Mais rappelle-toi comme elles deviennent folles, les femmes, quand on les approche... Elles geignent, elles perdent la tête... La MacGregor frissonnait de plaisir quand je lui ai planté les crocs dans la gorge...

Fou de rage, Lucian plongea la lance de métal dans le cou de Darian, qui porta les mains à sa gorge et s'éloigna en vacillant. Lucian le suivit alors qu'il louvoyait entre les tombes, râlant et gémissant.

— *Aide-moi !*

Lucian ne répondit pas à l'appel télépathique.

— *Aide-moi !*

Mais ce n'était pas lui que Darian suppliait !

— *Sophia, aide-moi...*

Un lambeau de brouillard s'enroula soudain autour de Darian. Un instant plus tard, il ne restait plus trace de lui.

Lucian ferma les yeux et se concentra. Il réussit à visualiser la chambre de Rick à l'hôpital. La tête du policier était tournée sur le côté. Quatre petits trous apparaissaient sur son cou.

Grand Dieu !

Lucian fit appel à toute sa force psychique. Il sentit le vide se faire en lui, ferma les yeux... les rouvrit.

Il se trouvait dans la chambre.

D'un doigt impérieux, il appuya sur le bouton d'appel d'urgence.

— Code bleu ! hurla-t-il dans le micro accolé au bouton.

Le personnel hospitalier commença à courir dans les couloirs.

Lucian se dématérialisa, mais resta là pour surveiller.

12

Assise sur le siège du passager de la voiture de Sean Canady, Jade écoutait le policier sans vraiment saisir ses explications.

— Comprenez-vous ? lui demanda-t-il.

Elle secoua la tête. Non, elle ne comprenait pas, mais peut-être le blocage de son esprit venait-il d'un excès de fatigue. Si seulement Shanna ne s'était pas endormie sur la banquette arrière…

— Jade, vous ne me suivez pas, n'est-ce pas ?

— Non, pas vraiment. Je suis confuse, voyez-vous. Je sais que d'horribles meurtres ont été commis dans cette ville il y a quelques années… Des prostituées, un souteneur… mais ils ont été élucidés. Et ensuite, la tuerie s'est arrêtée. Les meurtres d'aujourd'hui ressemblent à ceux d'autrefois, mais le coupable n'est pas le même. Toutefois, avez-vous dit, l'enquête doit suivre la même voie.

— Ces assassins sont extrêmement dangereux, Jade.

— Ça, je m'en suis aperçue.

Après un court silence, Sean lâcha :

— Bon sang, comme j'aimerais que Maggie soit là…

— Votre femme ? Pourquoi votre femme devrait-elle…

— Ses explications seraient plus claires.

— Est-elle policier ?

— Non. Mais si c'est moi qui parle, vous allez me prendre pour un fou.

— Ce ne serait pas grave, lieutenant : je commence à penser que nous avons tous perdu l'esprit.

— Jade, quels sont vos souvenirs de ce qui s'est passé à Édimbourg ? interrogea Sean après une hésitation.

Elle se crispa et détourna la tête. Son regard se perdit dans le vide.

— Je me rappelle le sang, l'horreur de ce que je ressentais, de ce à quoi j'assistais... les cercueils dans le tombeau, des corps à l'intérieur qui soudain jaillissaient, repoussant les couvercles... Tous ces morts se sont réveillés en même temps et se sont jetés sur les membres du groupe. Le... le guide a déchiré la gorge de Sally Adams à coups de dents.

— Ce guide a repris ses... activités, mademoiselle MacGregor. Alors il faut que vous preniez toutes les précautions qui s'imposent.

— Lieutenant, puis-je vous poser une question ?

— Je vous en prie.

— Vous croyez aux vampires, n'est-ce pas ?

— Ce que je crois n'a aucune importance, mademoiselle MacGregor. C'est ce que vous, vous croyez qui en a.

Jade exhala un lourd soupir.

— Bien. Pensez-vous que Rick Beaudreaux a été attaqué par un vampire, lieutenant ?

Comme Sean ne répondait pas, elle lui toucha le bras et répéta :

— Est-ce cela que vous pensez ?

Le policier s'agita sur son siège, manifestement mal à l'aise.

— Je... eh bien, je... pense que Rick a attrapé un méchant virus, mais qu'il va s'en sortir.

Un grand soulagement envahit Jade.

— On est arrivés, annonça Sean.

Après avoir arrêté sa voiture devant l'immeuble de Jade, il se retourna et tapota l'épaule de Shanna.

— Réveillez-vous !

— Shanna n'habite pas ici, lieutenant.

— Elle va rester ici avec vous cette nuit. Et moi aussi.

— Mais que va dire votre femme ? Vous outrepassez vos devoirs de policier !

— C'est elle qui m'a demandé de rester.

Jade renonça à discuter. Elle tombait de sommeil : une nuit de folie et de délicieuse insomnie avec un inconnu, puis une journée éveillée auprès de l'homme avec lequel elle aurait dû passer la nuit la privaient maintenant de toutes ses forces.

— O.K., lieutenant. Shanna couchera sur le canapé convertible de mon bureau, et vous…

— … un oreiller, une couverture et le parquet du vestibule me conviendront parfaitement.

— Bon. C'est vous qui décidez. Shanna ?… Shanna !

La jeune femme grommela des protestations, mais s'assit.

— Mademoiselle MacGregor, reprit Sean, aurez-vous une brosse à dents et du dentifrice ? Sinon, il faudrait que je fasse un saut chez moi : j'ai une haleine d'ours, le matin.

— J'ai tout ce qu'il faut.

Vingt minutes plus tard, les deux couchages de fortune étaient prêts.

— Pourquoi on fait tout ça ? lança Shanna après avoir enfilé l'un des pyjamas de sa sœur. Mon appartement est aussi sûr qu'un château fort !

— Il est trop tard pour organiser la surveillance de deux endroits à la fois, dit Sean.

— Bon, alors bonne nuit, marmonna Shanna en se dirigeant vers le bureau.

— Avez-vous besoin d'autre chose ? s'enquit Jade après avoir installé couverture et oreillers par terre dans le vestibule selon le souhait de Sean.

— Non, c'est parfait, assura-t-il en retirant ses chaussures.

Puis il ôta sa veste et sortit de ses poches divers objets, qu'il plaça sur un tabouret à côté de lui.

Jade fronça les sourcils.
— De l'eau bénite ? De l'ail ?
— Oui.
— Mon Dieu, mais vous y croyez vraiment !
— Vous étiez à Édimbourg, pas moi. Si quelqu'un a eu la preuve de… de leur existence, c'est vous. Mais je pare à tout : j'ai aussi un revolver, dit-il en montrant le calibre 38 placé à portée de main.
— Il est chargé, j'espère ?
— Il l'est.
— Bien. Bonne nuit.
— Merci. À vous aussi. Et si quoi que ce soit vous tourmente, venez me voir. Peu importe l'heure.
— Entendu.
Jade se retira dans sa chambre, mais laissa la porte entrouverte. Décidément, songea-t-elle en se mettant au lit, sa vie était partie à vau-l'eau : un flic dormait dans son hall d'entrée, Rick souffrait d'une mystérieuse et gravissime affection, Sean Canady semblait connaître Lucian…
Où était-il, d'ailleurs ? Les draps portaient encore le parfum de son eau de toilette… et la trace d'ébats torrides…
Après tous ces bouleversements, jamais elle n'arriverait à s'endormir, se dit-elle avant de sombrer dans un profond sommeil.

Assis auprès de sa femme dans l'ambulance qui roulait, Peter MacGregor était sous le choc : quelle maladie pouvait donc avoir frappé Liz aussi brutalement ?
Tout en lui tenant la main, il examinait son visage couleur de cendre. Mon Dieu, qu'il ne la perde pas… Qu'elle guérisse ! Il avait tant souffert lorsque la mère des filles avait été malade, puis à l'agonie. Jamais il n'aurait imaginé revivre ce cauchemar. Dieu savait qu'il avait aimé Janice. Il l'aimait encore. Et puis Liz était arrivée. De nouveau il avait aimé, alors qu'il croyait son exis-

tence définitivement vouée à la solitude. Il était un peu âgé pour être père de deux jeunes enfants, mais Liz et les jumeaux étaient sa fontaine de jouvence. Il ne supporterait pas de devoir dire adieu au bonheur une nouvelle fois.

L'ambulance s'était arrêtée, remarqua-t-il. L'hôpital ? Oui. Les infirmiers soulevaient le hayon du véhicule, tiraient le chariot sur lequel était étendue Liz, sans connaissance, l'amenaient aux urgences...

— Non, monsieur, vous ne pouvez pas entrer, lui annonça un médecin alors qu'il suivait le chariot.

Tête basse, Peter fit demi-tour et se rendit dans la salle d'attente, où il s'assit face à la porte derrière laquelle avait disparu sa femme. Sa solitude lui fit monter les larmes aux yeux : il n'avait pas réussi à joindre ses filles pour les avertir.

Il avait essayé, sans résultat, de les contacter dans l'après-midi pour leur demander de s'installer momentanément à la maison à cause du tueur qui rôdait. Cette histoire l'inquiétait au plus haut point. Ce qui venait d'arriver à New York et en Nouvelle-Angleterre avait un rapport avec le massacre d'Écosse, auquel avait échappé Jade. Et le monstre se rapprochait de La Nouvelle-Orléans : le jeune homme découvert dans la voiture accidenté était mort avant l'impact contre l'arbre. Or ce jeune homme se trouvait dans le cimetière, ce soir funeste de l'automne dernier. Avec Jade.

La peur nouait la gorge de Peter. Il avait mis les jumeaux en sécurité chez des voisins, mais ses filles, où étaient-elles ?

Et Liz ? Peut-être avait-elle été agressée. Ses vêtements en lambeaux confortaient cette thèse. Selon le premier médecin arrivé sur les lieux, Liz, souffrant d'une subite fièvre, avait cherché à se rafraîchir en se déshabillant. Cela ne tenait guère debout. En proie à une forte fièvre, elle n'aurait jamais eu la force de déchirer son chemisier, sa jupe...

— *J'ai besoin de toi.*

La voix était plaintive, triste. Elle atteignait l'inconscient de Jade qui, comme dédoublée, se savait endormie en train de rêver, et en même temps attentive à celui qui l'appelait.

Tout à coup, il lui sembla percevoir des pleurs. L'un des jumeaux ?

— *Ô mon bébé, j'arrive !*

Quelle absurdité... Les petits garçons n'étaient pas là, voyons ! Elle était couchée chez elle, elle faisait un drôle de rêve dans lequel elle voyait un policier étendu dans le vestibule... Il l'empêcherait de sortir et... La fenêtre ! Oui, oui, la fenêtre...

Elle se leva, traversa la chambre sur la pointe des pieds et l'ouvrit. C'était un jeu d'enfant de passer du balcon dans la rue. Il suffisait de s'accrocher au tuyau d'évacuation de la gouttière... Voilà, c'était fait. Maintenant, elle était pieds nus sur le trottoir. Des substances poisseuses se collaient à ses talons, sous ses orteils... Pouah... La nuit avait dû être chaude, à La Nouvelle-Orléans. Des milliers de gens avaient dû déambuler dans cette rue, dansant, criant, buvant et mangeant... La ville ne dormait jamais vraiment. Cependant, elle connaissait quelque paix juste avant les petites heures du matin. Comme maintenant.

Jade longea le trottoir, s'excusant au passage de sa tenue auprès de quelques SDF couchés sous des portes cochères : une chemise de nuit, avait-on idée !

— Fichez le camp ! lui intima l'un des clochards.

— Mais je ne suis pas là ! Je fais un rêve.

— Hein ? Mais c'est moi qui rêve ! Parce que je crois voir un ange dans une longue robe blanche.

— Faux. Vous ne rêvez pas. Moi, si.

— Rentrez chez vous, petite. C'est dangereux de se balader comme ça la nuit.

— Non, non. Ça va aller.

— J'aimerais bien avoir des godasses à vous filer.

Elle sourit à l'homme et poursuivit son chemin, songeant que le clochard disait vrai : se promener dans cette ville la nuit était risqué. Heureusement, cette escapade n'avait lieu qu'en rêve !

— *S'il vous plaît, venez à moi... Aidez-moi !*

La voix insistait. Et les pleurs d'enfant reprenaient. L'un des jumeaux sanglotait.

— *Cachez-vous ! En bas de la rue, il y a des flics ! Ils vont vous arrêter s'ils vous voient. Il ne faut pas. Vous devez venir à moi !*

Jade se glissa dans une ruelle et attendit. Les policiers passèrent devant elle sans la remarquer. Évidemment. En rêve, on était invisible. À quoi bon se cacher ?

Elle sortit de la ruelle et se remit à marcher dans la rue, à pas pressés maintenant. En fait, elle courut jusqu'à l'intersection entre une avenue et le Vieux Carré.

Ce fut là qu'elle comprit où elle allait : au cimetière abandonné. Quelle drôle d'idée ! Les cimetières, même celui-ci, étaient fermés la nuit. De gros cadenas bloquaient la grille : trop de gens bizarres aimaient fréquenter les cimetières sous la lune, à La Nouvelle-Orléans.

D'ailleurs, ces gens, elle les rencontra tout le long du trajet jusqu'au cimetière. À pied ou en voiture, ils l'invitaient à les suivre dans un bar, un hôtel, une boîte de nuit... Lorsqu'ils se montraient trop entreprenants, elle déviait de sa route, marchant dans le caniveau où ses pieds nus se blessaient sur des tessons de bouteilles, des cannettes de métal écrasées, des gravillons acérés. Le bas de sa chemise de nuit était maculé, déchiré.

Mais elle continuait à avancer.

Soudain les grilles du cimetière furent devant elle, rouillées, tordues... et béantes.

Immédiatement après les avoir franchies, elle se sentit bien. Elle aimait les cimetières avec leurs vieilles chapelles, leurs tombeaux dégradés, leurs statues mutilées, leurs croix brisées. Elle n'avait pas peur.

Une brume ondulant comme de l'ouate dans un courant d'air recouvrait le sol. Par endroits, elle s'enroulait autour du socle des anges de marbre, le rendant invisible. Les anges semblaient prêts à prendre leur envol.

— Me voilà, chuchota-t-elle.

— *Viens plus près… Viens m'aider…*

Où devait-elle aller ? La voix ne l'indiquait pas. Celui qui lui parlait était-il enfermé dans une tombe ?

Les pleurs reprirent. Petey ! Jamie !

— Je suis là, mes bébés ! J'arrive !

Elle s'élança et heurta un bloc de granite détaché d'un mausolée. Ses arêtes acérées lui entaillèrent la plante du pied. Elle gémit. Bon sang, ce rêve était d'une effarante réalité…

— *Jade… Jade… Jade…*

De lourds sanglots accompagnaient son nom. Elle s'enfonça plus avant dans le cimetière. La brume montait maintenant à hauteur de ses mollets.

Tu es folle, se dit-elle. Errer ici dans le noir, ça s'appelle chercher les ennuis !

Mais non, puisqu'il s'agissait d'un rêve.

— *Jade ?*

Elle sursauta. Cette fois, on avait prononcé son prénom derrière elle, dans son dos. Et elle avait perçu un souffle sur sa nuque.

— *Jade !*

La voix, soudain, lui donnait la chair de poule. Elle émanait d'une créature maléfique, songea la jeune femme avant de se mettre à courir.

Mue par la peur, elle zigzaguait à l'aveuglette entre les tombes, les stèles, ralentie par le vent qui plaquait la chemise de nuit contre ses jambes, gênant ses mouvements. Dans les confins de son esprit, la voix continuait à l'appeler. Elle n'entendait plus pleurer les jumeaux. La créature démoniaque avait imité leurs pleurs, comprit-elle. Elle s'était laissé abuser.

Celui qui l'avait attirée dans le cimetière lui voulait du mal ! Il lui avait joué la comédie !

Jamais en rêve elle n'avait entendu battre son pouls si violemment. Il frappait dans ses tympans, gong en folie qui lui donnait l'impression de réellement vivre ce qui lui arrivait.

Jamais non plus elle ne s'était mise à crier sous l'effet de la douleur : des plaies ouvertes mettaient ses pieds en sang, un sang qu'elle ne voyait pas à cause de la brume mais dont elle sentait la chaleur, humait l'odeur métallique.

Il fallait sortir de ce piège, retrouver la grille... Oh, pourquoi ne se réveillait-elle pas ? Ainsi, l'autre ne l'aurait plus poursuivie... Car il la poursuivait... Il respirait lourdement, tel un chien enragé derrière sa proie...

Elle se retourna et distingua une silhouette sombre enveloppée dans une immense cape.

Un hurlement jaillit de sa gorge quand elle se rendit compte que la silhouette se trouvait tout près d'elle. Les jambes flageolantes, elle vacilla, se retint au bras d'une vierge de marbre et retrouva son équilibre. Comme une flèche, sourde aux élancements de ses pieds blessés, elle fila le long d'une allée bordée de grands sépulcres familiaux. Elle débouchait sur une travée perpendiculaire lorsque son poursuivant se matérialisa face à elle, lui bloquant la voie.

Il fit tournoyer la cape et le capuchon glissa, révélant le visage.

Des orbites vides d'où s'échappaient des vers... La face de la créature était dépourvue de chair. C'était celle d'un squelette.

— Viens...

Une main composée d'os dénudés se tendit vers elle, la toucha. De toutes ses forces, elle la repoussa, puis frappa la poitrine aussi dure que de la pierre.

— Non ! Non ! Laissez-moi !

— Jade...

Des bras l'enserrèrent. Une sensation de chaleur l'emplit tout entière. Elle cessa de lutter, s'abandonnant au soulagement... et ouvrit les yeux.

— Tout va bien, Jade, je suis là.

— Lucian ?

Elle cilla, incrédule : Lucian se trouvait dans son rêve. Il était intervenu pour la sauver. Dans la clarté de la lune, elle vit qu'il portait un jean et une chemise noire, que sa chevelure était soigneusement peignée. Ses yeux la fixaient, graves et inquiets.

— Tout va bien, Lucian. Il ne s'agit que d'un rêve et…

Mon Dieu, mais non ! Elle était vraiment dans un cimetière ! découvrit-elle en regardant autour d'elle. Sa chemise de nuit sale, déchirée, ses pieds en sang, tout était vrai !

Elle claquait des dents maintenant. À cause du froid et de la peur. Les tombeaux en ruine, les statues mutilées, les gargouilles au fronton des chapelles, les croix… ils ne faisaient pas partie d'une illusion !

— Grand Dieu… s'écria Jade en s'arrachant aux bras de Lucian. Vous m'avez amenée ici ! Comment avez-vous osé…

— Non, Jade, je ne vous ai pas…

— Salaud !

La brume avait disparu. Elle savait désormais où poser les pieds, quelle allée emprunter pour retrouver la sortie. Ce cimetière, elle en connaissait le moindre recoin. Enfant, elle avait joué ici. Si ses parents l'avaient su ! Elle adorait le sépulcre constellé de hiéroglyphes d'un défunt amateur d'égyptologie, celui au clavier de piano sculpté d'un musicien…

Mais autrefois, elle venait là de jour. Pas en pleine nuit, quand l'endroit était un vrai coupe-gorge, un repaire de drogués, d'ivrognes.

La terreur qui avait un moment déserté son esprit l'envahit de nouveau. Elle se remit à courir.

Des pas claquaient derrière elle.

— Jade !

— Non ! Laissez-moi !

Comment faire confiance à Lucian alors qu'il l'avait conduite ici ? Qu'il s'était transformé, Dieu seul savait comment, en monstre dans le but de l'effrayer ? Il la poursuivait parce qu'il voulait à tout prix réaliser quelque immonde dessein… Répéter la scène du caveau, à Édimbourg… Contrairement à ce qu'elle avait cru, il n'avait pas été que spectateur, mais également acteur ! Il faisait partie de la bande de tueurs !

La poitrine en feu à force de courir, elle jeta un coup d'œil derrière elle. Lucian se rapprochait. De la brume tourbillonnait autour de lui. Il n'y en avait nulle part ailleurs.

Se retourner, même une fraction de seconde, lui fut fatal : elle se prit le pied dans une grosse racine et tomba tête la première.

Lucian la rattrapa, la ceintura, puis la souleva et l'emporta en hâte hors du cimetière.

— Pourquoi… pourquoi m'as-tu appelée ?

— Je ne t'ai pas appelée.

— Je ne comprends pas.

Elle ne savait plus que croire. Les mains nouées derrière la nuque de Lucian, elle se sentait en sécurité dans ses bras. Et pourtant elle aurait dû trembler d'effroi. Il lui avait joué un tour ignoble, usant de pouvoirs télépathiques, d'une force psychique hallucinante qui l'avait poussée à s'échapper de chez elle par la fenêtre.

— Ce n'était pas moi, Jade.

— Qui, alors ?

— J'ai des ennemis.

— Moi aussi, apparemment. Tu prétends que ce n'était pas toi qui m'appelais ? À aucun instant ?

— Non.

— Celui que je prenais pour toi… il… il m'a touchée ! Il s'est approché de moi et il m'a touchée ! C'était un squelette… il portait une cape…

Ils marchaient dans la rue. Plus précisément, Lucian marchait en portant Jade.

— Pose-moi. Je ne suis pas invalide !

Il obéit. Sitôt que ses pieds furent en contact avec le sol, Jade grimaça de douleur. Lucian la reprit immédiatement dans ses bras.

— Bon, je reconnais que j'ai quelques difficultés à me déplacer par moi-même, fit-elle amèrement. Lucian, dis-moi : cet homme… enfin, je ne sais ce que c'était… Bref, la… la chose, dans le cimetière, était-ce le guide d'Écosse ?

— Oui.

— Il est ici pour achever ce qu'il a commencé à Édimbourg, continué à New York et en Nouvelle-Angleterre, c'est ça ?

— Je le pense. Et il n'est pas seul.

— La femme qui avait jailli du cercueil, celle dont le corps était parfaitement intact, elle est là aussi, n'est-ce pas ?

— Oui.

— C'est elle qui a égorgé Jeff Dean.

— Oui. Jade, il va falloir que tu me fasses confiance.

— Te faire confiance alors que j'ignore tout de toi ? Alors que tu connais ces gens qui… qui…

—… sont le mal incarné.

— Et toi ? Es-tu différent d'eux ?

— Guère, je te le concède. Mais je n'assassine personne et j'essaie de te sauver la vie.

— Pourquoi mettrais-tu la tienne en jeu pour que la mienne soit épargnée, Lucian ?

— À cause de la couleur de tes yeux.

Il accéléra le pas.

— Il faut se dépêcher, Jade. À l'heure qu'il est, le policier qui campe dans ton appartement et ta sœur doivent être fous d'inquiétude. Pour ne rien arranger, ton père a appelé.

— Mon père ? Que voulait-il ?

— Ta belle-mère a été hospitalisée. Elle est malade.

— Mon Dieu… Est-ce grave ?

— Elle va s'en sortir.

— Comment es-tu au courant de tout cela ? demanda Jade avec colère. Lâche-moi !

Il ouvrit les bras. Cette fois, elle réussit à dominer la douleur. Elle ne gémit pas.

— Je ne sais vraiment pas pourquoi je te pose ces questions, lança-t-elle amèrement. Tu ne répondras pas, évidemment. Mais quand même, ça m'intrigue que tu te sois trouvé à point nommé dans le cimetière pour m'arracher aux griffes du tueur, que tu sois informé de tout ce qui se passe dans ma famille, mon appartement… Tu es voyant extralucide !

— Non, mais je sais tout, c'est exact.

Un frisson de peur traversa la jeune femme. Cet homme l'effrayait. Elle aurait dû le fuir… et pourtant elle n'en avait pas la moindre envie. Auprès de lui, elle se sentait en sécurité, personne ne pouvait l'atteindre. D'où lui venait cette impression que rien ne justifiait ?

— Lucian, explique-moi pourquoi tu as pris une telle importance à mes yeux. Dis-moi ce qui me pousse à accepter l'inacceptable, l'incompréhensible, ce qui m'empêche de hurler à l'aide, d'appeler la police…

Un sourire se dessina sur les lèvres de Lucian.

— Je n'ai pas les réponses, dit-il avant de se pencher sur elle.

Il la prit par les épaules, l'obligeant à s'immobiliser, et posa ses lèvres sur les siennes.

Ce baiser ne faisait pas partie d'un rêve, se dit Jade. Elle était bien réveillée.

— Eh, mec, amène-la dans ton pieu ! cria quelqu'un dans une voiture qui passait.

Jade sourit à son tour lorsque Lucian se détacha d'elle.

— Ce que je vais te dire relève certainement de la folie, mais… je crois que je t'aime, Lucian. Toi, un parfait inconnu, je t'aime.

— Probablement en sais-tu suffisamment sur moi… plus que tu ne l'imagineras jamais.

Il prit une boucle de ses cheveux et l'enroula autour de son index.

— Je t'aime depuis toujours, Jade.

Sur ces mots, il se remit à marcher. Puis, constatant qu'elle suivait avec peine, il la reprit dans ses bras. Elle se nicha contre sa poitrine.

Quelle situation surréaliste, songea-t-elle. Ils longeaient des rues au danger omniprésent à cette heure-ci, et pourtant, pas la moindre peur n'était tapie en elle. Les gens qu'ils croisaient les regardaient avec perplexité. Ils devaient former un bien étrange tableau – cet homme grand à la chevelure couleur de nuit, tout de noir vêtu, portant une jeune femme blonde en chemise de nuit blanche…

13

À l'hôpital, Peter MacGregor tenait la main de sa femme qui avait repris connaissance. Elle était sortie de l'état de choc, mais pas indemne, découvrait-il : confuse, elle s'exprimait avec difficulté, cherchant ses mots, s'efforçant de se rappeler ce qui lui était arrivé, en vain. De fugaces images semblaient traverser sa mémoire, sans qu'elle parvînt à les capter.

— Ma chérie, ne te fatigue pas. Tu as eu une très forte fièvre, c'est pour ça que tu n'arrives pas à mettre tes idées en place. Mais tout va s'arranger, un peu de patience. L'essentiel, c'est que tu sois en bonne voie de guérison. Je suis si heureux que tu sois là, avec moi…

— Les jumeaux… ils allaient bien, c'est vrai ?

— Oui, ne t'en fais pas.

— Les filles s'occupent d'eux ?

— Non. Ils sont chez Jeannie.

— Notre voisine ?

— Oui.

— Quand je me suis évanouie, où se trouvaient-ils ?

— Dans leur lit. Tu avais dû les coucher avant le malaise.

— C'est ça qui me tracasse, Peter : je ne me rappelle pas m'être sentie mal. Tout ce dont je me souviens, c'est…

Liz s'interrompit, les sourcils froncés. De quoi se souvenait-elle ? Son cerveau lui paraissait rempli de coton.

Bien qu'assise dans le lit, coiffée, le visage net, les dents brossées, elle était faible. On avait dû lui faire plusieurs transfusions sanguines. Ce sang neuf l'avait revigorée.

— Oui, Liz ? Tu disais te souvenir de quelque chose.

— Le technicien de la télévision par câble ! Voilà ! Il y a eu ce garçon qui...

— Un technicien est venu ?

— Oui.

— Nous avons eu un problème avec le branchement ?

— Je... je ne sais plus. As-tu appelé les filles ?

— Je n'ai pas pu les joindre. Elles doivent dormir. J'ai laissé des messages sur les boîtes vocales.

— Tu n'es pas allé chez elles ?

— Je ne pouvais pas te laisser.

— Peter, j'ignore pourquoi, mais je me fais du souci pour Jade et Shanna. S'il te plaît, va les voir. Assure-toi qu'elles vont bien. Je les aime beaucoup et... Ô Dieu merci !

Jade et sa sœur venaient d'entrer dans la chambre.

— Nous sommes désolées, papa, Liz... Nous avons passé la moitié de la nuit ici, à l'étage au-dessus ! Mon ami Rick Beaudreaux était, avons-nous cru, mourant. Mais maintenant ça va, expliqua Jade.

— Quand as-tu quitté l'hôpital ? demanda Peter. Au milieu de la nuit ?

Son inquiétude était patente. Ses filles avaient beau avoir plus de vingt ans, il réagissait encore comme un papa de jeunes enfants.

— J'étais là aussi, intervint Shanna.

— Ainsi que moi, lança un homme qui se tenait sur le seuil.

Peter reconnut le lieutenant Sean Canady. Au cours de ses longues années passées au journal, il avait fréquemment été en contact avec les membres de la brigade criminelle.

Canady, donc, avait veillé sur Jade et Shanna. Un flic efficace, muni d'une arme... Mais Peter ne se sentit pas rassuré pour autant, au contraire : pourquoi ses filles avaient-elles besoin d'un garde du corps ?

— Je suis heureux que votre femme aille mieux, dit Sean en s'approchant.

Il tendit la main à Peter, qui la serra.

— Alors, vous avez eu mes messages ? s'enquit Peter.

Un étrange trouble l'avait envahi. Il s'interrogeait sur son origine quand il comprit : un autre homme était là. Physiquement, il semblait avoir été coulé dans le même moule que Canady : grand, brun... Seuls leurs yeux différaient. D'un bleu céleste pour le policier, d'un noir d'encre pour l'inconnu.

— Papa, voici Lucian DeVeaux, dit Jade.

— Un vieil ami, compléta Sean.

— Pourquoi escortez-vous mes filles, lieutenant Canady ?

— Par prudence. Les massacres de New York et de Nouvelle-Angleterre ont des points communs avec ce qui s'est passé en Écosse.

Peter blêmit.

— Ah, mon Dieu... Hier, au journal, nous avons travaillé là-dessus. Jade est-elle en danger ?

— Peut-être, et c'est pour cela que nous prenons toutes les précautions.

— Et vous, monsieur DeVeaux, êtes-vous également dans la police ?

— Non.

— Lucian est un ami, je vous l'ai dit, monsieur MacGregor, ajouta Sean. Il ne...

— Ne vous ai-je pas déjà rencontré ? coupa Liz.

— C'est possible, madame. Le monde est tout petit.

Lucian s'approcha de la jeune femme et posa la paume sur son front.

— Vous semblez aller bien. Comment vous sentez-vous, Liz ?

Peter s'étonna de cette familiarité, ainsi que de la réaction de son épouse : elle posait sur Lucian des yeux brillants de vie.

— Je me sens mieux, merci.

— Si vous n'êtes pas policier, êtes-vous médecin ? reprit Peter.

— Il est écrivain, papa, dit Shanna, un peu trop vite pour apaiser la méfiance de son père.

— Ah ! Et ce monsieur et toi vous connaissez depuis quand ?

— Depuis peu de temps.

— Mais moi, j'ai connu Lucian en Écosse, intervint Jade.

Il fallait que ses filles s'éloignent de cet homme ! songea immédiatement Peter avant de se demander pourquoi il pensait cela. DeVeaux le fixait, apparemment disposé à répondre à toutes ses questions, mais ce que lisait Peter dans ses yeux, c'était une sorte de défi.

— Je suis sûre de vous avoir vu auparavant, répéta Liz.

Jade vint se placer entre la jeune femme et son père.

— Tu as l'air épuisé, papa. Il faut que tu ailles déjeuner. Un bon café bien fort ne serait pas du luxe. Shanna va t'accompagner à la cafétéria. Moi, je resterai avec Liz, d'accord ?

— En plus de ce qui arrivait à Liz, je me suis rongé les sangs à cause de vous, les filles. Mais maintenant, j'ai repris du poil de la bête.

— Peter, écoute donc Jade, dit Liz. Va manger quelque chose, mon chéri.

Shanna glissa le bras sous celui de son père et l'entraîna vers la porte.

— Je reviens tout de suite ! lança-t-il en sortant.

Bon sang, qu'est-ce qui avait suscité cette angoisse ? La fatigue nerveuse, sans doute, le manque de sommeil... Il n'avait aucune raison de s'inquiéter. Ses filles étaient là, en parfaite santé, il appréciait Sean Canady...

Mais l'étranger, ce DeVeaux, le mettait mal à l'aise. D'autant plus qu'il devinait que Jade était liée à lui.

Dès que son père et Shanna furent sortis, Jade se tourna vers Liz.

— Tu vas mieux, c'est vrai ?

— Sûr.

De nouveau, Lucian caressait la joue de la jeune femme, qui lui signifiait du regard que, oui, il pouvait continuer à la toucher.

— Vous n'êtes pas médecin, et je vous connais, monsieur DeVeaux. Je me rappelle que vous avez fait quelque chose pour moi. J'ignore ce que c'est, mais…

— Liz, revenons à hier soir, coupa Lucian. De quoi vous souvenez-vous ?

— De rien, si ce n'est de ce technicien, un gentil garçon.

Liz raconta la visite du jeune homme, son offre pour l'essai d'une nouvelle chaîne à destination des enfants.

— Jusque-là, ça me semble normal, continua-t-elle. Mais je sens qu'ensuite un événement bizarre s'est produit. Je n'en sais pas plus, hélas.

— Madame MacGregor, si quoi que ce soit vous revient, appelez-moi, dit Sean. À n'importe quelle heure.

Liz hocha la tête, puis regarda de nouveau Lucian.

— Comme c'est étrange… J'ai vraiment la certitude de vous connaître.

— Je vous l'ai dit, nous nous sommes peut-être croisés un jour.

— Mmm. Ce doit être ça, acquiesça Liz sans conviction.

Elle marqua un temps, puis ajouta :

— Veillez sur Jade, je vous en prie.

— C'est bien ce que j'ai l'intention de faire, assura Lucian.

— Matt ! Viens ici !

Le jeune homme frappait à la porte de Jade quand Renate avait surgi. Zut. Cette femme n'était pas précisément celle qu'il avait envie de voir. L'autre soir, elle l'avait invité à boire du champagne, manger du caviar… et lui avait seriné qu'il devrait fréquenter un gymnase, que ses vêtements étaient moches. S'il espérait gravir l'échelle de la notoriété, devenir un auteur faisant référence, il fallait qu'il se remue.

Les écrivains étaient des excentriques, avait-il rétorqué. Et ils appartenaient à tous les genres, tous les styles. Ils se fichaient des standards comme d'une guigne.

Fâchée, Renate l'avait mis dehors. Puisqu'il refusait de faire un effort, qu'il s'en aille ! Sans goûter au caviar. Il ne méritait pas ce luxe… pourtant payé de sa poche.

— Qu'est-ce qu'il y a ? grommela-t-il. Je veux parler à Jade.

— Elle n'est pas là.

— Ah bon ? Comment le sais-tu ?

— Parce que je l'ai vue partir, imbécile !

— Dans ce cas…

— Matt, c'est important que je te parle.

— Ouais, d'accord. Je t'écoute.

— Entre. Je ne veux pas discuter dans le couloir.

Matt obéit. Renate referma la porte, s'y adossa et prit une profonde inspiration. Une expression mélodramatique se dessina sur ses traits.

— Alors ?

Elle regarda par-dessus son épaule, comme si on la poursuivait. Mais derrière elle, il n'y avait que le battant.

— Jade fréquente un vampire, lâcha-t-elle dans un souffle.

Matt la fixa en silence un moment, puis secoua la tête.

— Laisse-moi sortir.

— Matt, c'est la vérité !

— Pfff… Jade sort avec un flic.

— Rick Beaudreaux, oui. Il est à l'hôpital, probablement en train de mourir des suites d'une morsure de vampire ! Et Jade couche avec ce suceur de sang !

— Renate, aurais-tu par hasard bu le champagne toute seule ? Ou de la vodka ?

— Ne sois pas idiot ! Je n'ai rien bu ! Et ce que je te dis sur le vampire et Jade, c'est la vérité !

— Ouais. Et moi, je m'en vais.

Il revenait vers la porte lorsque Renate bondit. Non pour lui barrer le passage, mais parce que quelqu'un frappait.

— C'est le vampire ! chuchota Matt en gloussant.

— Non, c'est Danny. Je lui ai demandé de venir.

Effectivement, Danny se tenait sur le seuil.

— Salut, Renate, me voilà ! Oh, ça va, Matt ?

— Je partais.

— Non, tu ne bouges pas d'ici ! s'écria Renate.

— Tu connais la dernière, Danny ? fit Matt en roulant des yeux. Jade est la petite amie d'un vampire.

— Hein ? Je croyais que Rick était flic.

— Rick est bien policier ! confirma Renate. Ce que je dis, c'est que Jade couche avec...

— ... Lucian ? acheva Danny.

— Tu sais qui c'est ? s'épouvanta Renate, blême.

— Sûr. Un beau mec brun, grand, la classe.

— Et il n'est pas un vampire, conclut Matt.

— Mais non ! Il vit de ses rentes et rêve d'écrire.

— C'est faux, corrigea Renate. Il raconte ça pour avoir une raison de se rapprocher de notre groupe. Il cherche à s'introduire dans notre cercle et il a trouvé un excellent prétexte pour qu'on lui ouvre nos portes !

Tout à coup, Matt sourit.

— Ça y est, Renate, j'y suis ! Tu veux écrire un roman d'horreur ! Tu te dis qu'il aura un succès du tonnerre de Dieu, et tu testes sur nous ton idée de départ !

— Mais pas du tout !

Danny prit Matt par le bras.

— Écoute, je pense que tu auras l'occasion de rencontrer ce type, Lucian. Tu verras, il est vraiment sympa. L'autre soir, après avoir passé la journée à la morgue, j'étais complètement bourré, et ils m'ont ramené chez moi.

— « Ils » ? Qui ça, « ils » ? s'enquit Renate.

— Jade et Lucian. Elle l'a connu en Écosse et moi ici. Dans un café. Ce n'est pas Jade qui me l'a présenté.

— Et ils t'ont ramené chez toi !

— Ils m'ont mis au lit, et tout, et tout.

— Seigneur... Tu l'as laissé entrer dans ton appartement...

Renate semblait éperdue.

— Oui, et tu vois, je marche, je parle normalement.

— Et moi, je porte une croix ! dit Renate en écartant l'encolure de son chandail.

Un crucifix d'argent accroché à une chaîne apparut.

— Ça te fera du bien, Renate, assura Matt.

— S'il te plaît, regarde son cou quand tu seras de nouveau avec lui. Regarde bien son cou !

— Et le mien, alors ? s'écria Danny en déboutonnant sa chemise. Il est intact !

Danny et Matt riaient, mais Renate était parfaitement sérieuse. Elle examina le cou du jeune homme, qui plaisanta :

— Si Lucian est un vampire, alors il n'avait pas faim l'autre soir.

— Il ne s'en prendra pas à toi, parce qu'il est trop occupé à séduire Jade.

— Renate, tu ne sais plus ce que tu dis : il n'est plus en train de la séduire. C'est déjà fait, d'après toi, puisqu'elle couche avec lui.

— Non. Il ne fait que commencer. Son but, c'est de la transformer en vampire, et j'ignore pourquoi. Ma seule certitude, c'est qu'il est bel et bien un vampire et que de terribles événements vont nous affecter, tous autant que nous sommes. Nous devons nous protéger et Jade...

— Stop. Matt et moi, on ne comprend rien à tes salades, Renate. Explique-toi clairement.

— Je ne souhaite que cela. Un café ?

— Hein ?

— Voulez-vous un café ? Mes explications vont durer un moment, alors autant prendre un café.

— D'accord, dirent les deux jeunes gens d'une seule voix.

Manifestement, Renate était enchantée d'avoir un public. Elle invita Matt et Danny à s'asseoir dans le salon puis s'éclipsa, le temps de remplir une cafetière et de poser trois tasses sur un plateau, qu'elle plaça sur la table basse.

— J'ai écouté les communications par radio de la police, commença-t-elle après s'être assise à son tour.

— Et alors ? fit Matt.

— Alors, revenons à Jade et à ce qui lui est arrivé en Écosse. Rappelons-nous comment elle en est revenue : maigre à faire peur, les nerfs à vif, et bonne pour une psychothérapie qu'elle a suivie pendant des mois.

— Normal. Elle avait subi un tel traumatisme… Un massacre dans un cimetière… il y avait de quoi perdre les pédales. Ensuite, Renate ?

— En Écosse, elle a connu ce Lucian.

— Et ?

— Et maintenant, nous avons deux massacres similaires à ceux d'Écosse dans notre pays, l'un à New York, l'autre en Nouvelle-Angleterre, et à ce jour les coupables courent toujours. Parmi les victimes de ces tueries, se trouvait un garçon qui était à Édimbourg.

— Le jeune que j'ai vu à la morgue également, précisa Danny.

— Ça, par exemple ! s'exclama Matt. Je n'étais pas au courant.

— Tu n'as pas lu les journaux ?

— Non, ma chère Renate. En tout cas, pas la rubrique faits divers. Danny, qu'est-ce que c'est que cette histoire ?

Danny raconta, et conclut en expliquant que l'on avait sectionné le cou de la victime post-mortem.

— Waouh ! Tu es sûr qu'il était en Écosse ?

— Oui, confirma Renate. Et les malheureux du Massachusetts, au parc d'attractions, n'ont pas seulement été décapités : ils ont été dépecés ! Parmi eux on trouve un survivant d'Écosse.

— Et Jade est également une rescapée de cette horreur. Oh, merde ! Mais ça n'explique pas pourquoi Lucian serait un vampire.

— Il est écossais, en tout cas, précisa Danny.

— DeVeaux est un nom français, objecta Matt.

— Normand. Il y a des lustres que sa famille a quitté la Normandie.

— Nous y voilà ! s'écria Renate.

— Les vampires viennent de Transylvanie d'habitude, non ?

— Comment diable saurions-nous d'où ils viennent vraiment, Matt ? J'ai lu des dizaines d'ouvrages sur le sujet. Il ne faut pas se limiter au bouquin de Bram Stoker. Les vampires sont des créatures très anciennes. On trouve leurs traces en Égypte, Syrie, Grèce... De nos jours, ils ont pu essaimer partout, y compris dans notre pays. Tu vois cette rangée de volumes sur l'étagère du haut, dans la bibliothèque ?

Matt leva le regard.

— Oui.

— Eh bien, tous traitent de cas de vampirisme sur le territoire des États-Unis. De la fondation de la nation au XVIIe siècle jusqu'à la fin du XIXe.

— Nous sommes au début du XXIe, remarqua Matt.

Visiblement agacée, Renate se leva et alla retirer un livre du rayonnage. Elle s'assit à côté de Matt et lui montra le titre.

— *Une histoire écossaise,* lut-il d'un ton plat. Et alors ?

— Alors il y est expliqué que, parmi les clans, nombre de patronymes datent de la conquête normande. Le célèbre roi d'Écosse, Robert de Brus, descendait de Normands. Des membres de sa famille se sont mariés avec des DeVeaux et l'héritage génétique a mal tourné. Mais il y a une émouvante histoire d'un DeVeaux combattant les Anglais aux côtés de Robert de Brus.

— L'Écosse a été en proie à des luttes intestines à n'en plus finir, Renate, je le sais. Bon, ce de Brus et ce DeVeaux se sont alliés. Où est le rapport avec les vampires ?

— J'y viens. L'héritage génétique, la tare, est venue d'une femme démente appartenant à la famille de Brus. On la disait sorcière et meurtrière. DeVeaux voulait la conduire devant une cour pour qu'elle soit condamnée et mise à mort. Il l'a fait. Le verdict a été : noyade puis dépeçage.

— On ne badinait pas, en ce temps-là...

— Attends, Matt. Dans le livre, on ne trouve pas trace de l'exécution de la sentence. Et... regarde.

Renate tendit le livre à Matt.

— Je n'ai pas envie de lire tout ce...

— Regarde l'illustration !

Matt baissa les yeux sur la page que Renate tapotait du bout de l'index.

On y voyait un cavalier en cotte, l'écusson de son clan accroché sur sa poitrine. Les symboles du blason évoquaient un dragon rouge ou un loup sur fond d'or.

La légende indiquait qu'il s'agissait de la photographie d'une peinture faisant partie d'une fresque, laquelle se trouvait dans une église d'Édimbourg.

— Je ne saisis pas, dit Matt.

— Moi, si, lança Danny.

— Je t'écoute.

— Le cavalier... on dirait mon nouveau copain. C'est Lucian DeVeaux trait pour trait !

Lorsque son père et Shanna revinrent dans la chambre de Liz, Jade partit voir Rick à l'étage supérieur. Elle s'engageait dans l'escalier quand elle s'aperçut que Lucian était derrière elle.

— Je peux aller rendre visite à Rick seule. Non, en fait, je *dois* y aller seule.

— Non. Il faut que je t'accompagne, où que tu ailles.

— Allons, nous sommes dans un hôpital, il y a des gens partout...

— Je veux parler à Rick Beaudreaux, Jade.

— D'après ce qu'on m'a dit, il va mieux. Il sera probablement conscient : Liz a présenté les mêmes symptômes et elle a récupéré. Rick sera sans doute en aussi bonne forme.

— Espérons-le.

— Oui. Mais, Lucian...

Jade s'était immobilisée, une main plaquée contre la poitrine de Lucian.

— Cela t'ennuie que je voie ton ami ? demanda-t-il tout en écartant sa main.

Son regard était froid, son intonation sèche.

— Jade, crois-tu pouvoir reprendre ta vie au point où elle en était, comme si rien ne s'était passé ?

— Non, mais... comprends-moi : je ne te connais pas du tout. Tu as débarqué un beau matin et...

— Tu sais de moi tout ce que tu as besoin de savoir, Jade. Il faudrait simplement que tu l'admettes.

Troublée, la jeune femme le laissa passer devant elle et se rendit compte qu'il se dirigeait sans hésitation vers la chambre de Rick. Il savait donc où elle se trouvait.

Les médecins gardaient Rick en soins intensifs. Dès que Jade et Lucian eurent poussé la porte, une infirmière leur barra le passage. Jade dut expliquer qu'elle était la fiancée du patient et avait passé la moitié de la nuit auprès de lui.

— Sa fiancée ? Oh, dans ce cas... entrez.

Jade se sentit rougir : Lucian avait entendu, évidemment.

— M. Beaudreaux est encore inconscient, mais toutes ses fonctions vitales sont normales. Parlez-lui, ça lui fera certainement du bien.

Jade s'approcha du lit et prit la main de Rick.

— Allez, tu vas t'en sortir ! Tu y arriveras ! Accroche-toi.

Dans le couloir, derrière la vitre, Lucian observait. Jade vit l'infirmière lui dire quelques mots, après quoi il entra à son tour.

— Comment se fait-il qu'elle t'ait donné l'autorisation, Lucian ? Que lui as-tu dit pour la convaincre ?

— Rien de spécial. Que j'étais un ami, c'est tout.

Il scrutait le visage de Rick, puis ses yeux dérivèrent vers son cou.

— Des traces de morsures, n'est-ce pas ? s'enquit Jade.

D'infimes trous, qui n'avaient rien à voir avec les plaies que portaient les victimes de vampires dans les films d'épouvante.

— Ne devrait-il pas y avoir des marques plus importantes, Lucian ?

— Elle s'amuse.

— Quoi ?

— Sophia s'amuse à mordiller, mais elle pourrait devenir sérieuse. Il ne faut à aucun prix que Rick reste seul. Je vais en parler à Sean.

— Allons, Lucian, ça ne tient pas debout ! Rick ne peut pas être aussi malade à cause de quatre petits trous dans le cou ! C'est insensé !

— Ça l'est, acquiesça Lucian.

Il tourna les talons et s'en alla.

14

À la lumière du jour, dans la chambre immaculée, à l'intérieur de cet hôpital qui faisait partie d'un monde rationnel, Jade remit peu à peu ses idées en place.

Lucian était parti sans qu'elle tente de le retenir.

Elle n'allait pas se laisser influencer par ses hypothèses fumeuses, décida-t-elle. La maladie de Rick ne pouvait qu'avoir une explication logique, que les médecins découvriraient tôt ou tard.

Les minutes passaient et elle restait au chevet de Rick. De temps à autre, elle lui caressait la joue en murmurant :

— Je suis désolée. Jamais je ne te ferai du mal sciemment. Jamais.

Puis elle regardait à travers la vitre de protection. Lucian l'attendait peut-être.

Non. Il était vraiment parti. Mais un jeune homme arriva, prit une chaise, s'installa dans le couloir devant la porte, et ouvrit un journal.

Elle sortit. Le jeune homme se leva et tendit la main.

— Bonjour, je suis Jack Delaney, le coéquipier de Sean Canady.

— Vous êtes chargé de protéger Rick ?

— Oui.

— Voilà qui me soulage. Mais il n'est pas la cible d'un mafioso ou d'un tueur à gages. Il est simplement malade.

— Je sais, mais Rick est un collègue, un excellent collègue, et toute l'équipe a à cœur de veiller sur lui. J'espère que ma présence ne vous dérange pas.

— Bien sûr que non.

— Très bien.

Jack s'abstint de préciser qu'en guise d'armes, il gardait dans ses poches des flacons d'eau bénite et, le long de sa cuisse, un pieu bien affûté.

— Puisque Rick est désormais sous bonne garde, je vais retourner auprès de ma belle-mère, dit-elle.

— Allez-y, oui. Je ne bougerai pas d'ici.

Jade revint donc dans la chambre de Liz, où elle trouva Shanna mais également Sean Canady. Lucian était passé et reparti, expliqua Sean, ce qui irrita Jade : il allait et venait et ne la tenait au courant de rien.

— Maggie, ma femme, aimerait vous connaître, annonça Sean à Jade. Vous pourriez déjeuner avec nous et vous reposer à la maison. Shanna serait également la bienvenue.

— Eh bien, je ne sais pas trop…

Jade regarda Shanna, puis son père.

— Où sont les jumeaux ?

— Chez la voisine. Accepte l'invitation du lieutenant Canady, Jade. Et repose-toi : Shanna et toi serez certainement mises à contribution dans les jours à venir. Il faut que vous soyez en forme.

— Dans ce cas, d'accord, lieutenant. Je serai enchantée de rencontrer votre femme.

Quelques minutes plus tard, en compagnie de Sean et de Shanna, Jade quittait l'hôpital. Auparavant, il avait dit quelques mots à Mike Astin, qui assurait la surveillance de Liz.

— Lieutenant Canady, pourquoi ma belle-mère a-t-elle besoin d'un garde ? interrogea-t-elle.

Tout cela était tellement étrange… Des vigiles dans un hôpital, et elle qui devenait somnambule… Car elle n'avait pas rêvé l'effroyable expédition au cimetière. Elle y était vraiment allée. En chemise de nuit, pieds nus…

Pendant qu'ils roulaient en direction des faubourgs de la ville, elle raconta cet effarant épisode à Sean. Shanna, assise sur la banquette arrière, demanda :

— Comment se fait-il que vous connaissiez Lucian DeVeaux, lieutenant ?

— C'est un vieil ami de ma femme.

— Oh ! Un ami... ou un ex-petit ami ?

— Shanna ! protesta Jade, choquée.

— Pas de problème, dit Sean. Maggie et Lucian étaient très proches, c'est vrai, mais c'est tout.

Sujet clos, songea Jade tout en regardant ce qui s'offrait maintenant à ses yeux, au bout d'une longue allée bordée de vénérables chênes.

La maison qu'habitait Sean Canady était l'une des rares demeures de planteurs encore occupée par une famille. Une pure merveille dont elle aurait aimé raconter l'histoire dans un livre, prendre des photos... L'élégance des proportions, l'exceptionnel état de conservation de la bâtisse l'émerveillaient. Lorsqu'elle gravit les marches du perron surmonté d'un portique de style palladien, elle se sentit émue. Qui avait posé le pied sur cet escalier vieux de cent cinquante ans ?

— Nous avons grandi dans une belle maison de Garden District, souffla Shanna, mais ça, c'est le top.

L'un des doubles vantaux de la porte d'entrée s'ouvrit sur une femme qui portait un bébé dans les bras. Une femme digne de figurer dans les pages de *Vogue*. Grande, d'une classe folle, en tenue décontractée et pourtant sortie d'une maison de haute couture parisienne... Son apparition laissa Jade pantoise.

Avec ses cheveux châtains bouclés, ses grands yeux bleus, le bébé était la réplique en miniature de Sean.

— Mon mari a réussi à vous amener ici ! lança la femme d'une voix douce. Bonjour, mesdemoiselles.

— Bonjour, et merci, répondit Jade.

— Ravie de faire votre connaissance, ajouta Shanna.

— C'était très gentil de nous inviter, acheva Jade, qui

ne pouvait s'empêcher de penser que l'invitation était en fait un ordre déguisé.

— Je suis Maggie, et cette petite chose, c'est Brent.

Jade s'approcha du bébé, persuadée qu'il allait se détourner en geignant. À cet âge-là, les bébés ont peur des étrangers.

Mais pas celui-là. Il la détailla posément puis examina Shanna, un léger sourire sur les lèvres.

— Il est adorable ! s'exclama Jade.

— Nous le pensons aussi…

Maggie leva les yeux vers son mari. Elle échangea avec Sean un long regard, lourd de sens caché, puis lui offrit sa bouche. Il l'embrassa. Ces deux êtres partageaient une complicité évidente, songea Shanna.

— Entrez, dit Maggie.

Le vestibule était aussi somptueux et spectaculaire que la façade. Un impressionnant escalier central conduisait à l'étage, flanqué de part et d'autre de peintures en trompe l'œil. Tout n'était que beauté et harmonie dans cette maison, excepté… une odeur. Que Jade n'identifia qu'une fois dans la vaste cuisine : des tresses d'ail étaient accrochées tout autour des fenêtres. Pendant que Maggie installait le bébé dans sa chaise haute, Jade se rendit compte qu'il y avait aussi de l'ail tout le long du chambranle de la porte. Encore plus curieux, des manches à balai à l'extrémité taillée en pointe étaient appuyés au mur.

— Écrevisses à l'étouffée, annonça Maggie en montrant du doigt une cocotte en fonte sur la gazinière. C'est ma spécialité. J'ai donné sa journée à la cuisinière.

De nouveau, le couple échangea un regard.

— Un cocktail ? proposa Maggie. Je pourrais faire des Cosmopolitan.

— Avec plaisir.

— Sean, veux-tu aller dans la réserve me chercher du jus de canneberge ?

— Bien sûr. Autre chose, ma chérie ?

— Non, merci. Asseyez-vous, mesdemoiselles. Nous allons déjeuner dans la cuisine, à la bonne franquette.

Soulevant le couvercle de la cocotte, Maggie goûta sa sauce puis y ajouta quelques ingrédients.

— Êtes-vous originaire d'ici, madame Canady ? s'enquit Jade.

— Appelez-moi Maggie, je vous en prie.

— Avec plaisir. Moi c'est Jade, et ma sœur, Shanna.

— Je suis née ici, Jade. Et vous ?

— Moi aussi. Ma sœur également. Dites-moi, la boutique du quartier français où l'on vend de fabuleuses robes, c'est la vôtre ?

— Oui.

— Elle est là depuis une éternité, cette boutique ! lança Shanna.

— Depuis très longtemps, en effet.

Un silence s'installa, que Jade rompit en demandant :

— Pourquoi y a-t-il de l'ail partout ?

— Oh, parce qu'il en faut beaucoup pour que ça marche...

— Pardon ?

— Pour repousser les vampires.

— Les... Ah ! Et ces balais taillés en pointe, c'est...

— Pour la même raison. Pour détruire un vampire, il faut soit lui couper la tête, soit lui transpercer le cœur.

Jade était éberluée. Maggie parlait de vampires avec autant de décontraction qu'elle eût donné la recette de ses écrevisses à l'étouffée.

— Et les croix ? Est-ce que ça marche ? interrogea-t-elle, décidant d'entrer dans ce jeu dont elle ne comprenait pas les règles.

— Elles ont quelque pouvoir, face à certains vampires. Personnellement, je porte toujours une très belle croix. J'adore les bijoux.

— Mais, Maggie, si tant est que ces créatures existent, comment pouvez-vous savoir ce qui les fait fuir ou les détruit ?

Sean, de retour de la réserve, s'immobilisa, une bouteille remplie de liquide écarlate à la main. De nouveau, le silence s'était installé. Un ange aurait dû passer, songea Jade, si le sujet de la conversation ne l'avait pas fait fuir…

— Je le sais, énonça enfin Maggie de sa voix douce, parce que j'ai moi-même été vampire.

Un frisson traversa Jade. Bon sang, cette fois, ça y était : soit elle venait de passer dans la quatrième dimension, soit elle avait vraiment perdu sa santé mentale.

— Vous… vous étiez un vampire…

— Oui.

— Et vous n'en êtes plus un.

— Non.

— Et l'ex-vampire a épousé un policier.

— C'est ça. Mais je n'avais rien d'un redoutable buveur de sang. Même parmi ces créatures dont je faisais partie, rien n'est ni tout blanc ni tout noir. Il y a des monstres, et des vampires… gentils. Les gentils sont prêts à sacrifier leur vie pour épargner celle d'un humain. Les monstres tuent pour le plaisir. Exactement comme les hommes ou les femmes normaux. Les criminels, les sadiques, les fous sont légion chez ceux de votre espèce, Jade. Ils sèment le malheur autour d'eux et finissent en prison quand on les attrape. Les vampires au comportement déviant périssent d'un coup de lame ou d'épieu. Il n'y a donc guère de différence entre eux et les humains. Il faut des bons et des mauvais pour faire un monde.

— Mais les vampires n'existent pas !

— Oh si, ils existent !

— Non, je ne peux pas croire ça…

Jade secouait la tête avec véhémence. Sans qu'elle comprît pourquoi, des larmes lui étaient venues aux yeux.

— Je sais ce que vous essayez de me dire ! s'écria-t-elle. Que Lucian DeVeaux est un vampire ! Qu'en

Écosse, j'ai été attaquée par des vampires, et non des fous ! Que ces monstres ont traversé l'océan et sont maintenant dans notre pays, qu'après avoir commis des atrocités dans le Nord, ils sont descendus à La Nouvelle-Orléans ! Et qu'ils...

La voix de Jade se brisa sur un sanglot. À travers le voile de ses larmes, elle se rendit compte que Maggie, Shanna et Sean l'observaient, immobiles et muets. Qu'attendaient-ils ? Que les paroles de Maggie fassent leur chemin dans son esprit ? Qu'elle admette l'inadmissible ? Qu'elle passe de l'autre côté du miroir ?

Maggie bougea la première. Elle prit le verre que tenait son mari.

— Il est temps de boire quelque chose. Merci pour le jus de canneberge, mon chéri. Shanna, pourriez-vous prendre des glaçons dans le freezer ?

Incrédule, Jade vit sa sœur agir parfaitement normalement. Elle ouvrit le réfrigérateur, prit une barquette de glaçons, la vida dans un seau d'argent posé sur la paillasse de l'évier. Elle le mit ensuite sur un plateau qu'elle apporta à Maggie.

— Merci, c'est gentil, Shanna.

— Vous... vous étiez un vampire ? demanda Jade, le souffle court.

— Oui.

— Ah ! Et un beau jour, vous avez décidé que c'était fini, que vous n'en étiez plus un.

D'une main experte, Maggie vida dans un shaker jus de canneberge, glaçons, vodka et citron, et agita le tout. Ensuite, elle prit des verres dans un placard et les plaça sur le plateau.

— Jade, rien dans l'univers n'est simple. De mystérieuses règles gèrent la vie ou la mort. Je pense que Dieu existe, j'ai toujours eu la foi. Peut-être pas une foi très ardente, cependant. Assez forte toutefois pour qu'elle me permette d'être sauvée.

— Je ne vois pas le rapport.

— Longtemps avant la guerre de Sécession, j'ai rencontré un homme. Mon père savait ce qu'il était. Moi, je l'ignorais. Jamais cet homme ne m'aurait fait de mal. Il croyait que l'amour qu'il me portait serait assez fort pour refaire de lui un être humain. Mais mon père l'a tué, et moi, j'ai été changée.

— Que… Quoi ? Avant la… la guerre de Sécession ?

Les jambes flageolantes, Jade se laissa tomber sur une chaise.

— Si vous voulez survivre à ce qu'il se passe en ce moment, vous devriez écouter Maggie, dit Sean.

— Mais j'écoute ! Je ne me moque pas, mais…

— Bon sang, Jade, coupa Shanna, aurais-tu oublié ce qui est arrivé en Écosse ? Moi, je n'y étais pas, mais j'ai vu comment tu étais à ton retour !

— Allons, tout ça est absurde, Shanna !

— Extraordinaire, oui, mais absurde, peut-être pas.

Sean s'approcha de Jade et posa les mains sur ses épaules, l'obligeant à lui faire face.

— Jade, la nuit dernière, je me trouvais dans le vestibule de votre appartement, votre sœur dormait dans votre bureau et vous, poussée par une voix intérieure, vous êtes sortie, à notre insu, par le balcon ! Vous habitez au premier étage !

Jade se sentait bouleversée et totalement perdue. Ce matin, ne s'était-elle pas dit qu'il fallait absolument que Lucian voie sa belle-mère, une femme qu'il ne connaissait pas, et ce parce qu'elle avait l'impression qu'il pouvait l'aider ?

D'une main tremblante, elle prit le verre posé devant elle et le vida d'un trait. Maggie le remplit aussitôt.

— Un vampire… je ne peux pas croire que vous soyez… *ça* ! Vous portez une croix !

— Par sécurité. Darian, voyez-vous, déteste les crucifix.

— Darian ?

— Le guide. Celui qui vous a conduite dans le cimetière en Écosse.

— Ô grand Dieu…

— Les croix, l'ail sont là pour nous protéger de lui et de Sophia. Mais ils rendent Lucian malade.

Jade se passa la main sur le front.

— Je n'arrive pas à me persuader que nous avons réellement cette conversation.

— Il le faut, assura Sean. Faites un effort.

— Jade, tu dois le croire, intervint Shanna. Et d'ailleurs tu le crois, parce que tu te rappelles ce que tu as vu en Écosse.

— L'Écosse… oui. Ce… ce Darian serait donc le plus féroce, le plus cruel des vampires ?

— Non. Sophia le dépasse de cent coudées, dit Maggie.

— La femme aux cheveux noirs qui a jailli d'un cercueil ?

— Oui.

— Et elle est très vieille, je suppose.

— Très. Plus vieille que Lucian.

— Est-elle plus forte que lui ?

— Lucian est doté d'une puissance phénoménale. Il est celui sur lequel s'appuient tous les vampires… normaux. Il représente la loi, exige que les règles soient respectées.

— Il est le roi des créatures de la nuit, précisa Sean.

— Le roi !

Jade appréhendait de sombrer dans l'hystérie. Elle entendait sa voix chevroter, se rendait compte que ses mains tremblaient.

— Les vampires tuent… ce sont des monstres. Je le sais, j'ai lu les légendes dans de vieux livres, vu des films… On raconte qu'ils ont de tout temps été près des humains et se sont servis d'eux pour survivre.

— Nous avons appris à rester dans l'ombre, expliqua Maggie. Nous nous sommes civilisés. Vous, les humains, nous côtoyez en permanence sans le savoir. Bien sûr, nous avons besoin de boire du sang. Mais nous choisissons soigneusement nos proies : des malades en phase terminale, des criminels qui méritent le châtiment suprême, des vieillards qui ont déjà un pied dans la tombe...

— Une douce euthanasie, en quelque sorte, ironisa la jeune femme.

— Jade, donner la mort est parfois un acte charitable. Mais ne vous méprenez pas sur le sens de mes paroles : je n'essaie pas de vous persuader que quiconque a le droit de se substituer à Dieu.

— Nous avons vu notre mère mourir lentement d'un cancer, fit Shanna à voix basse. Sa dernière année a été pire qu'une mort subite.

— C'est vrai, reconnut Jade. Mais tout de même... ce que vous me demandez d'accepter est effarant. Au-delà de mes capacités mentales.

— Réfléchissez, suggéra doucement Maggie. Laissez à mes explications le temps de faire leur chemin dans votre esprit... En attendant, passons à table. Shanna, pouvez-vous sortir la salade du réfrigérateur ?

Maggie apprêta la table avec un calme qui laissa Jade sans voix. Tout semblait normal, paisible... Elle se trouvait au sein d'une famille tout ce qu'il y a de classique... où l'on récitait une prière avant de manger !

— ... et que le Seigneur nous préserve, acheva Sean.

— Amen, dit Maggie.

— Vous êtes réellement croyants, souffla Jade alors que Maggie faisait circuler un saladier de crevettes à la mayonnaise.

— Je remercie Dieu chaque jour de ma vie.

— Oui, mais vous croyez aussi en...

— Le diable, acheva Sean. C'est très simple : le bien et le mal cohabitent en nous, autour de nous... On apprend cela dès l'école.

Mais oui, c'était simple, songea Jade en levant les yeux au ciel. Et surtout, très logique...

— À votre avis, lieutenant Canady, Rick a-t-il été attaqué par ces vampires ?

— Oui. C'est ce que Maggie et moi pensons.
— Pourquoi auraient-ils fait cela ?
— Pour offrir une démonstration de leur force à Lucian, pour le défier. Mais ils n'ont pas commis de dégâts irréversibles : ils n'ont pas mordu très profondément, sinon Rick et votre belle-mère auraient été imprégnés. Ils seraient toujours eux-mêmes, mais différents. Cruels et…
— Attendez ! Il suffit d'une morsure pour transformer quelqu'un en monstre ? s'écria Shanna, soudain très pâle.
Elle songeait à son père. Jamais il ne serait capable de faire face, si Liz avait subi une aussi abominable mutation.
— Si Sophia ou Darian avaient décidé d'enfoncer leurs crocs très profondément dans la jugulaire de Liz ou de Rick, expliqua Maggie, oui, tous deux seraient devenus des monstres. En effet, lors d'une morsure profonde, les gencives du vampire saignent, et son sang mêlé à celui de la victime métamorphose celle-ci. J'ai connu un homme à qui cela est arrivé autrefois. Un homme très bon, un grand soldat. Il est devenu fou et s'est mis à massacrer tous les blessés de son propre camp sur le champ de bataille.
— Mon Dieu… souffla Jade. Qu'allons-nous faire ?
— Pour l'instant, ni Rick Beaudreaux ni votre belle-mère n'ont subi de dommage définitif, dit Sean. Et ils sont sous bonne garde.
— Oui, mais la police ne pourra pas éternellement veiller sur eux.
— C'est là qu'intervient Lucian, énonça Maggie. Il a vaincu Sophia une fois, dans le temps. Il va recommencer et, cette fois il ira jusqu'au bout.
— Pourquoi a-t-il attendu jusqu'à aujourd'hui ?
— À cause des règles, des lois qui régissent la vie des vampires. Il leur est interdit de s'entre-tuer.
— Ça n'a aucun sens. Les humains tuent ceux d'entre eux qui se sont rendus coupables de crimes.

— La peine capitale a été bannie dans nombre de pays, fit valoir Sean. Elle n'est encore en vigueur que dans peu d'États, aux États-Unis. Or emprisonner un vampire est impossible. Il s'évade en un clin d'œil. Il se dématérialise et recompose son enveloppe corporelle où il le désire, une fois à l'extérieur de la cellule.

— Pour quelle raison cette Sophia, ce Darian s'en prennent-ils à mes proches ? demanda Jade. À New York et en Nouvelle-Angleterre, ils se sont directement attaqués aux rescapés du massacre d'Écosse. Ici aussi, apparemment : le jeune homme dans la voiture… Alors pourquoi ne viennent-ils pas droit à moi ?

— Pour débusquer Lucian. Vous êtes… la chèvre, dit Maggie. Pour vous protéger, Lucian est sorti de l'ombre. La vraie cible, c'est lui. J'ajouterai que ce qui s'est passé en Écosse était un écran de fumée. Les gens qui ont été tués ne représentaient qu'une distraction pour Sophia et Darian. Une seule personne les intéressait vraiment : vous, Jade.

— Moi ?

— Oui, vous. Parce que vous ressemblez de manière troublante à une femme qu'a aimée Lucian et que haïssait Sophia. Elle vous a vue en Écosse, et sa vieille haine s'est ranimée instantanément.

— Lucian… Où est-il ?

— Je vous conduirai à lui dans un moment. Quant à Shanna, elle restera ici cette nuit.

— Mais, et mon père ? Ma belle-mère ? s'inquiéta Shanna.

— Mon coéquipier Mike Astin veille sur eux, répondit Sean.

— Ce Mike… est-il au courant de tout ?

— Mike a vu de ses yeux bien des choses, il y a quelques mois…

Maggie débarrassait la table, accomplissant les gestes normaux d'une maîtresse de maison.

— Quand avez-vous connu Lucian, Maggie ?

— Lorsque je suis devenue un vampire.

— Et il était votre… compagnon ?

— Il l'a été. Mais maintenant, nous sommes des amis. De très proches amis, rien d'autre. Lucian a été mon mentor. Sans lui, je serais morte. À maintes reprises, il est venu à mon secours. Sans cela, Sean et moi ne serions pas ensemble. À l'époque, Lucian n'était pas particulièrement doté de bonté. De nos jours, il n'est toujours pas un parangon de vertu ni de bienveillance. Mais il est raisonnable, sensé, et très pointilleux sur les questions d'éthique. J'ai longtemps ignoré l'ampleur de sa puissance, de son pouvoir. On dit que les vampires sont dépourvus d'âme, mais je sais que Lucian en a une. S'il était humain, il ne serait pas différent. Les humains ont leur part d'ombre, comme les vampires.

— Vous a-t-il aimée ?

— Il avait un penchant pour moi, mais il ne m'aimait pas de tout son cœur, non. Si vous vous donnez la peine de réfléchir un peu, Jade, vous vous rendrez compte que vous connaissez Lucian bien mieux que vous ne l'imaginez.

— Je ne comprends pas.

— J'avoue ne pas très bien comprendre moi-même… Il est des mystères que nous perçons avec peine. Le jour où j'ai rencontré Sean… Oh, comment expliquer cela ? Sean a un ancêtre. Un héros de la guerre de Sécession. Sa statue est sur une place, en ville. Sean lui ressemblait tant que… que…

— Oui ?

— Que j'ai pensé que ce soldat et Sean n'étaient qu'un seul et unique homme.

— Sean vivrait depuis plus d'un siècle ?

— Oui, sans que ses premières vies soient restées gravées dans sa mémoire.

Jade secoua la tête.

— Ce n'est pas possible, Maggie… Ou alors, si ça l'est, il faut que j'accepte l'idée de… d'avoir été quelqu'un d'autre dans le passé, un très lointain passé. Il faut que je croie en la réincarnation.

— Si l'on admet le postulat selon lequel Sean et moi devions être ensemble, que rien ne pouvait empêcher cela, ni le temps ni les épreuves ni la mort… alors oui, la réincarnation est un fait patent. Quant à Lucian, il ne m'aimait pas vraiment parce qu'il en aimait une autre, une femme qu'il avait adorée mille ans plus tôt : son épouse. Il vivait alors en Écosse. Il était chef d'un clan, marié à Igrainia. Elle s'est noyée, mais la mer l'a protégée, lui a donné une autre forme de vie. Elle revenait dans la journée auprès de Lucian et, la nuit, réintégrait son univers sous-marin. Lorsque Sophia a découvert ce miracle, elle a tué Igrainia.

— Oh, Maggie, toute cette histoire est invraisemblable ! Et ridicule.

— Vraiment ? Alors dites-moi pourquoi vous pensez tant à Lucian ? Pourquoi vous avez l'impression que s'il s'éloignait de vous, vous ne le supporteriez pas ? Un homme que vous connaissez à peine… et qui vous a fait oublier en un instant celui que vous considériez comme votre fiancé !

Jade resta coite.

— Sophia croit que vous êtes Igrainia, et sa fureur est à son paroxysme. Elle a voulu faire de Lucian sa créature, mais il lui a résisté, ce qu'elle n'a pu supporter car elle était belle, incroyablement forte… et se croyait irrésistible. Mais Lucian n'aimait qu'Igrainia. Depuis cette lointaine époque, Sophia veut se venger de Lucian. Elle est obsédée par l'idée de le détruire.

— Pfff… On dirait que vous me racontez un conte de fées morbide.

— Les humains sont incapables de voir ce qui saute aux yeux. Vous disposez de toutes les évidences, et pourtant vous niez.

— Maggie, peut-être ai-je peur de regarder la vérité en face, avoua Jade dans un murmure.

— Mais vous désirez retrouver Lucian ?

— Oui.

— Bien. Je vais donc vous conduire à lui.

— Les autres viendront avec nous ?

— Non, Jade. Seulement vous et moi. Sean veillera sur Shanna et Lucian sur vous.

— Ah ! Je serai en sécurité avec un vampire…

— Oui.

Les deux jeunes femmes quittèrent la propriété dans la superbe BMW de Maggie. Dans le rétroviseur extérieur, Jade fixait la maison où elle avait laissé sa sœur, puis songea à ses proches en ville… Son père, Liz, les jumeaux et… Rick. Elle les abandonnait aux mains de psychopathes !

— Détrompez-vous, Jade, nous faisons tout ce qui est en notre pouvoir pour vous aider.

Maggie était télépathe !

— Oui, j'ai encore ce don, confirma celle-ci. Pas de façon permanente, mais il m'arrive de temps à autre de lire dans l'esprit des gens.

La BMW s'arrêta devant un portail de fer forgé. Jade découvrit où Maggie l'avait amenée : au cimetière.

Le souffle coupé, elle crispa les mains sur son estomac.

— Maggie, que faisons-nous ici ?

— Vous vouliez voir Lucian.

— Oui, mais…

— Il est seul.

Le crépuscule tombait, et les mauvais souvenirs affluaient dans l'esprit de Jade.

— Maggie, une voix m'a appelée la nuit dernière. Je suis sortie de ma chambre par la fenêtre et je suis venue ici, pieds nus, en chemise, persuadée, tout le temps qu'a duré l'expédition, de rêver. Je ne sais pas comment je ne me suis pas rompu le cou en courant dans ce cimetière.

— Rien de semblable ne vous arrivera ce soir.

— Comment pouvez-vous en être si sûre ?

— Parce que celui qui vous attend, c'est Lucian. Il désire que vous compreniez vraiment ce qu'il est.

— Et qu'est-il ?

— Un mort vivant. Un vampire, je vous l'ai dit.

Jade porta le regard sur les rangées de tombes. Non, elle ne voulait pas longer ces allées sinistres et...

— Fais-moi confiance.

Les mots avaient jailli dans sa tête, aussi clairs et forts que si Lucian les avait prononcés à côté.

Elle ouvrit la portière, sortit de la voiture, puis se pençha vers Maggie qui était restée derrière le volant.

— Allez, Jade. Tout se passera bien.

— D'où vous vient cette certitude ?

— Lucian vous aime, dit Maggie tout en redémarrant.

La pénombre cerna aussitôt Jade. Le cimetière, avec ses grands chênes, ses cyprès, était carrément obscur. Mais elle poussa la grille et fit quelques pas sur l'allée centrale.

— Par là, oui.

Elle suivit les indications que lui donnait la voix, s'enfonçant de plus en plus profondément dans le domaine des morts et des ténèbres.

15

Ce soir, elle ne s'imaginait pas marcher en rêve dans la nécropole. Bien éveillée, elle avançait parmi les tombeaux, les statues, les mausolées. Les grilles étaient maintenant loin derrière elle. Elle progressait vers la partie du cimetière la plus éloignée de la sortie. Sans se poser de questions, sinon elle aurait fait demi-tour et couru à toutes jambes vers le portail, la rue… la vie.

Elle approchait d'une chapelle quand elle vit Lucian.

Il se tenait devant la porte, gardée par deux lions ailés. Simple et néanmoins majestueux, le petit édifice était en bon état, son ornementation délicate et raffinée.

Au centre de la porte de fer, un grand vitrail sur lequel étaient peints saint Georges terrassant le dragon et Lazare sortant de sa tombe.

Lucian portait un polo, un jean et une veste noirs. Immobile, il était assis sur le muret d'enceinte de la chapelle. Manifestement, il attendait la jeune femme.

— Tu es venue…

— Ainsi que tu me l'as ordonné, oui.

— Je ne t'ai pas donné d'ordre. Tu es ici de par ta seule volonté.

— Oui, mais pourquoi ?

— Tu voulais voir où je vivais… si l'on peut appeler cela vivre.

Il sauta à bas du muret et s'approcha de Jade. L'envie de prendre ses jambes à son cou la saisit : non, elle ne voulait pas voir où il vivait !

Mais elle voulait être auprès de lui, et ce besoin-là l'emporta.

— Viens, je vais te montrer.

Il lui offrit sa main. Lentement, elle glissa ses doigts entre les siens et perçut comme une décharge électrique dans sa paume.

Le crépuscule se mua aussitôt en nuit noire. Lucian l'entraîna doucement, ouvrit la porte de la chapelle. Une volée de marches apparut.

Jade regimba, se faisant lourde lorsque Lucian la tira par le bras. Elle se rappelait l'Écosse. L'endroit était similaire. Une crypte. Dans laquelle il y aurait des cercueils, des cadavres allongés à l'intérieur, tous réduits à l'état de squelettes : la température élevée en été à La Nouvelle-Orléans, jointe à l'humidité, transformait un corps en ossements en moins d'un an… Dans les tombeaux de famille, les croque-morts procédaient à des réductions de corps afin de faire de la place pour les nouveaux arrivants… Un même cercueil pouvait contenir les restes de plusieurs personnes…

La chapelle ne recelait pas de crypte, se rendit-elle compte avec étonnement. Les cercueils étaient rangés sur des étagères, au-dessus du niveau du sol. De ce fait, moins vulnérables à l'humidité, les défunts qu'ils abritaient avaient peut-être conservé de la chair, des vêtements, des cheveux…

Un autel se dressait au fond de la chapelle. Il se détachait sur un superbe vitrail incrusté dans le mur. Le thème en était la résurrection du Christ. Un cercueil était posé par terre.

Jade leva les yeux vers l'autel. Le nom DeVeaux était gravé dans le marbre.

— Tes parents sont ici, Lucian ?

— Oui, mais pas comme tu le supposes. Les cercueils ne contiennent que de la terre d'Écosse, celle dans laquelle ils ont été inhumés.

Jade fronça les sourcils : mentait-il pour la rassurer ?

Elle se dirigea vers l'un des cercueils et en souleva sans trop de peine le couvercle. De la terre. Pas le moindre ossement. Lucian disait vrai, mais elle voulait effacer jusqu'à son dernier doute. Elle entrouvrit donc un par un tous les couvercles. De la terre, encore et encore.

Restait le dernier cercueil, celui placé au pied de l'autel.

— C'est le mien, mais je n'ai pas besoin de dormir dedans, Jade. Je m'y allonge quand je ressens le besoin de me régénérer, quand je suis blessé et que je dois guérir. Je m'étends alors sur la couche de terre qui remplace le matelas de satin, et je retrouve mes forces. Je ne puis me passer de ce contact avec la terre de mes ancêtres. Où que j'aille, j'en emporte toujours avec moi.

Jade demeura muette. Ce que lui disait Lucian la troublait au point de lui faire perdre tous ses moyens. Il était un vampire, venait-il d'expliquer à mots couverts. Telle était la réalité, et il fallait qu'elle l'accepte. Un concept que son esprit ne parvenait pas à intégrer.

— Pourrions-nous partir, maintenant ? demanda-t-elle enfin.

Il lui prit le menton entre deux doigts et leva son visage vers le sien. Elle savait qu'en dépit de la pénombre, il distinguait clairement son regard.

— Que « nous » partions, Jade ?

— Oui. Puisque tu n'as pas besoin de dormir ici, allons chez moi.

— Je peux venir. Mais je ne resterai pas longtemps. Il faut que je retourne à l'hôpital.

— Y a-t-il du danger ?

— Dans l'immédiat, non.

— Lucian, les collègues de Sean qui gardent Liz et Rick, penses-tu qu'ils sont efficaces ?

— Oui.

— Croient-ils en…

Incapable d'achever, elle laissa sa question en suspens, mais il comprit.

— Ils en savent assez pour ne pas se laisser prendre au dépourvu. Mais personne ne va s'attaquer à ta famille pour l'instant.

— Comment le sais-tu ?

— Je le sens.

Ils sortirent du cimetière. Ce soir, la brume étant absente, l'atmosphère était moins stressante que la veille, songea Jade alors qu'ils atteignaient la rue.

Un taxi en maraude s'arrêta lorsque Lucian leva la main. Ses passagers installés sur la banquette arrière, le chauffeur redémarra. Lucian prit Jade dans ses bras et l'embrassa, un baiser torride qui fit monter en elle un désir ardent.

Mais elle lutta contre cette folie des sens qui s'emparait d'elle et le repoussa.

— Lucian, je ne suis pas la réincarnation de la femme que tu as aimée autrefois ! Je suis Jade MacGregor !

Sans relever, il glissa les doigts dans l'échancrure du chemisier de la jeune femme, détacha quelques boutons. Jade s'enflamma. Elle frissonnait de plaisir alors que les effleurements étaient légers, les caresses à peine esquissées. Vite, que ce chauffeur de taxi appuie sur l'accélérateur et arrive en quelques minutes chez elle !

Le souhait de Jade fut exaucé. Le taxi les déposa devant sa porte. Étroitement serrée contre Lucian, elle entrait peu après avec lui dans son appartement.

Ils gagnèrent la chambre et se précipitèrent sur le lit, où ils se déshabillèrent mutuellement avec une frénésie brûlante, sans cesser de s'embrasser.

Lucian était l'amant parfait, l'amant idéal. Capable de l'amener au septième ciel sans quasiment lui laisser de répit entre deux orgasmes qui lui arrachaient des cris.

Repue de plaisir, elle cria grâce. Sans cela, Lucian aurait continué à l'aimer jusqu'au matin : sa virilité était irréelle. Il ne s'agissait pas de celle d'un être humain normal. Parmi toutes les preuves qu'elle avait reçues de la particularité de Lucian, s'il en était une qui la convainquait, c'était celle-là…

Elle s'étira longuement, émerveillée de ressentir tant de bien-être. Les interrogations, la peur, elle ne voulait pas y réfléchir pour le moment. Mais comment faire quand, précisément, la peur était là, ancrée dans son esprit ?

— Lucian, sommes-nous en sécurité dans l'immédiat ?

— Oui. Je ne pense pas qu'ils prendront le risque de nous attaquer de front.

— Vraiment ?

— Lorsqu'ils se déplacent, je le sens. Ils ne sont pas en train de venir vers nous.

Si seulement Lucian pouvait ne pas se tromper, comme elle serait bien, alors… Elle pourrait jouir de sa présence, de cette nuit magique qu'ils allaient vivre ensemble jusqu'au matin. Son corps, rassasié quelques minutes plus tôt, était de nouveau affamé de celui de son amant.

Elle se lova dans ses bras et oscilla contre lui, quémandant des caresses.

— Frappez-le ! Ne le loupez pas ! Et faites attention à Jade !

La succession d'ordres réveilla Jade en sursaut. Elle avait reconnu la voix de Renate. Elle ouvrit les yeux et vit sa voisine, mais aussi Danny et Matt.

Tous trois cernaient le lit. Dans la pâle clarté de l'aube, elle se rendit compte qu'ils brandissaient des pieux.

Elle s'assit à la seconde où Renate criait :

— Il n'est pas là !

Jade lança un bref regard à sa droite, tendit la main… Lucian était allongé là lorsqu'elle s'était endormie. Maintenant le lit était vide. Seuls les draps froissés et encore tièdes témoignaient de sa présence un moment plus tôt.

— Que faites-vous ici ? s'exclama-t-elle, outrée.

Renate ne répondit pas. Elle se tourna vers ses deux compagnons.

— Nous l'avons manqué. Je vous avais bien dit qu'il était trop tard.

— Renate ! cria Jade.

— Oh, ma chérie… c'est avec un vampire que tu couches, le sais-tu ?

Danny se balançait d'un pied sur l'autre, embarrassé.

— Je suis désolé, Jade. C'était l'idée de Renate. Elle a voulu à tout prix que nous venions et… Je n'aurais pas dû accepter. Mais franchement, ce qu'elle dit, ça colle bien avec ce que j'ai vu à la morgue…

— Jade, reprit Renate, nous allons t'aider à le tuer.

Un rire grave résonna, les faisant tous tressaillir. Ils se retournèrent et découvrirent Lucian, qui les fixait d'un air narquois.

— Si vous comptez vous débarrasser d'un vampire, vous auriez intérêt à être mieux préparés que cela !

Incrédule, Jade le vit habillé de pied en cap, les cheveux humides. Il avait pris une douche, et maintenant narguait le trio d'assaillants, les bras croisés, nonchalamment appuyé au chambranle de la porte de la salle d'eau.

Après un instant de flottement, Renate se jeta sur lui, pieu dardé droit sur sa poitrine. Lucian attrapa le morceau de bois et le brisa d'un coup sec entre deux doigts.

Matt et Danny lâchèrent leurs armes et reculèrent.

— Ne marquez jamais la moindre d'hésitation face à un vampire, conseilla Lucian à Renate.

Les paupières de la jeune femme papillotèrent, elle chancela, puis ses jambes la trahirent. Elle s'effondra sur le tapis.

— Mon Dieu, elle est morte ! hurla Matt.

D'un geste de la main, Lucian bloqua l'élan de Matt qui se précipitait vers Renate. Puis il la prit par l'épaule, et la porta jusqu'à un fauteuil près de la fenêtre.

Avec autant de facilité que si Renate n'avait pesé que quelques grammes, songea Jade.

— Elle est juste tombée dans les pommes, Matt, dit Danny. Je sais reconnaître un mort quand j'en vois un.

— Il y a un flacon d'ammoniaque dans la salle de bains, indiqua Jade. Prends-le, Matt, et place-le sous son nez.

Matt s'empressa d'aller chercher le flacon.

Effectivement, Renate était bien vivante. Elle rouvrit bientôt les yeux, les posa sur Lucian et les écarquilla d'horreur.

— Bien, lança Jade. Renate étant de nouveau parmi nous, je vous serais reconnaissante, les amis, de me laisser prendre une douche puis m'habiller.

Elle entortilla le drap autour d'elle et traversa la chambre, notant au passage les joues empourprées de Danny et de Matt. Elle franchissait le seuil de la salle de bains, frôlant Lucian au passage, quand Matt l'arrêta d'un cri.

— Jade, attends !

— Oui ?

— Tu... tu sors avec un vampire !

— Je sais. Mais il n'y a pas de problème. Il ne vous fera pas de mal, assura-t-elle d'un ton léger avant de s'enfermer dans la salle de bains.

Sa toilette achevée, habillée, elle se rendit dans la cuisine où elle trouva tout le groupe réuni autour de la table. Quelqu'un avait préparé du café.

— Il doit bien exister un moyen de savoir exactement qui il est, disait Renate, apparemment remise de ses émotions.

Jade se remplit une tasse de café puis se plaça derrière Lucian, posant négligemment la main sur son épaule. Ce geste anodin lui donna une intense sensation d'intimité et de sérénité. Elle appartenait à cet homme, se dit-elle.

Les autres parlaient de lui, de ce vampire, symbole du mal absolu…

Comme s'il ne s'était pas trouvé là !

— C'est vrai, il est le mal incarné, dit Lucian.

Jade comprit tout à coup : pendant qu'elle prenait sa douche, il avait expliqué aux trois amis la différence entre les bons et les mauvais vampires. L'être qu'ils traitaient de démon était Darian.

— Jade, ton… euh… M. DeVeaux nous a mis au courant, dit Matt. Jamais nous n'aurions imaginé que…

— Surtout pas toi ! coupa Renate. Tu avais des évidences sous le nez et tu ne les voyais pas ! Tu parles d'imagination, mais tu n'en as pas un iota !

Lucian leva la main pour prendre celle de Jade.

— J'ai essayé de persuader tes amis de rester à l'écart de cette affaire. Il est extrêmement difficile de surprendre un vampire dans son sommeil et de le tuer d'un coup d'épieu.

— Les vampires peuvent pourtant être tués.

— C'est vrai. Néanmoins, c'est une gageure de tenter cela.

— Oh, j'y suis ! s'exclama Matt. Le roman de Bram Stoker, son bouquin sur Dracula ! Le monstre n'est pas abattu d'un coup de lance ! Il meurt parce qu'on lui coupe la tête ! Le gamin dans la voiture… il a été décapité. Je crois que Darian s'est occupé de lui avant de lui sectionner le cou. Mais pourquoi a-t-il fait ça ? Le tuer, je veux dire, et après, maquiller sa mort en accident de voiture ?

— Il l'a tué parce qu'il ne présentait aucun intérêt à ses yeux, mis à part l'assouvissement d'une vengeance et… un bon repas, répliqua Lucian. Quant au faux accident, c'est par souci de discrétion. Les vampires essaient de se nourrir sans se faire remarquer.

— Darian était obligé de le décapiter, n'est-ce pas ?

— Oui, à cause des règles en vigueur chez les vampires. Nous ne pouvons en créer que deux par siècle. Sans ces règles, le monde serait peuplé de vampires.

— Et à terme, il n'y aurait plus d'êtres vivants car ils extermineraient la race humaine, et du même coup celle des vampires, à force de se nourrir.

— Exactement. Vous avez compris, Matt.

Il y eut un silence, puis Lucian reprit :

— Vous ne devez pas vous mêler de tout cela. Je trouve très beau que vous ayez voulu aider Jade, la protéger de moi, mais restez à l'écart, je vous en prie, sinon vous allez à votre tour devenir des cibles. Ce jeune homme a perdu la vie pour une unique raison : m'obliger à me montrer. Darian savait que je comprendrais le message : il tue les rescapés d'Édimbourg pour me narguer. Et il continuera, Jade étant la dernière sur la liste.

— Nous savons tous désormais de quoi nous garder.

— Oh non, Matt, détrompez-vous ! Vous n'avez pas idée de l'ampleur de la menace.

— Lucian, nous aimerions vraiment aider ! plaida Renate.

— J'apprécie votre bonne volonté et j'admire votre courage. Je vous suis également reconnaissant d'avoir renoncé à me percer le cœur, me couper la tête ou me faire brûler. Mais vous n'êtes ni des policiers ni des soldats. Vous êtes des écrivains !

— L'écriture peut être la plus redoutable des armes, remarqua Matt.

Lucian secoua doucement la tête.

— Vous n'êtes pas de taille à affronter Darian. Encore moins Sophia. Elle est tellement vieille... Son expérience, ses pouvoirs sont incommensurables. De plus...

Lucian s'interrompit.

— De plus ? le relança Jade.

— Elle doit détenir le talisman.

— Un talisman ? De quel genre de talisman s'agit-il ?

— Eh bien... il y a des années de cela... commença Lucian.

Parfois, être un mort vivant offrait des avantages. Par exemple, lorsque de Brus, avec ses troupes, envahit l'Écosse.

C'était un homme rigide, arrogant, bouffi d'orgueil, convaincu de sa supériorité sur n'importe quel autre être humain, les humbles comme les aristocrates. Dans son fief du sud de l'Angleterre, il maintenait les populations sous un joug de férocité et de cruauté.

Un jour, il gagna l'Écosse, dont le très intelligent roi réussissait à tenir à distance Guillaume le Conquérant ainsi que les Norvégiens.

À cette époque, les Vikings qui formaient l'armée de Lucian étaient repartis depuis longtemps. Seul Wulfgar était resté auprès de lui. Éperdument reconnaissant que son maître eût fait de lui un immortel, jamais Wulfgar n'aurait quitté son mentor.

Lucian s'était juré de ne plus créer de vampire. Il ne voulait pas que d'autres êtres connaissent les affres du désir de sang, souffrent à la lumière du jour, maudissent la mer et sa mortelle eau salée.

Des décennies durant, Wulfgar lui était demeuré fidèle. Ils avaient couru le monde, se présentant sous le patronyme de DeVeaux, un nom répandu en Écosse. Son origine normande ne posait pas de problème, dans la mesure où un roi d'origine française siégeait sur le trône.

Pendant que l'Écosse luttait pour préserver son indépendance, de Brus s'était installé à Édimbourg, clamant sa suprématie sur tout autre prétendant, exécutant les opposants. Son pouvoir semblait voué à surpasser celui du roi.

Un jour, un prêtre, Justin of Ayr, vint trouver Lucian sur l'île du Mort. Il arriva seul, en humble habit d'homme d'Église. Il posa un sac de pièces d'or devant Lucian.

— J'ai entendu dire que vous étiez ici, dit-il.

— Et vous m'apportez de l'or ? Votre but n'est donc pas de me tuer ? Voilà qui est bien étrange de la part d'un serviteur de Dieu.

— J'ai vu une croix dans la cour de votre maison.

— En souvenir de ma femme.

Le prêtre sourit.

— On raconte qu'un hobereau de la région traquait et abattait les pauvres qui chassaient ses daims pour se nourrir. Ce méchant homme a disparu lorsque vous vous êtes installé ici.

— Je l'ai fait rôtir et l'ai dévoré, dit Lucian, mentant sans vergogne.

— Feriez-vous subir le même sort à de Brus ?

Lucian invita le prêtre à entrer dans sa cabane. Toute la nuit, il discuta avec lui. Ils parlèrent de de Brus, qui semblait doté d'étranges pouvoirs. Il terrorisait ses soldats. Même les plus courageux fuyaient devant lui. Il choisissait de jeunes gens parmi les populations et les amenait chez lui, dans son château fort. Nul ne les revoyait. L'épouse de de Brus lui avait, racontait-on, donné ce pouvoir sidérant. En échange, elle exigeait des vies humaines. Elle buvait le sang des captifs, se baignait dedans.

— Comment avez-vous pu être impliqué dans cette sinistre histoire ? s'enquit Lucian.

Lorsque le prêtre avait évoqué l'épouse de de Brus, Lucian avait tout de suite pensé à Sophia. Elle avait dû guérir.

— Au retour d'un pèlerinage, j'ai appris que ma sœur avait été enlevée.

Lucian consulta Wulfgar du regard. Le lendemain, ils prenaient la route avec le prêtre.

Au pied des murailles de la forteresse érigée par de Brus, Lucian ressentit des ondes inquiétantes. Une redoutable force vibrait dans le château.

Il fallait qu'il pénètre dans l'enceinte. Se joindre aux téméraires soldats qui par vagues donnaient l'assaut était une possibilité, mais les hommes de de Brus les défaisaient sans peine.

Le prêtre avait hâte de retrouver sa sœur, de la sauver. La meilleure solution, décida Lucian, consistait à s'infiltrer de nuit par la porte principale, barrée d'une herse.

Le soir, il se posta près de l'impressionnante grille et scruta la cour du château. Une femme élégante, en cape de fourrure doublée de soie, apparut, seule, montant un superbe étalon. Elle ouvrit la grille et partit au galop dans la forêt.

Lucian sauta en selle et s'élança derrière elle. À l'approche d'une clairière, elle mit son cheval au pas puis l'arrêta et descendit de sa monture. Elle alla s'asseoir contre un tronc d'arbre et, la tête entre les mains, commença à pleurer.

Lucian s'approcha en silence. Elle ne s'aperçut de sa présence que lorsqu'il fut assez proche d'elle pour la toucher. Un cri jaillit de sa gorge. Il lui saisit le bras et elle se débattit pour se libérer. En vain.

— Ils... ils m'avaient bien dit de ne pas sortir, gémit-elle. Ils m'avaient avertie que je tomberais aux mains de l'ennemi...

Elle posait des yeux agrandis par l'effroi sur l'épée de Lucian, plaquée contre sa cuisse.

— Ils m'avaient prévenue... reprit-elle. Toute la famille de Brus est en danger à cause du pacte qu'elle a conclu avec le diable.

— Le diable ?

Lucian prit le menton de la jeune femme entre deux doigts.

— La nouvelle femme de mon père... Elle est un suppôt de Satan ! Elle se fait appeler de Brus, mais elle n'appartient pas à la famille ! Tout ce qu'on rapporte sur elle est vrai ! J'entends hurler les jeunes gens...

— Qui êtes-vous ?

— Lady Gwendolyn, la fille du comte de Brus.

— Faites-moi entrer dans le château.

Le regard de la jeune femme s'emplit d'espoir.

— Pouvez-vous l'arrêter ? Mon père vous tuerait si vous touchiez à un seul cheveu de la tête de cette créature ! Et puis, elle est constamment protégée… Elle a un valet corvéable à merci, qui participe à ses actes de débauche, à ses crimes. Il couche avec elle, aussi.

— Faites-moi entrer.

— Vous mourrez.

— Je prends le risque.

— Monsieur, qui que vous soyez, s'il est en votre pouvoir de mettre un terme à ces atrocités… alors, oui, je vais vous faire entrer.

Lucian et la jeune femme remontèrent à cheval et reprirent le chemin du château. Au passage, ils invitèrent Wulfgar et le prêtre à les suivre.

Il faisait encore jour. Le pouvoir de Lucian n'était pas à son zénith, mais celui de Sophia ne le serait pas non plus, se dit-il.

Pourtant, elle sut qu'ils arrivaient. Lorsqu'ils entrèrent, elle se tenait dans le grand hall. Immédiatement, elle appela ses hommes.

— Tuez-les ! ordonna-t-elle en montrant Lucian et Wulfgar. Coupez-leur la tête !

L'homme d'Église recula, laissant Lucian et Wulfgar se battre. Ils ne firent pas de quartier. En quelques minutes, les gardes étaient anéantis.

Darian intervint alors. Le sang dont il s'était nourri au cours des mois précédents avait accru ses forces. Le claquement des épées qui se heurtaient retentit sous les hautes voûtes. Lucian bougeait sans cesse, passant de l'escalier à une table, tentant de précipiter Darian dans la cheminée où brûlait un grand feu. Mais Darian se déplaçait aussi prestement que lui, blessant son adversaire au bras, à la hanche. Jusqu'au moment où Lucian lui fendit le buste d'un coup de lame.

Sophia poussa un rugissement de fauve et fondit sur Lucian, munie d'une épée ramassée à côté de l'un des gardes morts.

Wulfgar, comprenant le danger, s'attaqua à Darian, de façon que Lucian n'ait à affronter que cette femme démoniaque. Elle faisait montre d'une puissance terrifiante. Lucian se défendait. Il ne parvenait pas à prendre l'offensive, même s'il portait des coups. Être blessée ne l'affaiblissait pas, elle ne semblait même pas consciente des plaies sur ses flancs, sa poitrine…

D'une main, elle tenait l'épée ; de l'autre, elle serrait le pendentif accroché à son cou.

Un hurlement amena Lucian à détourner la tête une fraction de seconde. Wulfgar ! Qui tombait à genoux, devant Darian !

— Décapite-le ! cria Sophia.

Puis, jugeant Darian pas assez rapide, elle poussa l'un des soldats de de Brus accouru à la rescousse, et ce fut lui qui trancha le cou de Wulfgar. Sa tête roula sur le dallage.

Le prêtre se précipita vers lui et commença à prier.

— Oh, taisez-vous donc, curé ! lança Sophia. Il est désormais en enfer ! Et je vais vous envoyer le rejoindre !

Son épée fendit l'air. À l'instant où elle allait s'abattre sur le prêtre, Lucian s'interposa, plongeant la main dans l'épaisse chevelure couleur de jais de Sophia, attrapant la chaîne qui retenait le pendentif. Il l'arracha, en même temps qu'une longue mèche sombre, et le brandit.

— Rends-le-moi ! cria-t-elle. Rends-le-moi !

Lucian baissa les yeux sur le pendentif. Il était brûlant. Sa chaleur irradiait dans sa paume.

La force absolue était enfermée dans le bijou.

Sophia se jeta sur lui comme une furie, grondant telle une bête enragée, doigts recourbés, ongles acérés cherchant ses joues pour les déchiqueter.

Il recula, mit le pendentif hors de portée de la diablesse et leva haut son épée avant de frapper.

Il lui fendit le buste de la gorge à l'aine.

Elle émit quelques bredouillements, geignit :

— Darian… Darian…

Puis se mua en brouillard et disparut.

Lucian voulut la poursuivre, mais il chancela et s'effondra sur le sol. Avant de perdre connaissance, il se dit qu'il allait mourir.

Il ne mourut pas. Il reprit ses esprits à l'intérieur du château. On lui annonça avoir retrouvé Sophia. Le prêtre avait dit des prières pendant que l'on coulait le corps dans du plomb. Jamais elle ne sortirait de son tombeau de métal, lui assura-t-on. Mais personne ne lui avait coupé la tête... Les membres de la famille de Brus n'avaient pas osé le faire, et les règles en vigueur chez les vampires interdisaient à Lucian de s'en charger.

Le sarcophage de plomb fut placé dans une crypte, une lourde croix parachevant son étanchéité. Le prêtre était satisfait.

Lucian possédait désormais le pendentif en or. Un animal évoquant un chat aux yeux d'ébène était gravé dans le métal.

Au terme de la première nuit où il dormit avec le pendentif, il se réveilla le ventre ravagé par la faim. L'une des servantes de la famille de Brus entra dans sa chambre. Lucian s'empara d'elle et, bouche ouverte, crocs en avant, chercha sa gorge.

Mais il capta soudain son propre reflet dans le miroir, face au lit. L'horreur le submergea. Cette immonde créature dont la salive coulait aux commissures des lèvres, c'était lui...

Il repoussa la servante qui s'effondra contre le mur, à l'autre bout de la pièce. Lucian avait projeté la femme à plusieurs mètres, sans le moindre effort. Stupéfait et émerveillé par sa puissance maintenant colossale, il alla aider la malheureuse à se relever.

Ainsi, le pendentif était vraiment magique. Il faisait d'un vampire déjà doté d'une force extraordinaire une créature aux pouvoirs presque inconcevables.

Mais il faisait également de lui un monstre assoiffé de sang, perpétuellement affamé, d'une cruauté qui n'existait nulle part dans la nature, même parmi les prédateurs les plus redoutables.

Les hommes de de Brus le regardaient désormais avec horreur.

— Il me faut le corps de Sophia ! hurla-t-il.

Le pendentif devait être coulé dans le plomb, et Sophia décapitée.

— Elle n'est plus là, argua lady Gwendolyn. Elle est enterrée et ne reviendra jamais. Il suffit d'enterrer aussi son talisman maudit.

Lucian s'occupa d'abord des restes de son cher Wulfgar. Il fit construire un bûcher sur la plage, sur lequel il plaça la dépouille.

Avant de jeter une torche dans le bûcher, il mit le pendentif dans la main de Wulfgar.

Ainsi, le bijou maudit avait dû fondre et rejoindre ensuite le fond de la mer avec les cendres de son ami.

Lucian se tut. Jade, Renate, Matt et Danny gardèrent le silence. Longtemps. Comme si un sort les avait rendus muets.

Finalement ce fut Renate qui, après s'être éclairci la gorge, prononça quelques mots.

— La sœur du prêtre… qu'est-il advenu d'elle ?

— On l'a retrouvée avec d'autres jeunes filles dans une cellule.

— Vivante ?

— Euh… oui. Mais imprégnée, différente. Elle se retira dans un couvent.

— C'est bien triste.

— Effectivement. Mais je voudrais que vous compreniez tous une chose : mon existence est loin d'être exemplaire.

— Mmm. Et lady Gwendolyn ?

— Elle a eu un sort plus enviable. Quelques années plus tard, elle a épousé un membre de la famille Moray.

Il y eut un autre silence, cette fois rompu par Matt.

— Lucian, vous pensez que Sophia est à nouveau en possession du pendentif ?

— Oui. Elle a été capable de briser un cercueil de plomb... Elle a assez de force pour semer la dévastation sur n'importe quelle partie du globe... Sans le pendentif, elle ne le pourrait pas.

— Nous devons lui prendre ce pendentif ! s'écria Renate. Le trouver et nous en emparer !

— Comment procéder ? s'enquit Matt.

— Grâce aux technologies modernes.

— Oh, en cherchant sur Internet ?

— Pourquoi pas, Matt ? lança Renate.

Lucian secouait la tête, l'air découragé, quand Jade remarqua :

— Le plus urgent dans l'immédiat, c'est d'aller à l'hôpital.

— Oui, approuva Lucian. Allons-y.

Le père de Jade semblait désorienté. Il annonça à la jeune femme que Mike Astin avait été chargé par le lieutenant Canady de garder la porte de la chambre où reposait Liz, laquelle allait mieux. Mais, étant passée bien près de la mort, elle resterait quelques jours en observation.

Peter MacGregor avait fait la connaissance de Maggie Canady, qui était venue avec son mari. Quant à Shanna, elle n'était pas restée longtemps, pressée d'aller récupérer les jumeaux et de les amener chez les Canady, où elle les surveillerait.

— Ainsi, Shanna a pris les garçons ? demanda Jade.

— Oui. Le lieutenant Canady a assuré que cela ne posait pas de problème de les accueillir : ils joueront avec son fils Brent, et apparemment la maison est immense.

— Elle l'est, effectivement.

— Je ne comprends pas pourquoi le lieutenant estime que Liz a besoin d'un gardien, Jade.

— Oh, papa, ça ne peut pas faire de mal !

— Je suppose que non. Liz se remet. Le problème, c'est qu'elle ne se rappelle rien, hormis le fait qu'un technicien de la télévision par câble a sonné à la porte. Ensuite, c'est le trou.

Peter MacGregor marqua un temps, puis ajouta :

— Ce qui me trouble, c'est que j'ai appelé la compagnie qui gère les émissions par câble : ils sont formels, ils n'ont envoyé personne. À mon avis, Liz a eu un accès de très forte fièvre et elle a déliré. Ce technicien, elle l'a rêvé.

Une autre pause, puis :

— Si seulement j'avais été à la maison... Si je ne travaillais pas autant... Quand ta maman a été malade, j'ai appris qu'il fallait se donner du temps pour profiter de ceux qu'on aime... Bon sang, j'aurais dû être à la maison !

— Papa, ne te fais pas de reproches. Tu travailles mais tu as été, et tu es toujours, un bon mari et un bon père. Ne t'en fais pas, tout va s'arranger, Liz va guérir et...

— Jade, tu sais ce qui me tracasse le plus ?

— Quoi donc ?

— Quelqu'un a appelé le SAMU. Depuis la maison. Qui ?

— Eh bien... un voisin, peut-être ?

— Un voisin ? Qui serait entré chez moi et reparti en laissant Liz par terre sans connaissance ?

— Quelle importance de savoir qui a téléphoné, papa ? Ce qui compte, c'est qu'il y ait eu cet appel et que les secours soient arrivés.

— Tu crois que ce technicien n'est que le produit de son imagination ? Jade, et si on avait pénétré dans la maison à l'insu de Liz ? Si elle avait été en très grand danger ?

— Elle est là, et elle va mieux, papa. C'est l'essentiel... Bon, je vais voir Rick.

Jade embrassait son père sur la joue quand il la retint par le poignet.

— Ma chérie…

— Oui, papa ?

— J'espère que tu sais combien je vous aime, ta sœur et toi.

— Nous le savons. Et nous sommes heureuses que tu aies rencontré Liz, nous adorons les jumeaux… et toi aussi. Allez, papa, tranquillise-toi.

Jade entendait dans sa propre voix une assurance, une énergie qu'elle était à cent mille lieues de ressentir.

Avant que son père ait le temps de la retenir, elle sortit de la chambre et monta à l'étage au-dessus.

Maggie Canady remplaçait le policier de faction devant la porte de Rick.

— Comment va-t-il, Maggie ?

— Bien. Il a des moments de lucidité, puis il se rendort, mais il va nettement mieux. Allez lui parler. Même s'il a les yeux fermés, il vous entendra. Les médecins ont dit qu'il était très important qu'on lui parle.

— Entendu. Et merci pour les jumeaux, Maggie.

— Je vous en prie. Je crois qu'ils sont ravis : la maison est pleine de jouets, nous avons toute une collection de dessins animés en cassette… Shanna n'aura que l'embarras du choix pour les distraire. J'irai la relayer dans une heure ou deux, comme ça elle pourra revenir auprès de votre belle-mère.

— Merci encore, Maggie.

— De rien. Allez donc voir Rick.

L'appréhension qui tenaillait Jade céda dès qu'elle entra dans la chambre : les joues de Rick étaient roses, il respirait sans difficulté, le moniteur cardiaque montrait un tracé tout à fait normal.

Elle tira une chaise, s'assit, puis lui prit la main.

— Salut, bébé, entendit-elle.

La voix de Rick était rauque, faible, à peine un murmure mais il souriait. Il essaya même de redresser la tête, avant de renoncer, épuisé par l'effort.

— Rick, mon Dieu !

Elle se pencha et l'embrassa sur le front.

— Tu es là, Jade…

— Évidemment. Nous avons tous eu si peur !

— J'imagine que moi aussi, j'ai eu peur. Je ne m'en souviens pas, mais j'ai dû être terrifié.

— Tu as eu une très forte fièvre.

— Il paraît que ta belle-mère est ici, elle aussi ?

— Oui.

— Pourquoi n'es-tu pas avec ton papa ?

— J'y étais. Liz se remet.

Du bout des doigts, elle repoussa les cheveux en désordre de Rick, puis détailla son visage. Toujours aussi beau, illuminé par des yeux d'un bleu limpide.

— Rick, je…

— Chut… Ne dis rien, c'est inutile.

— Si, je dois te…

— Jade, tu n'es pas amoureuse de moi, dit-il d'un ton empreint de gentillesse.

La jeune femme resta coite quelques instants. Comment pouvait-il savoir ? Quand avait-il compris ?

— Oh, Rick, je… je suis désolée.

— Il ne faut pas. Tu voulais m'aimer. Pendant que j'avais de la fièvre, j'ai eu… c'était très bizarre… des rêves. Et tu n'étais pas dedans.

— Non ?

— Non. En revanche, cette femme que j'avais rencontrée, elle était omniprésente. On dit que tout le monde a des fantasmes… Avant le mariage, après… Pendant, aussi. Souvent, les gens cèdent à ces fantasmes. C'est triste, mais c'est ainsi : les humains ne sont rien de plus que des animaux mus par des pulsions.

— Rick…

— N'est-ce pas curieux ? Cette femme, je n'ai fait que lui donner des indications dans la rue, et voilà que j'ai rêvé d'elle. Je te le dis pour que tu te sentes mieux, Jade.

— Rick, tout cela me navre. Tu es un homme exceptionnel et…

Elle s'interrompit : Lucian venait d'entrer dans la chambre.

— Oh… Voici Lucian DeVeaux, Rick. J'ai fait sa connaissance en Écosse, il y a un an. Le hasard réserve plein de surprises : en effet, Lucian est un ami des Canady.

Rick fronça les sourcils.

— J'ai l'impression de vous avoir déjà rencontré, monsieur DeVeaux.

— Je suis déjà venu vous voir avec Jade, répliqua Lucian.

— Non, ce n'est pas ça. J'ai l'impression de vraiment bien vous connaître… Habitez-vous La Nouvelle-Orléans ?

— J'y ai une maison.

— Ça doit être cela, alors. Nous avons dû nous croiser, dans Jackson Square peut-être, ou bien boire une bière ensemble dans un bar.

— C'est possible. Comment vous sentez-vous ?

— Bien, mais complètement lessivé. Le virus était dans mon sang. Les transfusions l'ont, apparemment, évacué.

Lucian se tourna vers Jade.

— Pourrais-je parler un moment seul à seul avec M. Beaudreaux ?

Elle frémit : de quoi voulait-il parler ? Oh non, pas de… de ce qui s'était passé entre eux !

— Lucian, Rick est à peine convalescent et…

— … et il est parfaitement lucide.

— Ne t'inquiète pas, Jade, dit Rick en souriant.

Avec répugnance, elle sortit de la chambre. Dans le couloir, elle trouva Maggie, à laquelle elle annonça :

— J'ai besoin d'un café. Quand Lucian sortira, dites-lui que je suis à la cafétéria et… Non, inutile. Il saura où me trouver.

— Il le saura, oui.

Jade s'éloigna un peu, puis revint sur ses pas.

— Maggie, ce serait peut-être mieux qu'il n'use pas de ses pouvoirs pour me retrouver, où que j'aille. Il s'imagine que je suis Igrainia, cette femme qu'il aimait. Il se trompe ! Je la lui rappelle, à cause de certains traits physiques, mais il est dans l'erreur. Moi, la réincarnation d'une créature marine ? D'une sirène ou Dieu sait quoi ? C'est du délire, bon sang !

— Allez boire votre café, Jade, dit Maggie d'un ton égal qui dissipa immédiatement l'irritation de Jade.

— Euh… Entendu, j'y vais.

16

— C'est dingue, mais je suis sûr de vous connaître, monsieur DeVeaux, répéta Rick.

Lucian haussa les épaules.

— Tout est possible.

— Attendez, laissez-moi réfléchir : êtes-vous allé à l'école ici ? Vous avez un accent étranger, mais ça n'empêche pas qu'à un moment ou à un autre vous ayez fréquenté le lycée, le collège à La Nouvelle-Orléans… D'où êtes-vous originaire ?

— D'Écosse. J'y suis né. J'ai passé quelques années en France. Paris est une très belle ville.

— Oui ? Je compte bien la visiter… Mais revenons à notre affaire : il s'est passé un drame en Écosse, vous étiez présent, et vous avez sauvé Jade. Et puis elle vous a revu ici et est tombée dans vos bras.

— Cela ne s'est pas passé ainsi.

— DeVeaux, je ne suis pas en état de vous flanquer une raclée. Je ne peux même pas quitter mon lit. Pas aujourd'hui, en tout cas. Mais mettez-vous bien une chose dans la tête : j'aime Jade. C'est une jeune femme extraordinaire. Si vous lui faites du mal, je…

— Je ne lui ferai pas de mal. Je veux l'aider.

Lucian marqua un temps, puis reprit :

— Vous allez juger étrange ma requête, inspecteur Beaudreaux, mais je vous en prie, acceptez de me parler de cette femme que vous avez rencontrée dans la rue.

— J'ai fait l'amour avec elle en rêve.

— Vous en êtes sûr ?

— Oui, sauf si elle a volé jusqu'à ma fenêtre et traversé la vitre.

— Pouvez-vous m'en dire davantage sur elle ?

— Eh bien… elle a de longs cheveux noirs, une carnation très pâle… Le contraste avec la couleur de ses cheveux est fabuleux, vraiment sexy. Elle a un air… exotique, peut-être à cause de ses immenses yeux aussi noirs que sa chevelure. Et puis son corps… À damner un saint. Je suppose que tout cela m'a frappé quand je lui ai parlé sur le trottoir et du coup, j'ai fantasmé. Vous savez, je travaille avec des jeunes, des familles, des drogués… Rien qui nourrisse les fantasmes, donc. Alors cette femme m'a marqué.

— Vous a-t-elle dit son nom ?

— Non.

— Comment était-elle habillée, lorsqu'elle s'est manifestée dans la nuit ?

— Elle était nue. Nous sommes dans un rêve, ne l'oubliez pas.

Lucian soupira.

— Rick… Puis-je vous appeler Rick ?

— Je vous en prie, Lucian.

— Merci. Rick, j'ai bien peur que vous n'ayez pas rêvé. Cette femme existe, elle me fait penser à quelqu'un qui se trouve actuellement à La Nouvelle-Orléans.

— C'est vrai ? Dans ce cas, si vous la rencontrez, envoyez-la-moi ! J'avais une petite amie, voyez-vous. Et je ne l'ai plus.

L'amertume perçait dans l'intonation de Rick.

— Je suis navré, dit Lucian.

— Et moi donc ! Je devrais vraiment vous détester de m'avoir pris Jade, mais probablement parce que j'ai l'impression de vous connaître, je n'y arrive pas. Tout ça, c'est sacrément bizarre.

Lucian garda le silence quelques instants, puis demanda :

— La femme… elle était nue… mais ne portait-elle pas un bijou ? Un pendentif ?

— Non.

— Non ?

— Pas de bijou d'aucune sorte. Je l'ai étudiée sous toutes les coutures. Croyez-moi, si elle avait eu un truc qui pendait entre les seins, je l'aurais vu. Pourquoi m'avez-vous posé cette question ?

— Parce que la réponse était très importante. Merci pour votre aide, Rick.

— N'hésitez pas à faire appel à moi. Vous n'êtes qu'un nouvel ami… mais paradoxalement, je vous considère comme un très vieil ami.

Rick essaya de bouger, fit la grimace…

— Bon sang, ce serait bien de retrouver un peu d'énergie.

— Vous allez en retrouver.

Lucian sortit de la chambre. Dans le couloir, assise sur une chaise, Maggie dessinait sur son carnet de croquis. Les robes qu'elle créait étaient merveilleuses. Lucian s'approcha et regarda l'ébauche.

— Magnifique.

Elle leva les yeux sur lui.

— Tu penses que Rick va se remettre ?

— Je ne sais pas, mais je l'espère.

— Je suis inquiète, Lucian. Je me souviens de ce général, il y a des années… Il avait été imprégné… et cela avait fait de lui un barbare, un tueur. Imagines-tu ce que cela pourrait donner, si Sophia avait imprégné quelqu'un ? Rick, et d'autres ? J'ai eu d'horribles visions d'un policier devenu fou.

— Mmm. Dis-moi, Maggie, est-ce que Rick Beaudreaux évoque quelqu'un pour toi ?

— Personne, non.

— Mais tu crois en la réincarnation.

— Oui, accorda-t-elle en souriant. Selon moi, j'ai connu Sean autrefois. À ce propos, Jade m'a fait part de ses inquiétudes. Que tu penses qu'elle est Igrainia la perturbe profondément.

— Comment se fait-il qu'elle soit au courant, au sujet d'Igrainia ?

— J'ai dû lui parler d'elle.

— Il faut que je la voie.

— C'est toi qui lui as induit ce besoin de café, hein ? Pour qu'elle n'écoute pas ce que tu disais à Rick.

— Je plaide coupable : je tenais à être seul avec lui. En présence de Jade, il n'aurait pas raconté ce qui s'est passé avec Sophia.

— Le talisman...

— Elle ne le porte pas, d'après Rick. Mais je suis sûr qu'elle l'a. Pour le moment, il doit être en possession de Darian. Elle le lui a donné pour qu'il guérisse plus vite, mais elle le récupérera dès qu'elle aura besoin de régénérer sa force. Il faut absolument que je mette la main dessus.

— Selon toi, le pendentif est ici, à La Nouvelle-Orléans ?

— Aucune idée. Où est Jade ?

— À la cafétéria.

Lucian ferma brièvement les yeux puis énonça :

— Non, elle n'y est plus. Elle est allée à la chapelle, persuadée que je ne l'y rejoindrais pas.

La chapelle était moderne et dédiée à tous les cultes. Vitraux aux dessins abstraits, autel simple, décoration dépouillée... Mais il s'agissait d'un lieu de recueillement et Jade était assise sur un banc, les yeux rivés sur l'autel.

Elle avait prié. Pour Liz, pour Rick.

Et pour elle.

Enfin, elle avait essayé. Elle ne parvenait pas à mettre ses pensées en ordre.

Lorsque Lucian s'assit à son côté, elle sursauta.

— Je n'aurais jamais cru que tu entrerais ici !

— Certains d'entre nous le peuvent.

— Oh, je vois... Tu es un gentil vampire, c'est ça ?

Décidant de ne pas relever le sarcasme, il se borna à secouer la tête.

— Non, je ne suis pas un gentil vampire. Je t'ai dit que dans ma vie, j'ai traversé des périodes d'extrême violence, de cruauté...

— Mais tu es quand même dans une chapelle.

— Peut-être parce que je crois en Dieu.

— Tout de même, il doit bien exister des endroits où tu ne peux pas entrer.

— Détrompe-toi : je peux entrer dans n'importe quel lieu ou m'immiscer dans la vie de n'importe qui sans y être invité.

— C'est ce que tu as fait avec moi. Je ne t'ai pas invité.

— Oh si ! Et très ardemment, qui plus est.

Jade détourna son regard.

— Lucian, qu'arrivera-t-il si Liz ou Rick meurent ?

— Ils ne mourront pas.

— Mais ils ont tous les deux été attaqués... Tu as cherché des marques de morsures sur leur cou. S'ils meurent, ils reviendront parmi nous, physiquement pareils mais leur âme sera celle de tueurs sans pitié, leur esprit celui de fous furieux.

— Non. S'ils meurent, nous leur couperons la tête.

Jade se mit à trembler.

— Oh, Lucian... je te déteste... Je te déteste parce que tu dis des horreurs, tu as bouleversé ma vie, tu as fait tant de dégâts dans celle de mes proches ! Je voudrais que tu t'en ailles. Définitivement.

— C'est impossible.

— Non, ça ne l'est pas. Il te suffit de sortir d'ici et de repartir là où tu étais pendant des siècles.

— Jade, je ne peux rien contre ce que tu es pour moi.

— Balivernes ! Tu n'oserais tout de même pas me dire qu'au cours de ton existence, tu n'as pas connu des dizaines, des centaines de femmes ? Des vraies, de chair et de sang, des créatures fantasmatiques et des illusions comme celle qui habitait au fond de la mer ! Je ne suis pas cette femme-là, Lucian. Tu l'as aimée, tu l'as perdue… et c'est définitif. Tourne-toi donc vers l'une des dernières à laquelle tu as été lié : Maggie Canady. Intéresse-toi à celles qui t'ont marqué dans le passé et sont encore là, comme Maggie, et laisse-moi en paix. Lève-toi, sors d'ici et disparais.

— Jade, je dois te protéger.

— Que je sois en danger n'y change rien : j'assume les risques, O.K. ?

Tout à coup, Jade se sentait au bord des larmes. Elle songeait à Liz, à Rick… et à l'avenir.

D'accord, elle avait appelé Lucian. Et en Écosse, il était passé entre eux un courant très puissant. Elle avait retrouvé cet homme à La Nouvelle-Orléans et depuis qu'il lui avait fait l'amour, le simple fait de se trouver à son côté la faisait frissonner de plaisir anticipé. Elle avait besoin de Lucian, elle aimait son sourire, sa force, la sensation de sécurité qu'elle ressentait en sa présence, les inflexions sensuelles de sa voix…

Mais il vivait dans une tombe !

— Tu pourras retrouver une vie normale le jour où je serai sûr que plus rien ne menace cette vie, Jade.

Il se leva, tendit la main.

— Allez, viens.

— Où cela ?

— Tu vas dire à ta famille que tu reviendras plus tard.

— Pourquoi ?

— Il faut que tu rejoignes tes amis du groupe d'écrivains et vérifies si, comme ils le pensent, les mots sont la plus efficace des armes. À part ces personnes, tu n'ouvriras ta porte à nulle autre, que ce soit un électricien, un technicien de la compagnie du téléphone ou de la télévision par câble. Même si tu vois une femme par le judas, elle devra rester dehors. Et tu ne bougeras pas de chez toi tant que je ne serai pas de retour.

— Pourquoi ? Où seras-tu pendant ce temps ?

— Je vais dormir, afin de reprendre des forces. Ma puissance doit être à son zénith.

Renate avait été très occupée. Elle avait laissé les garçons dans l'appartement de Jade et était revenue dans le sien pour travailler à son rythme, sans perturbation extérieure. Sur son clavier, elle avait tapé tous les mots clés auxquels elle avait songé se rapportant à la mythologie grecque, romaine, scandinave, les légendes syriennes, la Bible, la sorcellerie médiévale et les divinités égyptiennes.

Et enfin, elle avait trouvé ce qu'elle cherchait.

— Eurêka ! Ça y est !

Elle s'apprêtait à quitter son appartement pour regagner celui de Jade, lorsqu'on sonna à la porte donnant sur la rue. Agacée, elle appuya sur le bouton de l'interphone.

— Oui ?

— Madame Renate DeMarsh ?

— Oui.

— J'ai des livres pour vous. Une livraison d'une librairie de St. Louis, Café et Crime.

Des livres ? En avait-elle commandé ? Probablement.

Elle actionna la commande d'ouverture électrique.

— Posez le colis dans le hall, merci.

Elle sortit de chez elle et se précipita chez Jade.

Les ténèbres, le froid, le brouillard l'environnaient. Il somnolait, serein, protégé. Il pouvait réfléchir : son cerveau semblait capable de performances que jamais il n'aurait réalisées à l'état d'éveil.

Il appela l'image du talisman. Accroché à sa chaîne d'or, le pendentif lui apparut. Il vit très nettement l'animal gravé dans le métal précieux : le chat aux yeux d'ébène.

Comment capturait-on un chat ? De la même façon qu'un loup… songea-t-il en regardant le lac de brume qui s'étendait devant lui. Buissons, arbres… Une forêt dans la nuit dans laquelle se déplaçait le loup. Il suivait une piste, ralentissait, humait l'air, les yeux du même rouge que le soleil couchant.

Des yeux de feu.

Après une pause, la bête se mit à courir et arriva dans un endroit étrange : la lune éclairait des pierres tombales surmontées d'ornements dorés. Un cimetière. Le chat était là, ses prunelles d'ébène luisant dans la pénombre.

Un pouls battait. Un cœur pulsait du sang.

Il y avait d'autres sons. Des plaintes qu'apportait le vent, des cris, des pleurs.

Les fantômes du cimetière, qui formaient un chœur macabre – un fond sonore normal pour ceux qui se métamorphosaient, ceux qui cherchaient des proies comme le loup.

— *Où les morts vivants cachent-ils leurs trésors, loup ? Toi qui sens le chat, qui perçois sa présence, tu dois savoir… Où ? Dis-moi où…*

Le loup courait et Lucian lui posait la question, encore et encore…

Jusqu'au moment où il se réveilla. Pourtant, il faisait noir. Il n'aurait pas dû sortir du sommeil, mais quelque chose avait changé, il le sentait. De quoi s'agissait-il ? Il était minuit…

L'heure fatidique.

Et le calme de la nuit était tout à coup perturbé.

Shanna revint à l'hôpital épuisée : garder les jumeaux n'était pas une sinécure. L'employée de maison de Maggie, Peggy, une dame âgée aux cheveux gris, petite mais débordante d'énergie, était venue dans l'après-midi. Sous son autorité, les deux garçons avaient accepté de faire la sieste, un vrai soulagement pour Shanna.

Elle adorait les enfants, comptait en avoir plusieurs elle-même. Si elle ne trouvait pas un homme bien avec lequel les faire, eh bien, elle aurait recours à une banque du sperme. N'empêche, avoir un mari qui la seconderait auprès des petits ne serait pas un luxe... Lorsque Maggie était rentrée, elle avait soupiré de gratitude.

Quel soulagement que Maggie se soit proposée pour la relayer auprès des jumeaux ! Ces gosses mettaient les nerfs de Shanna à rude épreuve – Jamie surtout, qui l'avait terrifiée en lui racontant :

— C'est bien, la télé. J'aime regarder. Mais le monsieur, il est venu et il a cassé la nôtre, et il a cassé maman aussi.

Là-dessus, le garçon avait éclaté en sanglots.

Mon Dieu, que s'était-il passé ? songeait Shanna, tout en espérant que Liz ne se le rappellerait jamais.

À son arrivée à l'hôpital, elle se gara comme on le lui avait dit : le plus près possible de l'entrée des urgences. Elle se servait de la voiture de Sean, un véhicule de police bien identifiable grâce aux autocollants apposés sur les vitres. Personne ne protesterait donc si elle occupait un emplacement réservé au personnel.

Elle sortit de la voiture et se dirigea d'un pas rapide dans le service. Le couloir était vide... et soudain elle vit un homme marcher devant elle. D'où sortait-il ? se demanda-t-elle en ralentissant. Probablement d'une porte dérobée.

Allons, il ne fallait pas avoir peur. Dans un hôpital, à toute heure, des gens s'affairaient.

Elle pressa néanmoins le pas et dépassa l'homme. Elle eut l'impression, en entendant claquer ses talons dans son dos, que lui aussi avait accéléré la cadence. Comme les battements de son cœur...

Quand elle l'atteignit, la porte vitrée ne coulissa pas. Shanna resta pétrifiée d'effroi : l'homme était là, à côté d'elle...

Il tendit la main et la porte se déplaça.

— Allez-y, fit-il courtoisement.

Tête baissée, elle s'engouffra dans le hall. Là, elle trouva le courage de regarder l'homme. Dave ! Le jeune homme rencontré au café, avec lequel elle avait projeté d'aller au cinéma et qui n'était pas venu au rendez-vous !

— Ça alors ! Vous ?

— Shanna ? Par exemple ! Oh, je suis vraiment content de vous voir ! Je vous ai appelée mais ça n'a jamais répondu. Le soir où on devait aller au cinéma, j'étais vraiment mal fichu. Mais je comptais bien vous contacter de nouveau.

Il souriait, et elle était sensible à ce sourire. Pourtant, elle opta pour une attitude plutôt froide. Après tout, il lui avait posé un lapin.

— Eh bien... contactez-moi donc.

— À vous entendre, on dirait que vous n'en avez pas envie.

Incapable de rester plus longtemps de glace, Shanna sourit à son tour.

— Mais si, appelez-moi.

— Cela vous fera plaisir ?

— Oui, cela me fera plaisir. Mais... vous n'êtes pas ici parce que votre maladie a empiré, si ?

— Non. Je suis venu voir un vieil ami. Et vous ?

— Moi aussi. Un vieil ami... et ma belle-mère. Tous les deux ont passé de sales moments.

— Oh, je suis désolé de l'apprendre !

— Merci, vous êtes gentil. Bon, je dois y aller. Mon père m'attend et il faut que je passe un coup de fil à quelqu'un. Pour dire que je suis bien arrivée.

— Je vous en prie, dit le jeune homme en s'effaçant.

Ils se trouvaient devant les ascenseurs.

— Vous êtes donc guéri, remarqua Shanna.

— Oui. Quel étage ?

— Deuxième.

— Moi, troisième. Nous allons donc monter ensemble.

Ils entrèrent dans une cabine. En dépit de sa largeur, l'homme se tenait tout contre Shanna. Son sourire ne faiblissait pas. Avec étonnement, elle se rendit compte qu'elle était à la fois mal à l'aise et agréablement troublée. Décidément, ce Dave était très mignon et fort sexy.

Non, davantage que cela. Une sensualité à fleur de peau émanait de sa personne.

L'ascenseur s'arrêta. Shanna se détendit. Elle sortit de la cabine sans perdre une seconde et, une fois dans le couloir, se retourna.

— À bientôt, alors.

— Sûr et certain !

La porte se referma. Shanna se dirigea vers la chambre de Liz.

Maggie partie, Jack Delaney avait pris le relais devant la porte de Rick Beaudreaux.

Les heures s'écoulèrent. Il les occupa en lisant, faisant des mots croisés, puis il se mit debout et étira ses membres engourdis. À l'occasion, il bavardait avec des infirmières qui passaient. L'une d'elles lui rapporta de la cafétéria un hamburger et du café : il avait tellement soif qu'il avait failli boire l'eau bénite qu'il transportait dans une bouteille de soda !

À vingt-trois heures, l'équipe changea. Une infirmière qu'il ne connaissait pas arriva, chargée d'un plateau de médicaments. Une jeune femme ravissante, aux cheveux noirs ramassés sous son calot et dont l'uniforme ne cachait pas les formes opulentes. En fait, elle aurait été davantage à sa place en couverture de *Cosmopolitan,* ou présentant la lingerie griffée Victoria's Secret, que dans un hôpital, se dit Jack.

— Bonjour, inspecteur. Comment se porte mon patient ?

— Il va de mieux en mieux.

— Et vous êtes là pour le protéger des voyous, c'est ça ?

— Oui.
— Eh bien, c'est parfait.
Jack opina puis revint à son livre, mais se concentra difficilement. Ses pensées dérivaient sans cesse vers l'accorte brune. Cette fille était trop belle, elle n'avait pas la tête de l'emploi. On aurait dit une actrice jouant le rôle d'une infirmière dans une série télévisée…
Il se leva et posa son livre sur son siège. Ce faisant, il cilla : que venait-il d'entrapercevoir ? Bon sang, la fatigue lui donnait des hallucinations : il avait eu l'impression de voir un… un loup.
Il accommoda sa vision, aveuglé par la lumière trop blanche des rampes de néons.
Un être vivant se dirigeait vers lui. Il ne s'agissait pas d'un loup mais de Lucian DeVeaux, l'ami de Sean.
Instantanément, dans son esprit, les pièces du puzzle se mirent en place : si DeVeaux était venu, c'était pour une bonne raison.
La brune n'était pas une infirmière !
Jack poussa la porte de la chambre à la volée.
La femme était penchée sur la gorge de Rick Beaudreaux. Surprise, elle releva la tête. Du sang dégoulinait de sa bouche.
Elle darda sur Jack des yeux immenses, hypnotiques.
— Ô mon Dieu… murmura-t-il.
Lucian DeVeaux le bouscula. Il attrapa la… la créature en blouse blanche et l'expédia à l'autre bout de la chambre, arrachant au passage les tuyaux de perfusion, faisant tomber le plateau chargé de médicaments.
— L'eau bénite ! cria-t-il.
Jack plongea la main dans sa poche à l'instant où une alarme se déclenchait. Les moniteurs auxquels était relié Rick Beaudreaux s'affolaient.
Bon sang, l'eau bénite, où était-elle ? Pas dans sa poche, constata Jack avec horreur. La bouteille de soda… il l'avait posée par terre, au pied de sa chaise… Vite, dans le couloir !

Jack se rua hors de la chambre et se trouva nez à nez avec un homme grand et roux. Il brandissait la bouteille en riant.

— C'est cela que vous cherchez ?

— Donnez-moi ça ! Je suis inspecteur de police et...

Jack n'eut pas le temps d'achever. L'homme l'avait saisi par le bras et, d'une torsion, l'avait précipité contre le mur opposé.

Le choc n'assomma pas Jack, mais le laissa quelques instants désorienté. Il secoua la tête et se releva avec peine. Il dut attendre d'avoir recouvré son équilibre pour débouler dans la chambre et se jeter sur le roux.

Il essaya un plaquage, lui enserrant les jambes pour le faire choir. L'homme chancela et lâcha la bouteille.

Lucian luttait avec la brune. Sans doute vit-il l'eau répandue sur le sol, car il manœuvra de manière à obliger la femme à poser les pieds dedans.

Elle poussa un hurlement.

— Saloperie ! cria le rouquin qui frappa Jack à la tête.

Ce coup-là le sonnait pour le compte, eut-il le temps de se dire avant que tout devienne noir autour de lui.

Et avant que la femme s'évapore comme de la buée.

— Je suis sûre que j'ai raison ! s'exclama Renate, au comble de l'excitation.

Elle se trouvait dans l'appartement de Jade où cette dernière, ainsi que Matt et Danny, attendaient ses explications.

— J'ai trouvé toute une histoire qui colle ! La créature est une déesse qui a l'apparence d'une chatte. Elle donne le pouvoir suprême. Jade, quand Lucian va-t-il revenir ? J'ai tellement hâte qu'il soit là...

— Il ne va plus tarder, répéta Jade pour la énième fois : Renate lui posait la question à intervalles réguliers depuis des heures.

Jade et Danny avaient somnolé, Matt s'était carrément endormi, mais Renate n'avait pas tenu en place.

— J'ai trouvé exactement ce que Lucian cherchait ! assura-t-elle.

Le téléphone vint à point rompre la litanie. Renate allait enfin, au moins pour quelques minutes, arrêter de s'autoféliciter.

Jade décrocha.

— Jade ? C'est Shanna.

— Que se passe-t-il ? Liz a eu…

— Non, non, Liz n'a rien. Mais… mais…

Jade se sentit soudain glacée. La voix de sa sœur était bizarre. Sourde, étranglée.

— Shanna, dis-moi !

— Rick… Rick est mort.

— Quoi ?

Jade se laissa tomber sur l'accoudoir d'un fauteuil.

— Rick Beaudreaux est mort, répéta Shanna dans un sanglot. Les médecins ont tout tenté mais… il est mort.

Tout à coup, la pièce tourna autour de Jade. Le téléphone glissa de sa main.

En un éclair, Matt fut là, la prit dans ses bras et récupéra le combiné. Il écouta Shanna, puis annonça :

— Nous serons là dans quelques minutes.

Les responsables de l'hôpital ne laissèrent voir le défunt qu'une fois sa toilette faite.

Jade était encore considérée par les collègues de Rick comme sa fiancée, celle qu'il avait aimée, et qui l'aimait en retour.

Les policiers posèrent des questions aux témoins, entre autres Jack Delaney, lequel essaya de répondre clairement : une infirmière était entrée, et il n'avait compris que trop tard qu'il s'agissait d'un imposteur.

Le corps transporté dans le service de médecine légale, les techniciens avaient tenté de retrouver des indices dans la chambre : fibres, cheveux, empreintes… Ils ne relevèrent rien d'autre que du sang de Rick. Apparemment, son corps ne portait pas de marques particulières.

Jack fut soupçonné de s'être endormi et d'avoir rêvé de cette infirmière meurtrière. Évidemment, il serait procédé à une autopsie complète, mais d'ores et déjà les conclusions se dessinaient : Rick était mort d'anémie et de déshydratation, causées par une très forte fièvre. Épuisé par son travail, il aurait eu besoin de repos.

Jack Delaney aussi, estimèrent les médecins. Le malheureux souffrait d'hallucinations : cette histoire de fausse infirmière ne tenait vraiment pas debout.

Bouleversée, Jade songeait aux magnifiques yeux clairs de Rick, clos à jamais, à son corps d'athlète désormais froid comme du marbre. Il était mort à cause d'elle. Parce qu'il la fréquentait.

Elle sanglotait lorsque Sean Canady vint la chercher pour la conduire à la chapelle. Éperdue de chagrin, elle le suivit et, à peine entrée dans le petit édifice, elle vit Lucian. Elle se jeta sur lui, poings en avant, et lui martela la poitrine en criant. Qu'il fasse en sorte de garder ses ennemis loin de sa famille et de ses proches ! Rick avait perdu la vie par sa faute, Liz allait peut-être mourir aussi…

Lucian resta parfaitement immobile pendant qu'elle le frappait. Puis, quand il la sentit un peu calmée, il lui prit les poignets et bloqua ses mouvements.

— Jade, s'il te plaît…

— Non, je ne veux pas t'écouter ! Je ne veux rien entendre !

Elle essaya de se libérer, mais les doigts de Lucian étaient des étaux. Folle de rage, elle se débattit. Shanna vint la prendre par la taille et l'attira contre elle. Jade se laissa faire, s'effondrant contre sa sœur, en larmes elle aussi.

Quelques instants plus tard, Jack Delaney entrait.

— Jade, je suis tellement désolé... Vous m'aviez accordé votre confiance et je l'ai trahie. Tout est arrivé parce que je n'ai pas été à la hauteur. Les médecins sont persuadés que Rick a succombé à une infection. Un virus inconnu. Ils pensent que je me suis endormi et que la fausse infirmière était dans mon rêve, mais moi je sais que...

— Jack, arrête, coupa Sean Canady. Tu n'y es pour rien. Face à toi, à nous, il y a un pouvoir contre lequel nous sommes impuissants.

— Je n'arriverai pas à convaincre les médecins ou mes collègues que Rick a été tué par... par quoi, grand Dieu ? Un démon ?

Personne ne répondit. Jade se libéra des bras de sa sœur et sortit de la chapelle. Elle n'avait pas la force d'en entendre davantage.

— Où vas-tu, Jade ? lui cria Shanna. Tu ne peux pas partir comme ça !

— Jack, pourriez-vous aller avec elle ? demanda Lucian. Ensuite, rejoignez-nous, Sean et moi, chez les Canady. Il faut que nous discutions.

Alors qu'elle s'apprêtait à franchir le seuil de la chapelle, Jade fit demi-tour et vint se poster devant Lucian, poings sur les hanches.

— Il faut que vous discutiez, hein ? De quoi ? Que comptez-vous faire ?

— Tu sais ce que moi, je dois faire.

— Seigneur, Lucian, ne me dis pas que tu veux aller à la morgue et couper la tête de Rick puis lui arracher le cœur... Tu ne vas pas faire ça ! Oh non, je ne le permettrai pas !

Lucian la saisit par les épaules et la secoua doucement.

— Reprends-toi, Jade, et essaie de réfléchir. Tu sais qu'il n'y a pas d'autre solution. Tu doutes encore, tu ne crois pas ce que tes yeux t'ont montré... Malheureusement, tu dois te résigner : il n'y a pas d'alternative. Il faut s'occuper de Rick.

— Non ! Tu prétends qu'il va revenir parmi nous ? Alors ne l'en empêche pas !

Elle percevait l'hystérie dans son intonation, mais ne parvenait pas à se dominer.

— Jade, tu ne sembles pas comprendre...

— Qu'est-ce que je ne comprends pas ? Rick reviendra comme toi tu l'as fait !

— C'est possible, admit Lucian.

— Peut-être pas, rectifia Sean.

Jade se tourna vers lui.

— Comment ça, peut-être pas ?

— Eh bien... certaines personnes ne doivent pas revenir, précisa Lucian.

— Rick pourrait être de retour dans la peau d'un monstre, d'un tueur, expliqua Sean.

Les yeux brillants de fureur de Jade allaient de Sean à Lucian.

— Bon sang, mais pour qui vous prenez-vous, tous les deux ? Pour des juges ? Comment osez-vous vous arroger le droit de décider qui peut revenir et qui ne le peut pas ?

— Je vais te dire pourquoi mieux vaut que Rick ne réapparaisse pas ! s'écria Lucian, soudain tout aussi en colère que la jeune femme. Il était un type bien. Souhaites-tu qu'il soit rongé par les affres de la faim ? La faim du sang ? Qu'il souffre comme un damné de l'envie de tuer des humains pour assouvir son appétit ? Et qu'il cède à cette envie ? C'est cela que tu veux, Jade ?

— Est-ce ta vie que tu me décris, Lucian ?

— C'est l'existence que j'ai menée pendant très longtemps, oui. Et je l'ai supportée parce que c'était une époque cruelle, barbare, où les hommes s'entre-tuaient pour un oui ou pour un non. La vie n'avait guère de prix en ce temps-là. Les conflits entre pays, clans ou tribus étaient la norme. Trouver du sang à boire était facile. Il y avait toujours un ennemi à abattre, le décapiter était la routine, le déchiqueter et lui arracher le cœur faisaient partie des coutumes guerrières ! Personne ne considérait ces tueries comme des assassinats !

Lucian s'interrompit, passa la main sur son front, l'air brusquement très las.

— Jack, reprit-il, emmenez-la. Faites-la sortir de l'hôpital.

Jack Delaney acquiesça d'un hochement de tête, puis s'adressa à Jade.

— Vous savez bien que, de toute façon, le corps de Rick va être mutilé, découpé... L'autopsie qu'il subira sera très complète, car les médecins veulent découvrir de quoi il est mort. Ce mystérieux virus, ils vont le chercher, et pour ça, ils mettront Rick en pièces. Alors, quelle différence cela fera-t-il si Lucian le...

— Je vous en prie ! gémit Jade. Laissez-lui une chance ! S'il est imprégné, il...

— S'il l'est ? s'exclama Lucian. Mais il n'y a pas de « si », Jade !

— Il sera toujours possible de... de le tuer plus tard... suggéra-t-elle à voix basse.

— Navré, mais je ne m'en chargerai pas.

— Et... Sean ?

— Sean non plus. Et puis, Rick peut revenir doté d'une force démoniaque !

— Mais non, s'obstina Jade. Je connais Rick. Et puis tu es là, Lucian, tu pourrais lui servir de mentor. N'en as-tu pas eu un, toi ?

Lucian resta coi. Oui, il avait eu un guide spirituel... Tout à coup, il se rappelait les paroles de Rick... Il avait la certitude de le connaître. Et il ne se trompait pas : ils se connaissaient ! Comment ne s'en était-il pas rendu compte plus tôt ?

— Sean, vous êtes policier, cette ville est la vôtre. À vous de jouer.

— Un instant, Lucian. Est-ce que je comprends bien ce que...

— Oui, Sean, vous comprenez bien. Je propose que

nous attendions. La suite nous dira si nous avons eu tort ou pas.

— Mmm. Que va-t-il se passer quand ils vont emporter Rick pour l'autopsier ?

— Il se sera certainement réveillé avant.

— Ouais, et le médecin légiste va tomber raide sous le coup de la peur, remarqua Jack.

— En plus, il se fera arracher la gorge : au réveil, Rick sera affamé.

— C'est sacrément dangereux de laisser Rick se... commença Jack.

Jade l'interrompit, furieuse :

— Dangereux ? C'est tout ce que vous trouvez à dire ? Sean Canady, Jack Delaney, vous êtes flics, non ? Et qu'est-ce que vous faites ? Vous restez là à discuter tranquillement avec M. DeVeaux qui est, enfin, prétend être un... un vampire ! Le pire des tueurs ! Et pourtant, il ne s'en est pas pris à vous, que je sache. La preuve, donc, qu'une créature de son espèce peut être inoffensive ! Alors comment osez-vous envisager d'aller décapiter Rick ? Pourquoi refusez-vous de lui accorder une chance ? Lucian est d'accord !

— Oui, cette chance, donnez-la à Rick, renchérit Shanna. Si Sophia est aussi redoutable que Lucian l'affirme, alors il aura besoin d'aide pour l'affronter. Rick le seconderait efficacement ! Il ne sera pas de trop si elle a ce Darian avec elle !

Il y eut un silence. Tous se concertèrent du regard.

— J'avoue que l'idée d'aller couper la tête de Rick ne m'emballe guère, grommela enfin Jack.

— Moi non plus, concéda Sean. On renonce, Lucian ?

— D'accord. Mais gardez bien cette idée en tête : Rick Beaudreaux ne nous sera peut-être jamais reconnaissant de l'avoir laissé vivre. Revivre, plus exactement.

— Et, en plus, nous avons un autre problème, ajouta Sean.

Tous les regards se tournèrent vers lui.

— Il va falloir voler son corps, le faire sortir de la morgue.

Sean marqua un temps, avant de poursuivre :

— S'il ne se réveille pas avant qu'on l'emmène…

— … il reviendra à lui sur la table d'autopsie, acheva Jack.

— Oui, avec le risque qu'il soit un vampire épouvantablement affamé.

17

Plusieurs heures s'écoulèrent. Ils attendaient.

Lucian était désolé pour les administrateurs de l'hôpital : la banque du sang dévastée, un patient décédé à la suite d'une mystérieuse affection et ensuite, le corps de ce patient disparu… Ils allaient avoir des problèmes.

Et il ne pouvait rien faire pour y remédier.

La dépouille de Rick se trouvait au rez-de-chaussée, attendant d'être transférée vers la morgue. Un seul gardien se tenait auprès de lui.

Lucian se rendit au bureau de la morgue et engagea la conversation avec l'homme, détournant son attention du chariot sur lequel était allongé Rick dans une housse de plastique. Sean et Jack, en blouses blanches dérobées dans la lingerie, se mirent à pousser le chariot vers une pièce dont ils fermèrent la porte. Ils sortirent Rick de la housse, l'habillèrent, puis le soulevèrent. Un bras passé sous les aisselles, ils le mirent debout en le soutenant comme s'ils aidaient un copain ivre…

Quelques minutes plus tard, ils roulaient, Rick étendu sur la banquette arrière de la voiture.

— Où l'amenons-nous ? demanda Sean.

— Il va faire jour. Au cimetière, répondit Lucian.

— Si quelqu'un apprend que j'ai fauché un cadavre après avoir prétendu voir une femme boire le sang d'un patient, je suis viré de la police, bougonna Jack.

— Personne ne vous a reconnu, lui fit remarquer Lucian.

Sean s'était garé devant le cimetière. Lucian prit Rick dans ses bras.

— Jack, Sean, vous n'avez pas besoin d'aller plus loin. Je me charge de tout.

— Rick va-t-il dormir toute la journée ? s'enquit Sean.

— Peut-être se réveillera-t-il de temps à autre, mais il se rendormira. Il n'a pas la moindre force.

— Et ensuite ? fit Jack. Les filles sont en sécurité, chez Maggie. Et Liz ?

— À mon avis, il n'y aura pas de problème. Darian et Sophia ont été grièvement brûlés par l'eau bénite. Pour eux, c'est pire que de l'acide sur un corps humain. Ils ne pourraient donc s'attaquer qu'à une créature très faible, et encore : le soleil va briller, achevant de les vider de leur énergie.

— Où sont-ils ?

— Je peux essayer de les trouver. Je l'ai fait la nuit dernière, mais avec un temps de retard, hélas. Quoi qu'il en soit, nous disposons d'un délai pour agir.

— Quel est votre plan ? demanda Sean.

— Je vais me rendre en Écosse.

— Quoi ? Les vampires hantent La Nouvelle-Orléans et c'est en Écosse que vous allez ? s'exclama Jack.

— Oui, parce que je pense savoir où Sophia a caché le talisman.

— Mais que va-t-il se passer si vous partez pour l'Écosse ?

— Sophia et Darian vont me suivre. Ils sont venus ici pour éliminer un à un les rescapés du massacre d'Édimbourg. Selon moi, le talisman se trouve dans le tombeau. Sophia l'a caché cette nuit-là.

— Je ne comprends pas : en quoi le talisman peut-il l'aider, s'il est en Écosse ?

— Sophia est comme un homme très riche qui garde ses trésors dans un coffre de banque. Il n'a pas l'argent sur lui, mais il est milliardaire quand même. Le coffre de Sophia, c'est le caveau familial.

— Je vois ce que vous voulez dire. Mais il y a un truc qui m'échappe, Lucian : vous êtes le chef des vampires, le plus puissant d'entre eux. Ne pouvez-vous donner l'ordre...

— Jack, je vous l'ai expliqué tout à l'heure, mais apparemment je n'ai pas été assez clair : autrefois, lorsque le monde était dominé par la loi des armes, ceux de mon espèce n'avaient aucune difficulté pour se nourrir. La guerre était omniprésente, aux frontières d'une région ou d'un pays. Les gens mouraient des suites de blessures, mais aussi de toute sorte de maladies. Les épidémies étaient légion. Nous n'avions qu'à nous servir. Puis il y a eu la Révolution française, une période particulièrement faste... Ensuite, peu à peu, la société a changé. Nous aussi. Nos pratiques ont évolué. Nous nous sommes alors mis à boire du sang discrètement. Dans les prisons les condamnés, dans les hôpitaux les agonisants pourvoyaient à nos besoins. Dans les rues, les épaves ivres ou droguées... En ce qui me concerne, j'ai écumé, et je continue, les banques du sang. Le but, c'est de survivre. Je suis ce que je suis, je n'y puis rien. À quoi bon lutter contre la nature quand on sait que ce sera vain ? Mes semblables se comportent comme moi. Mais il y a des exceptions, des êtres à la sauvagerie effarante, telle Sophia. Dans ces cas-là, j'interviens. Je l'ai neutralisée à plusieurs reprises en la blessant si grièvement qu'elle a disparu pendant des décennies, voire des siècles, pour lécher ses plaies. La guérison est lente lorsque l'on a été taillé en pièces... Il m'est arrivé de faire appel à des humains, afin qu'ils m'aident à arrêter Sophia. Il faut beaucoup de courage pour cela. Nombre de vampires ont refusé de me seconder, effrayés. Si j'essaie de former une équipe, mes semblables se déroberont comme cela a déjà été le cas par le passé. Sophia ne supporte pas mon autorité, elle aspire à devenir la souveraine des vampires, elle veut m'anéantir et faire régner sa loi, qui est celle de la terreur, de la violence. Avec elle à la tête de notre groupe, c'en serait fini du soutien que nous apportons aux humains. Le monde se transformerait en pandémonium. Les carnages deviendraient la règle et à terme, la race humaine disparaîtrait.

Lucian s'interrompit, levant les yeux vers le ciel.

— Il fait jour. Je dois partir.

Rick solidement arrimé sur son épaule, il entra dans le cimetière.

— Allons chez moi, Jack, dit Sean. Nous aussi, nous devons nous reposer.

Jack ne parvenait pas à détacher les yeux de la silhouette de Lucian qui s'éloignait dans l'allée avec sa macabre charge.

— Tu crois que ça va aller, pour Rick ?

— Rick est mort, Jack.

— Oui, et il va devenir un mort vivant. Mon Dieu, je prie pour que nous n'ayons pas commis une erreur...

Shanna s'inquiétait pour sa sœur. Jade supportait mal la mort de Rick. Néanmoins, une fois chez Maggie, la jeune femme se calma, grâce au thé et aux tranquillisants que lui fit prendre son hôtesse avant de l'envoyer au lit. Ses larmes coulaient encore sur ses joues, mais elle ne criait ni ne sanglotait plus.

Après avoir passé un moment avec Maggie, Shanna décida d'aller se coucher. La maison était immense et superbe. La chambre que lui avait donnée Maggie possédait des portes-fenêtres qui s'ouvraient sur la galerie à la balustrade de fer forgé. La vue sur le jardin était magnifique. Dommage qu'il faille garder ces portes-fenêtres fermées, se dit Shanna. Mais, comme toutes les ouvertures, elles devaient rester verrouillées.

La jeune femme se glissa entre les draps frais, persuadée que, vu son état de nerfs, elle ne trouverait pas le sommeil. Pourtant, elle ne tarda pas à somnoler. Maggie avait dû mettre quelque chose dans son thé, songea-t-elle avant de sombrer dans un profond sommeil.

Des rêves l'agitèrent aussitôt. Dave y apparaissait. Il se plaignait de ne pas se sentir bien, quémandait de l'aide, du réconfort.

— *Je voulais t'appeler. Je veux te revoir. Oh oui, je veux te revoir...*

— *Je dois m'en aller.*

Ils se trouvaient devant l'entrée de l'hôpital.

— *Non. Je suis malade, viens me soutenir ! Viens cette nuit.*

Il souriait. Comme il était charmant !

— *Je ne peux pas venir, Dave. Un de mes amis est mort aujourd'hui, je dois m'occuper de ma famille.*

— *Alors laisse-moi te rejoindre, Shanna. Permets-moi d'entrer. Ne suis-je pas déjà dans ton cœur, ton esprit ? Ouvre cette porte-fenêtre, et débarrasse-toi de toutes ces tresses d'ail que Maggie a accrochées partout !*

— Non, va-t'en. Je suis fatiguée.

Elle ouvrit les yeux : voilà qu'elle avait parlé à haute voix ! Son regard se posa sur l'une des portes-fenêtres. Les vantaux étaient entrouverts, mais les tresses d'ail enroulées autour de la crémone les empêchaient d'aller plus loin.

Elle se leva et alla refermer. À ce moment-là, elle entendit pleurer. Les jumeaux ? Ils étaient juste à côté de sa chambre, entre la sienne et celle de Jade. Le cœur battant soudain à tout rompre, Shanna se précipita dans la chambre des deux garçons.

Jade était auprès d'eux. Elle serrait Jamie dans ses bras.

— Donne-le-moi et va te recoucher, Jade. Tu as l'air à bout de forces.

— Tu n'as pas meilleure mine, tu sais.

— Je suis quand même moins mal en point que toi. Avec moi, Maggie a eu la main plus légère sur les sédatifs.

Jade parut étonnée : apparemment, elle n'avait pas compris que Maggie l'avait droguée. Elle tendit Jamie à sa sœur, qui s'assit sur le lit.

— J'ai peur, Shanna. Pour Liz, pour papa, pour nous tous…

— Ne t'en fais pas, ça va aller.

— Oui. Je ferai ce qu'il faut pour ça, assura Jade en se penchant pour poser un baiser sur le front du bambin.

Rassuré, bercé, Jamie ne pleurait plus.

— Tu es bien maintenant, mon chéri ? lui demanda Shanna.

— Des vilains rêves… Le monsieur de la télévision…

— Il n'est pas là, rendors-toi.

— Il était là.

— Chut… Ferme les yeux.

— Le monsieur, il est plus là, mais il y était. Pour de vrai.

Il était très tard lorsque, finalement, Renate se coucha. Elle avait passé la soirée dans l'appartement de Jade avec Danny et Matt, à parler de la mort de Rick Beaudreaux et à se désoler pour celle qui venait de rompre ses fiançailles avec le policier.

— Elle ne l'aimait plus. Pauvre homme. Il est mort, maintenant. On dirait un châtiment infligé à Jade. Elle doit se sentir coupable.

— Pas besoin de se sentir coupable pour être malheureux, remarqua Matt.

Ulcérée par la froideur dont faisaient montre ses deux amis envers elle, Renate les abandonna.

— Je rentre chez moi. Appelez-moi si vous avez besoin de quoi que ce soit, les garçons.

Ni Matt ni Danny ne semblèrent se rendre compte qu'elle partait.

L'aube teintait le ciel de bleu outremer quand Renate se mit enfin au lit.

Les rêves l'assaillirent à la seconde où elle s'endormit.

Un homme… Elle voyait un homme qu'elle connaissait à peine. Il lui semblait l'avoir invité à entrer, un jour, mais elle ne se rappelait pas le jour. En revanche, elle se souvenait de sa belle allure. Charmant, vraiment. Sauf que cette nuit il était blessé. Il souffrait de profondes brûlures.

Il s'adressait à elle avec douceur, dans un murmure. Et il lui touchait doucement la joue.

Elle soupirait d'aise.

— *Renate, ces idiots sont incapables de t'apprécier. Tu es intelligente, gentille, et puis surtout, tu SAIS.*

— *C'est vrai que ce sont de mauvais amis.*

— *J'ai besoin de toi, Renate. Touche-moi, soulage-moi. Laisse-moi entrer et soigne-moi. Je souffre tant...*

Dans son rêve, Renate souriait. Le sex-appeal de l'homme la chavirait. Il la suppliait, la désirait... Voilà qu'il s'agenouillait devant elle. Incapable de résister à la tentation, elle plongea les doigts dans sa chevelure rousse, drue, si belle, si odorante.

— *Moi aussi, j'ai besoin de toi, mon chéri.*

Elle se retourna dans son lit et le découvrit à côté d'elle.

Lucian se reposait.

Tout ce dont aurait besoin Rick au réveil, il l'avait préparé après avoir allongé le défunt dans son propre cercueil, un havre de paix. Puis il s'était couché sur une couverture jetée à même le sol, le long de la boîte de bois précieux. Il n'aimait pas être en position de vulnérabilité. Hors de son cercueil, il était fragile. Néanmoins, il ferma les yeux et permit aux puissances qui habitaient son esprit de s'envoler.

Sous ses paupières closes, il ne tarda pas à visualiser une pièce dans la pénombre. Au centre, se trouvaient des chaises de bois sculpté. Les chaises de sa cabane de pêcheur. Sur l'une d'elles, personne ne s'était assis depuis des siècles. Celle d'Igrainia. Lorsqu'elle se posait dessus, sa longue robe blanche retombait en vagues jusqu'au sol.

Igrainia… sa taille fine prise dans une lourde chaîne d'or, ses cheveux parfois en liberté sur ses épaules, parfois tressés, ses doigts serrés autour de l'accoudoir quand elle l'écoutait parler, attentive… Ses yeux couleur d'eau pure, à la teinte aussi changeante que la surface de la mer, au regard grave…

Il s'assit sur son propre siège et appela ceux de son espèce dont il connaissait la puissance.

Ragnor, des îles du Nord ; Yves, de Bruges ; Jean, de Bourgogne ; Chris, de Limerick ; et Lisa, de Seattle…

Les uns après les autres, ils apparurent et l'entourèrent.

Ce fut Ragnor qui parla le premier.

— Elle est de retour, évidemment ! Elle s'est échappée de sa tombe de plomb. Nous l'avons su et nous avons eu peur.

— Lucian, pourquoi ne pas la laisser sévir parmi les humains jusqu'à ce qu'ils s'occupent définitivement d'elle ?

— Non, intervint Lisa. Elle susciterait un tel cataclysme que les humains commenceraient à accorder crédit aux vieilles légendes. Or quand ils croient, ils ne pensent qu'à tuer. Ils s'en prendront à nous tous, pas seulement à Sophia. Les humains sont tellement sots ! Rappelez-vous les bûchers pour les sorcières, les pendaisons… J'y ai échappé de justesse. Nous devons l'arrêter !

— Nous sommes des prédateurs, des chasseurs, des loups ! argua Yves. Oui, il appartient à un vampire de traquer Sophia, de faire d'elle sa proie. Lucian, tu es notre roi, notre guide, notre médiateur et, à ce titre, c'est à toi qu'il incombe de détruire Sophia. Car c'est contre toi qu'elle est en guerre. Nous ne pouvons t'aider. Elle t'a jeté un défi. Ce combat à mort est le tien.

— Serais-tu devenu faible, Lucian ? questionna Jean d'un ton inquiet.

— Non. Et j'ai sauvé nombre d'entre vous du carnage. Je vous ai tenus éloignés de cette lutte qui vous aurait anéantis. Je n'attends pas de vous que vous m'aidiez à abattre Sophia. Vous n'êtes pas assez vieux pour l'avoir connue, pour imaginer l'étendue de son pouvoir et de sa perversité. Vous ne sauriez être assez méfiants. Voici donc ce que je désire : que vous vous teniez tous loin de La Nouvelle-Orléans. Il y a déjà eu trop de morts dans cette ville. Cela commence à intriguer les humains.

— Quoi ? Des morts violentes à La Nouvelle-Orléans peuvent encore étonner ? se moqua Yves.

— Oui. La limite de l'acceptable a été dépassée. Les gens se posent des questions. Ils ne doivent à aucun prix en trouver les réponses.

— Bien.

— Je tiens à vous avertir : qu'aucun de vous ne s'allie à Darian et à Sophia. Ne cédez pas à son influence. Elle vous persuadera que si vous faites front avec elle, il sera aisé de me détrôner. C'est faux, elle ne le pourra pas, même avec de l'aide. Mais si vous vous mettez de mon côté, vous serez les bienvenus. Je ne vous y oblige pas. Il ne s'agit pas là d'un ordre, mais d'un sage conseil. Vous n'ignorez rien des dangers qui sont notre lot quotidien, ni des lois qui régissent notre espèce : les vampires ne s'entre-tuent pas. Ceux qui transgresseraient ces lois seraient châtiés de ma main. Je ne permettrai pas au désordre de s'installer. Sachez que les félons qui se rallieraient à Sophia seront toutefois exécutés. Quiconque se dressera contre moi le paiera de sa vie. Suis-je clair ? Peut-être brûlerai-je ensuite pour l'éternité dans les flammes de l'enfer pour avoir bafoué nos lois, mais je prendrai le risque. Je ne permettrai pas à Sophia de saccager le monde des humains, ni le nôtre.

Des murmures d'approbation s'élevèrent.

— Je suis avec toi, Lucian. Je veux venir, dit Chris.

— Merci, mais je serai secondé. Par l'un des nôtres, un nouveau. Il est de La Nouvelle-Orléans. La ville qui sera le champ de bataille lui est familière. Que Ragnor veille sur les nôtres ici, pendant que je serai occupé de l'autre côté de l'océan.

Tous approuvèrent d'un hochement de tête.

— Bon sang, mais où est-ce que je suis ? Eh, mec, je suis affamé !

Rick Beaudreaux était assis dans le cercueil. Ses yeux fous se posèrent sur Lucian.

— Je meurs de faim, mec ! Et j'ai du feu en moi ! Il fait chaud à crever, ici !

Il sortit du cercueil. Il se frottait le cou du plat de la main.

— Fait chaud... grommela-t-il. Et j'ai la dalle. T'as l'air sacrément bon, mec. T'es appétissant et...

— Je ne suis pas ce dont vous avez besoin, Rick, rétorqua sèchement Lucian. De quoi vous rappelez-vous ?

— Hein ? Oh, de la nana la plus sexy que j'aie jamais vue se roulant sur moi. Elle me... Merde, j'ai faim ! Tellement faim que ça fait mal, ça me déchire le ventre ! Mais je ne pige pas... Je croyais que j'étais mort...

— Vous l'étiez.

Rick jeta un coup d'œil au cercueil. Il faisait très sombre mais, s'étonna-t-il, il y voyait fort bien. Un atout super, cette vision nocturne...

— Qu'est-ce que j'ai, mec ? J'ai une de ces envies de boire du... du sang ! Du sang chaud, du sang tout neuf et...

Des couinements s'élevaient du fond du tombeau. Rick découvrit Lucian, un gros rat gris dans une main. Un animal d'une taille sidérante. Probablement le roi des rats du cimetière, se dit Rick, amusé.

— Regardez. Cela devrait suffire à apaiser votre faim.

Lucian lui montrait la bête qui gigotait et poussait de petits cris aigus.

— Il y en a une foule, précisa-t-il.

Incapable de résister à la tentation, Rick fonça dans le noir. Les cris augmentèrent en intensité, des griffes crissèrent sur le ciment. Il se pencha et ramassa voracement cette manne.

Lucian se détourna et attendit que Rick revienne, rassasié.

— Je suis mort et en enfer, dit-il un moment plus tard en fixant ses mains dégoulinantes de sang, d'abord avec dégoût puis gourmandise.

Il lécha ses doigts un à un.

— À moins que tout ça ne soit qu'un cauchemar, enchaîna-t-il, le pire que j'aie jamais eu. Ou bien... si tout est vrai, alors je suis devenu un... un vampire !

Lucian hocha la tête.

— Je suis navré. Je n'étais pas d'accord, Rick.

— Vous auriez préféré me planter un pieu dans le cœur, hein ?

— Quelque chose comme cela, oui.

— Mmm. Et Jade s'y est opposée.

— Pas seulement elle. Disons qu'une majorité était pour cette... métamorphose.

— Ne vous en faites pas, DeVeaux. Jade a probablement voulu que je... revienne parce qu'elle ne m'aime pas. Elle n'aura pas à vivre avec le Rick nouvelle mouture. Mais ça ne fait rien. Je suis content. Je peux supporter ce qui m'attend.

— Effectivement, vous vous débrouillez mieux que moi au début. Néanmoins, sachez que la condition de mort vivant ne présente pas beaucoup d'avantages. Elle est très dure. Auriez-vous déjà oublié ce qu'était la torture de la faim, il y a quelques minutes ?

— Je tiendrai le coup. Et puis, il doit y avoir mieux que des rats pour se nourrir, non ? Pas des gens, mais d'autres créatures. Tiens, des vaches, par exemple...

— Oui, mais d'ordinaire, elles ne paissent pas dans les cimetières.

Rick esquissa un sourire.

— Ouais. Quoi qu'il en soit, je m'en sortirai. Ma priorité, ce sera avant tout de mettre la main sur les tueurs. Vous n'étiez pas l'un d'eux. Moi, je suis toujours flic au fond de l'âme et satisfait d'être encore là, de pouvoir me rendre utile. À condition de ne pas m'en prendre aux gens que j'aime. Ça ne m'arrivera pas, n'est-ce pas ?

— C'est arrivé à d'autres, mais je veillerai à ce que vous ne succombiez pas à la tentation. Je vous guiderai. Je vous apprendrai les règles à respecter au fur et à mesure… Nous allons devoir faire vite. Une vraie course contre la montre. Il faut nous organiser.

— Sûr.

Lucian s'apprêtait à sortir du tombeau quand il se rappela que Rick ne savait rien des pouvoirs du brouillard, de l'esprit, de sa supériorité sur la matière. Il apprendrait, se dit-il.

Les grilles du tombeau s'ouvrirent d'elles-mêmes devant Lucian qui entendait les pas de Rick derrière lui. Soudain il s'immobilisa, et son compagnon en fit autant : quelqu'un sanglotait.

Il quitta l'allée centrale et s'engagea dans une travée perpendiculaire. Une jeune fille, agenouillée devant une tombe fraîchement scellée, pleurait à chaudes larmes. Seize ans, grand maximum, cheveux attachés en queue-de-cheval. Chacun de ses sanglots faisait saillir sa jugulaire… Lucian percevait les pulsations de son sang…

Grand Dieu, Rick devait entendre aussi !

— Résistez ! lui intima-t-il.

— Pas de problème, chef de clan.

Ils passèrent devant la jeune fille sans s'arrêter, obliquèrent à l'intersection suivante et reprirent l'allée centrale.

— Rick, comment m'avez-vous appelé ?

— Hein ? Je ne sais pas… Oh si, chef de clan !

— Pourquoi ?

— Eh bien, vous êtes écossais, non ? Même si votre nom est français, vous êtes écossais…

— Je l'étais, il y a bien longtemps.

— Et maintenant…

Lucian s'arrêta et regarda Rick bien en face.

— Je crois que le moment est venu de rentrer chez nous, mon ami que j'ai enfin retrouvé.

Dans un premier temps, Jade fut persuadée qu'ils lui avaient tous menti. Ils avaient prétendu avoir sauvé Rick, mais ils étaient allés à la morgue pour le dépecer.

Elle s'était endormie sur cette abominable idée. À son réveil, elle lut le journal. On y racontait que l'inspecteur Rick Beaudreaux était mort dans la nuit. D'après l'un de ses collègues, des gens étaient entrés dans sa chambre, agressant mortellement Rick, ensuite ils s'étaient non pas évanouis dans la nature mais dissipés dans l'air. Personne ne croyait en cette version. D'après les médecins, Rick s'était agité, débranchant ses perfusions. Quant au policier de garde, Jack Delaney, il avait fait une chute et le choc lui avait causé des hallucinations.

Le problème, c'était que le corps de Rick Beaudreaux n'était nulle part. Pendant un moment, il avait séjourné à la morgue, puis disparu.

Jade se demanda si son père était l'auteur de l'article. Non, décida-t-elle : jamais Peter MacGregor n'aurait entaché la réputation de Jack Delaney, le faisant passer pour un illuminé.

Les mains tremblantes, elle posa le journal sur la table puis leva les yeux vers Maggie, qui lui sourit.

— Ils ne vous ont pas menti, Jade. Ils ne partageaient pas votre avis, mais ils ne vous ont pas menti.

— Alors ?

— Alors, il ne nous reste plus qu'à espérer qu'il soit revenu doté d'un psychisme à peu près normal.

Les deux jeunes femmes étaient seules dans la salle réservée au petit déjeuner. Shanna dormait encore, les jumeaux aussi.

— J'ai toujours du mal à croire… tout cela, reprit Jade. Mais dans l'hypothèse où ce serait vrai, une personne normale et bonne ne peut-elle devenir un vampire normal et bon ?

Maggie resta coite.

— Alors, Maggie ?

— Eh bien… « raisonnable » me semble plus adéquat que « normal » ou « bon ». Tout vampire éprouve un besoin frénétique de tuer, de déchiqueter des chairs, de se nourrir de sang… mais il est possible de contrôler ces pulsions. Je pense que Lucian vous a avoué n'avoir pas toujours été aussi « raisonnable » qu'il l'est maintenant. Cependant, même à l'époque où il était féroce, je ne crois pas qu'il ait jamais pris plaisir à tuer. La mort d'Igrainia a suscité en lui un puissant désir de vengeance. Lorsqu'il a cru Sophia neutralisée à tout jamais dans sa chape de plomb, il est redevenu « raisonnable ». Il a continué à vivre, animé d'un seul but : maintenir l'ordre parmi les vampires…

La sonnerie du téléphone l'interrompit.

— Ce doit être papa ! s'écria Jade en se précipitant vers l'appareil.

— Non, je pense que c'est votre voisine, Renate. Elle a déjà appelé je ne sais combien de fois. Elle prétend avoir trouvé la réponse concernant le talisman.

— Oh !

Jade décrocha et entendit effectivement la voix de Renate, une voix fatiguée.

— Où est Lucian ? demanda-t-elle à brûle-pourpoint.

— Écoute, Renate, on a passé une nuit de folie… J'ignore où est Lucian.

— Il faut absolument que tu l'amènes ici de toute urgence ! Sur le pendentif, il y a un chat, le symbole d'une déesse égyptienne, Ura. On n'en sait guère sur elle aujourd'hui. En effet, à l'époque où l'Empire égyptien a été démantelé, l'occupant a détruit quasiment toute trace d'Ura. Parce qu'elle était une buveuse de sang ! Les Égyptiens se livraient à des sacrifices pour elle. La religion des vainqueurs ne s'accommodait pas de telles pratiques. Ura a été capturée et brûlée, mais ses cendres n'ont pas toutes été dispersées. On a dit que si on en plaçait quelques pincées à l'intérieur d'un pendentif, celui-ci recèlerait une force démoniaque dont profiterait celui qui le porterait. Quelqu'un a fabriqué le pendentif, mis les cendres dedans et est parti avec le bijou… Tant que cette personne ne sera pas jetée au bûcher elle aussi, elle bénéficiera de la puissance d'Ura.

— Où veux-tu en venir, Renate ?

— Il faut brûler Sophia, voilà où je veux en venir ! En même temps que le pendentif !

— Renate, je te rappellerai, mais je te remercie. Tu es formidable.

— Mmm. Formidable, peut-être, mais aussi complètement crevée. Il faut que je dorme un peu. Ça va, toi ?

— Oui.

— As-tu pris le corps de Rick ?

— Non.

— Bon, rappelle-moi, et surtout dis à Lucian de me joindre.

— Sans faute. Encore merci, Renate.

— Elle est au courant ? demanda Maggie lorsque Jade eut raccroché.

— C'est une chercheuse. Elle a lu tout ce qui a été écrit sur les vampires… Quand elle a compris de quoi il retournait, elle a décidé, avec l'aide de deux amis communs, de planter un pieu dans le cœur de Lucian pour me sauver.

— Sans succès, manifestement.

— Lucian leur a parlé, leur a tout expliqué et ils ont abandonné l'idée de le tuer, ils se sont mis à fouiller la documentation sur Internet. Et ils ont trouvé cette légende d'Ura.

Jade rapporta à Maggie ce que venait de lui raconter la romancière.

— Donc, il faudrait brûler Sophia. Le problème, Jade, c'est que les vampires n'ont pas le droit de tuer leurs semblables. Ils peuvent les blesser atrocement, ce qui les met sur la touche pendant parfois plusieurs siècles, mais pas aller au-delà. Nous devons néanmoins réfléchir à tout cela. Dans l'immédiat, il faut que nous allions à l'hôpital voir votre belle-mère.

— Je préférerais attendre Lucian… et Rick.

— Lucian saura où nous sommes.

— Si vous en êtes sûre…

Un temps, puis :

— Maggie, vous êtes très attachée à Lucian, n'est-ce pas ?

— Oui.

— D'après vous, il va réussir… avec Rick ?

Maggie eut une hésitation.

— Eh bien… je pense que oui. Lucien est doté d'un pouvoir mental inouï. Néanmoins…

— Quoi ?

— Longtemps avant Sean, j'ai aimé un Français. Il a fait de moi un vampire, persuadé que l'amour allait nous sauver, nous permettre de nous arracher à notre… condition. Mon père a tué cet homme. Puis j'ai rencontré Lucian. Il m'attirait, et pourtant je le haïssais. C'était très ambivalent dans ma tête et mon cœur. Mais chaque fois que j'ai eu besoin de son aide, il a été là. Et nous avons fini par devenir amis. Je lui ai parlé de cette rédemption par l'amour. Il n'y a pas cru, jusqu'au jour où Sean est entré dans ma vie. Le miracle s'est produit. L'amour m'a rendue normale. Que cela soit arrivé n'a guère adouci Lucian. Il doute encore. Il est cynique et dur. Vaincra-t-il Sophia ? Je pense que oui, sauf si… s'il se passe quelque chose d'imprévu qui l'affaiblirait.

— Maggie, vous songez à moi. Je suis le « quelque chose ». L'impondérable qui pourrait gripper la machine.

— Oui. En ce moment, Jade, Lucian doit à tout prix rester celui qu'il est. Il a besoin de tout son pouvoir pour anéantir Sophia.

Une heure plus tard, Sean conduisit sa femme et Jade à l'hôpital, où celle-ci trouva son père rongé d'inquiétude : est-ce que le virus qui avait emporté Rick n'allait pas tuer Liz aussi ? Elle semblait aller mieux, mais tout de même, il avait peur.

— Ma chérie, tu dois être bouleversée, ajouta Peter MacGregor. Le corps de Rick... qui a pu le voler ? C'est effroyable. Cette épreuve en plus de la mort de ton fiancé... Je sais ce que c'est de perdre quelqu'un qu'on aime. Il faut tant de temps pour faire son deuil... Mais tu n'es pas seule, Dieu merci. Tu as ta famille et tes amis.

Il lança un regard empreint de reconnaissance à Maggie.

— Les médecins envisagent de faire sortir Liz, continua-t-il. Mais je ne suis pas sûr que ce soit une bonne idée.

Maggie se rapprocha de Peter. Il tenait la main de Liz. La jeune femme était pâle, mais bien éveillée.

— Pourquoi ne viendriez-vous pas passer votre convalescence chez moi ? proposa-t-elle. Vous y seriez bien, d'autant que je m'occuperais des jumeaux.

— Madame Canady, c'est très gentil, mais...

— Liz, appelez-moi Maggie. Et dites-moi oui : j'ai une gouvernante merveilleuse qui adore les enfants. Shanna et Jade aussi vont habiter chez moi. Ma maison est immense.

Discrètement, Jade tira Maggie par la manche. Il fallait absolument qu'elle lui parle en aparté !

— Maggie, c'est de la folie, chuchota-t-elle. Si nous sommes tous chez vous et que Lucian arrive... Mon Dieu, papa et Liz finiront par se rendre compte de ce qu'il est !

— Lucian fuira ma maison : je l'ai rendue très peu accueillante pour les vampires.

— Oui, l'ail, l'eau bénite, le...

Jade se tut. Un inconnu se tenait sur le seuil de la chambre. Un nouveau policier, manifestement. Très grand, large d'épaules, blond aux yeux bleus… Il n'était pas en tenue, mais portait un jean et un polo.

Un policier, se répéta Jade.

Sans parvenir à s'en convaincre.

— Qui est-ce, Maggie ?

— Ragnor, un très, très vieil ami de Lucian.

L'homme se tourna vers Jade. Très lentement, un sourire se forma sur ses lèvres. Un sourire plein de gentillesse, qui donnait confiance en ce colosse aux cheveux trop longs selon les normes de la police.

Elle avait raison, se dit Jade. L'inconnu n'était pas un collègue de Rick ni de Sean… mais un proche de Lucian.

Un vampire, évidemment.

— Tout va bien, lui dit Ragnor à voix basse. Je ne vais pas vous déchiqueter ni vous mordre à la gorge.

— Merci, répliqua-t-elle en souriant à son tour.

— Personne ne touchera à la dame malade non plus.

Ragnor scrutait intensément son visage.

— Pourquoi me regardez-vous comme ça ? s'étonna Jade.

— Eh bien… vous lui ressemblez beaucoup.

— À qui ?

— À Igrainia.

— Mais je ne suis pas…

Jade ne put poursuivre : Ragnor avait levé la main. Elle déduisit de ce geste qu'il voulait qu'elle se taise.

— Il n'arrivera rien à votre famille, mademoiselle.

— Je l'espère. Et Lucian, où est-il ?

— Je ne sais pas. Nous devons tous nous retrouver à minuit à la chapelle.

À minuit, accompagnée de Maggie et de Shanna, Jade quitta la chambre de Liz et gagna la chapelle de l'hôpital.

Sean était déjà là, avec Jack.

— Lucian est parti pour l'Écosse, annonça Sean. Il pense savoir où se trouve le pendentif et va essayer de le récupérer.

— Cela ne lui servira à rien ! s'écria Jade. Il faut brûler Sophia avec le talisman et... Oh, Sean, je n'arrive pas à croire que Lucian nous ait abandonnés comme ça... Il ne m'a rien dit de ce voyage. Il ne m'a même pas dit au revoir...

— Hier soir, vous n'étiez pas d'humeur à l'écouter, Jade.

— À cause de Rick, oui. Vous avez tous menti. Rick... il a été...

— Il est auprès de Lucian.

— Je n'apprécie guère votre humour noir !

— Ce n'est pas de l'humour noir. Maggie, s'il te plaît, dit Sean en se tournant vers sa femme, explique-lui ce qui s'est passé.

— D'accord. Jade, écoutez : vous avez dit à Lucian de sortir de votre vie, que Rick était mort par sa faute. Lucian a voulu vous protéger, ainsi que votre famille, de Darian et de Sophia. Quitter le pays était le meilleur moyen : le duo de monstres allait le suivre, et vous vous installeriez chez moi avec les vôtres. Ragnor veillera sur Liz, ce que n'a pu faire Jack car il n'est qu'un humain. Selon Lucian, il n'y avait pas d'autre moyen de garantir votre sécurité.

Jade baissa la tête, mortifiée. Elle n'avait pas fait confiance à Lucian et il était parti.

Elle se sentait impuissante, en colère contre elle-même, démunie et honteuse. Lucian... Elle ne pouvait le laisser seul, il fallait qu'elle soit auprès de lui !

— Je pars en Écosse, annonça-t-elle.

— Jade, ce serait de la folie !

— Vous n'irez nulle part, renchérit Sean.

La jeune femme garda le silence. Elle ne se disputerait pas avec les Canady. Elle feindrait de se plier à leur volonté et ensuite n'en ferait qu'à sa tête.

— Entendu, Maggie. Ma famille et moi nous installons chez vous.

Sean et Maggie soupirèrent de concert, visiblement soulagés.

— Il faut que je parle à papa. Je remonte dans la chambre de Liz.

Personne ne s'opposa à son départ. Elle quitta la chapelle et dès qu'elle fut certaine d'être hors de vue, elle se mit à courir et s'engouffra dans le hall de l'hôpital.

D'une cabine, elle appela British Airways et réserva une place sur le prochain vol pour Londres avec correspondance pour Édimbourg.

18

— Eh, Danny, ça fait un moment que nous n'avons plus eu de nouvelles de notre chère Renate, lança Matt à son ami.

Tous deux se trouvaient toujours dans l'appartement de Jade.

— On devrait aller sonner chez elle.

— Et si elle était au lit avec un beau gars ? Souviens-toi : quand tu as appelé, c'est un homme qui a décroché.

— Il m'a dit que j'avais fait un faux numéro. Mais je suis sûr de ne pas m'être trompé. Renate est dans mon répertoire.

— Bref, tu n'as pas rappelé.

— Évidemment. Je ne voulais pas interrompre une deuxième fois leurs ébats. Si on va chez elle, ce mec ne sera pas content.

— Tant pis. Il faut qu'on sache si elle va bien. Et puis elle est partie fâchée hier soir, parce qu'on s'est fichus d'elle à cause de sa théorie sur la déesse. Soyons sympas, Danny.

— O.K. On s'arme de courage et on fonce.

Les deux jeunes gens sortirent de l'appartement, longèrent le couloir, et sonnèrent à la porte de Renate. En vain. Ils frappèrent alors le battant à coups de poing. Au moment où ils s'apprêtaient à renoncer, persuadés qu'elle était sortie, Matt posa la main sur la poignée.

La porte céda sous sa pression.

— Merde, elle a laissé ouvert et… Renate ? Tu étais là ?

Oui, elle était là, en peignoir de bain, sortant visiblement de la douche.

— Qu'est-ce qu'il y a ? demanda-t-elle sèchement.

— On se faisait du souci.

— Inutilement. Je suis fatiguée et je vais me recoucher.

Une odeur âcre alarma le jeune homme. Il regarda par-dessus l'épaule de Renate. Au beau milieu du salon, il avisa une table à repasser, le fer branché posé à plat sur un chemisier.

Matt contourna Renate en hâte et alla débrancher le fer. Puis il le souleva. La chemise à moitié carbonisée adhérait à la semelle. Le revêtement de la table avait également commencé à se consumer.

— Renate, tu vas faire brûler tout l'immeuble !

— Ah oui ! Bon, laissez-moi maintenant. Je suis crevée, fichez-moi la paix. Je veux dormir.

— Mais enfin, Renate…

— Occupez-vous de vos affaires ! Allez, filez !

Son regard était si peu amène que Matt et Danny battirent en retraite. Un instant plus tard, ils étaient de nouveau dans le couloir. Renate referma la porte à la volée.

— Eh bien… fit Danny, éberlué.

— Il se passe un truc anormal.

— Qu'est-ce qui te fait dire ça ?

— Pendant que j'essayais de décoller ce fer, j'ai jeté un coup d'œil sur l'écran d'ordinateur.

— Et alors ?

— Alors, des horaires de départ d'avions étaient affichés. Il y en avait un coché : départ de La Nouvelle-Orléans dans deux heures, direction Londres, transfert pour l'Écosse… Renate a encore joué les détectives et ça a payé : Matt, je te parie que ce qu'elle a trouvé, c'est que Jade va embarquer sur ce vol. Et elle compte bien la suivre. Tout ça à cause de cette histoire de pendentif.

Jade quitta la maison des Canady sans que la gouvernante la remarque. Munie de sa seule trousse de toilette, de sa veste et de son passeport dans son sac, elle appela un taxi de son portable et se fit conduire à l'aéroport.

Dans l'aérogare, elle consulta sa montre. Elle avait le temps de prendre un café avant d'embarquer. Elle le but au comptoir, tout en réfléchissant : elle commettait une folie. Voilà qu'elle partait retrouver un vampire dans un cimetière, ce même cimetière où elle avait failli laisser la vie un an auparavant…

Mais il fallait qu'elle retrouve Lucian : il devait apprendre ce qu'avait découvert Renate au sujet de la déesse à tête de chat, cette créature si maléfique que les anciens avaient tenté d'en gommer toute trace.

Elle regarda de nouveau sa montre. Ces aiguilles avançaient si lentement… Attendre l'épuisait nerveusement. De surcroît, elle risquait de voir arriver… Oh, non ! C'était fait ! Ils étaient tous là ! Maggie, Sean, Jack, Shanna… et même les jumeaux ! Ils traversaient l'immense salle vitrée, marchant droit sur elle.

Elle redressa les épaules, prête pour l'affrontement. Alors qu'ils se trouvaient encore à quelques mètres, elle attaqua.

— Je m'en vais ! N'essayez pas de me retenir. Si vous tentez quoi que ce soit, je vais me mettre à hurler. Les flics de l'aéroport se mêleront de tout ça et Sean comme Jack seront dans une sale situation.

— Jade, du calme. Il n'y a pas de problème, dit Sean.

— Comment ça, pas de problème ?

— Nous sommes conscients que nous ne pourrons pas vous empêcher de partir. Nous regrettons seulement que ce ne soit pas possible. Alors nous avons avisé.

— C'est-à-dire ? s'enquit Jade d'un ton trahissant sa méfiance.

— Shanna et moi venons avec vous, répondit Jack Delaney.

— Quoi ? Shanna ? Pas question !

— Désolée, frangine, mais si. On a les billets.

— Les… Mais comment avez-vous su sur quel vol j'embarquerais ?

— Par Danny et Matt. Grâce à Renate qui s'était débrouillée pour pirater le fichier de réservation de la compagnie aérienne.

— Je suis complètement perdue… Expliquez-vous.

— Eh bien, commença Maggie, apparemment, Renate était très en colère contre Matt et Danny. Elle ne voulait plus leur adresser la parole. Ils sont allés chez elle, un peu embarrassés parce que, plus tôt dans la soirée, ils l'avaient appelée et c'était un homme qui avait décroché… Bref, ils ont à peine eu le temps d'échanger quelques mots avec elle avant qu'elle les jette dehors. Elle leur a semblé bizarre. Peut-être essayait-elle simplement de cacher le fait qu'elle avait reçu un petit ami… Quoi qu'il en soit, ce qui a alarmé vos deux amis, c'est cette liste de départs d'avions sur l'écran d'ordinateur. Parmi ces départs, il y en avait un à destination de l'Écosse. À partir de là, il a suffi à Matt et à Danny d'additionner deux et deux, de nous contacter… et nous voilà.

Un haut-parleur annonçait l'embarquement sur le vol British Airways.

— Shanna, je ne veux pas que tu viennes, s'écria Jade. Vous non plus, Jack !

— On m'a mis en disponibilité pour quelques jours parce que j'ai eu des hallucinations, à l'hôpital. Je suis libre d'aller où bon me chante.

— Mais n'êtes-vous pas censé ne pas quitter La Nouvelle-Orléans, et consulter un psy ?

— Ah, on m'aurait dit tout ça ? C'est curieux, je n'ai pas entendu… Écoutez, Jade : Maggie et Sean restent ici. Ils vont veiller sur votre famille, avec le concours de Ragnor. Vous ne pouvez pas vous lancer seule dans cette aventure. C'est notre avis à tous, ainsi que celui de Matt et de Danny. Nous en avons discuté et conclu qu'il était hors de question que vous vous rendiez sans escorte dans ce maudit cimetière.

— Je ne comptais pas y être sans escorte. Je vais chercher Lucian.

— Pas toute seule. Shanna et moi, nous ne vous quitterons pas d'une semelle. Et si besoin est, ce coup-ci, croyez-moi, j'aurai le courage de me servir d'un pieu !

— Le deuxième appel pour l'embarquement ! annonça Maggie.

— On y va, déclara Jade après avoir embrassé les jumeaux.

Ils passaient sous le portique de détection quand elle se retourna : Jamie criait.

— Le pauvre bébé, dit-elle à Shanna. Nous lui manquons déjà...

— Non, ce n'est pas ça ! Il montre quelque chose du doigt ! Il a l'air d'avoir très peur !

Jade se figea. Effectivement, le garçon tendait l'index. Et il hurlait :

— Le monsieur de la télévision ! Le monsieur de la télévision !

— Ô mon Dieu, souffla Shanna. L'homme qui est venu soi-disant s'occuper de la télévision câblée, le jour où Liz est tombée malade... Il est là ! Jamie l'a reconnu !

Les yeux de la jeune femme fouillaient l'aérogare. Le seul visage familier qu'elle repéra fut celui de Dave.

— Le type que j'avais rencontré au café, Jade...

— Nous sommes dans un lieu public que n'importe qui a le droit de fréquenter, remarqua sa sœur sans s'émouvoir.

Elle fixait Jamie, qui s'était tu. Il appuyait sa tête contre l'épaule de Sean. Rassurée, elle se remit à marcher. Shanna et Jack lui emboîtèrent le pas.

Danny était lui aussi très doué en piratage informatique. À l'instar de Renate, il avait pu s'introduire dans le site privé de British Airways.

— Ô Seigneur… lâcha-t-il en parcourant les données affichées sur l'écran, Jack Delaney et Shanna prennent le vol vers l'Écosse en compagnie de Jade, mais une autre personne fait partie des passagers !

— Qui ça ? s'enquit Matt

— Renate. Elle part aussi.

— Quoi ? Elle suit Jade ? Mais elle est folle ! Elle va se faire tuer !

— Peut-être pas, si elle se joint au groupe. À eux quatre, ils sauront se défendre.

— Et nous, pendant ce temps, on reste assis, bien en sécurité. On se pose des questions, on attend… On n'ouvre la porte à personne au cas où…

— On reste vigilants, Danny.

— Ah oui ? Et qu'est-ce qu'on est censés surveiller ? Qui, plus précisément ? Jade, Shanna, Renate sont parties… Lucian est Dieu sait où… et nous, on prend racine.

Les deux jeunes gens échangèrent un regard puis, d'un même mouvement, se mirent debout.

À Édimbourg, Lucian et Rick prirent une chambre à l'hôtel Balmoral. Lucian précisa à la réceptionniste qu'ils ne voulaient pas être dérangés, qu'ils allaient se reposer pour se remettre du décalage horaire.

Faire sortir Rick de Louisiane n'avait pas présenté de difficulté majeure : un petit tour de passe-passe avec l'ordinateur connecté sur le site de l'état civil avait permis de donner une nouvelle identité au policier : Richard Miller.

— Joli hôtel, commenta Rick. Jolie ville aussi. De quoi notre dîner sera-t-il fait ? De rats ou de femmes de chambre ?… Oh, ne faites pas cette tête, Lucian ! Je plaisantais ! Je ne suis plus dans la peau de Dracula, comme à mon réveil. J'étais vraiment déjanté, à ce moment-là.

— Nous irons chercher une boucherie plus tard. Et puis, dans le vieux cimetière, vous trouverez ce qu'il faut. Des écureuils à la pelle, par exemple.

— Ne devrions-nous pas aller au cimetière tout de suite ?

Avant que Lucian ait le temps de répondre, Rick reprit :

— Non. Mauvaise idée. À la lumière du jour, je me sens complètement flapi.

— Rick, vous avoir avec moi ne m'enthousiasme guère. Vous êtes encore trop… frais, cela dit sans vous offenser. Mais vous laisser seul à La Nouvelle-Orléans me faisait peur.

— Je n'aurais pas fait de mal à Jade, vous savez. Je ne lui en ferai jamais.

— Mmm. Il est des moments difficiles, dans l'existence d'un vampire débutant. Sentir la chaleur d'un corps, entendre les pulsations d'un cœur, imaginer le sang qui coule dans les veines déclenchent la faim. Résister à la tentation est difficile.

— Ça ira bien, Lucian, tranquillisez-vous.

— Il va bien falloir que ça aille, oui. Et que vous soyez en pleine possession de votre force. Or vous êtes vulnérable. Sophia vous a fait, ce qui lui donne du pouvoir sur l'être que vous êtes devenu.

— Mais elle n'en a pas sur vous.

— Elle en a eu, autrefois.

Tout en discutant, ils étaient arrivés devant leur porte, celle d'une suite composée de deux chambres communicantes et d'un vestibule.

Rick semblait heureux. Par sécurité, néanmoins, Lucian avait emporté de l'humus de Louisiane. Au cas où Rick n'aurait pas perçu que ses racines se trouvaient en Écosse.

Une précaution superflue : il sentait manifestement qu'il venait d'ici. Mieux, il paraissait en bonne forme, très équilibré psychiquement, ce qui était rare chez les nouveaux.

— Allez vous reposer, Rick, vous en avez besoin.

Le crépuscule tombait lorsque Jade, Shanna et Jack se présentèrent à la réception du Balmoral. Aussitôt, Jade demanda si un dénommé Lucian DeVeaux faisait partie des clients récemment arrivés. On lui répondit que non, ce qui l'étonna.

— Pourquoi pensais-tu qu'il serait ici ? s'enquit Shanna à voix basse.

— Eh bien, je… je m'étais dit qu'il saurait que j'allais y prendre une chambre.

— Il n'est peut-être pas du tout dans un hôtel, Jade.

— Si. Un hôtel à mi-chemin du centre-ville et du vieux cimetière. Et Rick est avec lui.

— Rien ne nous garantit que nous trouverons Lucian, remarqua Jack.

— Il sera au cimetière.

— Nous attendrons le matin pour aller voir.

— Lucian s'y rendra de nuit !

Jack prit la jeune femme par l'épaule.

— Écoutez-moi : il ne faut rien précipiter. Vous ne tenez pas à mourir, n'est-ce pas ?

— Non, évidemment pas.

— Alors préparons-nous, ne laissons rien au hasard. Lucian a été astucieux. Il a pris Sophia de vitesse : il se trouvait à Édimbourg avant qu'elle ait eu le temps de se rendre compte de quoi que ce soit.

— Il n'est pas au courant de l'histoire du pendentif, du lien avec Sophia… Ce que Renate a découvert, il l'ignore. Ce n'est peut-être pas exact, mais j'aurais préféré qu'il le sache.

— Nous nous pencherons là-dessus plus tard. Pour l'instant, songeons à nous armer. Les magasins sont encore ouverts, à cette heure-ci ?

— Oui.

— Nous devons aller acheter des balais et ensuite, dans nos chambres, nous en taillerons les extrémités en pointe.

— Et l'épée ? Ou le sabre ? Nous avons besoin d'une arme blanche, dit Shanna. Pour… couper les têtes.

Jade leva les yeux au ciel.
— Mon Dieu... Nous aurons vraiment l'air de touristes tout à fait normaux dans les rues d'Édimbourg, à nous balader avec des balais et un sabre ! Vous croyez qu'un taxi acceptera de nous prendre ?
— On se débrouillera, assura Jack. Quant à Lucian, ne vous en faites pas, Jade : il vous trouvera.
Une sonnerie de téléphone retentit dans la chambre. Jade ouvrit précipitamment la porte et alla décrocher.
— Jade ? C'est Maggie. Vous êtes tous bien arrivés ?
— Oui, pas de problème.
— Bien. Les jumeaux sont en pleine forme et Sean va aller à l'hôpital voir Liz. Oh, autre chose, Matt a appelé. Il voulait savoir si vous aviez récupéré Renate.
— Quoi ? Renate ? Mais non, elle n'est pas ici !
— Elle a pourtant pris le même avion que vous. Enfin, en principe : elle a acheté un billet pour ce vol-là.
— Nous ne l'avons pas vue. Elle a dû manquer le départ et prendre le vol suivant.
— Essayez de la trouver. Matt est inquiet. Il dit qu'elle se prend pour la reine de l'élucidation d'énigmes et qu'elle va se fourrer dans un sale pétrin.
— Ah, cette Renate... Ne vous en faites pas, Maggie, nous allons ouvrir l'œil. Dites-moi, avez-vous eu des nouvelles de Lucian ?
— Non. Si je sais quoi que ce soit, je vous appelle. Faites de même de votre côté.
— Entendu, Maggie, au revoir.
— Soyez prudents ! Tous les trois !
Jade raccrocha, puis se tourna vers Jack et sa sœur.
— C'est complètement dingue : Renate était dans l'avion, paraît-il.
— Tous les sièges étaient occupés. Nous ne l'avons pas remarquée.
— Oh, je la connais : elle devait être en première classe. Elle ne s'est pas encore manifestée parce qu'elle veut découvrir quelque chose avant de nous rejoindre.

J'espère qu'elle apparaîtra bientôt : la savoir seule ici m'angoisse.

Jack prit sa mallette de voyage et se dirigea vers sa chambre.

— Je me donne un coup de rasoir et puis on va faire nos petites courses.

— Cela vous ennuierait-il d'y aller sans moi, juste avec Shanna ? Je préfère rester à l'hôtel, au cas où Renate se montrerait ou téléphonerait.

— Au cas, aussi, où Lucian arriverait… ajouta Shanna.

— Pas de problème, dit Jack, dans la mesure où vous gardez votre porte close. N'ouvrez même pas au garçon d'étage ni à la femme de chambre, Jade.

— Promis.

Rick Beaudreaux reçut sa première leçon d'utilisation de son pouvoir cette nuit-là.

— Il réside dans votre esprit, lui expliqua Lucian. Pensez que vous êtes infiniment puissant et vous le serez. Imaginez que vous vous déplacez comme l'air, le brouillard, et vous vous muerez en air, en brouillard. Dites-vous que vous pouvez marcher sur l'eau, et vous le pourrez. Tout à l'heure, au cimetière. Nous deviendrons ténèbres, ombres fluctuantes, brume en mouvement.

— Sophia sera là ?

— Pour l'instant, elle n'y est pas. Je sentirais sa présence. Mais le cimetière est ouvert : demain, c'est Halloween.

— Halloween… la nuit des morts vivants… Lucian, je veux vous aider à anéantir cette créature.

— Sophia n'est pas là, je vous le répète, mais elle sait où nous sommes. Je vous ai dit qu'elle pouvait se déplacer aussi vite que l'air. Nous ne devons donc pas perdre de temps. Si nous arrivons avant elle, nous aurons une chance de trouver le pendentif dans le tombeau.

— Et Darian ?

Lucian garda le silence quelques instants. Parfaitement immobile, il se concentrait.

— Darian est proche de nous, dit-il finalement. Soyons plus rapides que lui. Songez à la beauté de la nuit, à la grâce de l'obscurité, Rick. Oubliez les grilles, les clôtures… Fermez les yeux et vous verrez un autre environnement, vous sentirez l'air, vous percevrez les pulsations des cœurs, le murmure des feuillages… Vous entendrez même les grattements des fourmis sous terre. Le battement d'une aile d'oiseau nocturne éclatera comme une détonation dans vos tympans…

Son compagnon hocha la tête, le visage grave.

— Pensez à vos muscles, à l'agilité de votre enveloppe corporelle, Rick. À vos capacités surhumaines. Transcendez-vous, soyez ce que vous êtes devenu.

Acheter une douzaine de balais et marcher dans la rue en les tenant serrés sous le bras ne posèrent aucun problème à Jack et à Shanna : en cette période d'Halloween, nombreux étaient les gens qui se procuraient des balais. Les déguisements de sorcière exigeaient cet accessoire.

Chez un antiquaire, Jack trouva un sabre, puis, dans une église catholique, de l'eau bénite. Ils remplirent les fioles dont ils s'étaient munis. Ensuite, dans une boutique d'articles religieux, ils firent l'emplette de plusieurs crucifix.

De retour à l'hôtel, ils trouvèrent Jade allongée sur le lit, devant la télévision. Elle n'avait pas eu de nouvelles de Lucian mais ne perdait pas espoir, au point de refuser d'accompagner sa sœur et Jack au bar pour prendre un verre.

Shanna alla donc boire un cocktail avec Jack. Elle se rendit compte alors qu'elle appréciait énormément le jeune policier. Dans l'avion, elle avait bavardé avec lui, et découvert une personnalité qui lui plaisait beaucoup.

Pour ne rien gâcher, Jack était très séduisant. Et courageux. Il avait certainement peur, mais le cachait soigneusement.

Un homme digne de confiance, songea-t-elle, dont elle était soulagée qu'il logeât dans la chambre voisine de la sienne, car elle ne se sentait guère rassurée. Depuis leur départ de La Nouvelle-Orléans, une sourde angoisse l'habitait.

À cause des cris de Jamie.

Le monsieur de la télévision… Le monsieur de la télévision…

Elle ne parvenait pas à chasser la phrase de son esprit. Pourtant, elle aurait pu apprécier cet instant : un verre pris en bonne compagnie…

Dans son esprit se forma une association d'idées : elle se trouvait dans un bar avec un compagnon agréable, or elle avait récemment bu avec quelqu'un. Pas Jack, mais Dave.

Puis elle avait revu Dave à l'hôpital.

Et dans l'aérogare.

Où Jamie criait, le doigt pointé sur… le monsieur de la télévision.

— Jack…

— Oui ?

— Pourriez-vous me le décrire ?

— Qui ?

— L'homme qui vous a attaqué quand Sophia mordait Rick. Était-il grand ?

— Oui, mais mince, bien que très musclé.

— Ses cheveux ?

— Brun-roux, un peu trop longs.

— Il est ici.

— Quoi ?

— Darian est ici, Jack. Et je le connais depuis un moment. Je l'ai rencontré dans un café. Il m'avait donné rendez-vous mais il m'a fait faux bond. C'était le soir où ces gens ont été tués dans le Massachusetts.

Et il avait essayé de s'introduire dans la maison de Maggie... Mon Dieu, ce n'était donc pas un rêve !

Shanna n'en dit rien à Jack. Elle ne tenait pas à lui avouer qu'elle avait été tentée d'ouvrir la porte-fenêtre.

— Il faut aller retrouver Jade, vite !

— On y va, Shanna.

Des images défilaient sur l'écran du téléviseur allumé, mais Jade ne les voyait pas. Elle attendait Lucian, l'appelait en esprit, et commençait à désespérer quand on frappa à sa porte. Elle bondit hors du lit, puis hésita : Lucian n'aurait pas frappé. Il n'aurait pas eu besoin de le faire.

Elle entrouvrit, sans débloquer la chaîne de sécurité.

Renate !

Elle détacha la chaîne.

— Tu es là !

— Eh oui. Tu ne m'invites pas à entrer ?

— Pourquoi es-tu venue ? J'ai attentivement écouté ce que tu m'as dit et je comptais bien tout raconter fidèlement à Lucian. C'est pour ça que je suis ici. Mais toi, Renate ? Tu te mets en danger inutilement.

Jade parlait, sans dégager le seuil.

— Alors, je peux entrer, Jade ?

— Il ne fallait pas...

Jade s'interrompit. Un homme se trouvait derrière la jeune femme. Il la poussa brutalement en avant.

— Invitez-moi aussi, ordonna-t-il.

— Oui, venez, ajouta Renate d'une voix soudain désincarnée.

Jade recula. De quelle arme disposait-elle ? Il lui fallait une arme... Cet homme était le guide de l'année dernière !

Il souriait.

— Vous me reconnaissez, mademoiselle MacGregor. Oh, ce regard que vous posez sur moi ! On dirait que vous avez Satan devant vous !

La voix était agréable, ses intonations élégantes. Quant à son physique, il était toujours attrayant bien que le visage portât des traces de coups.

— Qu'avez-vous fait à Renate ? demanda Jade, la gorge nouée d'inquiétude.

— Bien peu de chose, en comparaison de ce que je m'apprête à vous faire. Vous êtes un morceau de choix, le saviez-vous ? Moi, je l'ai su à l'instant où je vous ai vue au milieu de ce groupe d'étudiants, l'an dernier. Tout vous intéressait, vous posiez les bonnes questions, vous étiez passionnée par l'histoire de l'Écosse. Et vous étiez avide d'en apprendre davantage, déterminée à faire ensuite profiter le monde de votre savoir. Je regardais votre chevelure, vos yeux, votre sourire… mais c'est Sophia qui s'est aperçue de votre ressemblance avec Igrainia.

— Je ne suis pas Igrainia !

— Qui sait ? Le flic ressemble beaucoup à Wulfgar…

— Quel flic ? Et qui est Wulfgar ?

— Épargnez-moi cette manœuvre maladroite destinée à vous faire gagner du temps, mademoiselle MacGregor. Ne feignez pas d'ignorer de quel policier je parle, dans le seul but de laisser à Lucian le loisir d'arriver à point. Lucian est un sot. Il aurait dû prendre votre sang, vous métamorphoser. Quel dommage… Ce pauvre Lucian, qui se prend pour le roi des vampires, est un monstre doté d'une conscience. Il se refuse à damner les gens. Damner… Un point de vue que je ne partage pas. Sur terre, il y a les inférieurs et nous ! Nous avons le pouvoir. À cause des stupides scrupules de Lucian, vous appartenez à la première catégorie… Le bétail dont nous nous nourrissons. Mais je dois admettre que vous êtes un morceau de choix, je vous l'ai dit. Il faut à un vampire de la nourriture et du sexe. Vous pouvez satisfaire ces deux besoins. Vous êtes délectable, mademoiselle MacGregor…

Il commença à s'avancer vers elle. Tout ce qu'elle trouva à sa portée fut un coussin, qu'elle lui jeta au visage, avec pour seul résultat de le faire rire.

Renate se tenait près de la porte, les yeux vides.

— Aide-moi ! lui cria Jade. Fais quelque chose !

Riant toujours, Darian se jeta sur elle. Elle n'échappa à sa prise qu'en sautant par-dessus le lit.

— Défends-toi, oui, défends-toi, ma belle... J'adore pourchasser les humains... Quand ils se battent, quand ils courent, leur cœur s'emballe, leur sang se réchauffe !

Jade attrapa un flacon de shampooing sur la commode, l'un des produits offerts par l'hôtel à ses clients, et le brandit.

— C'est de l'eau bénite ! Je sais les dégâts qu'elle peut faire sur vous !

— Enlève-lui ça, Renate.

Darian s'était figé. Horrifiée, Jade vit Renate marcher vers elle, tel un robot. Avant qu'elle ait eu le temps de réagir, Renate lui avait attrapé le bras, le tordait et la frappait au creux de l'estomac.

La douleur obligea Jade à se courber en deux. Mais elle ne lâcha pas le flacon. À la seconde où elle retrouva son souffle, elle se redressa et donna de toutes ses forces un coup de poing à Renate, droit dans la mâchoire. Celle-ci chancela, mais réussit à arracher le flacon de la main de Jade.

Il tomba et se brisa sur le parquet.

Darian recula vivement, manifestement effrayé, mais quand il vit le liquide épais et jaune qui s'étalait par terre, il comprit. Le sourire se redessina sur ses lèvres. Il secoua la tête, comme s'il appréciait la plaisanterie.

— Allons, belle Jade, vous n'avez rien pour vous défendre ! Rien du tout. Et votre chevalier servant, votre protecteur, Lucian, se bat loin d'ici contre des moulins à vent. Votre ami le flic et votre sœur sont en ville, à la recherche d'armes... Pauvre Jade, vous êtes bien démunie... et toute seule.

— Lucian est ici ! Il ne vous laissera pas faire !

— Lucian ne peut pas surveiller Sophia et moi si nous sommes séparés. Il faut qu'il fasse un choix. Alors filez, ma jolie, courez, que j'aie le plaisir de vous poursuivre, que votre sang soit bouillant… Et pendant que vous vous évertuez à me résister, parlez-moi de ce cher Lucian. Dites-moi comment, selon vous, il va réussir à vous sauver.

— Il sait que je suis là !

— Non, je ne le pense pas.

— Vous avez tort.

— Pas du tout. Fuyez, courez… Je n'en peux plus d'attendre.

Il se mit à sourire plus largement, et la blancheur de ses crocs scintilla dans la lumière.

Jade fonça à travers la pièce, vers le corridor de séparation, et déboucha dans la chambre de Shanna, où elle se précipita sur la porte donnant dans le couloir.

Des doigts qui semblaient des serres d'acier se refermèrent sur son épaule.

Darian la fit pivoter face à lui, puis la plaqua contre le battant.

— Tu es un joyau, dit-il en lui caressant la joue. Tellement désirable… Cette nuit-là, l'an dernier, j'ai aimé tes questions, ta courtoisie, les émotions qu'expriment tes yeux si clairs… Je comprends la fascination que tu exerces sur Lucian depuis tout ce temps.

— Je ne fascine pas Lucian ! Et je ne le connais que depuis peu ! Cessez de le défier à travers moi, en vous servant de moi ! Je ne suis pas Igrainia !

Il la maintenait prisonnière en pesant simplement contre elle. Incapable de bouger, elle ne put que subir une nouvelle caresse, un effleurement sur la joue qui n'était que douceur et pourtant l'horrifia.

— Te rappelles-tu combien tu m'as apprécié, lors de cette visite nocturne d'Édimbourg ?

— Oui, mais c'était avant que vous massacriez des étudiants !

— Des étudiants… C'était le petit garçon que je visais, mais ce cher Lucian s'est débrouillé pour que la mère veuille regagner son hôtel avant la fin du tour. Je l'ai amèrement regretté : le sang des enfants est le plus savoureux. Les étudiants n'ont été que de décevants substituts – quoique la jeune fille ne fût pas mal. Je comptais bien passer un long moment avec elle, et Lucian a tout gâché.

— Et... et Sophia ? Cela ne la gêne pas que vous soyez séduit par d'autres qu'elle ?

Jade s'évertuait à dominer sa peur : il fallait parler pour gagner du temps. Quelques minutes, quelques secondes, même, lui sauveraient peut-être la vie.

— Sophia s'en moque. Nous sommes des créatures de chair et de sang... qui ont besoin de chair et de sang. La jalousie n'a pas sa place entre nous. Heureusement, sinon le fait que Lucian l'obsède depuis si longtemps m'aurait détruit. Mais nous abordons là un vrai problème, jolie Jade : ce qui anime Sophia est très ambivalent. Elle veut anéantir Lucian aussi ardemment qu'elle veut l'avoir pour elle. De ces deux désirs, lequel l'emportera ? Je l'ignore, mais de toute façon elle vaincra, car elle possède le talisman.

La main de Darian descendit sous le sein gauche de Jade.

— Entends-tu battre ton cœur ?

— Ôtez votre sale main !

Il s'écarta, la laissant libre de le repousser, ce qu'elle fit immédiatement. Il voulait qu'elle lui échappe pour le seul plaisir de la rattraper, comprit-elle.

— Vous n'avez pas crié, remarqua-t-il.

— Ça ne va pas tarder. Je hurlerai si fort que je rameuterai tous les policiers d'Édimbourg !

— Mais non, ils ne viendront pas.

De nouveau, il était devant elle. Elle ne l'avait pas vu bouger, et pourtant il était là. Et il recommençait à la toucher.

— Il est temps, ma très belle...

— Nooon !

Le hurlement retenu jusqu'à maintenant avait jailli de la gorge de Jade. Comme s'il n'avait attendu que ce signal, Darian plongea les doigts dans sa chevelure, l'obligeant à incliner la tête.

Il se pencha sur le cou dégagé.

Elle percevait le gong déréglé de son cœur, imaginait son sang palpitant dans sa jugulaire, à quelques centimètres des crocs du monstre.

Elle sentit son souffle brûlant contre son oreille, le froid de ses dents de fauve, l'humidité de sa salive…

19

Il y eut soudain un fracas de verre brisé.

Jade crut d'abord avoir imaginé le bruit, puis comprit qu'une vitre venait d'être cassée. Pourtant, la chambre se trouvait au troisième étage. Qui pouvait être entré par... Ô grand Dieu... Un loup ! Un loup énorme, au pelage argenté, avait jailli par la fenêtre puis bondi sur Darian, avec une telle force que le vampire fut projeté contre le mur opposé.

Un être humain eût été assommé, voire tué. La violence du choc contre le mur avait fait trembler jusqu'au parquet.

Mais Darian se releva et se précipita dans le corridor, le loup sur ses talons.

Jade se ressaisit en un éclair. Elle s'engouffra à son tour dans le corridor et déboula dans sa propre chambre.

Le loup avait disparu. Lucian se tenait au milieu de la pièce, défiant Darian, lequel s'était emparé de Renate et se servait d'elle comme d'un bouclier.

— Laissez-la ! cria Jade.

— Il ne l'a pas encore changée, lança Lucian. Mais s'il la mord une autre fois...

Lentement, Lucian s'avança vers Darian. Jade avait eu le temps de voir ses yeux. Ils luisaient. Des flammèches semblaient avoir remplacé ses rétines.

— Lucian, reste où tu es et je te rends la femme, dit Darian.

Lucian continua à progresser, mais avant qu'il ait atteint Darian, la porte s'ouvrit à toute volée, ce qui détourna son attention une fraction de seconde. Suffisamment pour que Darian lâche Renate et se dissolve dans un nuage de brume.

Jack et Shanna firent irruption, brandissant chacun un manche à balai à l'extrémité taillée en pointe et un flacon débouché.

— Jade ! cria Shanna en abandonnant ses armes.

Elle se précipita vers sa sœur et l'enveloppa de ses bras.

— Nous ignorions que vous étiez là, dit Jack à Lucian.

— Je sais. Quant à moi, je ne pensais pas que vous seriez assez inconscients pour venir en Écosse. Vous étiez en sécurité, à La Nouvelle-Orléans. Sophia allait me suivre, accompagnée de Darian parce qu'elle est prudente… Vous ne risquiez plus rien !

— Nous sommes venus t'aider ! s'écria Jade avec colère.

Des frissons l'agitaient, elle doutait encore de ce que ses yeux avaient vu.

— Vous avez eu tort. Ce que vous avez fait est stupide.

— Non, Lucian. Tu avais besoin de nous parce que tu ne sais pas tout : Renate avait raison, la connaissance est la vraie force !

Pendant sa tirade, elle avait martelé la poitrine de Lucian de ses poings. Lorsqu'elle se tut, il l'attira contre lui et referma les bras autour d'elle.

Elle entendait un cœur battre follement… celui de Lucian. Il avait donc un cœur, lui aussi. Qui battait non à la suite d'une peur ou d'un effort comme le sien, mais d'émotion.

— J'ai entendu tes appels, dit-il doucement. Je suis arrivé juste à temps, n'est-ce pas ?

— Darian est parti ! se désola Shanna. J'ai été si bête… Ce garçon que j'avais rencontré au café, Dave… c'était Darian ! J'aurais pu finir comme…

— … comme moi ?

Tous se tournèrent vers celui qui venait de poser la question.

Rick se tenait sur le seuil de la chambre. Jade remarqua qu'il avait de la terre dans les cheveux. Elle s'échappa des bras de Lucian et alla l'étreindre.

— Rick, je suis tellement navrée… Tu n'imagines pas à quel point je suis…

— Ne t'en fais pas, Jade, répliqua-t-il en la repoussant doucement. Je pense que certains événements appartiennent au destin.

— Oh, Rick…

— Ça va, sois tranquille.

— Ça va ? Mais n'es-tu pas…

— Mort ? Si, je crois bien.

Il regarda les autres.

— Les amis, il nous faut réfléchir, et vite !

— Pardon ? fit Jack, manifestement éberlué.

— Le fait que j'aie changé de… d'état ne me fait pas oublier ce que je sais sur l'organisation de la police ou des systèmes de surveillance privés : les agents de la sécurité de l'hôtel sont en train de monter. Le bris de la fenêtre a déclenché une alarme.

— Merde ! Qu'allons-nous faire ? demanda Shanna.

— Jouer les innocents, proposa Jade. La vitre a explosé, nous avons cru qu'on avait lancé un objet au travers, mais nous n'avons rien trouvé par terre… Mettez Renate dans un lit !

— Qu'est-ce qu'elle a ? s'enquit Jack après s'être penché sur l'écrivain. Elle est glacée et sans connaissance.

— Dans un lit ! répéta Jade.

— Lucian et moi allons prendre un verre au bar, annonça Rick. Un Bloody Mary m'irait très bien…

— Votre humour laisse à désirer, Rick, repartit Lucian tout en esquissant un sourire.

Rick et Lucian disparurent… littéralement, mais Jade ne s'en étonna même pas. Au point où elle en était, elle se demandait ce qui pourrait encore l'étonner.

Les deux vampires s'étaient éclipsés à temps : deux agents de la sécurité ouvrirent la porte d'autorité. Jade leur montra la vitre cassée, et débita sa version des faits. Tout en cherchant à comprendre, les vigiles lui annoncèrent qu'ils allaient changer de chambre : réparer la vitre était impossible dans les minutes qui suivaient.

Jade accepta d'autant plus facilement que ce déménagement imprévu était une bonne idée. Avec l'aide des deux hommes, Jack charria Renate jusqu'à la nouvelle chambre, tout en expliquant que le décalage horaire était à l'origine de son état semi-comateux : elle entrouvrait les paupières de temps à autre, souriait béatement, puis retombait dans son hébétude.

— On nous attend au bar, dit Jack, une fois Renate installée et les vigiles partis.

— Nous allons la laisser seule ? s'étonna Shanna. C'est risqué, non ?

— Pas pour le moment. Et puis, nous ne la laisserons pas longtemps.

Après avoir remonté les couvertures sous le menton de Renate, ils descendirent au bar.

Dès le seuil franchi, Jade vit Rick et ne put s'empêcher de constater qu'il semblait en excellente forme et... tout à fait égal à lui-même. Son sens de l'humour, la douceur qui habitait son regard n'avaient subi aucune altération.

— Merci, Jade, dit-il en serrant brièvement la main de la jeune femme quand tous furent assis autour d'une table.

— Merci ? Grand Dieu, mais pourquoi me remercies-tu ? À cause de moi, tu t'es retrouvé dans une situation impensable !

— Ah ça, pour être un changement de vie, c'en est un !

Rick se tourna vers Lucian.

— Pour Renate, que va-t-il se passer ?

— Cette nuit, rien, à mon avis. Darian n'a aucune raison de revenir la chercher. Il s'est seulement servi d'elle pour approcher Jade. Elle a été son cheval de Troie, c'est tout.

Jade observait les deux hommes entre lesquels elle était assise et éprouvait une étrange impression : ils semblaient bien se connaître, être des amis de toujours.

— Un verre de vin, Jade ? offrit Rick.

— Non, merci. Une bière, plutôt.

Lucian fit signe au serveur qui prit commande, puis, lorsqu'il se fut éloigné, ramena son attention sur Jade.

— Alors ? Pourquoi es-tu venue ? J'avais laissé des ordres bien précis : tu ne devais pas bouger de...

— Tu n'as à laisser des ordres à personne me concernant, coupa la jeune femme. Je ne suis pas ton sujet.

Lucian soupira lourdement.

— Venir ici était une folie. C'est dangereux. À La Nouvelle-Orléans, Ragnor veillait sur toi pendant que moi, ici, j'attirais Sophia et Darian : il fallait qu'ils me suivent pour m'empêcher de m'emparer du talisman.

— Tu ne comprends pas, Lucian. Renate a découvert quelque chose au sujet de ce talisman...

Jade expliqua l'histoire de la déesse chat à laquelle on dédiait des sacrifices humains.

—... et de ce fait, se borner à priver Sophia du talisman, qui recèle quelques cendres de la déesse maudite, ne servira à rien. Ce qu'il faut, c'est la brûler, avec sa maudite amulette.

— Tu es donc venue pour que je sache cela.

— Oui.

— Je te remercie, Jade.

— Je t'en prie, fit la jeune femme d'un ton mutin.

— Tu n'aurais néanmoins pas dû faire ce voyage.

— Oui, mais elle l'a fait, et Shanna et moi aussi, intervint Jack. Maintenant que nous sommes tous là, nous devons...

—... aller au cimetière, acheva Lucian. Nous irons demain.

— Avez-vous commencé à chercher le talisman, Rick et vous ?

— Oui, Jack, mais nous avons été interrompus dans notre quête : quelqu'un m'a appelé, répondit Lucian en regardant Jade.

— Oh ? Insinuerais-tu que, si je ne t'avais pas dérangé, tu aurais trouvé le pendentif ?

— Ce n'est pas ce que j'ai dit.

— C'est ce que tu sous-entendais.

— Jade, cela n'aurait guère eu d'importance que je mette la main sur le pendentif : d'après ce que tu m'as raconté, tant que Sophia sera en vie, il lui appartiendra toujours, lui donnera le pouvoir qu'il recèle, où qu'elle soit.

— Oui, c'est ça.

— Où Renate a-t-elle trouvé ce renseignement ?

— Sur Internet.

— Voilà qui est étonnant… mais au fond, pourquoi pas ? Un historien, amateur de mythes anciens, a pu créer un site…

— Apparemment.

— Bien. Nous commencerons donc les recherches demain. Dans l'immédiat, allons nous reposer. Voyons… nous disposons de deux chambres doubles et d'un vestibule doté de deux lits à une place. Jade et moi prenons l'une des chambres, Shanna et Renate l'autre. Quant à Rick et Jack, ils dormiront dans les petits lits.

— Rester seule avec Renate ne m'emballe pas, remarqua Shanna.

— Vous ne risquez rien, assura Lucian. Elle n'est pas imprégnée.

— Qu'est-ce qu'elle a, alors ?

— Elle est dans une sorte de transe. Hypnotisée. Les effets de l'influence de Darian sur son psychisme devraient avoir disparu à l'aube. Soyez tranquille, Shanna : nous serons à quelques mètres. Demain matin, Renate sera redevenue elle-même.

— Demain, c'est Halloween, dit Jade.

— Pas demain : aujourd'hui, rectifia Shanna. Il est minuit passé.

— Bon sang, la foule va envahir les rues dès le crépuscule, grommela Jack. Il y aura des gamins partout… La ville sera en folie.

— C'est pour cela que nous devons être en forme, dit Lucian. Prêts à parer à tout. Alors, chers amis humains et non humains, gagnons ces lits qui nous attendent.

Tous remontèrent dans la nouvelle suite qui leur avait été octroyée.

Dès son entrée, Lucian alla examiner Renate.

— Elle ne risque vraiment pas de m'attaquer pendant la nuit ? s'enquit Shanna d'un ton anxieux.

— Non. Mais si vous préférez vous installer dans une autre chambre, on peut en demander une à la réception.

— Pas la peine, je me résigne… Allez, tout le monde au dodo ! Surtout toi et Lucian, Jade, dit Shanna en décochant un clin d'œil à sa sœur.

Jade saisit le message : s'il s'agissait de leur dernière nuit, qu'au moins l'une d'elles en profite…

Quelques minutes plus tard, dans l'intimité de leur chambre, Lucian et Jade se déshabillaient sans cesser de s'embrasser fougueusement. Le lit accueillit leurs corps brûlants d'excitation. La jeune femme savait qu'elle ne tarderait pas à perdre la notion de la réalité, que, dans la douceur des draps, l'univers allait se limiter à cet homme. Mais pour l'instant, elle conservait encore un peu de lucidité. Assez pour savoir que celui qui lui faisait l'amour et le loup qui avait jailli par la fenêtre étaient un seul et même être. Un loup qui n'avait rien d'un prédateur, et tout d'un grand fauve protecteur. Lucian était à la fois cet homme qui l'aimait avec passion et la bête altière, prête à mettre sa vie en jeu pour que la sienne soit épargnée.

Pour elle, plus rien n'était inconcevable. Lucian vivait entre un monde parallèle, magique, et celui, rationnel, des humains.

Elle l'acceptait.

Lorsque la folie des sens déclina, lorsque, étendus l'un contre l'autre, la peau moite, le cœur battant la chamade, ils revinrent doucement au présent, il demanda :

— Pourquoi es-tu ici, Jade ? Tu n'aurais jamais dû quitter La Nouvelle-Orléans. Qu'est-ce qui t'a poussée à faire ce voyage ?

— Je suis ici parce que je t'aime, répondit simplement la jeune femme.

Il l'étreignit, et elle perçut un son étrange, comme un bref sanglot.

— Lucian, sais-tu ce que croit Maggie ?

— Non, mais tu vas me le dire…

— Elle pense que… qu'il existe un moyen de mettre un terme à ton état. Si tu m'aimes vraiment, il faut que tu prennes mon sang, que tu le retires de moi jusqu'à ce que je sois à deux doigts de la mort. À ce moment-là se produit, paraît-il, une alchimie… Je ne sais comment expliquer cela, mais il se passe alors quelque chose qui peut… qui a le pouvoir de…

Jade s'interrompit. Elle sentait Lucian crispé. Sa respiration s'était accélérée.

— Un processus qui ferait de moi un humain, Jade ?

— Oui.

Il se redressa sur un coude, prit sa main et entrecroisa ses doigts aux siens.

— Et si Maggie se trompe ? Si l'alchimie ne marche pas ? Tu peux mourir, et revenir comme Rick… Je ne serai toujours pas un homme, mais tu ne seras plus une femme. Tu seras une créature damnée, comme moi.

— Je suis prête à prendre le risque.

Il eut un sourire triste, puis secoua la tête.

— Non, Jade, il n'en est pas question. Cela fait trop longtemps que je n'appartiens plus à l'espèce humaine, trop longtemps que je suis un monstre des ténèbres. Je suis habitué à ma condition. Tu es tout ce qui compte pour moi désormais. Je n'aspire plus qu'à être auprès de toi, constamment. Mais cet amour qui est en moi est-il assez fort pour lever la malédiction ? Je ne le crois pas, Jade, et je n'entends pas faire l'expérience : j'aurais trop peur d'un échec dont tu paierais les conséquences... pour l'éternité. Et puis, il y a autre chose : je ne puis cesser d'être ce que je suis, car mes ennemis prendraient ma place et domineraient le monde, feraient de la terre une annexe de l'enfer. Même si ce titre prête à rire, je suis malgré tout le roi des vampires, le seul doté d'assez de pouvoir pour anéantir Sophia et Darian.

— Lucian, je ferais n'importe quoi pour toi...

— Oh, mon amour, tu connais celui que je suis maintenant, mais tu ignores tout du Lucian DeVeaux d'antan !

— Celui qui aimait Igrainia... Suis-je cette femme, Lucian ?

— Je le pense, oui, mais tu n'as aucun souvenir de ce passé lointain, aucune vision. Dans ta mémoire, il ne reste rien de cet ancien temps.

— Parce que je suis Jade et n'ai jamais été une autre. Mais cela ne m'empêche pas de t'aimer aussi fort que t'aimait Igrainia. Je veux passer ma vie auprès de toi, Lucian.

— C'est impossible. Tout ce que nous avons à partager, c'est la nuit. Je n'ai rien à te promettre d'autre qu'une existence dans les ténèbres.

— Ce n'est pas assez ! répliqua Jade, furieuse.

Elle offrait tout à cet homme, et en retour que lui donnait-il ? Pratiquement rien !

Pourtant, même si elle était déçue et en colère, elle comprenait ses réticences.

Sans doute parce qu'il la sentait à cran, il lui fit de nouveau l'amour, et lorsqu'elle commença à somnoler, gorgée de plaisir, il quitta le lit.

— Tu t'en vas, Lucian...

Ce n'était pas une question. Depuis l'instant où ils étaient entrés dans la chambre, elle savait qu'il ne resterait pas auprès d'elle jusqu'au matin.

— Oui, je pars. J'ai besoin de paix, une paix bien particulière... Ainsi, au crépuscule, mon pouvoir sera à son zénith. Je reviendrai demain soir avant la tombée de la nuit. Attends-moi, ne commets pas d'imprudence.

— Promis, mais... ne pourrais-tu m'emmener avec toi ?

— Non.

Irrésistiblement, ses yeux se fermaient. Elle voulait argumenter, tenter de le persuader, mais le sommeil l'emportait.

Elle s'endormit sur cette ultime pensée : elle préférerait mourir plutôt que de perdre Lucian.

Shanna poussa un hurlement à réveiller les morts. Épouvantée, Jade jaillit du lit, arracha les draps pour en recouvrir sa nudité, et traversa le vestibule en courant.

Sa sœur était debout, en long T-shirt, à côté de son lit. D'un coup d'œil, Jade s'assura qu'elle allait bien. Puis elle regarda Renate. L'écrivain dormait profondément.

— Tu m'as fait une de ces peurs, Shanna... Qu'est-il arrivé ?

— J'ai rêvé... dit la jeune femme en rougissant.

— Les rêves peuvent être redoutables. Qu'y avait-il dans le tien ?

— Renate m'a attaquée. Elle avait des crocs... Ô mon Dieu ! On aurait dit un... un morse !

— Tu penses qu'on devrait la faire sortir d'ici ?

— Demandons son avis à Lucian.

— Il est parti, Shanna.

— Comment ça, parti ?

— Tu connais Lucian...

Shanna contourna le lit, passant du côté occupé par Renate, et d'un doigt lui releva les lèvres. Ne découvrant que des dents parfaitement normales, elle exhala un soupir de soulagement.

Renate se réveilla à cet instant-là.

— Qu'est-ce que tu me fais ? cria-t-elle.

— Une petite vérification. Rien d'autre.

Manifestement désorientée, Renate regarda autour d'elle.

— Où suis-je ?

— En Écosse.

— En Écosse ?

— Bon sang, Renate, tu as traversé l'Atlantique et tu ne te le rappelles pas ?

Elle secoua la tête.

— Non. Quoique… il me semble me souvenir de…

— De quoi ?

— Rien de bien important. Un livreur qui sonnait à ma porte. Il avait un colis de bouquins pour moi… Oooh… Pourquoi ai-je aussi mal à la mâchoire ?

— Jade t'a frappée. Il le fallait bien : tu voulais la tuer.

— Dieu du ciel ! s'écria Renate en portant la main à son cou. Est-ce que… je vais bien ?

— Nous l'espérons. Tu as l'air… comme d'habitude.

— Comment ça, « comme d'habitude » ? Qu'est-ce que ça veut dire ?

Les deux sœurs se consultèrent du regard, puis Shanna déclara :

— L'histoire est longue à raconter, Renate. Si on commence, on en a pour la journée.

— Je le crois aussi, approuva Jade. Je vais faire monter du café.

— Bonne idée : après tout, il fait déjà jour, dit Shanna en montrant la fenêtre. Mais n'oublie pas que nous ne devons pas faire appel au service d'étage.

— Ah, flûte, j'avais oublié ! Bon, je passe sous la douche et je descends au bar.

— Où est Lucian ?

— Je ne sais pas. Quelque part. Il est allé se reposer, régénérer sa force.

Jade revint dans sa chambre. Elle remettait sur le lit le drap qui lui avait servi de peignoir, quand elle remarqua une note posée sur l'oreiller. Elle ouvrit le feuillet plié en deux. L'écriture était belle, pleine d'énergie. D'orgueil aussi.

Je me prépare pour la soirée à venir. Le soleil semble devoir être éclatant aujourd'hui. Moi, ton inhumain ami, ai besoin de repos comme tout un chacun. Restons ensemble. Munis-toi d'eau bénite et attends-moi. Je reviendrai au crépuscule et nous partirons. Fais attention à toi. Pour moi.

Pas de signature, pas de « je t'aime »...

Tant pis. Lucian n'entendait pas lui donner davantage que quelques phrases brèves, dépourvues d'émotion. Elle saurait s'en accommoder.

Fais attention à toi. Pour moi.

Les mots tournaient dans sa tête alors qu'elle prenait sa douche. Elle avait eu l'intention de se hâter, mais voilà qu'elle restait immobile sous le jet, effrayée tout à coup.

Le cimetière... Le souvenir de ce qui s'était passé un an auparavant venait de surgir dans son esprit, tellement réaliste qu'elle en frissonnait. Elle revoyait la vieille nécropole aussi nettement que si elle y avait été soudain transportée.

Les dalles brisées, les grilles mangées par la rouille, les statues mutilées, les arbres dénudés aux ramures tordues...

Au début de la visite, rien ne l'avait inquiétée. Elle aimait les anciens cimetières.

Puis le guide avait fait entrer le groupe dans le tombeau, et ensuite elle avait cru perdre la tête.

Quel cauchemar, songea-t-elle en s'habillant. Une jupe de laine chaude, un chandail noir... Il faisait froid, dehors. L'Écosse n'était pas la Louisiane. La nuit tombait de bonne heure, à seize heures.

— Jade ?

Shanna l'appelait de la chambre voisine.

— Oui ! Je me prépare puis je vais chercher le café.

— Tu crois que c'est vraiment raisonnable ?

— L'hôtel est plein de clients et il fait grand jour.

— O.K. Mais remonte tout de suite, quand même.

— Entendu.

Jade sortit dans le couloir puis descendit au bar. Une foule de gens prenaient le petit déjeuner. La jeune serveuse à laquelle elle demanda une cafetière et trois tasses la pria de l'excuser mais elle était très occupée : Halloween était le point d'orgue de la saison d'automne, à Édimbourg.

— Pas de problème, j'attendrai.

Pour patienter, Jade sortit sur le perron. Le soleil brillait de tous ses feux. La journée serait superbe. Des passants déambulaient sur les trottoirs. Elle percevait des bribes de conversations, goûtant la mélodie de l'accent écossais.

Elle leva son visage vers le soleil et savoura sa chaleur. Avec une telle luminosité, les vampires devaient rester tapis sous terre. Ils ne connaissaient pas le bonheur, le plaisir que procurait une promenade sous un ciel limpide. Ils ignoraient tout de la sensation de pureté, d'innocence, de normalité aussi qu'elle procurait.

Un air joué à la cornemuse, porté par la brise, arrivait aux oreilles de la jeune femme. Marcher le long de la rue était tentant. Les boutiques attiraient le chaland avec leurs jolies vitrines. Se guidant au son de la cornemuse, elle longea les bâtiments et arriva devant une galerie marchande aménagée au rez-de-chaussée d'un immeuble ancien.

Le joueur de cornemuse se tenait là, dans une encoignure, à côté d'une minuscule scène. Une femme en costume de sorcière hélait les passants, les invitant à s'arrêter pour regarder le spectacle qui serait bientôt donné. Mais pour Jade, la rue en soi était déjà un spectacle. Nombre de promeneurs portaient les costumes traditionnels d'Halloween. Certains se contentaient d'arborer des masques, d'autres s'étaient dotés d'impressionnantes moustaches de chat. Les enfants se pavanaient dans leur tenue de Frankenstein ou de Mickey.

— Approchez, approchez ! criait la femme. Venez voir le spectacle !

Les enfants formaient déjà un cercle autour de la scène. Un homme franchit le rideau et se plaça à côté de la femme. Il était déguisé en Chat botté, et portait un loup.

Jade s'arrêta au milieu des enfants. Le Chat botté taquinait la sorcière, qui le frappait sur la tête à coups de fausse miche de pain. L'homme se tourna vers le public et demanda de l'aide. Une petite fille, ravie, s'empressa de prendre le balai qu'il lui tendait et corrigea énergiquement la vilaine sorcière. Des rires s'élevèrent. L'homme appela d'autres volontaires. Il avait besoin, clama-t-il, d'une princesse aux cheveux d'or, et d'un prince charmant. Ou alors que quelqu'un dans l'audience lui fournisse un crapaud, car tout le monde savait que les princesses embrassaient les crapauds et que parfois ceux-ci se transformaient en prince charmant !

Jade joignait son rire à celui des enfants quand le Chat botté descendit de la scène et marcha droit sur elle, brandissant la miche de pain. Son regard se riva au sien.

Elle ne reconnut les yeux qui luisaient à travers les fentes du loup que trop tard.

Elle ouvrit la bouche pour crier, en même temps qu'elle pivotait sur ses talons pour s'enfuir. La miche de pain s'abattit sur sa tête. Aussi dure que de la pierre, aussi lourde.

— Des volontaires ! Des volontaires !

La sorcière continuait à haranguer la foule lorsque Jade tomba dans les bras du Chat botté.

Il l'entraîna derrière le rideau. La sorcière expliqua que la princesse était maintenant là, et les enfants applaudirent. Elle expliqua qu'il ne manquait plus que le crapaud et les enfants crièrent, exhortant le crapaud à se montrer.

Il viendrait plus tard, leur promit la sorcière, et il embrasserait la princesse.

Au crépuscule, il serait là. Patience… La nuit tombait tôt, en cette saison.

20

Lucian arriva à l'île du Mort sous un ciel gris, dans le froid. Il sentait le vent s'enrouler autour de lui.

L'île était moins peuplée qu'autrefois. Une nouvelle église avait été construite sur les ruines de l'ancienne, près du rivage, à peu de distance de sa cabane de pêcheur. Le cottage était en ruine. Des historiens, des étudiants en archéologie venaient parfois ici, amenés par le ferry. La population était trop réduite pour réussir à créer un pôle touristique. De toute façon, même plus nombreux, les habitants n'auraient rien fait pour attirer les visiteurs. Ils veillaient jalousement sur leur isolement.

Lucian s'approcha du discret monument dédié à la mémoire d'Igrainia.

Cela faisait si longtemps... Il se rappelait cette époque où il était encore innocent. Une éternité. Il avait du mal à concevoir qu'il ait pu être si différent de celui qu'il était désormais. Au cours des années, il était devenu amer, vicieux, cruel, apprenant lentement à dominer ses nouveaux instincts... Il avait traversé des moments d'absolu désespoir. Victime d'un sort funeste, il tuait des humains, se battait contre eux, buvait leur sang... Les siècles passant, il s'était composé un vernis, se comportait en être civilisé. Mais au fond de lui, il demeurait ce monstre qui était allé de guerre en guerre, tant en Écosse que dans le reste de l'Europe.

Les souvenirs de cette époque hantaient sa mémoire, mais le plus puissant d'entre eux se rapportait à la période bénie, toute de douceur, où il avait Igrainia auprès de lui.

Ce matin, il n'était pas physiquement venu sur l'île. Afin d'économiser son énergie, il n'avait fait faire le voyage qu'à son esprit. Son enveloppe charnelle était restée à Édimbourg. Se déplacer jusqu'à l'île l'aurait vidé de ses forces.

Il jeta un dernier regard à la stèle érigée en hommage à Igrainia, ferma les yeux. Lorsqu'il les rouvrit, il se trouvait dans l'église St. Giles.

Retrouver l'entrée secrète de la crypte ne lui avait pas posé de problème. Là, dans un souterrain, des cadavres étaient cachés depuis le début du XVIIe siècle. Les archives de l'église ne mentionnaient certainement pas leur présence. Ces morts dataient d'une époque toute de bruit et de fureur, où l'on brûlait les sorcières et les hérétiques, où les seigneurs opprimaient les faibles et avaient le droit de vie ou de mort sur leurs sujets. En ce temps-là, les humains se montraient aussi féroces et sans pitié que les monstres comme Lucian DeVeaux et ses semblables.

Il avait choisi St. Giles pour se reposer. Rick dormait près de lui. À son réveil, il serait prêt à se battre pour l'avenir, comme lui.

À condition qu'il y ait un avenir.

Le cœur serré, il songeait à sa vie d'antan sur l'île quand une ombre envahit son esprit.

Darian ! Qui était parvenu à s'insinuer dans ses pensées !

— *Je l'ai, Lucian. Je l'ai reprise !*

Les mots firent aussi mal à Lucian que des coups de couteau.

— *Je te détruirai ! Il ne restera rien de toi !*

— *Lucian, tu te fais des illusions. Ta puissance n'est que du vent. Crois-tu encore régner sur les morts vivants ? T'imagines-tu être toujours leur souverain ? Quelle erreur… Tous tes plans pour aujourd'hui sont réduits à néant. Tu ne retrouveras pas la femme en fin d'après-midi... sauf si tu te résous à te rendre. Sophia t'attend. Viens, et peut-être alors libérera-t-elle ta bien-aimée. Tu es la créature de Sophia, l'aurais-tu oublié ? Rends-lui le pouvoir qui lui appartient de droit. C'est ta seule chance de permettre à la femme de vivre.*

L'air autour de Lucian se mua en tourbillon. Un claquement d'ailes brisa le silence de la crypte.

Il ouvrit les yeux et s'assit. Rick fit de même.

Au-dessus d'eux, dans la nef, un touriste ignorant l'existence de la crypte frissonna de peur en entendant ces bruits étranges.

— Rick, ils ont capturé Jade.

Shanna dormait profondément. Une secousse à l'épaule la réveilla sans douceur.

— Oh, zut ! Arrêtez ! Fichez-moi la paix !

— Shanna, où est Jade ?

La jeune femme battit des paupières et distingua le visage de Jack penché sur elle.

— Hein ? Jade ? Elle est descendue chercher du café, et je me suis assoupie.

— Quand ?

— Quand quoi ?

— Quand est-elle descendue ?

— Je ne sais plus. Tout à l'heure, mais...

— Il fait presque nuit, Shanna ! Il est quinze heures passées !

— Ô mon Dieu !

En un éclair, Shanna fut debout.

— Elle n'est pas revenue ? Il faut la retrouver ! Sophia et Darian devaient se douter que nous agirions ce soir et...

— Ils ont enlevé Jade pour attirer Lucian, remarqua Renate. Le piège a été bien préparé. Mais c'est Lucian qui les intéresse. Jade n'est que l'appât.

Des sons réveillèrent Jade. Immédiatement, elle songea à la rumeur de la rue, tellement vive en cette période d'Halloween. Non, elle se trompait. Elle n'entendait pas des cris d'enfants, pas de rires, mais des gens qui parlaient, loin d'elle.

Une odeur de putréfaction, de terre humide emplissait ses narines. Et la surface sur laquelle elle était allongée était glaciale. Une torche accrochée à un support ancré dans le mur distillait une étrange clarté jaunâtre. Où se trouvait-elle ? Elle essaya de se redresser, sans résultat. Quelque chose la retenait. Des entraves ! Qui la maintenaient plaquée à... mon Dieu... une pierre tombale !

Les yeux écarquillés, elle regarda autour d'elle.

Elle reconnaissait l'endroit ! Elle se trouvait dans le tombeau, théâtre du massacre de l'année précédente. Là où le faux guide, Darian et sa complice avaient déchiqueté les étudiants.

Elle gémit : son corps, sa tête n'étaient que douleur. Forcer sur les entraves pour tenter de se libérer accentuait les élancements.

Les larmes lui brouillaient la vue, mais elle distingua à travers leur voile le squelette d'un chevalier mort depuis des siècles, encore dans ses armures, épée au côté. Ses orbites vides étaient dardées sur elle. Il lui sembla apercevoir des vers en sortir. Un cri d'horreur se forma dans sa gorge. Elle le bloqua. Il ne fallait pas perdre son sang-froid, et se concentrer sur ses mains qui se contorsionnaient sous les sangles. Si elle parvenait à les libérer avant que Sophia et Darian arrivent...

— Vous voulez avoir peur, hein ? Être vraiment effrayés ? Vous allez trouver ce que vous cherchez dans les ténèbres, les entrailles de la terre ! Venez, mes amis, suivez-moi, et je vous promets que vous ne serez pas déçus !

Ô grand Dieu, Darian ! Qui débitait le monologue du guide... récitait les mêmes phrases qu'un an plus tôt...

Il l'avait enfermée au milieu de la crypte. De part et d'autre de la dalle sur laquelle elle était immobilisée, impuissante, les cercueils s'alignaient sur des étagères.

Elle réussit à relever la tête.

Le cercueil de Sophia... Exactement à la même place que l'autre fois, couvercle repoussé. À l'intérieur, Sophia dormait, emmagasinait des forces, mais Darian était déjà sorti et haranguait les fêtards d'Halloween qui se promenaient dans le cimetière, en quête d'émotions fortes.

Jade prit une profonde inspiration. Des toiles d'araignée se collèrent à ses lèvres, l'odeur de pourriture pénétra jusque dans la plus infime alvéole de ses poumons. Pour l'instant, aucun mal ne lui avait été fait. Darian et Sophia la gardaient pour la bonne bouche. Elle allait être l'attraction principale du spectacle. Les touristes que s'efforçait d'attirer Darian ne seraient que les hors-d'œuvre d'un immonde banquet. D'ores et déjà, le couple devait saliver : ils ne pouvaient manquer d'entendre pulser son sang, battre son cœur, sentir la chaleur de son corps.

— Venez, venez, ma jolie !

Cette fois, la voix de Darian était toute proche. Il était descendu dans le tombeau.

Il poussait devant lui une toute jeune fille costumée en femme de harem. Un garçon l'accompagnait, déguisé en Freddy, le personnage des films d'horreur.

— O.K., l'Écossais, fit le jeune homme d'un ton moqueur. Tu nous as amenés ici, alors maintenant, sois à la hauteur de tes promesses ! Fais-nous peur. On attend.

— Partez ! hurla Jade.

C'était plus fort qu'elle : elle n'avait pu se taire. L'idée d'assister à un nouveau massacre lui était insupportable... même si, aujourd'hui, personne ne la sauverait, même si elle allait périr sous les griffes et les crocs des vampires.

— Sortez d'ici ! Avez-vous oublié ce qui s'est passé dans ce tombeau, il y a un an ? Partez ! Au nom du Ciel, partez !

— Ah, la morte vivante ! énonça Darian d'une voix caverneuse. La femme du chef de clan. Elle s'appelait Igrainia, mes amis. Elle n'appartenait pas totalement à notre monde. On prétend qu'elle était une sirène... ou un vulgaire poisson. Elle était fabuleusement belle, mais sa beauté ne l'a pas empêchée de trépasser, hélas !

Les jeunes gens éclatèrent de rire. D'autres s'étaient joints à eux, se pressant au pied de l'escalier : un épouvantail en haillons, de la paille dépassant de ses manches, le visage invisible sous un chapeau à large bord effrangé, un pirate coiffé d'un bicorne, un marin en vareuse blanche...

— Lève-toi, Igrainia ! cria celui costumé en Freddy. Ton amant va arriver, nous attendons le chef de clan !

— Il ne viendra pas, clama Darian. Sophia va donc s'occuper de la pauvre Igrainia et ensuite, ce sera votre tour, mes amis.

Tout en parlant, il s'était approché de Jade. Le contact de ses mains posées sur elle lui donnait la nausée.

Lentement, du bout des doigts, il suivit les contours de son visage.

— Délicieuse, souffla-t-il, absolument délicieuse !

— Lucian vous détruira ! gronda-t-elle.

Une menace qui fit ricaner Darian :

— Je suis vraiment déçu, ma jolie. J'espérais qu'il serait là à temps...

Il se lécha longuement les lèvres, puis se pencha et fit courir sa langue sur la gorge de Jade.

— Voilà la grande question, mes amis ! lança-t-il en se redressant. L'ange vengeur de cette beauté se manifestera-t-il ? Les minutes à venir nous le diront !

Flanqué de Renate et de Shanna, Jack marchait d'un pas décidé. Le trio s'était muni de pieux et d'eau bénite dans des flacons accrochés à la ceinture.

— Eh, c'est Buffy et son équipe ! s'écria quelqu'un sur leur passage.

D'autres les interpellèrent, hilares. La plupart des gens qu'ils croisaient étaient passablement éméchés. L'un d'eux les fit sursauter lorsqu'il se dressa devant eux : il portait une cape de vampire et de faux crocs. Un ange l'accompagnait, la tête surmontée d'un halo de plastique blanc.

Ils ne tardèrent pas à quitter le centre pour s'engager sur le chemin tortueux conduisant au vieux cimetière.

Voilà, ils étaient arrivés, se dit Shanna en levant les yeux sur l'église dont les sculptures gothiques se découpaient sur le ciel nocturne blanchi par le clair de lune.

Des gamins sortirent du cimetière en courant. Une voiture de police en patrouille passait au ralenti devant la nécropole. Sans doute les autorités d'Édimbourg, par sécurité, avaient-elles décidé de surveiller les lieux où s'était déroulée la tuerie un an plus tôt. Les parents avaient dû interdire aux enfants de s'aventurer dans le cimetière, et les téméraires qui avaient désobéi n'entendaient pas se faire raccompagner à la maison par des policiers.

La voiture s'éloigna et le silence se fit. Plus de ronronnement de moteur, plus de juvéniles cris d'effroi factice... Le cimetière retrouvait son immobilité minérale. Le seul son qui s'élevait de loin en loin était le hululement d'une chouette.

— Nous y sommes, souffla Jack devant la grille.

Il regardait l'allée qui s'étirait devant lui, bordée de stèles, de statues, de croix, d'arbres aux branches aussi dénudées que des membres de squelette.

— Pourquoi Lucian ne s'est-il pas montré ? demanda Shanna d'un ton inquiet.

Jack secoua la tête.

— Dieu seul sait ce que ces monstres ont pu lui faire… Et à Jade. Seigneur… il faut qu'on les retrouve et qu'on les ramène. Comment, je ne sais pas.

— Est-ce que Darian… aura coupé la tête de Jade ? bredouilla Shanna. Juste pour défier Lucian ? Nous allons retrouver ma sœur décapitée ?

Jack sentait la jeune femme au bord des larmes. Elle tenait bon néanmoins.

— Où est cette tombe ? s'enquit-elle dans un murmure.

— Droit devant, dit Renate. C'est une chapelle. Elle porte le nom de de Brus.

— Peut-être que c'est ce qu'ils veulent qu'on fasse, chuchota Shanna. Qu'on aille droit dans le piège. Darian a le pouvoir de nous attirer, de nous manipuler comme des marionnettes. Pourquoi ne demanderions-nous pas l'aide de la police ?

Renate et Jack la regardèrent d'un air navré.

— La police nous collerait à l'asile, répondit-il. Rappelez-vous. Jade a été jugée hystérique, quand elle a raconté ce qui s'était passé.

Qu'objecter ? Jack avait raison. Personne ne les croirait.

La tête basse, Shanna se résigna et s'approcha du tombeau de la famille de Brus.

De la brume s'échappait du monument. Une brume rouge, lumineuse, qui semblait provenir des entrailles de la terre. La grille d'entrée béait, comme pour inviter les visiteurs à pénétrer dans le tombeau.

Des crampes faisaient grimacer Jade. Elle avait froid, sa langue lui paraissait de carton et elle sentait diminuer ses forces.

Darian la regardait d'un air réjoui.

— J'ai pris un infini plaisir à ces fugaces caresses, dit-il. Vous êtes tellement attirante… Mais je dois contenir mes élans. Sophia va se réveiller et nous partagerons ensemble le régal que vous êtes.

Il se tourna vers la jeune fille en djellaba.

— Eh, ma jolie, viens ici. Je vais te faire peur. Je te jure que je vais te terroriser.

La jeune fille se rapprochait, constata Jade avec horreur, tout en bandant ses muscles. Elle recommença à essayer de faire jouer les sangles qui la retenaient à la pierre tombale. Et, miracle, elles cédèrent. Quelques millimètres seulement, mais cela suffisait.

Elle libéra ses mains et tenta de se saisir de l'épée du chevalier en armure.

— Oh non, ma chérie, vous n'allez pas faire ça ! s'écria Darian en se jetant sur elle.

Il bloqua Jade, qui se débattit. À force d'être mis à rude épreuve, le vieux cuir des sangles se rompit. Déséquilibrée, Jade bascula et tomba contre le cercueil de Sophia, déclenchant l'hilarité du groupe de jeunes gens.

Darian étreignait la fille en djellaba.

— Mais vous ne comprenez donc pas que tout cela est vrai ? cria Jade. Cet homme n'est pas un acteur !

— Waouh, qu'est-ce qu'elle joue bien ! s'exclama un garçon déguisé en infirmière.

— Sortez ! Pour l'amour du Ciel, sortez tous d'ici !

— Aucun d'eux ne sortira vivant, décréta Darian. Sauf si Lucian accepte de se montrer. Alors, peut-être Sophia et moi ferons-nous montre de quelque clémence… Jade, ma belle, appelez-le donc. Faites-lui savoir que vous allez mourir, et ce dans des conditions atroces. Nous ne nous contenterons pas de boire votre sang : nous arracherons vos veines, les mettrons en lambeaux… et ensuite nous vous couperons la tête ! Allez, appelez-le !

Il la tenait par les cheveux. Il tirait si fort qu'elle se crut sur le point d'être scalpée.

— Appelez Lucian !

— Jade !

Qui… qui venait de prononcer son prénom ? Avec peine, elle tourna la tête. L'un des membres du groupe, costumé en moine, venait de repousser sa capuche.

Matt ! Qui sortait un pieu de dessous sa robe de bure !

— Oh non… Que fais-tu là ? gémit la jeune femme.

— Lève-toi, débarrasse-toi de Darian et rejoins-nous ! Vite, Jade.

Se débarrasser de Darian… Elle ne demandait que cela, elle l'aurait déjà fait si elle en avait eu la force !

— Sophia ouvre les yeux, Jade… dépêche-toi !

Mon Dieu, c'était vrai, Sophia s'était assise et battait des paupières !

Sa somptueuse beauté sidéra Jade. Avec ses longs cheveux noirs, sa peau de nacre, ses lèvres au dessin parfait qui se relevaient sur un sourire, elle aurait fait tourner la tête de n'importe quel homme.

— Si monsieur s'imagine qu'elle peut s'échapper, qu'il se détrompe : je vais la tuer, déclara Darian. Tout de suite.

Poussant un hurlement, Matt fonça sur Darian, pieu levé. Mais celui-ci le désarma et cassa le morceau de bois d'une pichenette.

Un deuxième personnage en costume de moine jaillit à son tour de l'ombre. Jade reconnut Danny. Évidemment. Matt ne faisait jamais un pas sans lui. Les deux amis s'étaient sans doute dit qu'ensemble, ils seraient de taille à affronter Darian… lequel se débarrassa de Danny d'un revers du bras, le projetant contre le mur. Tandis que le jeune homme glissait le long de la paroi et s'affalait, assommé, sur le sol du tombeau, Sophia sortit avec grâce de son cercueil.

Darian obligea Jade à se mettre debout en la tirant par les cheveux. La tête ravagée d'élancements, elle fut obligée de se tenir face à Sophia. Plus rien ni personne ne la sauverait, maintenant… Lucian ne s'était pas montré et… Qui dévalait l'escalier ? Trois silhouettes armées de pieux, de flacons… Shanna, Jack et Renate !

— Lâchez-la ! cria Jack. Sinon on vous balance l'eau bénite droit dans la figure ! Vos têtes brûleront… et tomberont !

— Tu crois ça, mon vieux ? rétorqua Darian d'un ton railleur. Essaie donc, pour voir…

Jack aspergea le visage de Darian.

Rien ne se passa.

— Ce n'est que de l'eau, mon pauvre ami, dit Darian. De la vulgaire eau de robinet. Remercions cette chère Renate qui a procédé à la substitution... Viens, Renate, ma belle, viens près de moi... Il faut que je te coupe la tête, tu le sais... Je n'ai pas du tout envie de t'avoir accrochée à mes basques pour l'éternité.

Docilement, la jeune femme marcha vers lui.

— Arrête, Renate ! cria Shanna. Arrête ! Il va te tuer et... Jack, empêche-la d'avancer !

— Votre ami ne pourra la retenir, remarqua Sophia en riant.

— Lui, peut-être pas, mais moi, si ! clama Jade.

Elle se débattit si vivement que la prise de Darian sur ses cheveux céda. Lorsqu'elle vit que les mèches de Jade avaient échappé aux doigts de son acolyte, Sophia prit le relais. Cette fois, Jade crut la peau de son crâne sur le point de se déchirer.

— Appelez-le... Appelez Lucian ! dit-elle en contraignant Jade à s'agenouiller. Vous êtes morte, ma petite. Mais vous l'étiez déjà et ne le saviez pas... Je vous ai tuée, il y a bien longtemps. Vous êtes revenue. Mais cette fois, il n'y aura pas de retour.

Jusque-là, l'épouvantail était resté immobile dans un coin sombre. Il s'anima soudain, fendit le groupe agglutiné, se déplaçant si vite que Sophia n'eut pas le temps de réagir : l'épouvantail était sur elle, la repoussait, arrachait Jade à ses griffes.

Lucian !

L'incrédulité fut fatale à Sophia : elle avait marqué un temps d'arrêt, sidérée, et Lucian l'avait mis à profit pour la saisir à la gorge. Sa main se referma autour du cou blanc.

Sophia ouvrit la bouche, essaya de hurler, n'émit qu'un son rauque.

— Vite, Jade, fuis Darian ! ordonna Lucian.

Un conseil avisé, comprit Jade : Darian, lui aussi un instant désarçonné, revenait sur elle.

À la seconde où il l'atteignait, un cadavre tomba d'une étagère, renversant le cercueil qui l'abritait. Le corps enveloppé d'un linceul chut par terre avant de se relever d'une pièce.

N'en croyant pas ses yeux, Jade vit Rick se débarrasser du drap et s'abattre sur Darian. Les deux hommes commencèrent à lutter. Lucian n'intervint pas. Il se borna à maintenir Sophia à quatre pattes par terre.

— Un pieu, Lucian ! Je vais te donner un pieu ! cria Jade.

— Non, il ne peut pas me tuer, rétorqua Sophia. Il n'en a pas le droit.

— Détrompe-toi, lui répondit Lucian. Je suis le roi, je puis modifier les lois à ma guise. Tu as attaqué ceux de ton espèce, te supprimer n'irait donc pas à l'encontre des règles. Œil pour œil, dent pour dent… voilà mon interprétation de la justice.

Jade aperçut un manche à balai au ras du mur. Elle se glissa le long de la paroi, bien décidée à le ramasser. Elle entendait Sophia parler à Lucian dans une langue inconnue, puis les mots se muèrent en étrange chant composé de sons envoûtants, doux à l'oreille. Jade secoua la tête, troublée.

Un fracas vint la distraire : d'un seul coup, tous les cercueils s'ouvrirent, libérant leur morbide cargaison. Des cadavres s'égaillèrent dans tout le tombeau, les morts se mêlant aux vivants en un ballet apocalyptique. Ils attaquaient les humains avec une voracité de charognards. L'un d'eux, accroché au buste de Jack, cherchait sa gorge, dents en avant, dans une mâchoire blanche et lisse où pendaient encore quelques lambeaux de chair desséchée.

— Dehors ! Dehors ! hurla Jack.

Il propulsa la jeune fille en djellaba vers l'escalier : l'un des cadavres se frayait un chemin à travers les autres pour l'atteindre. Au passage, il repoussa du pied le pieu que convoitait Jade. L'arme disparut dans l'ombre.

Mais il restait l'épée du chevalier ! Les doigts décharnés en serraient toujours la poignée. Prestement, Jade dégagea l'arme et s'en empara. Sous la pression, les phalanges du chevalier cédèrent et s'éparpillèrent sur le dallage.

Lorsqu'elle se retourna, Jade constata que Lucian serrait si fort la gorge de Sophia qu'il l'étouffait, bloquant le chant destiné à l'ensorceler. Peut-être possédait-elle le talisman, mais c'était néanmoins Lucian qui avait le dessus.

En revanche, Rick s'en sortait nettement moins bien avec Darian : celui-ci l'avait terrassé et, à cheval sur son abdomen, s'acharnait à essayer de planter un couteau dans sa trachée. Lucian s'en rendit compte. Il s'approcha vivement et d'un seul coup de poing expédia Darian contre l'autel. Le couteau s'envola et disparut dans les ténèbres.

À moi de jouer, se dit Jade.

Elle leva l'épée au-dessus de sa tête, ferma les yeux une fraction de seconde, puis les rouvrit à l'instant où elle abattait la lame sur le cou de Darian.

Mais elle n'avait pas frappé assez fort ! L'épée pénétra dans les chairs, mais n'alla pas plus loin. Elle ne sectionna pas la colonne vertébrale.

Jade releva l'arme et frappa encore.

Et encore.

Elle trouvait soudain en elle une énergie qui la sidérait. Au quatrième essai, elle réussit : la tête de Darian se détacha des épaules et roula sur le sol.

Elle se mit à hurler. C'était elle qui avait fait cela ? Elle qui avait décapité un homme ?

Non, pas un homme : une créature démoniaque, dont le cadavre se réduisait sous ses yeux à l'état de cendre… En quelques instants, il n'y eut plus de corps, il n'y eut plus la moindre trace de Darian, hormis un petit monticule de poussière grise.

Lucian, sans doute effaré, avait desserré son étreinte sur la gorge de Sophia, qui en profitait pour crier comme une damnée. Oh, ce cri qui n'en finissait pas... Souffrance, haine, désespoir vibraient dans la voix de la femme aux cheveux noirs.

Elle se débattit soudain si violemment qu'elle faillit échapper à Lucian. Elle cria de nouveau et, cette fois, il ne s'agissait plus d'une plainte mais d'une litanie d'insanités, d'imprécations.

Que les morts du tombeau perçurent comme un ordre : tous se tournèrent vers Jade et Lucian.

— Il faut sortir ! dit Lucian. Et faire sortir les autres !

Jade poussa Shanna, laquelle fit pivoter la jeune fille en djellaba vers l'escalier. Matt s'occupa du garçon déguisé en Freddy, puis attrapa Danny par le bras : le jeune homme était tétanisé. Son visage saignait, ses yeux hagards ne parvenaient pas à se poser sur quoi que ce soit.

— La torche ! cria Lucian.

Jade comprit alors ce qu'il avait fait jusque-là : il avait amené Darian et Sophia vers le fond du tombeau tout en dirigeant les autres vers la sortie. Depuis le début, il manœuvrait habilement de façon à sauver les jeunes gens qui avaient suivi le pseudo-guide. Il ne leur restait plus désormais qu'à gravir les marches.

Et à elle, à décrocher cette torche qui brûlait... Ce qu'elle fit en criant :

— Lucian ne va pas vous tuer, Sophia : c'est moi qui vais m'en charger !

Lucian eut une hésitation puis, d'un moulinet du bras, il projeta Sophia derrière l'autel et tenta d'arracher la torche des mains de Jade.

Elle résista. Il ne transgresserait pas les règles en vigueur chez les vampires !

Elle lança le flambeau. Instantanément, les vieilles planches des cercueils, les linceuls des cadavres s'embrasèrent. Les squelettes se tordaient sur eux-mêmes, une odeur âcre se dégageait de leurs os si anciens qu'ils se carbonisaient aussi vite que de l'étoupe.

En comparaison de ce qu'elle voyait, songea Jade, les tableaux de Jérôme Bosch n'étaient que des illustrations de livres pour enfants. Les morts vivants se contorsionnaient en hurlant dans les flammes, leurs squelettes crépitaient, les crânes vides explosaient sous l'effet de la chaleur.

Fascinée, elle ne bougeait plus, mais Lucian la souleva, la porta à l'extérieur et referma les grilles du tombeau. Les cris des damnés s'élevaient encore, mais leur intensité diminuait.

Jade regarda autour d'elle.

Shanna... Jack... Matt... Danny... Renate... les jeunes gens du groupe... Tout le monde semblait être là.

D'autres gens se trouvaient également à proximité du tombeau. Une trentaine de personnes au moins. De tous âges, des deux sexes, étrangement vêtus, comme si la mode du XXIe siècle ne les concernait pas. Ils attendaient, muets, figés.

D'autres morts vivants, se dit Jade, le souffle coupé. Le cauchemar ne finirait donc jamais...

La panique qui montait en elle s'effaça à l'instant où elle vit Lucian s'approcher de la petite foule silencieuse.

— C'est terminé ? lui demanda un homme à l'accent espagnol.

— Oui, c'est terminé.

Un autre, un blond, s'avança.

— Le roi n'est pas devenu poussière et la menace est éteinte... dit-il, prononçant les syllabes à la façon gutturale des Scandinaves.

— Je vous avais promis de sortir vainqueur de l'affrontement, et j'ai tenu parole. Mes ennemis, vos ennemis ont été anéantis.

— C'est bien, approuva l'Espagnol. Il faut que dans notre monde règnent l'ordre et la justice.

Tout à coup, de la brume montait du sol. Elle s'enroulait autour des jambes de ces gens venus de tous les coins de la Terre, le peuple d'un monde de ténèbres.

Le peuple de Lucian DeVeaux.

Tous disparurent, emportés avec la brume par quelques rafales de vent.

— Mon Dieu, c'est vraiment fini ? interrogea Shanna, le souffle court, en s'adossant à une stèle.

— Oui, assura Lucian.

Jade rejoignit sa sœur et s'appuya à son tour sur l'imposant bloc de granite sculpté : ses jambes la trahissaient.

— Tu as vu ? murmura Shanna en montrant la stèle.

Le nom MacGregor était gravé dans la pierre.

— Oui, je sais. La tombe de nos ancêtres…

— Il faut partir d'ici, dit Lucian. La police ne va pas tarder et je n'ai pas envie d'avoir à fournir des explications sur ce qui s'est passé.

— Ah ça, moi non plus, je n'en ai pas envie ! approuva Jack.

Soutenant Jade, Lucian s'éloigna. Tous les autres le suivirent. Le groupe de jeunes gens s'était déjà éclipsé, si rapidement que Jade se dit que la peur leur avait donné des ailes.

Pour la deuxième fois, elle quittait le vieux cimetière, ce lieu de malheur, cet antre du Mal. Mais aujourd'hui elle n'en sortait pas en victime, comme un an auparavant.

Elle s'en allait en vainqueur.

Ils se réfugièrent dans un pub tranquille pour discuter.

Renate s'obstinait à répéter qu'elle allait très bien, qu'il fallait lui pardonner son geste : Darian l'avait hypnotisée. Elle avait vidé l'eau bénite sans être consciente de ce qu'elle faisait !

Lucian l'assura qu'il comprenait, et qu'il n'y aurait plus aucun problème : l'influence de Darian s'était éteinte avec lui quand il était mort.

— Quel dommage qu'on ne puisse pas raconter cette histoire, dit Matt. C'est tellement dingue que personne ne nous croira. Mais si j'en fais un roman...

— Je t'avais bien dit qu'un jour tu serais meilleur que Stephen King ! railla gentiment Danny.

— J'y compte bien et...

— Écoutez ! coupa Jack.

Le téléviseur du pub diffusait les informations de minuit. Une bande de jeunes avait fait des siennes dans le vieux cimetière et mis le feu à un tombeau. On ignorait encore quel carburant avait été utilisé, mais vu l'étendue des dégâts, la police penchait pour de l'essence. L'enquête se poursuivait car aucun suspect ou témoin n'avait été identifié.

— Je n'ai pas trouvé le talisman, annonça Lucian. Je pense qu'il était dans la tombe...

— S'il était dans la tombe, il a brûlé avec Sophia. Donc, tout va bien, n'est-ce pas ? s'enquit Jade.

— Je le pense, oui.

— Alors si on rentrait à l'hôtel ? Je suis crevé, moi, grommela Jack. Pas vous ?

— Si. En route...

Peu après, dans l'intimité de leur chambre, Lucian et Jade s'étreignaient.

— Tu vas dormir avec moi cette nuit, Lucian ?

— Oui. Cette nuit.

— Tu sais, je peux dormir n'importe où, pourvu que je sois auprès de toi. S'il le faut, je m'accommoderai d'un cercueil... et tu auras l'autorisation de me mordre le cou quand l'envie t'en prendra.

— Voilà une offre bien lourde de conséquences, répliqua-t-il en embrassant la jeune femme derrière l'oreille.

— Elle te prouve combien je t'aime.

— Jade, je t'aime aussi. De tout mon cœur. Et c'est pour cela qu'il faut que l'on parle de quelque chose. Maggie...

— Je suis au courant, Lucian. Maggie était un vampire, et son amour pour Sean a fait d'elle une humaine, une vraie femme. Peut-être t'arrivera-t-il...

— Attends, Jade, attends. Je te l'ai déjà dit, je ne suis pas certain de vouloir changer. Pas pour le moment, en tout cas. Je dois d'abord m'assurer que jamais personne ne retrouvera le talisman maudit. Mais il y a autre chose... Je suis utile à ceux de mon espèce, Jade. Mon autorité leur permet de vivre dans le respect d'une certaine morale, un ordre social satisfaisant.

— Je comprends, Lucian. Je ne te forcerai à rien. La décision t'appartient. Mais ne perds jamais de vue que je t'aime, même si je ne suis pas Igrainia.

Il sourit, lui toucha la joue.

— Je t'aime... Jade.

Elle se lova contre lui, soupirant de plaisir. Elle se sentait légèrement différente... Oh, c'était à peine perceptible. Un changement si ténu qu'elle jugea inutile d'en faire part à Lucian. De toute façon, il ne serait pas long à comprendre que quelque chose était arrivé. Tout à l'heure, lorsqu'ils feraient l'amour, il verrait les deux petites traces de morsure sur son cou...

Celles laissées par les crocs de Darian.

Le lendemain matin, dès le réveil, Jade téléphona chez les Canady, à La Nouvelle-Orléans. Maggie décrocha.

— Oh, Jade, c'est vous... J'étais tellement anxieuse... Tout s'est-il bien passé ?

— Oui, nous vous raconterons. Maggie, comment vont mon père, Liz, les jumeaux ?

Maggie donna des nouvelles rassurantes. Liz se remettait et les garçons étaient en pleine forme.

— Dites à Jamie que nous nous sommes débarrassés du monsieur de la télévision, qu'il ne le verra plus.

— Entendu. À bientôt, alors ?

— À très bientôt. Au revoir, Maggie, et merci pour tout.

Jade raccrocha et se rallongea tout contre Lucian. Il tendit la main et posa l'index sur sa gorge, à l'emplacement des quatre minuscules trous, déjà aux trois quarts refermés.

— Jade, je suis consterné. J'aurais dû empêcher ça, mais Darian m'a pris de vitesse et…

— Ce n'est sans doute pas bien grave. Que peut-il m'arriver ? J'ai été légèrement… imprégnée, c'est tout. Mon corps va surmonter ça comme si c'était un mauvais rhume.

— Je ne sais pas.

— L'essentiel, c'est que tu restes auprès de moi, au cas où…

— Je resterai auprès de toi. La police de La Nouvelle-Orléans recrute, m'a dit Rick. Qui sait ? Je pourrais postuler et devenir un excellent flic. Je vais y réfléchir. Pour l'instant, je savoure le fait d'être en Écosse, et en sécurité. Tu sais que j'adore ce pays, mon pays. Il est si beau, avec ses landes infinies, ses falaises vertigineuses, sa mer à la couleur changeante… Les vagues sans cesse renouvelées sont comme un battement de cœur.

Jade acquiesça en souriant. Tout ce qu'aimait cet homme, elle était prête à l'aimer aussi… comme elle l'aimait, lui.

Même si autrefois ils n'avaient pas été amants, ils l'étaient désormais. Et ce, peut-être, pour l'éternité.

Découvrez la prochaine nouveauté de la collection

Amour et Mystère

Sous le charme d'un amour envoûtant

Le 16 septembre

La communauté du Sud - 2 : Disparition à Dallas

de Charlaine Harris (n° 7785)

Envoyés en mission à Dallas, Bill et Sookie doivent enquêter sur la disparition d'un vampire. Les soupçons se portent tout naturellement sur la secte hostile aux vampires de la ville. Sookie est donc chargée d'infiltrer l'organisation pour démasquer les coupables, mais elle ne sait pas encore que de terribles dangers la menacent.

Ce mois-ci, retrouvez également

Passion intense

Quand l'amour vous plonge dans un monde de sensualité

Le 8 juillet

Caresses interdites

de Bertrice Small, Thea Devine (n° 7694)

Veuve depuis peu, la jeune Lucinda entend en profiter mais, son frère n'est pas de cet avis. Pour la punir, il la fait emmener dans une propriété isolée où un maître masqué doit lui faire entendre raison grâce à des jeux coquins... Contre toute attente, Lucinda capture le cœur de son geôlier.

Pour éponger les dettes de son père, Lisa est obligée d'épouser Court, mais elle affirme que ce sera toujours sans amour. Court décide alors de la soumettre grâce à des jeux amoureux qui ne tardent pas à les faire succomber tous les deux.

Aventures et Passions

Le 1er juillet
L'Étoile de Jaipur
de Patricia Cabot (n° 7613)

Jeremy, duc de Rawlings, retrouve son Angleterre natale après quelques années passées aux Indes. Ses victorieuses batailles à l'étranger le ramènent auréolé de gloire. Notamment grâce à son célèbre sauvetage de l'Étoile de Jaipur… C'est donc en homme accompli que Jeremy retrouve Maggie, celle qu'il voulait épouser en dépit des conventions sociales. Mais leurs retrouvailles ne se font pas sans étincelles car l'Étoile de Jaipur n'est autre qu'une magnifique princesse indienne qui a suivi le jeune homme dans la froide Angleterre…

Le 8 juillet
Un baiser diabolique
de Liz Carlyle (n° 7692)

Malgré son emploi du temps surchargé, le duc de Walrafen lit les virulentes lettres de la gouvernante de son oncle, Aubrey Montfort, et s'en amuse. Elle insiste pour qu'il prenne plus à cœur les intérêts et la santé du vieil homme. Mais lorsque ce dernier est retrouvé mort et que l'on soupçonne un meurtre, ce n'est plus drôle. Walrafen part enquêter sur place et découvre avec fascination une jeune femme belle et altière qui a tout d'une aristocrate et rien d'une gouvernante.

Le 8 juillet
Impétueuse Elizabeth
de Pamela Britton (n° 7693)

Lucien St. Aubry a toujours été entouré par la mort. Ses parents, son meilleur ami puis son frère aîné sont décédés et la haute société a fini par croire qu'il portait malheur. Le pire c'est qu'il est accusé du meurtre de son frère… Lors d'un bal, cédant à une inspiration soudaine, Lucien décide de séduire la jeune lady Elizabeth Montclair, simplement parce qu'elle le déteste. Mais lorsqu'ils sont surpris dans une situation compromettante, il doit l'épouser.

Amour et Destin

Des histoires d'amour riches en émotions déclinées en trois genres :

Intrigue ***Romance d'aujourd'hui*** ***Comédie***

Le 1er juillet ***Romance d'aujourd'hui***

Blue Bayou – 3, Révélations de JoAnn Ross (n° 7688)

En mettant de l'ordre dans les affaires de son père, Nate Callahan, maire de Blue Bayou, en Louisiane, découvre des certificats d'action au nom de Linda Dale, une jeune femme qui se serait suicidée trente et un ans auparavant. Mais le shérif croyait à un meurtre. La jeune femme laissait derrière elle une petite fille, Regan…
Devenue officier de police, ce que Regan apprend lui fait l'effet d'une bombe. Elle ne peut ignorer qu'elle est peut-être la fille d'une femme assassinée. Avec l'aide de Nate, il lui faut découvrir la vérité.

Le 8 juillet ***Intrigue***

L'homme du cimetière de S.K. McClafferty (n° 7689)

Liz Moncrief, ancien agent du FBI, s'est retirée du monde depuis qu'un sérial killer surnommé « l'homme du cimetière » a enterré vivante sa petite fille, Fiona. Elle a coupé tout lien avec sa vie passée et cherche à oublier. Mais son ex-mari, Jake, agent du FBI, la retrouve et lui demande de l'aider à coincer l'assassin qui continue de sévir. Une course contre la montre s'engage alors pour découvrir l'identité du tueur avant qu'il ne soit trop tard. Liz est obligée de s'impliquer, et de faire face à ses douloureux souvenirs…

Le 8 juillet ***Comédie***

Frankie va à Hollywood de Alexandra Potter (n° 7690)

Une semaine plus tôt, Frankie était folle de bonheur : à l'aube de ses vingt-neuf ans, elle attendait une promotion et une demande en mariage. Six jours plus tard, elle a tout perdu. Alors, adieu Londres ! Elle s'envole pour Hollywood et advienne que pourra !
Même si sa conquête de l'Ouest démarre par une altercation avec un cow-boy Marlboro, elle refuse d'y voir un mauvais présage. À peine débarquée à Los Angeles, voilà qu'on lui propose un boulot génial : assistante d'un photographe. Et quel photographe ! Le cow-boy Marlboro, ça vous dit quelque chose ?

7695

Composition Chesteroc Ltd
Achevé d'imprimer en France (La Flèche)
par Brodard et Taupin
le 8 juin 2005 - 30039.
Dépôt légal juin 2005. ISBN 2-290-34457-5

Éditions J'ai lu
84, rue de Grenelle, 75007 Paris
Diffusion France et étranger : Flammarion